OLIVIER BAL

Olivier Bal a été journaliste de nombreuses années avant de devenir écrivain et se consacrer à l'écriture de thrillers au succès grandissant. Après un diptyque salué par la critique – *Les Limbes* (Prix Méditerranée Polar 2018 du premier roman et Prix Découverte 2018 des Géants du Polar) et *Le Maître des Limbes* (Prix des Géants du Polar) –, il a publié chez XO Éditions *L'Affaire Clara Miller* (2020), *La Forêt des disparus* (2021), *Méfiez-vous des anges* (2022), *Roches de sang* (2023) et *La Meute* (2024) qui a conquis un large public. Ces romans sont tous repris chez Pocket.

LA MEUTE

ÉGALEMENT CHEZ POCKET

LES LIMBES
LE MAÎTRE DES LIMBES
L'AFFAIRE CLARA MILLER
LA FORÊT DES DISPARUS
MÉFIEZ-VOUS DES ANGES
ROCHES DE SANG
LA MEUTE

OLIVIER BAL

LA MEUTE

Le Code de la propriété intellectuelle n'autorisant, aux termes de l'article L. 122-5, 2° et 3° a, d'une part, que les « copies ou reproductions strictement réservées à l'usage privé du copiste et non destinées à une utilisation collective » et, d'autre part, que les analyses et les courtes citations dans un but d'exemple et d'illustration, « toute représentation ou reproduction intégrale ou partielle faite sans le consentement de l'auteur ou de ses ayants droit ou ayants cause est illicite » (art. L. 122-4).
Cette représentation ou reproduction, par quelque procédé que ce soit, constituerait donc une contrefaçon, sanctionnée par les articles L. 335-2 et suivants du Code de la propriété intellectuelle.

© XO Éditions, 2024
ISBN : 978-2-266-34853-9
Dépôt légal : avril 2025

*À Antoine et Elisa,
Soyez là, l'un pour l'autre,
Toujours*

Prologue

3 février 2024

Hassan Mansour a peur.
Le Syrien vient de reprendre connaissance. Il se sent ankylosé, a du mal à bouger. Tente d'aspirer un peu d'air, mais seul un fragile filet d'oxygène parvient jusqu'à ses poumons comprimés. L'impression d'étouffer.
Tout est sombre. Plus loin, en bas, il entend des cris. Quelques marches en pierre s'enfoncent vers les ténèbres. Où est-il ? Dans une cave ? La police française l'aurait arrêté ? Au campement de la porte des Poissonniers, où il vit avec sa femme Darya, on raconte que, parfois, certaines personnes disparaissent. Des hommes qu'on attraperait au hasard pour les renvoyer dans leur pays, en Afghanistan, au Soudan, en Guinée… Il n'y croyait pas, pensait qu'il s'agissait de rumeurs, de légendes. Il se dit tant de choses. Parler pour tenir. Parce qu'on n'a que ça à faire. Mais désormais, il doute. Peut-être était-ce vrai ?

Essayer de se souvenir. En début de soirée, il est parti chercher de quoi se nourrir auprès d'une association, dans le 18e arrondissement. Un trajet de vingt-cinq minutes à pied. Là-bas, pas de longue file d'attente. Il arrivait, parfois, qu'une bénévole le laisse prendre un peu plus d'aliments. Ça valait bien un petit effort. Il pleuvait fort. Hassan a enfilé son imperméable, attrapé son parapluie tordu. Il a promis à Darya qu'il n'en aurait pas pour longtemps. Elle a repositionné le col de son manteau, l'a embrassé.

Mansour a marché à travers les rues vides de la capitale française. Ses baskets détrempées sur les trottoirs huileux. Boulevard Ornano, rue de Clignancourt, rue Marcadet... Des noms qui ne voulaient rien dire pour lui il y a peu. Mais qui, désormais, lui servent de balises pour évoluer au cœur de ce dédale vertical. Malgré la pluie, le froid, ça ne déplaisait pas à Hassan de quitter le campement. Se retrouver seul. Pendant ces fragiles instants, oublier, un peu, qu'ils vivent à la rue. Oublier ce qu'ils sont devenus. Le sourire de sa femme, qui chaque jour, s'érode. Ces mêmes phrases qu'il a tant répétées, à les essorer : « Je suis désolé, Darya. Je ne pensais pas que ça serait aussi dur, aussi long. » *Hada Nasibna...* C'est comme ça, a-t-elle l'habitude de lui répondre. Depuis leur arrivée en France, un an plus tôt, Darya perfectionne son français avec des bénévoles. Elle a fait des progrès formidables. Elle lui explique que ça sera peut-être leur chance. Construire un avenir ici. Mais lui n'y croit plus vraiment. Ce monde ne veut pas d'eux.

Il ne reste rien de leur vie d'avant. Tilalyan, leur village. Les plaines et les champs. Son épicerie. L'école où Darya enseignait. En 2013, un voile noir s'est posé sur leur existence. Noir comme le drapeau de l'État islamique. Pendant des années, on leur a dit quoi penser, comment prier, comment bien appliquer la charia. On leur a expliqué qu'ils se trompaient, qu'ils faisaient fausse route. On a couvert leurs femmes du *sitar*, voile intégral. Pour cacher ce qu'elles étaient. On leur a promis une nouvelle ère. Hassan, Darya et tous les autres se sont retrouvés entre les balles de ces fous de Dieu et celles des armées du régime de Bachar Al-Assad… Aujourd'hui, le boucher de Damas tente de reprendre le pays. Un mal pour un autre. On ne compte plus les arrestations à l'aveugle, les prisonniers qui s'accumulent dans des prisons surpeuplées. Les bombardements chaque nuit. Et le pays est trop faiblement approvisionné en nourriture. On y meurt de faim. Plus de champs, plus de légumes, céréales, fruits… Darya et lui ont tenu le plus longtemps possible, mais il leur a fallu partir. Il ne restait rien de leur terre. Qu'un tas de cendres. Parmi les autres exilés syriens que le couple Mansour connaît, aucun n'est retourné là-bas. La situation y est encore trop instable. Revenir, pour y trouver quoi ? Des souvenirs en lambeaux ? Autant rester en France. Mieux vaut un quotidien de misère qu'une vie à l'agonie.

Des voix dans son dos qui parlent français. Des bras qui le forcent à se lever. Il se sent engourdi. L'impression qu'on lui a accroché des poids aux épaules, aux genoux. Il tente de parler, leur expliquer. « S'il vous plaît. Je…

pas comprendre. J'ai papiers. Je réfugié. » Quelqu'un rigole. On lui attrape les mains. Il baisse les yeux. Il a le regard voilé, quelque chose sur sa tête de lourd et de froid qui l'empêche de bien y voir. Seule une fente en largeur lui permet de distinguer le monde extérieur. Hassan entend sa respiration qui lui revient en écho. Les cris encore, en bas. « S'il vous plaît. J'ai une femme. » Le Syrien distingue enfin ses mains. Il porte des gants. En métal. Et deux hommes vêtus d'une tunique noire sont en train d'y harnacher des objets aiguisés, à l'aide de lanières en cuir. On dirait des lames. Il ne comprend pas. Tout cela n'a aucun sens.

On pousse le Syrien en avant. Il a mal aux genoux. C'est si dur de se déplacer. Il descend l'escalier. Des taches noires sur la pierre. Une porte en bois devant lui. Un murmure qui monte de l'autre côté, de plus en plus puissant. Des applaudissements, des ovations. Une vague.

Il rentrait à pied, avec un sac en plastique, dans lequel se trouvaient deux baguettes, une bouteille de lait, une boîte de fromage, trois pommes, des biscuits. De quoi tenir. Il fredonnait une chanson de son pays. Son grand-père répétait qu'« un pauvre qui mange et se rassasie se met à chanter ». Et il avait raison. Hassan regardait les lumières dans les appartements. Il se disait qu'il méritait cette vie, tout autant qu'eux. Ces silhouettes de Parisiens qui ne se rendaient peut-être pas compte de la chance qu'ils avaient. Un toit. Juste un toit sur leurs têtes. Il s'imaginait appuyer sur cet interphone. Demander à Darya de lui ouvrir. Pousser cette porte, et entrer dans cet immeuble. Il aurait gravi l'escalier, se serait essuyé les pieds sur le paillasson, aurait retiré sa veste de costume. Ils auraient un enfant. Enfin. Une autre vie... Hassan rêvassait encore quand la camionnette a ralenti à son niveau. Il avait déjà vu ce symbole. Des jeunes qui distribuent des repas, de l'aide à certains sans-abri, surtout des Français. Ils lui ont proposé de le déposer au campement. Il pleuvait à verse. L'homme était souriant. Il était censé aider. Alors, il a dit oui. Puis, le noir...

La porte s'ouvre. Des colonnes. Des voûtes. Des torches qui déforment tout ce qui se passe autour. Visages qui s'étirent. Bras qui se lèvent. Bouches qui boivent dans des coupes de champagne, bouches qui hurlent. Les hommes qui le tiennent lui accrochent quelque chose au cou. Un collier relié à une chaîne, telle une bête. Puis, ils le poussent en avant. C'est là qu'il le voit. Au milieu de cette arène, une silhouette, immense, se retourne pour lui faire face. Un monstre de métal. Une armure couleur sang. Un casque, une tête de dragon prête à dévorer le monde. Un démon. Shaytan.

Le monstre lève une arme vers lui. C'est une énorme épée. Il pointe le tranchant dans sa direction, sans bouger. Durant toutes ces années d'exil, Hassan a toujours senti Ezrain dans son sillage. Dans les ombres. Tapie, jamais bien loin. Dans les décombres de Tilalyan, dans les poings levés et les menaces des *muhajirin* de l'EI, dans les canons des mitrailleuses des soldats d'Al-Assad. Mais ce soir, c'est différent.

Elle est devant lui.

Elle l'appelle.

La mort.

PREMIÈRE PARTIE

Mains rouges

1

7 février 2024

Toulon

3 heures du matin. Sylvia Chassagne sait qu'elle a trop bu ce soir, qu'elle rentre tard. Qu'il va lui faire une scène, évidemment… Et elle s'en moque. Elle s'est garée en travers du patio qui fait face à leur somptueuse villa du quartier du Cap Brun, à Toulon. Elle caresse Lucky, son pékinois. Assis sur le fauteuil passager, l'animal la fixe de ses yeux, deux billes noires, comme s'il l'interrogeait : « Qu'est-ce que tu fabriques ? » Sylvia se détaille dans le rétroviseur. Par réflexe, essuie son rouge à lèvres qui a un peu bavé. Elle est encore belle pour son âge. Le botox aide, certes, mais elle ne fait pas ses 55 ans… Elle tire un peu sur ses pommettes… Il lui faudra retourner faire une visite à la clinique. Une ou deux piqûres d'acide hyaluronique et, après, basta. Elle se laissera vieillir. Promis craché.

Sylvia a fait un boucan de tous les diables en arrivant devant sa maison. Et elle l'a fait exprès. Le pare-chocs avant a percuté un des deux griffons, ces sculptures en fonte qui encadrent les escaliers et auxquelles Daniel tient tant. Ça va le rendre fou, c'est certain. La Toulonnaise attrape son minuscule chien dans ses bras, s'extirpe de sa voiture, fait quelques pas, son talon glisse entre les pavés. Elle se retient sur la carrosserie du cabriolet Mercedes de son mari, tire une ultime bouffée de sa cigarette, puis l'écrase sur la toile décapotable.

La quinquagénaire grimpe la volée de marches. Peut-être est-il temps de lui parler ? Peut-être ce soir, enfin ? L'alcool pourrait aider. Laisser sortir les mots. Ne plus retenir ce flot qu'elle garde en elle. Lui dire qu'il la dégoûte. Ce qu'il est devenu. « Monsieur le Député, Daniel Chassagne. » Son air satisfait. Son ventre qui déborde. Ses chemises blanches trempées de sueur. Ses costumes gris. Ce petit bouc qu'il taille tous les matins. Ses cheveux ras. Ses relations. Leurs discussions. Jeune, Daniel rêvait de changer le monde. Aujourd'hui, il rêve que rien ne change. Tout est peur, tout est menace. Elle est d'accord, au fond, certainement y a-t-il un problème en France. Mais elle s'en moque. Elle veut rire, vivre, s'amuser... Elle se fout de la politique. Pour lui, il n'y a plus que ça. « Je fais partie d'un groupe. De grandes choses nous attendent. Une renaissance pour la France. » Elle l'écoute d'une oreille. Préfère encore la télévision à sa logorrhée. Les émissions de télé-réalité. Intraveineuse de superficialité. Les verres de rosé qui s'enchaînent. Les cigarettes qui pavent le chemin jusqu'au lendemain. Et *bis repetita*.

Enzo et Mateo, leurs fils, sont partis de la maison depuis deux ans. Ils sont grands maintenant. Ils font leurs études, l'un à Avignon, l'autre à Paris. Daniel et elle se retrouvent seuls dans cette immense maison. Leurs pas qui résonnent. En écho à leurs solitudes. Lui trouve la moindre excuse pour partir en déplacement. Des réunions, des inaugurations, sa présence à l'Assemblée nationale… Peut-être a-t-il une maîtresse ? Elle aimerait être jalouse. Mais ne ressent pas grand-chose.

Sylvia pousse la porte d'entrée. Ses talons claquent sur le marbre. Elle laisse tomber son sac à main dans le vaste hall circulaire autour duquel s'entortille l'escalier en fer forgé. Au-dessus de sa tête, l'immense lustre en verre de Murano. Elle l'appelle : « Daniel ! Je dois te parler. »

Elle avance jusqu'au salon. La télé est allumée. Une chaîne d'info. Ça sent le cigare froid. Il était là, il n'y a pas longtemps. Elle l'imagine déjà arriver, furieux, et lui balancer : « C'est quoi ? Encore une scène ? Mais regarde-toi, ma pauvre. Tu me fais honte. » Elle dépose Lucky sur le carrelage. Le chien file vers la grande baie vitrée qui donne sur le jardin, et se met à aboyer en grattant la vitre. Elle crie : « Daniel, arrête de te planquer. Viens ici »… Puis, moins fort, « pauvre con ». Elle sort son téléphone, tente de l'appeler. Ça sonne dans le vide. Où est-il ce gros lard ? Ça ne sera pas l'une de leurs engueulades classiques. Cette fois, non. Elle partira. Ce soir, même. Qu'il rejoigne ses Mirval, ses Crozier… Qu'ils s'étouffent avec leurs peurs. Elle voyagera. Loin de cette ville. De cette chaleur. De ce mistral qui la rend folle. Elle partira. Lucky continue de faire crisser ses griffes. Sylvia va lui ouvrir. Le chien sort et disparaît dans la nuit. En cet instant, elle remarque, par terre, une chaussure. Une trace de semelle sur le marbre blanc.

Son regard glisse jusqu'au salon où elle découvre un verre à whisky explosé au sol. Elle appelle à nouveau son mari. Mais sa voix n'a plus la même intonation. Moins de colère, déjà. « Daniel, merde... Arrête et montre-toi ! » Dehors, lui parviennent les aboiements de Lucky. Qu'est-ce qu'il a celui-là ? Se sentant soudainement moins saoule, un peu désemparée, elle recompose le numéro de son époux. Un son, infime, provenant du jardin. Elle se retrouve dehors, longe la piscine éclairée. Dépasse le pool house, le barbecue. Là-bas. Elle reconnaît les notes de la sonnerie du téléphone de son mari. Par terre, une lueur verdâtre, sur la pelouse, entre deux pins. Elle s'abaisse et saisit le portable de Daniel. C'est impossible. Une idée, telle une fine aiguille qu'on lui enfoncerait dans le crâne, commence à la tirailler. Et si ça lui était arrivé ? Et si c'était son tour ?

Son chien qui jappe. Sylvia, tremblante, active la torche de son portable. Au bout du terrain, près de l'escalier qui permet d'accéder à leur crique privée, Lucky gratte le sol. Il y a un tumulus au milieu de la pelouse. Ce n'est pas possible. Sa main tremble. La terre a été retournée sur deux mètres. Loïc, leur jardinier, n'avait rien prévu ces jours-ci. Le faisceau glisse sur l'humus marron. Puis, Sylvia fige son mouvement au milieu du monticule. L'impensable. Deux ailes d'oiseaux, déposées sur un tissu noir. Une blanche, une noire, placées en vis-à-vis. C'est lui. L'Ange noir. Il est peut-être encore temps. Portée par une frénésie désespérée, Sylvia plonge ses ongles manucurés dans la terre glacée pour en extraire des poignées. Vite, plus vite. Faites qu'il soit encore vivant...

2

7 février 2024

Toulon

C'est le début de l'après-midi. Un reste de mistral fait s'agiter la cime des pins. Sofia Giordano vient de garer sa voiture en amont de la demeure de Daniel Chassagne, dans le quartier du Cap Brun. Elle coupe le contact. Non loin, lui parviennent les échos d'un chantier. Tumulte des marteaux-piqueurs fracassant le béton. Tac-tac-tac-tac. Ça la ramène là-bas. Chaleur. Du sable partout. Une piste qui n'en finit pas. La barrière qui approche. Yacine qui lui hurle dans les oreilles. Le pare-brise arrière qui vole en éclats. Les balles de mitraillettes qui se fichent dans leurs sièges, explosent le tableau de bord entre eux… La voiture qui fonce dans la balustrade et part en tonneau. Douleur. Peur… Sans s'en rendre compte, Sofia s'est mise à frotter son jean au niveau du genou, où se trouve sa maudite cicatrice. Tac-tac-tac-tac… La policière ferme les yeux, reprend sa respiration. C'est la fatigue, pense-t-elle. Et le fait de revenir à Toulon, après tout ce temps. Dans cette ville où elle a grandi. Ce matin, elle aurait dû passer voir ses parents à la cité Pontcarral, mais elle n'en a pas eu le courage. Plus tard…

Sofia a de sacrés cernes sous les yeux. Ses cheveux châtains frisés sont ramenés en un chignon brouillon. Ses yeux bleus, injectés de sang. Ses taches de rousseur, même, semblent un peu délavées. Elle aurait besoin de repos. De vacances… Ça fait longtemps qu'elle n'en a pas pris. Depuis deux mois, son équipe bosse six jours par semaine. Ils se sont lancés dans une traque usante contre un assassin insaisissable, surnommé l'Ange noir. Déjà trois victimes. Et une quatrième de plus, depuis cette nuit. Chaque jour qui passe, c'est une chance laissée au meurtrier de frapper encore. Les congés attendront.

Elle avale une dernière gorgée du café tiède qu'elle a récupéré en guise de petit déjeuner à l'hôtel. Enfin, sort de sa voiture.

Plus bas, vers l'entrée de la propriété des Chassagne, c'est la cohue. Plusieurs véhicules de police et des camionnettes de TV. Déjà, des journalistes campent devant le haut portail de la demeure luxueuse. Comment font-ils pour être toujours si rapidement mis au courant ?

Comme à son habitude, Sofia attend le dernier moment pour enfiler son brassard, baisse la tête quand elle arrive à portée des caméras. Ne répond à aucune sollicitation. Sofia est une flic des ombres. Pour les employés de la SDAT, sous-direction de l'antiterrorisme, dont elle fait partie, la protection de l'anonymat est prioritaire. La policière présente son insigne à un planton et traverse l'allée bordée de palmiers menant à la somptueuse villa. De la tête, salue des visages familiers, contourne la bâtisse et se retrouve dans le jardin. Il y a un attroupement autour de la fosse. Des costards-cravates, sûrement le procureur et quelques figures politiques locales. Des scientifiques en tenue blanche. Et un bon paquet de flics. C'est ici que la PJ de Toulon a déterré le cadavre de Daniel Chassagne aux aurores. Eux sont arrivés une poignée d'heures plus tard… Sofia ne pensait pas que l'assassin frapperait si tôt. Son dernier forfait remonte à moins de trois semaines. Il accélère le rythme, gagne en confiance. Ce n'est jamais bon signe… Sofia cherche du regard son supérieur, le capitaine Patrick Pelletier et son partenaire, Djibril Diarra. Tous trois, avec sept autres OPJ, officiers de police judiciaire basés à Paris, forment le groupe Pelletier, du nom de leur chef, et sillonnent le territoire pour superviser les enquêtes nécessitant un maillage national.

Depuis les attentats de 2015, les services français ont subi un profond bouleversement… Face au manque de communication et de transparence entre les différents groupes du contre-terrorisme et leur incapacité à anticiper la menace qui venait, une refonte complète des services a été mise en branle. De nouveaux profils, comme Djibril et Sofia, ont dû être recrutés. Elle en 2019, lui en 2020. Quand certains services, comme la DGSI, ont pour prérogative de prévenir les menaces, les équipes de la SDAT, elles, interviennent post-attentats et mènent l'enquête. Travailler à l'antiterro, c'est être sans cesse confronté à une forme d'échec. Accepter d'avoir toujours un train de retard. C'est rageant, frustrant, mais Sofia, Djibril et Patrick ont appris à vivre avec.

Malgré les restructurations, l'organisation de la lutte antiterrorisme reste un joyeux bazar. Une dizaine de services se répartissent l'action : DGSI, DGSE, SDAT, DRM, DRSD, DNRED, Tracfin, SCRT, DRPP, SNRP... Autant d'acronymes pour autant de responsabilités, aux frontières parfois floues : protection des intérêts français à l'international, expertise financière, renseignement militaire... Chacun fait de son mieux pour traquer celles et ceux qu'on surnomme, dans le jargon policier, les « invisibles ». Parce que malgré les milliers d'yeux braqués sur eux, difficile de les appréhender avant qu'ils ne frappent.

Sofia rejoint son équipe. Un peu à l'écart, elle remarque le capitaine Patrick Pelletier, son supérieur, en train d'échanger avec le procureur national antiterroriste. Elle tape dans le dos de Djibril qui photographiait la véranda de la villa Art déco. Le grand gaillard, d'origine malienne, a ses cheveux ramenés en une vingtaine de tresses fines plaquées sur le crâne. Il arbore une barbe bien taillée, des yeux d'un noir profond. Un visage fin. Sofia aime travailler avec lui. Elle a une confiance aveugle en son confrère. Djibril vient de se marier avec Mélanie, une chouette fille. Ils attendent un bébé. Sofia se dit souvent que si elle avait osé faire le premier pas, ils auraient pu avoir une histoire tous les deux. Mais la policière a voulu respecter la règle selon laquelle on ne mélange jamais histoire perso et boulot. Il lui arrive de le regretter... Quand elle se retrouve dans son appartement, au dixième étage d'une tour du 13ᵉ arrondissement. Quand la nuit s'étire et que le sommeil la fuit. Quand les murs nus, les cartons qu'elle n'a jamais pris le temps de déballer, les plantes desséchées sur son balcon, les piétinements des voisins du dessus, tout lui rappelle sa solitude. C'est pour ça aussi, peut-être, qu'elle aime tant partir en opération. Les membres du groupe Pelletier forment une famille. L'aident à combler le vide.

Les deux OPJ sont bientôt rejoints par Patrick, que toute l'équipe surnomme affectueusement Papé. Parce que c'est le plus âgé d'entre eux, mais aussi parce qu'il veille sur ses subalternes tel un patriarche. Comme à son habitude, Pelletier mâchonne une gomme antitabac. Ça fait des années qu'il essaie d'arrêter de fumer. Il est le premier à en blaguer, tant ça frise le ridicule. Patchs, cigarette électronique, hypnose, acupuncteur… il a tout essayé. « Cette fois, c'est la bonne », répète-t-il à intervalles réguliers, avant de replonger. Pelletier a 50 ans. Dont vingt-cinq passés à l'antiterrorisme. Il aurait pu gravir les échelons, briguer des postes de direction. Mais lui, son truc, c'est le terrain. Pour Sofia, c'est la personne possédant le plus de sang-froid qu'elle ait jamais rencontrée. Un modèle. Et un type qui a su protéger sa vie de famille, ce qui est rare dans leur milieu. Papé, marié depuis vingt-huit ans, fait figure d'exception à la SDAT. Il parvient, malgré ses déplacements fréquents, à garder du temps pour ses trois enfants, aujourd'hui étudiants. Il a érigé des barrières entre son métier et sa vie personnelle. Mais ça déborde toujours. Certains détails trahissent le poids des années… Des tics nerveux. Ces plaques rouges sur son cou, qu'il tente de cacher sous des cols roulés, des écharpes. Pelletier ne s'étend jamais sur ce qu'il a vu dans le passé. Mais Sofia et Djibril connaissent son histoire. Il était aux premières loges des attentats de Paris. Ça laisse des traces. Pourtant, il conserve un humour noir, à froid, que la jeune femme aime bien.

Papé apostrophe ses deux collègues : « Bien profité de votre grasse mat' ? » Ils esquissent un sourire. Les trois se sont quittés quatre heures plus tôt, à 10 heures du matin. Sofia n'a évidemment pas fermé l'œil.

Ils accèdent à l'endroit où a été découvert le cadavre de Chassagne. Sous leurs yeux, une large fosse creusée dans la terre. Le corps du député a été déterré à 4 heures du matin, puis emmené pour l'autopsie. Mais partout dans la maison, on continue à opérer des prélèvements, tenter de déceler un indice. Sur la surface de la baie vitrée, des hommes de la scientifique, les « cotons-tiges » comme les appelle Papé, s'escriment à relever des empreintes papillaires. Dans le salon, d'autres ont installé un appareil photo à 360° pour garder une trace de la scène.

Leur capitaine interpelle une femme longiligne, vêtue d'une combinaison blanche, d'une charlotte, de sur-chaussures et d'un masque. Lise Meyer, la responsable de la PTS, police technique et scientifique locale, basée à Marseille, les emmène à l'écart de la scène de crime, place son masque sur son menton, boit une gorgée d'eau et commence son exposé.

— Chassagne a été enterré vivant. Je penche pour une mort par suffocation suite à une obturation des voies respiratoires et une compression thoracique. Il y a des traces de cyanose sur ses doigts, signe d'une détresse respiratoire. On a trouvé des restes de terre sur sa langue, dans son palais. La victime a essayé d'aspirer de l'air avant d'étouffer. Vous imaginez ça ? Être au fond de ce trou, conscient, pendant que l'assassin vous recouvre de terre ?

Évidemment qu'ils l'ont tous imaginé. Ils évitent d'en parler entre eux. Mais une affaire telle que celle-ci vous marque, vous fauche l'inconscient. Un soir, lors d'une planque, Djibril lui avait confié qu'il faisait souvent le même cauchemar. Elle se souvient de ses mots, son émotion à fleur de peau : « Nuit après nuit, c'est pareil. Je n'en ai pas parlé à Mélanie. Impossible... Je me retrouve au fond de ce tombeau. Au-dessus de moi, une silhouette massive me balance des pelletées sur le corps. Je ne peux pas bouger. La terre sur mon ventre, mon visage, mes yeux... » Puis, son collègue s'était muré dans le silence. Sofia avait simplement répondu : « Ça nous travaille tous, Djib'. C'est normal. »

L'Ange noir... C'est son quatrième forfait. En d'autres circonstances, l'enquête aurait dû être supervisée par l'équipe locale de la PJ. Mais ce sont les conclusions de la SDAT, notamment grâce aux recherches de Djibril et Sofia, qui ont permis de suspecter une piste terroriste islamiste, même si aucun groupe jihadiste n'a encore revendiqué les crimes. C'est cette histoire d'ailes qui a intrigué les deux flics. Une blanche, une noire. Chaque fois, déposées sur un drapeau noir et laissées sur le tumulus en signature. Après les premiers examens, il s'est avéré que la blanche provenait d'une colombe, la noire, d'une corneille. Rien à explorer de ce côté-ci. Ces oiseaux se trouvent dans n'importe quelle région. Non, c'est la symbolique qui a intéressé les agents de l'antiterrorisme. Djibril, en premier lieu, qui est musulman pratiquant. Le tombeau, les anges... Certains versets du Coran ainsi que quelques hadiths font mention des « tourments du tombeau ». Au moment de la mort, Nakîr et Munkar, l'ange du châtiment et celui de la miséricorde, interrogeraient pendant sept jours le défunt sur sa foi et ses actions passées. Si le jugement est favorable, les portes du ciel s'ouvrent à lui. Si ces créatures célestes estiment qu'il s'agit d'un mécréant, les parois de son tombeau se resserreront jusqu'à le broyer. Les différents meurtres mettent en scène tous ces codes : les deux ailes pour les deux anges, la fosse pour le tombeau, l'inhumation alors que la victime est toujours vivante. Tout en y ajoutant un élément clé, le drapeau noir, symbole de l'État islamique. Depuis le premier crime, la direction du parquet antiterroriste nage en eaux troubles. Une équipe, celle de Sofia, a été mandatée pour enquêter sur l'affaire, sans que, officiellement, on parle encore d'attentat. Les cibles elles-mêmes, pourtant, ont valeur de symbole. Chaque fois, des notables et hommes politiques, certains proches des mouvances d'extrême droite. Toujours dans des régions différentes. Comme si l'assassin voulait répandre la terreur à travers le pays. Le premier, Bernard Dalliot, sénateur du Cantal, pilier du parti France Souveraine, habitant à Aurillac, retrouvé mort le 27 septembre, le deuxième, François Thévenoux, médecin, habitant à Dieppe, dont la dépouille a été découverte le 16 novembre. Le troisième, Yves Berchtold, dirigeant d'entreprise, son corps a été déterré dans le jardin de sa maison de campagne à

La Haute-Ferronnière, le 19 janvier. Et aujourd'hui, Daniel Chassagne, député de la 2e circonscription du Var. Quatre hommes partageant souvent les mêmes idées, bien que non officiellement liés. Deux élus ont été assassinés, les pouvoirs publics prennent l'affaire au sérieux. Pour Sofia et ses pairs, le dossier est compliqué. Sans revendication officielle, difficile de pister l'assassin... La DGSI comme la SDAT s'accordent sur un point. Le tueur est à l'évidence un loup solitaire. Un homme qui se serait radicalisé seul, en consultant des vidéos et en interagissant avec certains groupes sur les réseaux sociaux. Encore plus difficile à traquer.

— À quand remonte la mort, Meyer ? demande Papé.

— Il faudra recouper avec les conclusions du légiste, mais le corps ne présentait pas de marques de rigidité avancée. Je pense qu'il a été enterré deux heures à peine avant que sa femme ne le découvre. Ça s'est joué à rien...

Patrick ne relève pas. Il aime que ses interlocuteurs restent concentrés, précis. Pas de conjectures, ni d'états d'âme. Les faits, rien que les faits. Face au silence du chef d'équipe, Meyer comprend qu'elle se disperse et reprend son exposé.

— D'après les traces sur le gazon, on pense que la victime, dans les vapes, a été traînée jusqu'ici. On a relevé des empreintes de pas très visibles.

— Une seule paire de chaussures, j'imagine ? demande Pelletier.

— Oui...

— Vos hommes ont moulé les empreintes ?

— On l'a fait en priorité. D'après les éléments que j'ai pu étudier de votre enquête, on est sur le même type de semelles que pour les précédents assassinats. Des chaussures de randonnée, taille 44, achetées dans une grande chaîne de magasin de sport, comme on en trouve partout.

— Bien. D'après vous, comment le tueur est entré dans la propriété ?

— À ce stade, c'est encore une hypothèse, mais mes hommes ont relevé des traces de sable, des éclats de pierre, sur les empreintes. On pense qu'il a longé le mur extérieur, et qu'il est passé par la crique privée, en bas. Il se serait ensuite glissé par la baie vitrée ouverte.

Patrick se tourne vers Djibril.

— Et évidemment, aucune caméra ne l'a filmé ?

— Non. La maison n'est pas équipée de vidéosurveillance. Il faudra qu'on épluche les vidéos de la ville, mais j'ai peu d'espoir. Tu le sais, Patrick, l'Ange noir est toujours vigilant.

Le tueur ne commet jamais d'impair. Rien n'est laissé au hasard. Il choisit sciemment ses proies. Les précédentes victimes vivaient dans des lieux isolés. C'est la première fois qu'il frappe au cœur d'une grande ville. Mais comme pour ses autres forfaits, il s'est sans doute assuré qu'il pourrait aller et venir en toute discrétion.

La responsable de la police scientifique reprend :

— On a pu relever des empreintes de pas qui semblent plus anciennes, là-bas, dans ce massif de lauriers. Il se pourrait que l'assassin soit venu observer plusieurs fois sa cible avant de frapper.

— Ça colle avec sa méthode… répond Patrick. Bon, reprenons. L'assassin a traîné Chassagne jusqu'à cet endroit. Puis, il a creusé la fosse.

Patrick se tourne vers Sofia.

— On n'a pas retrouvé de pelle, de pioche ?
— Rien pour le moment.

Pelletier demande par acquit de conscience. Mais il sait que l'assassin n'abandonne aucun indice derrière lui. Hormis ceux qu'il laisse volontairement : les ailes, le drapeau. D'après les policiers, l'Ange noir utilise une pelle pliable, un modèle militaire, afin de ne pas attirer l'attention lorsqu'il prend la fuite. Patrick tapote le sol du bout de sa semelle.

— Pour creuser une fosse ici, il faut du temps. Au moins une heure. Comment expliquer que la victime n'ait pas tenté de s'enfuir ? On l'a entravée ?

Le capitaine pose la question alors qu'il connaît déjà la réponse. En réalité, il teste Meyer.

— Non. Nous n'avons relevé aucune ecchymose ou blessure, hormis une trace nette à l'arrière de sa nuque, un léger hématome. Vraisemblablement dû à une injection. D'après moi, Chassagne a été drogué. Ce qui collerait avec les précédents décès.

— Vous avez lancé les analyses toxicologiques ?
— Le légiste est dessus. Mais les résultats mettront du temps à remonter.
— On va faire en sorte d'accélérer ça.

Les policiers peuvent prédire à l'avance ces résultats. Comme les fois précédentes, on retrouvera des traces d'un mélange de scopolamine et de kétamine dans le sang de Chassagne. Avec la dose qu'on lui a injectée, la victime devait être complètement à la merci de son bourreau, incapable de se mouvoir et probablement en proie à des hallucinations. Consciente, malgré tout.

— Poils, cheveux, fibres, vous avez quelque chose ?

— En extérieur, les prélèvements sont toujours difficiles. Mais on continue à chercher. Il y a pas mal de reliquats à l'intérieur. Ça va prendre du temps à trier.

Pelletier place sa gomme dans un papier qu'il fourre dans sa poche et en gobe immédiatement une nouvelle. Il demande à Djibril, en observant la maison.

— Et la femme de Chassagne ?

— Elle est encore sous le choc. Elle se sent responsable. Elle est rentrée tard hier, avait trop bu. Elle est persuadée qu'elle aurait pu sauver son mari si elle était arrivée plus tôt.

— Elle n'a rien remarqué ?

— Une chaussure dans le salon l'a interpellée, puis elle a suivi son chien jusqu'au tombeau. Elle a essayé de creuser et a fini par prévenir la police. C'est tout.

— Bien. Faisons le bilan. Comment décririez-vous le tueur, Meyer ?

— Question difficile… Je rejoins vos conclusions sur les précédentes scènes de crime. Pour moi, il s'agit d'un homme. Au regard de sa taille de chaussures, il pourrait mesurer dans les 1,80 mètre, 1,90 mètre. Il est en bonne condition physique. L'accès à la villa, par la plage, est compliqué. Il faut être assez costaud pour déplacer un corps, même sur une courte distance. Et pour creuser une telle fosse, n'en parlons pas. Il semble agir seul. On n'a relevé qu'un jeu d'empreintes. Il a des connaissances en pharmacologie pour préparer le cocktail de sédatifs. Il doit être masqué, porter des gants, certainement brûler ses vêtements après chaque meurtre.

— On est d'accord… Merci, Meyer. C'est du bon boulot…

— J'espère que ce qu'on découvrira ici permettra de faire avancer l'enquête.

Papé tape sur l'épaule de la responsable des forensiques, lui sourit. Sofia sait ce qu'il pense. Ils ne trouveront rien de plus. L'Ange noir ne laisse rien derrière lui. Rien d'autre que la mort.

3

7 février 2024

Saint-Denis

Pluie sur la ville. Monceaux d'eau qui dégueulent des gouttières. Immeubles gris. Caniveaux qui débordent. Flaques partout. En contrebas, dans la rue, sur les trottoirs étriqués, les parapluies forment un amas sombre et suintant. Les voitures projettent une eau crasseuse sur les passants. Ça râle, ça klaxonne, ça se bouscule.

Gabriel Geller est sur le quai n° 2 de la gare de Saint-Denis. Silhouette voûtée, trapue. Parka marron aux épaules élimées. Quelques mèches de ses cheveux grisonnants dépassent de sa capuche vissée sur sa tête. Sa barbe lui bouffe les joues. Un ours… Et ses yeux gris, tristes et froids, qui glissent d'un usager à l'autre, comme si l'individu cherchait quelqu'un, quelque chose. Un train marque l'arrêt à la station. Vomit des dizaines de voyageurs puis, quasi aussitôt, sonne le départ. Le souffle des wagons qui filent. Visages indistincts. Peut-être qu'à l'intérieur, un habitué de ce trajet a reconnu ce type qu'il voit si souvent en ces débuts de soirée. Sur ce même quai, ce même banc.

Geller aspire une bouffée de cigarette. Une goutte d'eau vient éclater sur son mégot et le détrempe. Après avoir pompé dans le vide, dans un juron, il balance la clope sur les rails. Son téléphone sonne. C'est Stan Drapier. Son collègue à la 2e DPJ, division de la police judiciaire pour laquelle ils travaillent, chargée des 11e, 12e, 18e, 19e et 20e arrondissements de Paris. Un type que son commissaire vient de lui coller dans les basques pour l'accompagner en service de nuit. Pour le surveiller, aussi, il le sent bien. Ça ne l'étonnerait pas que Drapier bosse en sous-main pour l'IGPN, afin de vérifier s'il est encore apte à faire son boulot. Drapier ne pense qu'à une chose. Gravir les marches de la DPJ le plus vite possible pour quitter le bitume et se retrouver dans un bureau, bien au chaud, à jouer les petits chefs et hurler ses ordres à ses subalternes. Le pire, c'est qu'avec ses dents qui rayent le parquet, il y parviendra. C'est pour ça, entre autres, que le vieux flic a tant de mal avec son cadet. Drapier, c'est son opposé. Geller, lui, aime la rue, plus que tout. Le flux ininterrompu du trafic des voitures. Cette énergie qui palpite et qui dévore. Le bordel tout le temps. Qui rend fou et dont on ne peut, pourtant, se passer. Pour Gabriel, après avoir passé vingt-sept ans à arpenter la capitale, c'est finalement ça, Paris. Le dernier endroit où il se sent vivant. Il accepte l'appel.

— Geller, on a un DCD. Au 33, avenue de la Porte-des-Poissonniers. C'est l'OPJ du 18e qui nous a prévenus, après avoir été appelé par Police Secours.

Le cadavre se trouve dans un petit bosquet entre le centre sportif et le périphérique.

— Pourquoi on nous colle l'affaire ?

— Il s'agit d'une mort suspecte avec de multiples lésions et traces de lacérations.

— Bien, j'arrive.

— Tu connais le coin ?

— Non... Tu m'expliques comment y aller ? J'ai encore du mal à me repérer dans la ville.

— Très drôle. Allez, ramène-toi. Tu es censé bosser, je te rappelle.

— Va te faire foutre, Drapier.

Drapier n'est pas un mauvais flic. C'est juste lui qui a un problème, il le sait.

D'un pas traînant, Gabriel Geller descend les escalators. À l'autre bout de la gare, un groupe de jeunes fait tourner un pétard. On roule des mécaniques. On parle fort, on se marre. Gabriel fixe les gamins un instant, puis s'en désintéresse. Trop jeunes... Ça fait deux ans, pense-t-il. Deux ans sans elle. Le policier rejoint sa voiture sur le parking. Avant de démarrer, il cherche un CD parmi le capharnaüm au pied du siège passager. Il vérifie dans la boîte à gants. Tombe sur l'arme qu'il y laisse toujours, au cas où. La crosse noire qui émerge du chaos. L'attraper, se coller le canon dans la bouche et en finir. Ici, maintenant. Plus de douleur, plus de tristesse, plus d'amertume. Le silence. Pas ce soir, pense Gabriel. Il prend un disque, au hasard. Buddy Guy, album *Blues Singer*. Elle lui avait offert pour ses 50 ans, quatre ans plus tôt. À l'époque où il faisait encore jour dans sa vie. Il lance la lecture. *Hard Time Killing Floor*. La voix veloutée de Buddy, uniquement soutenue par une guitare rugueuse. Rien de plus, rien de moins.

Une trentaine de minutes plus tard, Gabriel approche du centre sportif, et longe la rue Cocteau. La pluie ne s'est pas calmée. Sur le trottoir, des dizaines de tentes rapiécées. Certaines couvertes de bâches. Des silhouettes fantomatiques qui glissent de l'une à l'autre. Geller se gare devant l'adresse indiquée. Au-dessus de lui, un échangeur du périphérique. Grondements des voitures qui filent vers la banlieue. Béton couvert de tags. Le policier remarque les deux officiers qui tentent de délimiter la zone de sécurité, empêchant l'accès à une grille entrouverte donnant sur des buissons, deux-trois arbres. Autour d'eux, déjà, une poignée de curieux essaie d'y voir quelque chose. Ça parle anglais et d'autres langues. Gabriel franchit le cordon, salue ses collègues. Son manteau se prend dans des ronces. Au sol, des sacs poubelle éventrés, des caddies défoncés... Et, au cœur de ce dépotoir, un corps replié sur lui-même. Flashes. Drapier prend des photos de la scène de crime. Posture, environnement. Gros plan sur les mains, le visage. Gabriel rejoint son partenaire.

— Tu as prévenu l'identité judiciaire ?
— Bonjour, Stan, ça va ? Bien, et toi, Gabriel ? Super, merci... Content de te voir, moi aussi...
— Ça va, Drapier. Embraye.
— Ils sont en chemin.

Tout en restant à bonne distance, Gabriel observe le corps. Sa peau est mate, il porte une barbe. Ses vêtements sont usés. Traces de coups sur le visage, le cou, les mains. Une mèche de cheveux noirs couvre en partie son front.

— Le type s'est sacrément fait dérouiller. Regarde là.

Drapier indique le bras droit de la victime. Gabriel réalise alors que son coude est complètement disloqué, dans une position improbable.

— Qui l'a découvert ?

— Un joggeur, il y a environ une heure, à 18 h 20. Nos gars sont en train de l'interroger. Le bonhomme utilise habituellement un raccourci par ce bosquet pour aller courir au stade. Il est tombé par hasard sur le macchabée.

— Il faudra le passer au TAJ, pour s'assurer qu'il n'a pas de casier. On ne sait jamais.

Le TAJ est le traitement d'antécédents judiciaires. Une base de données partagée entre la gendarmerie et la police nationale qui comptabilise 87 millions d'affaires criminelles. Près de 19 millions de personnes y sont fichées. Les victimes comme les auteurs d'infraction.

— À ton avis, il lui est arrivé quoi ? Il s'est fait rouler dessus ?

Gabriel ne répond pas, reste concentré. Il enfile des gants, et s'abaisse vers le mort, en s'efforçant de ne pas poser le pied dans le périmètre le plus proche. On ne sait jamais s'il y a des empreintes.

— Qu'est-ce que tu fais, Geller ? Il faut attendre l'arrivée de l'IJ…

— Pas le temps… Avec une telle pluie, on doit faire vite.

Drapier le sait, rien de pire qu'une mauvaise météo pour vous pourrir une scène de crime. Mais il respecte la procédure. Toujours. Pour Gabriel, c'est plus compliqué.

Évidemment, les gars de l'IJ vont râler quand ils découvriront qu'il est entré en contact avec la dépouille. Alors Geller prend ses précautions. Du bout des doigts, le policier soulève la mèche de cheveux. Il met au jour une énorme plaie sur la joue. Une entaille de huit à dix centimètres de longueur, profonde d'un bon centimètre. On voit l'éclat blanc de l'os sous la peau déchiquetée. Détail important, le sang ne coule plus. La plaie forme un début de croûte. En l'examinant mieux, il se rend compte que la victime est déjà dans un état de décomposition assez avancé. Il s'en dégage une odeur marquée, la peau a une coloration marbrée, et présente des traces de gonflement, notamment sur les paupières.

— On l'a déposé. Le meurtre n'a pas été commis ici. Il est mort depuis soixante-douze heures, peut-être plus. Tu as trouvé des papiers, pour identifier notre gars ?

— Non, je n'ai touché à rien. D'ailleurs, tu devrais…

Gabriel n'écoute pas et, en évitant de faire bouger le corps, cherche dans l'imperméable trempé du mort. Intérieur, extérieur. Là, dans la poche à rabat de sa veste, une carte « Restos du Cœur » avec plusieurs tampons.

— Pas de papier. Mais au vu de ses vêtements, et de ce ticket, je pencherais pour un migrant. Il y a un camp, juste à côté, porte des Poissonniers. Et quelques-uns d'entre eux sont déjà devant les bandes de sécurité.

Gabriel est interpellé par une marque sur le poignet du cadavre. Il relève délicatement le pull en laine fatigué. D'autres traces de coups sur l'avant-bras apparaissent.

— C'est bizarre. Il a des blessures sur la peau. Mais aucune déchirure sur ses vêtements. Comme si on les lui avait retirés, pour les lui remettre ensuite. Il faudra vérifier ça avec la scientifique.

Alors qu'ils poursuivent leurs investigations, des cris se font entendre depuis l'entrée du bosquet. Geller s'y rend. Bousculade... Une dizaine d'hommes tentent de forcer le barrage de police. Ils encadrent une femme qui parle un français impeccable avec un léger accent. Elle a une trentaine d'années, un foulard protégeant ses cheveux noirs. Elle est en larmes.

— Je cherche mon mari depuis quatre jours. Un homme a été retrouvé ici, non ? C'est lui ? Je vous en prie, dites-moi... Dites-moi. Regardez cette photo.

Gabriel demande aux agents de la laisser passer. D'une main tremblante, elle lui tend une photo sur son téléphone portable. Un homme adossé à une voiture, un paysage désertique en arrière-plan. Il affiche un grand sourire. C'est le même individu, aucun doute possible. À l'expression qui traverse le visage de Geller, la femme comprend, instantanément.

— C'est mon mari, Hassan ? Hassan Mansour ?
— Oui, madame.

Elle s'effondre dans ses bras. Il aimerait la tenir écartée, mais il n'en a pas le courage.

— *Mustahil...* Tu n'as pas le droit de mourir. Pas le droit de me laisser.

4

28 juin 2011

Angers

Des mains rouges… Louis Farge n'a jamais connu que ça. Les coups que l'on reçoit et ceux que l'on donne en retour. C'est son unique langage. Les bleus sur les bras, les jambes. Les bleus à l'âme.

Le jeune homme reprend sa respiration, au fond du local poubelles. D'une main, il tient toujours le tee-shirt du type qu'il vient d'allonger. De l'autre, il s'apprête à le frapper, encore. Le gars a la pommette éclatée, le nez probablement pété. Dans son dos, un autre homme est à terre, sonné. Celui-ci n'est pas près de se relever. Des gouttes de sang perlent de ses mains. Le bonhomme à sa merci le supplie de ne plus le frapper. Louis se retient. Un peu plus et il pourrait le tuer. De ses mains nues. Du bruit venant de la rue. Les guetteurs ne vont pas tarder.

Ça ne devait pas se passer comme ça. C'est toujours la même chose. Louis essaie de s'en sortir, mais finit par replonger. Voilà à peine un mois qu'il est sorti de prison. Qu'il traîne de squat en squat. Quelques nuits chez une connaissance, quelques autres dans un parking. À vivoter… À tenter, encore, de se raccrocher à cette société qui n'a jamais voulu de lui. Distribuer son CV aux restaurants du centre d'Angers. Dire qu'il est prêt à tout faire, tout prendre. La plonge, le nettoyage de salle… Le penser. Cette fois, ça sera la bonne… Mais sentir l'expression de ses interlocuteurs changer quand ils apprennent qu'il sort de prison. Comme un tatouage sur son front. Une trace indélébile. Déjà que ce n'était pas facile, avant.

Louis s'était juré de rester dans les clous. Et le revoilà en pleine galère. Il avait besoin d'argent, alors il a accepté de rendre un « service ». Boris, un type rencontré en tôle, au Pré-Pigeon, lui a proposé un boulot. Un paquet à déposer dans une cité. Il avait rendez-vous, ce mardi, à 17 heures, à l'arrière d'un immeuble, rue Boisramé, dans un coin excentré de la ville. Louis se doutait bien de ce qu'il allait devoir transporter. De la dope, évidemment. De la cocaïne, certainement. Le sachet n'était pas bien épais, pas bien lourd. La mule, il avait déjà fait ça plus d'une fois. Il a pris les 200 euros, a dissimulé la pochette entre son jean et sa peau, replacé son sweat à capuche par-dessus et a filé. Ç'aurait dû être un coup tranquille. En une heure, emballé, pesé. Louis comptait garder 100 balles pour lui, le reste, il l'aurait glissé dans la boîte aux lettres de son connard de père. Parce que Louis est comme ça. Malgré tout.

Ses mains qui tremblent. Son corps entier est parcouru d'une onde de tension. Quand il frappe, parfois,

Farge a l'impression qu'il n'est plus vraiment là. Qu'il est un témoin, extérieur, à ce qu'il se passe. Ça ne peut être lui, cette montagne de muscles, avec ce rictus de rage sur les lèvres, ces yeux fous, exorbités.

Louis a toujours fait peur. Gamin, on le surnommait le Monstre, Frankenstein. À cause de son bec-de-lièvre qui lui étire la lèvre supérieure et laisse apparaître ses dents. Son père n'a jamais pris la peine de le faire opérer. Il paraît que ça se fait facilement, pourtant. Maintenant, c'est trop tard. Cette tête, c'est ce qu'il est. Trop abîmé pour que quiconque parvienne à le réparer... Et cette crainte qu'il suscite quand on le voit, il s'en nourrit. Ces regards qui se détournent. Avec les années, ce surnom, Frankenstein, a pris une autre signification. Parce que Louis est devenu une force de la nature, un colosse. Âgé de 24 ans, il mesure près de 2 mètres, ses bras sont des troncs d'arbre, ses mains des enclumes. Le plus gros de ses journées, à la prison d'Angers, il le passait à soulever de la fonte dans la cour. À le voir s'escrimer à se rendre toujours plus puissant, ses codétenus, comme tous les autres, depuis toujours, pensaient qu'il était un peu simplet, débile. Personne ne le comprend, finalement. Le jeune homme, ce corps, il se l'est bâti pour former une carapace. Le vrai Louis, prisonnier, tout au fond. Au milieu de ce corps massif, un visage quasi enfantin, une mèche blonde en haut du front, impossible à coiffer, des oreilles décollées. De grands yeux marron. Pour dire sa vérité.

Farge vient de relâcher le gars, qui se protège le visage, miséreux. Il lui fouille les poches, récupère quelques billets. Ça pue les ordures et le sang. Ça pue la frousse. Avant de partir, en essuyant ses mains sur son jean, il lui balance :

— C'est ta faute, il ne fallait pas me menacer... Il ne faut jamais me chercher.

Et c'est vrai. Ça a dégénéré. Mais, pour une fois, il n'y était pour rien. Louis est arrivé à l'heure convenue. Trois types se sont soulevés d'un canapé défoncé, abandonné au milieu d'un carré de pelouse. « T'es qui, toi ? – Je viens de la part de Boris. Un colis à livrer. » Celui qui lui avait adressé la parole a fait claquer sa langue et l'a laissé passer. Louis a longé deux immeubles. En levant la tête, il a repéré une silhouette sous un parasol, sur le toit d'une des tours. Un système de deal bien huilé, impossible pour la flicaille d'approcher sans se faire repérer. Louis a attendu devant le troisième bâtiment. Exactement ce qui était prévu avec Boris. On l'a sifflé et il a rejoint un abri en tôle sur le côté. Derrière des bacs qui débordaient de sacs poubelle, un gars lui faisait des gestes. Louis s'est approché. Le type était petit, la peau sur les os, un nez retroussé, un visage aussi effilé qu'une lame. Et des yeux mauvais. Un rat, a songé Louis. Quand il parlait, ses lèvres s'entrouvraient à peine. « C'est Boris qui t'envoie ? Refile le matos. Dépêche. » Sans un mot, Louis lui a tendu le paquet. L'homme à la tête de rongeur l'a ouvert, et en a sorti trois sachets sombres. Il en a déchiré un avec un couteau, l'a reniflé. L'a balancé au sol. Puis s'est mis à hurler. « C'est quoi ce bordel, tu te fous de moi ou quoi ? C'est de la terre... Où est la dope ? » Louis a répondu, en reculant. « Je ne sais pas. Boris m'a juste donné le colis. Si t'as un problème, c'est avec lui. Moi, je ne suis que le coursier. » Le gars a tendu son surin en avant, en vociférant : « Je vais te saigner. » Louis a compris, alors. Comme toujours, un peu trop tard. Boris l'avait envoyé se faire tabasser à sa place. Il n'y avait rien dans cette foutue enveloppe. Dans son dos, un grand chauve a bouché la sortie. Un frisson a parcouru l'échine de Farge. Son signal. Le voile rouge est tombé. Alors, Louis a frappé. En trois coups de poing, le Rat a lâché son surin. Puis, sentant que l'autre s'apprêtait à l'attaquer, Louis a balancé un énorme coup de coude vers l'arrière. Un craquement. Le type est tombé raide par terre, la mâchoire fracassée.

Louis ose un œil vers l'entrée de la cité. Les trois guetteurs fument un joint en regardant de l'autre côté. Pas le choix, il doit trouver un autre chemin. S'il se repère bien, par-dessus ce grillage, c'est le parc de la Garenne. Il enfile sa capuche, court vers la clôture et la franchit aisément. Alors qu'il atterrit de l'autre côté, il entend des cris. Le Rat appelle à l'aide. Les sentinelles l'ont repéré et lui foncent dessus. Il doit fuir. Louis connaît Angers comme sa poche. Il en a fait des conneries, ici. Il s'est fait courser, souvent. Par les flics, par des mecs de bandes rivales, par des vieux à qui il avait tapé leurs portefeuilles. Se cacher, il sait faire. Et, malgré sa stature, piquer un sprint, aussi.

Il s'enfonce parmi les arbres, arrive dans le parc. Face à lui, le grand étang Saint-Nicolas. Impossible de le traverser. Et la passerelle en amont est trop loin. Non, il lui faut longer le cours d'eau, pour atteindre le croisement de la rue Saint-Jacques. Plusieurs artères partent dans des directions opposées. Ses poursuivants seront certainement déboussolés. Au pire, s'il ne les perd pas là-bas, il pourra foncer jusqu'à la place du Ralliement et les rues piétonnes qui la bordent. En fin d'après-midi, le centre-ville sera noir de monde. Jamais ils ne pourront l'y retrouver. Les cris des trois derrière, « Arrête-toi, fils de pute ! » Mais, pour le moment, il les tient à distance. Dans sa course, il croise des promeneurs. En le voyant débarquer, les traits se figent, les corps se raidissent. Qui est cette brute qui se rue vers eux ? La peur, toujours. Qui l'accompagne où qu'il aille. Sans hésiter, Louis pousse ceux qui sont sur son chemin. Le jeune homme rejoint enfin le croisement. Un grondement dans son dos. Une Golf noire surgit à tombeau ouvert. Sur le siège passager, le Rat le pointe du doigt. Son visage, en sang, déformé par la haine. Se décider vite. À l'arrêt derrière un feu, un livreur en scooter patiente. Louis se précipite vers lui. Lui colle un coup de pied dans le bide. Le gars, qui n'a rien vu venir, s'effondre sur le côté. Farge saisit le cadre de l'engin, accélère. Dans le rétroviseur, il voit la voiture des dealers se déporter pour le suivre. Il emprunte la rue Saint-Jacques, bifurque sur un sens interdit. Une BMW, en train de se garer, le klaxonne. Les autres le suivent, grimpent sur le trottoir pour contourner le cabriolet. Rue Raspail, rue Chef-de-Ville... Ses yeux rivés sur la circulation, sa main droite qui pousse les gaz du scooter. 50 km/h... 60 km/h. Il est à fond. Il rejoint le boulevard du Bon-Pasteur. La Golf le rattrape. Le pare-chocs percute son garde-boue. Le scooter fait une embardée vers l'avant. Ils veulent le renverser. Louis, d'un coup sec, cabre le véhicule sur le côté, traverse un terre-plein et se retrouve sur le quai le long de la Maine. Il manque de percuter un gamin qui promène son chien. Sur sa gauche, la Golf arrive à son niveau. Le Rat a ouvert la vitre. La tronche en sang, il sort un flingue. Non, il ne fera jamais ça… En plein jour, en pleine ville. Louis se baisse, tente de grappiller quelques kilomètres-heure. Sa main serre si fort l'accélérateur qu'elle pourrait broyer le cadre. Le Rat tire. Il sent le sifflement du projectile frôler son dos. Le pont de la Basse-Chaîne est juste là. Louis se rabat sur la route, la voiture dans son sillage. Il entend le type hurler : « Sale chien. Je vais te crever. » Ils ne le lâcheront pas. C'est certain. Alors il tente l'impensable. Au milieu de la traversée, il se place sur la voie opposée, fait des grands gestes. Devant lui, une file de véhicules. Des visages hallucinés se dessinent dans les reflets des pare-brise. Ne pas se détourner. Cinq mètres, quatre, trois… Concert de klaxons. Le conducteur de l'Audi qui fond sur lui n'a d'autre choix que de donner un coup de volant pour l'éviter, *in extremis*. Le break part en tête-à-queue. Louis fait un écart mais le flanc du scooter percute violemment le véhicule, le carénage est arraché. Le jeune homme, miraculeusement, maintient la direction. Un regard en arrière. Comme il l'avait espéré, l'Audi a bloqué la circulation sur le pont. La Golf s'emplafonne dans sa calandre. Airbags qui explosent. Louis souffle, enfin. Il quitte le pont, remonte vers le château d'Angers. Mais le scooter éructe, toussote et finit par caler. Louis l'abandonne sur un trottoir et continue à pied. Vers le pont, une sirène de police. S'éloigner, disparaître. Il longe les remparts du château, une fois qu'il a pris assez de distance, ralentit l'allure, s'éponge le front. Plus qu'une centaine de mètres et les rues piétonnes lui offriront son salut. Sur la place du Président-Kennedy, des panneaux l'interpellent : « Grande fête médiévale 2011 du château d'Angers. Entrée gratuite ». C'est sa chance. Il y a déjà pas mal de monde. Des familles. Des enfants qui s'esclaffent. Il franchit le pont, arrive dans les jardins. Des échoppes un peu partout. On vend des déguisements, des répliques d'armes... Il traverse un faux camp, avec des tentes, des couchages, un feu autour duquel bavardent quelques hommes en costumes, peaux de bêtes sur les épaules. Devant la chapelle, il dépasse une estrade où un fauconnier fait s'envoler un rapace majestueux. Il y a un groupe, aussi, qui joue des musiques surgies d'un autre temps. Une vague de chaleur. Un homme habillé en rouge crache une énorme gerbe de feu. Du bruit, plus loin, des vivats. Ça provient de la cour de l'ancien logis du Gouverneur. Louis empreinte le passage voûté. Une foule compacte. Fracas. Cris. Fureur... Le jeune homme se fraie un chemin parmi l'amas de personnes. Sa carrure est telle qu'il progresse sans difficulté. Reflets d'acier. Des armes qui s'entrechoquent. Des lames qui apparaissent au-delà des silhouettes agglutinées. Des fanions qui dansent au vent. Louis avance jusqu'à une enceinte fermée par des barrières en bois. Dans l'espace clos, formant une arène rectangulaire, une dizaine d'hommes en armure se combattent. Des épées s'écrasent sur des épaulières. Un bouclier encaisse un coup puissant. Deux gars s'acharnent sur un troisième qui tient debout, en appui sur la rambarde, on ne sait comment. Un des bateleurs en a attrapé un autre par le heaume et le tient serré, le forçant à poser un genou à terre. Puis, il le relâche aussitôt et s'éloigne vers un nouvel opposant. À l'autre bout, un combattant en rouge s'écroule après avoir reçu un impressionnant coup de hallebarde. Louis saisit des images qui lui explosent les rétines. Un glaive qui fracasse le manche d'une lance. Une épaulette qui se déforme sous l'impact d'une hache. C'est furieux. Violent. Un homme, sans armure, mais vêtu d'un pardessus jaune et d'un pantalon rouge, évolue au milieu de la cohue, un fanion rouge à la main. Il sépare des pugilistes, hurle des indications. Il faut du temps à Louis pour mettre de l'ordre dans ce chaos. Mais il finit par comprendre. Deux équipes s'affrontent ici. Une portant des tuniques bleu et or, l'autre avec des robes rouge et noir. Mais il ne s'agit pas d'une reconstitution, comme celles que le jeune homme a pu voir, enfant, dans ce même château. Ce ne sont pas des joutes chorégraphiées. Ce n'est pas mis en scène. C'est autre chose. Ces hommes se battent pour de vrai, de toutes leurs forces.

Louis est subjugué par ce spectacle dément. Une rage de métal et de corps. Les minutes passent sans qu'il s'en rende compte. L'homme en jaune, qui semble être l'arbitre, annonce la fin du combat. Les membres de l'équipe bleue, victorieux, se jettent dans les bras les uns des autres. À terre, un des rouges reste immobile. On le couche dans une civière. Aux côtés de Louis, un homme applaudit plus fort que les autres, un grand sourire aux lèvres. Âgé d'une cinquantaine d'années, il est trapu, porte une barbe noire, a des cheveux longs accrochés en catogan. Il a un visage buriné, le nez cassé. Un des gladiateurs lui tombe dans les bras. Louis entend : « C'est bien, mon Lucian. C'est une belle victoire. Je suis fier de vous. » Louis attend que le combattant s'éloigne et demande au cinquantenaire :

— C'est quoi, ce truc ?

L'homme le jauge, puis lui répond :

— C'est du béhourd. Un sport de combat inspiré des joutes médiévales. À mi-chemin entre la lutte, les arts martiaux, le full contact et les combats du Moyen Âge. Tu vois cette équipe, avec les tuniques bleues, je suis leur entraîneur. Nous sommes les Ultimus Stans. Ça veut dire « dernier debout ». C'est notre credo. Le but du jeu est de ne pas poser genou à terre. Sinon, tu es éliminé.

Louis observe le blessé se faire évacuer vers une ambulance.

— Ce sport est autorisé ? Ce n'est pas possible...

— Figure-toi que, malgré les apparences, on compte moins de blessures graves qu'au rugby, par exemple.

— Ça existe depuis longtemps ?

— Le béhourd est apparu en Ukraine et en Russie dans les années 1990. On est de plus en plus nombreux à monter des équipes en France, et dans d'autres pays d'Europe. Ça a l'air de pas mal t'intéresser ?

— Je ne sais pas. Peut-être...

— En tout cas, à te regarder, je me dis que tu ferais une bonne recrue. T'es un sacré gaillard. Tu es du coin ?

— Oui...

— Mon nom, c'est Édouard. Mais tout le monde m'appelle Eddie. Je suis menuisier.

L'homme lui tend une main calleuse. Louis la serre, fermement. En cet instant précis, le jeune homme le sent au fond de lui. C'est une évidence. Il sera l'un d'eux. L'un de ces chevaliers modernes. Il est né pour ça. Ses mains rouges, il les enfoncera dans ces gants en métal. Et il continuera de frapper.

5

8 février 2024

Toulon

Sofia Giordano laisse glisser un doigt sur la table de nuit de la chambre de son frère, Bilal. Pas une once de poussière. Sa mère, Samia, vient faire le ménage ici, malgré les années… Dans cette chambre, rien n'a bougé depuis 2013. Sofia a eu beau, depuis tout ce temps, répéter à ses parents qu'il faudrait tourner la page, se débarrasser de ces reliques… Mais Samia et Gianni, son père, ne s'y résignent pas. La chambre de Bilal est une faille temporelle qui les ramène à cette époque. Où leur fils vivait encore avec eux. Les affiches des rappeurs, Youssoupha, La Rumeur, Booba, sont toujours accrochées aux murs, la penderie remplie des sweat-shirts aux couleurs de l'OM. Quand on y enfonce le nez, on parvient encore à sentir, un peu, son odeur. La PlayStation 3, par terre, devant la petite TV LCD. Les boîtes de jeux empilées les unes sur les autres : FIFA 13, GTA V, Call of Duty, les câbles des manettes entortillés… Sur son bureau, les carnets qu'il noircissait, un temps, de paroles de morceaux de hip-hop. Bilal écrivait bien, il aurait pu en faire quelque chose. On trouve aussi des livres, manuels d'histoire, de philosophie… Une scolarité dont il n'a jamais vu la fin.

Ce n'est pas une chambre, pense la policière, mais un mausolée. Ses parents en ont peut-être besoin, après tout. Conserver cette image de lui. Celle de ce jeune de 17 ans, un peu secret, qui avait parfois des coups de sang, mais qui, au fond, était un garçon sympa. Pour elle, un frère cadet dont elle s'était toujours sentie proche. Même dans ses silences. « Un bon gamin, Bilal. On ne comprend pas. » Elle se souvient des propos des voisins au moment où c'est arrivé. Un bon gamin…

Le père de Sofia passe une tête par la porte, ses pieds sur le seuil, comme s'il n'osait pas le franchir.

— Qu'est-ce que tu fais, Sofia ? Le café est prêt.
— Rien. J'arrive…

Sofia a eu beau se chercher toutes les excuses possibles, il lui a bien fallu aller voir ses parents ce matin. Pourtant, une longue journée de travail l'attend. Elle doit d'abord rejoindre Djibril et Papé pour rencontrer Franck Hébrard, leur homologue à la DGSI descendu expressément de Paris pour évaluer la situation… Puis, elle a prévu de se rendre à la prison de Toulon-La Farlède pour interroger Foued Cherki, ancien recruteur du jihad. Elle a besoin de lui parler. Même si ça sera difficile, tenter d'avoir son avis sur ces meurtres…

Sofia traverse l'appartement à la suite de son père. Ça fait toujours mal de revoir ses parents après une si longue période. Les gens vieillissent plus vite quand on ne les fréquente pas assidûment. Ça sent le renfermé et la tristesse dans leur appartement du 9e étage de la plus haute des tours de la cité Pontcarral. On appelait cet immeuble la Barre. Avec le temps, les bâtiments ont jauni, les façades se sont lézardées. Beaucoup d'appartements sont désertés. Problèmes d'insalubrité, risques d'amiante. Quand on observe la tour, de nombreux volets sont tirés. L'espoir a foutu le camp dans les valises de ceux qui sont partis. Cet endroit n'a pourtant pas toujours été ainsi. Pontcarral, c'était leur maison, le cœur de la famille Giordano. Ses parents y ont grandi dans les années 1970 et commencé à se bécoter sur les bancs du petit square, en bas, pour ne plus jamais quitter le quartier ensuite. Au gré du temps, ils ont simplement déménagé d'un étage à l'autre. Une pièce de plus pour l'arrivée de chaque enfant. Sofia, elle, a toujours connu cet appartement de 70 mètres carrés. Dans les années 1990-2000, quand elle y a grandi, il y avait encore ce côté village. Les gamins de la cité appartenaient à quelque chose. Pontcarral, c'était leur blason, leur pays. Leur fierté. Les grands veillaient sur les minots. On faisait du vélo, du roller entre les blocs. On allait traîner sur la plage du Mourillon et la promenade Henri-Fabre. Aujourd'hui, la plupart des jeunes abandonnent leurs études au début du lycée. Un tiers de la population de Pontcarral est sans emploi. Horizons bouchés par les façades des tours. Une seule voie viable, finalement, celle des trafics, des magouilles. Celle des grands frères, des cousins qui, eux, ont réussi. Business… On commence par dealer un peu de shit, on poursuit dans la poudre, on finit dans la meca, l'héroïne. Et c'est déjà trop tard. Bilal, son frère, a évité tout cela. Il a pris une autre voie. Pour le pire.

La policière aime ses parents. Ils ont fait de leur mieux. Ce qu'ils ont pu, avec ce qu'ils avaient. Gianni était chauffeur de bus, sa mère, assistante de dentiste. Un fils d'Italiens et une fille de Marocains qui s'aimaient à cette époque, ça ne devait pas être facile. Mais ils n'étaient pas du genre à s'en plaindre. Leur métissage, c'était leur couple. Leur histoire. La preuve que c'était possible. Leurs gamins, ils leur avaient donné toutes les chances possibles. Mais ça n'a pas suffi. Sofia a eu une belle jeunesse, douce, n'a aucune raison de se plaindre. Mais son adolescence a été plus compliquée. Solitaire. Parce qu'elle ne ressemblait pas aux autres. Son physique, sa peau claire, ses yeux bleus, ses cheveux frisés, la mettaient un peu à l'écart. Trop blanche pour être adoptée par les filles du quartier. Trop arabe pour devenir pote avec les petites bourgeoises du lycée Bonaparte. Condamnée à un entre-deux, tout le temps.

Elle connaît ses parents par cœur. Derrière leurs sourires, les embrassades de sa mère, la peine est là. La plaie toujours à vif. Le café est chaud, ça lui fait du bien. La nuit a été courte pour Sofia. Et la prochaine ne sera pas bien meilleure. Sa mère lui demande ce qu'elle est venue faire dans le Var. La policière soulève les épaules.

— Une affaire. Je ne peux pas trop en parler, Maman. Tu sais bien. Et vous, comment ça va la retraite ?

— Oh, tu sais, la vie est tranquille pour nous. Papa passe pas mal de temps dans le potager collectif. Moi, je vais voir les voisines, les copines. On essaie de se balader tous les jours, garder la forme, marcher vers la plage.

— Vous avez l'air d'aller bien...

Son père, deux ans plus tôt, a fait un infarctus. Il a bien failli y passer. Depuis, tout est plus difficile pour lui. Leur vie coule au ralenti.

— Toi, par contre, tu as mauvaise mine, ma fille, lui lance sa mère.

Son paternel renchérit :

— **Maman a raison**. Tu devrais poser des vacances. Venir passer quelques jours avec nous. Prendre le soleil.

— Pas le temps. Mais ça me ferait plaisir. Une autre fois.

La jeune femme demeure encore un peu auprès de ses parents, puis prétextant un message de son collègue Djibril, quitte l'appartement. Chaque fois, c'est la même chose. Partir avant qu'on en arrive à parler de Bilal. Partir avant que le poids de l'amertume ne réveille sa culpabilité. En retournant à sa voiture, elle saisit un prospectus qui volette au vent. « Pour la destruction du quartier Pontcarral, cité insalubre et plaque tournante des trafics de Toulon. » Depuis des années, les riverains des quartiers du Pont-Neuf et de l'Escaillon, planqués dans leurs jolies villas, bataillent pour qu'on rase tout. Que fera-t-on alors de ses parents et des derniers habitants qui vivent encore ici ? On les embarquera avec les gravats ?

Papé, Djibril et Sofia rejoignent Franck Hébrard, le responsable de la DGSI, dans un café du port. Ils s'installent en terrasse, malgré la fraîcheur du matin, et le mistral qui souffle encore. On chuchote plutôt qu'on ne parle. On se méfie des oreilles qui traînent. Sur ses gardes, en permanence. Contrairement aux membres de la SDAT, en jeans et vestes, Hébrard est, lui, toujours sur son 31. Rasé de près, une raie bien ramenée sur le côté. Des petites lunettes fines. Des cheveux qui blanchissent sur les côtés. Qu'il finira, un jour ou l'autre, par teinter. Aujourd'hui, il porte un imperméable noir sur un costume anthracite. Malgré cette dégaine guindée, Hébrard est un homme que tous estiment. Il joue le jeu avec eux, fait tout pour les aider.

— Un quatrième cadavre… Quel merdier. On ne s'en sort pas, hein ?

Les trois hochent la tête. Ce n'était pas réellement une question.

— Les pontes se réunissent en ce moment même, au Fumoir. Je sens que mon téléphone va encore hurler toute la journée.

Le Fumoir est une salle au rez-de-chaussée du ministère de l'Intérieur. Papier peint en bandes grises et noires. Rideaux sombres, toujours tirés. Ici, chaque jour, les sections chargées de la lutte antiterroriste coordonnent leurs actions, échangent sur les différents dossiers, sous la supervision du ministre de l'Intérieur. Évidemment, en ce moment même, un seul sujet de discussion : l'Ange noir.

— Rien n'est remonté de ton côté ? demande Papé.

— Mes gars sont sur le pont. On est en veille sur les réseaux sociaux, les forums… Quelques guignols se félicitent d'une nouvelle victime, mais rien ne semble les lier à l'assassinat.

À Paris, les équipes de la DGSI comme celles de la SDAT épluchent les flux internet. Mais Sofia en est persuadée, l'Ange noir restera discret. Dans les ombres.

— Au niveau des « hauts spectres », aucun d'eux n'a été repéré dans le coin ? demande Papé.

— *A priori*, non. Tu le sais, on surveille près de 3 000 profils à forte dangerosité. On n'a pas relevé de mouvement suspect dans la région. Rien de marquant non plus dans les contrôles de police, dans les gares, aéroports…

Les chiffres, les membres de la SDAT les connaissent. À ce jour, plus de 30 000 fichés S sont recensés en France. Parmi eux, 12 000 concernent la mouvance islamiste. Sur ces profils, 3 000 représenteraient une menace active. Le haut du spectre. Tenter de garder un œil sur tous ces individus représente un travail de surveillance titanesque. Impossible. Qui, pourtant, parfois, porte ses fruits. Depuis 2013, les services antiterroristes ont ainsi permis de déjouer plus de 58 projets d'attentats. Les agents du contre-terrorisme ont souvent l'impression de se battre contre des moulins à vent, alors ils s'accrochent à leurs victoires. Rares mais importantes.

— Et vos informateurs ?

— On est en train de sonder les tontons sur la zone PACA. Peu de chances que ça donne quelque chose. L'Ange noir est un solitaire. Il évite les contacts.

Les tontons, les informateurs de la DGSI, fréquentent les mêmes lieux : mosquées, cafés… que certains radicalisés et, parfois, remontent des informations.

— Bref, comme dans les précédents cas, on est à poil…

— Je le crains, oui. Mais ce salaud finira bien par faire un faux pas. Et on le chopera. J'ai des gars qui planquent devant les mosquées salafistes de Beaucaire et des Œillets. Au cas où.

Sofia intervient.

— Ça ne servira à rien, Hébrard. Tu sais bien que les salafistes quiétistes n'ont rien à voir avec les terros, malgré ce que veulent nous faire croire les médias. Au contraire, les jihadistes détestent les quiétistes. Ils les accusent d'être des *khawarij*, des déviants, parce qu'ils sont soumis au pouvoir, celui de la France, et qu'ils prônent la non-violence.

— Ne me fais pas un cours d'histoire, Giordano. On ne se ferme aucune porte. On ne sait jamais.

— Vos hommes feraient mieux de…

Son supérieur ne la laisse pas finir.

— Franck a raison, Sofia. Chaque piste doit être explorée. Il faudra aussi aller discuter avec les imams du coin. Peut-être ont-ils remarqué de nouvelles têtes parmi leurs fidèles. Djib', tu t'en charges ?

— Sûr.

Sofia devrait se taire, ne pas s'acharner, mais difficile de se contenir.

— Quelque chose me gêne dans tout ça… ça ne colle pas.

— Sofia, ce n'est pas le moment…

Papé lui envoie un regard noir.

Ça fait plusieurs fois que le capitaine la recadre. Il ne supporte pas qu'elle remette en question le cours de l'enquête, les hypothèses validées par tous, surtout devant la DGSI. Chaque section tente de donner l'illusion qu'elle contrôle ses dossiers. Tant bien que mal.

Une heure plus tard, Sofia arrive devant la prison de Toulon-La Farlède. L'impressionnant bâtiment gris lui fait face. Hauts murs en béton, surplombés de grillages. Caméras partout. L'entrée forme une pyramide composée de dalles de béton et plaques de zinc. Angles aigus, fenêtres fuselées. Un bunker plus qu'autre chose. Les lettres noires du panneau « Centre pénitentiaire » ont bavé. Un peu en avance, Sofia en profite pour étudier les différentes photos prises sur la scène de crime de Daniel Chassagne. La villa. La fosse. Le cadavre. Chercher dans les détails. Ses bagues : une alliance, une chevalière… Elle s'arrête sur un gros plan du pendentif que le député portait autour du cou. Une croix en argent entrecroisée d'une multitude de cercles.

Étrange, elle a l'impression d'avoir déjà vu ce motif quelque part. Il faudrait qu'elle prenne le temps d'y réfléchir. Mais le temps, elle court après…

Dans un soupir, Sofia s'extrait de son véhicule, franchit les différents contrôles de sécurité, laisse son arme de service à un agent dans une guérite. Un maton, Galthier, l'accompagne à travers le centre pénitentiaire. Longs corridors, caméras braquées sur eux, portes en acier peintes en orange. Elle entraperçoit la cour par une baie vitrée. De nombreux prisonniers y discutent en marchant, formant une cohorte. Sofia est effarée par le nombre de pensionnaires amassés dans l'espace exigu.

Le gardien lui raconte son quotidien :

— On a trop de monde ici. À la base, ça devait être une petite prison. On a une capacité d'accueil de 390 prisonniers. Ils sont plus de 800 aujourd'hui ! On nous promet des agrandissements, plus de personnel, mais rien ne bouge. En attendant, on est tellement en sous-effectif que ça en devient dangereux. La semaine dernière, un de mes collègues s'est pris un coup de genou en voulant maîtriser un détenu. Ça va péter, je vous le dis, moi... Un des nôtres va finir par faire feu sur un prisonnier ou, à l'inverse, se faire poignarder. Et là, à coup sûr, les autorités se réveilleront. C'est toujours la même histoire...

Il s'arrête devant une dernière porte sécurisée, et se retourne.

— Bien, on va accéder au quartier d'isolement. Ici, huit hommes sont placés sous étroite surveillance. Que des profils compliqués. Des assassins multirécidivistes. Des braqueurs violents qui ont déjà tenté des évasions. Et des TIS, des terros islamistes, évidemment. Ils n'ont le droit de croiser aucun autre détenu, ni d'avoir le moindre contact avec l'extérieur. Vous connaissez Cherki ?

— Oui, avec mon équipe, on est à l'origine de son arrestation, il y a deux ans. Je l'ai déjà rencontré à plusieurs reprises. J'étais son interlocutrice, à l'époque.
— Un malin, ce Cherki... Il a cet air méprisant qui nous rend tous dingues. On a l'impression qu'il prépare toujours quelque chose. D'ailleurs, ça m'étonne qu'il accepte de parler à une femme.
— Avec moi, c'est différent...
Galthier hoche les épaules, sort un gros trousseau de clés et ouvre une cellule. Deux chaises en métal rivetées au sol. Une fenêtre en hauteur, comme une fine meurtrière. Il invite la jeune femme à s'asseoir. Bientôt, deux agents amènent Cherki. Ses pieds et ses mains sont entravés par des chaînes, qu'on attache à un anneau par terre. Il lève ses yeux vers elle. Ce rictus qui ne le quitte jamais. Et qui a si souvent glacé Sofia.

Il n'a pas changé, un peu maigri, peut-être. Un visage d'ange. C'est ce qu'elle s'est souvent répété quand elle enquêtait sur lui. De grands yeux marron, des joues rondes. Une barbe en collier. Une voix douce... Toujours prêt à répondre aux questions... Le genre de profil dont il faut se méfier le plus. Celui qui semble accessible, à l'écoute. Pour en avoir discuté avec de nombreux psychologues spécialisés en radicalisation, elle le sait, ce sont souvent ceux qui n'ont l'air de rien qui sont capables du pire. Car le jeune homme qui lui fait face est l'un des jihadistes les plus dangereux de France. Il a, d'abord, été un important recruteur de l'État islamique en Europe. À cause de lui, des dizaines de gamins sont partis faire la *hijra* et se battre en Syrie. Sans jamais en revenir... Enfin, il est également le cerveau d'un projet d'attentat déjoué par la

SDAT en 2019. Habituellement, lorsqu'elle rencontre d'anciens terroristes, Sofia dissimule son visage. Mais pas avec Cherki. Lui ne sortira jamais de prison. Il a été condamné à la perpétuité incompressible. Mais ce n'est pas l'unique raison qui motive la jeune femme. Sofia a voulu lui montrer. Qu'elle n'avait pas peur. Qu'elle ne le craignait pas. Ni lui, ni ce qu'il représentait.

— Madame la policière… Ça faisait longtemps. Vous venez m'annoncer que vous me libérez ? Que vous avez compris que j'étais innocent ?

Après son interpellation, Sofia est la seule qui soit parvenue à faire parler Cherki. Elle lui a révélé ce qu'elle avait fait, en 2014. Qui était son frère. Un *chahid*. À ses yeux, Giordano a gagné une forme de respect.

— Cherki… j'ai besoin d'avoir ton avis sur des meurtres.

— Je ne suis pas un expert, moi. Juste un type emprisonné à tort.

— Tu as accès à la TV, non ? Tu as entendu parler des assassinats de notables français ?

— Wallah, ces rats méritaient leur mort. J'espère que d'autres de ces mécréants vont tomber.

— On soupçonne un attentat islamiste. Mais il n'y a encore eu aucune revendication.

— Qu'est-ce que j'en sais, moi ? Je ne vois plus personne. On me traite comme une bête, ici. Comme un monstre. Alors que je n'ai rien fait à part donner le courage à des jeunes d'aller combattre pour leurs frères.

— Arrête ton char, Foued. Écoute-moi, je vais tout te raconter et je veux que tu me dises ce que tu en penses.

— Et qu'est-ce que tu me donnes en échange ? Qu'est-ce que j'y gagne ? Pourquoi je te parlerais ?

Je veux bien t'aider, mais je veux des meilleures conditions de détention.

— Je ne pourrai rien faire pour toi, tu le sais bien.

— Alors, tu n'obtiendras rien de moi.

Sofia connaît Cherki. Il n'a plus aucune attache avec son passé. Hormis avec sa mère, la seule qui ne lui ait pas tourné le dos et avec qui il continue d'échanger au téléphone, sous étroite surveillance.

— Je peux arranger une entrevue avec ta mère.

— Tu mens. Tu ne feras rien. Comme tous les autres. Des promesses, on m'en a trop fait.

Il a raison. Giordano n'aura jamais l'autorisation de faire entrer quiconque ici.

— Qu'est-ce que tu as à perdre ? Tu as quoi d'autre de prévu, aujourd'hui ?

— Allez, c'est bon. Raconte. Mais tu tenteras de faire venir ma mère, hein ? Promis ?

Cherki fixe la policière de ses grands yeux en amande. Il a l'air sincère. Un gamin. Seul. Mais avec lui, on ne sait jamais…

Elle hoche la tête et lui explique. Les meurtres. La mise en scène inspirée des tourments du tombeau. Les victimes enterrées vivantes. Les deux ailes, le drapeau noir retrouvé sur les tombes… C'est aussi pour ça que Sofia a insisté pour venir seule face à Cherki. Jamais Papé n'aurait accepté qu'elle lui révèle toute l'affaire. Pourtant, elle doit tenter le tout pour le tout.

À la fin de son exposé, il l'observe longuement, les mains jointes devant son visage, pensif.

— Ce n'est pas un de nos hommes. Jamais l'un des nôtres ne détournerait un hadith ou un verset du Coran. On respecte plus que tout les paroles et les actes du

Prophète. On ne joue pas avec. C'est sacré. Mais il n'y a pas que ça. Ces meurtres, ils sont trop mis en scène…
— Explique-toi.
— Cette histoire d'ailes, de drapeau. On ne fait pas ça. Quand les frères exécutent un *kafir*, on veut qu'il y ait des traces. C'est un témoignage, un cri. Notre violence répond à celle de nos oppresseurs. On tue, comme eux ont si souvent tué. Il faut que le sang coule. Au contraire, ton tueur se cache, ne montre rien. Mes frères utilisent leurs actes comme des moyens de répandre notre combat, en rallier d'autres à notre cause.
— Tu penses que l'assassin veut se faire passer pour un terroriste islamiste ?
— Je pense que ce tueur se fout de vous, oui… et que, si tu es face à moi aujourd'hui, c'est que vous êtes complètement perdus…

Sofia se retrouve à l'extérieur de la prison. Elle s'installe derrière son volant. Repense aux paroles de Cherki. Depuis le début de cette enquête, quelque chose leur échappe. L'ancien jihadiste ne fait que confirmer ses soupçons… Giordano, tout en réfléchissant, fait défiler les photos des scènes de crime sur son téléphone. Cette étrange croix… Où l'a-t-elle vue ? Un flash. Une immense peinture, moderne, suspendue au-dessus d'une cheminée. C'était au domicile de Pierre Crozier, à Saint-Dié-des-Vosges. Crozier était l'un des proches de la première victime, Bernard Dalliot. Elle avait été intriguée par ce tableau assez angoissant, dans les tons rouge et orangé. En son cœur, dans un maelstrom de flammes, cette même croix dorée, entourée de neuf cercles entrelacés. Tout autour, des dizaines de bras décharnés qui se dressaient, happés par ce symbole.

Et s'ils faisaient fausse route depuis le début ? Trop focalisés sur leur traque du tueur, alors qu'en réalité, c'est du côté des victimes qu'il leur faut creuser. Peut-être, là, réside la clé de ces meurtres ?

6

10 février 2024

Paris

La veuve est toujours là. Assise à la même place qu'hier. Qu'avant-hier. Gabriel Geller l'observe à travers la vitre sans teint donnant sur la salle d'attente du commissariat central du 10ᵉ arrondissement, où la 2ᵉ DPJ est basée. Parmi la dizaine de personnes qui patientent, on ne voit qu'elle. Gabriel trouve qu'elle ressemble à une statue antique. Le dos droit, immobile. Les mains arrimées sur son sac posé sur ses genoux, un foulard qui encadre son visage fin. Une épaisse doudoune aubergine délavée dont elle n'ouvre jamais les boutons, malgré la chaleur dans la pièce. Comme s'il s'agissait d'une deuxième peau. Un jean et des baskets. Son regard vert qui fixe un point imaginaire. Les yeux rougis par les larmes. Depuis qu'on a retrouvé le cadavre de son mari, Darya Mansour passe ses journées là. Cela fait trois jours que ça dure. Et les supérieurs de Geller veulent que ça cesse. Surtout, ils ont peur qu'un journaliste, comme il en traîne parfois aux abords du commissariat, la repère et lui pose des questions. Ils ne veulent surtout pas que l'affaire s'ébruite. Alors Gabriel, chaque matin, demande à la veuve de quitter la salle d'attente, promettant qu'il la tiendra au courant des avancées de l'enquête. La réponse de la Syrienne, invariable : « Je veux que vous trouviez l'assassin de mon mari. Je reste ici. Je ne bouge pas. »

Appuyé sur son avant-bras, le front contre la vitre, Gabriel se sent fatigué. De ces pistes qui ne mènent nulle part. De ces affaires qu'on ne boucle jamais. De ces familles qu'on laisse sur le bas-côté. De ce monde qui tourne de plus en plus mal. Qu'il ne comprend plus. L'un de ses collègues, un jeune chargé de l'accueil, revenant de sa pause déjeuner, le questionne.

— Cette femme, c'est par rapport à une de tes affaires, le Grizzli ? Elle crèche là ou quoi ? C'est pas un hôtel, ici. Ça risque de donner des idées à ses copains migrants. Si on la laisse faire, demain on en aura dix collés au chauffage. Tu veux que je la mette dehors ?

— Tu ne feras rien du tout. Cette femme vient de perdre son mari... Alors, tu lui fous la paix. Et à moi aussi.

Le type s'éloigne en maugréant. Le Grizzli, c'est le surnom que lui donnent ses confrères, parce qu'il porte toujours le même manteau marron doublé, été comme hiver. Et aussi parce que depuis ce qui est arrivé à sa fille, il est devenu un ours, peu loquace, taciturne. Maussade.

Gabriel arrange un peu son pull bordeaux, puis rejoint Darya Mansour. Il lui parle, en tentant de bien articuler les mots. Ce qui, pour lui, constitue un véritable effort.

— Madame Mansour, je vous le répète, ça ne sert à rien de venir chaque jour…

Elle l'interrompt.

— Vous pouvez me parler normalement, je comprends très bien le français.

Un peu désarçonné, Geller reprend :

— Oui… Désolé. Bref, pas la peine d'attendre ici. Dès que j'aurai des nouvelles, je vous préviens. Et vous avez ma carte, avec mon numéro direct, en cas de besoin.

— Non, je reste. Si je pars, vous oublierez Hassan.

— Je n'oublie rien, madame. Je fais tout pour découvrir ce qui lui est arrivé. Mais une enquête, c'est long, ça prend du temps. Et ça ne changera rien que vous attendiez ici.

— Je ne partirai pas. Je l'ai dit hier. Je le redis aujourd'hui.

Ses yeux verts braqués sur lui. Il y lit une volonté ferme, incandescente.

— Bon… Je peux vous offrir quelque chose ? Un café, un sandwich ?

Elle hoche la tête en négation. Il va pour s'éloigner, mais elle le retient par le bras.

— Faites-moi la promesse que vous retrouverez celui qui lui a fait ça.

Gabriel n'a pas le droit de dire ça. C'est la base. Et pourtant, il lui répond quasi instantanément.

— Je vous le promets, madame Mansour.

Dans un soupir, Geller rejoint son bureau. Drapier est en discussion avec leur supérieur, le commissaire Louis Guerini.

— Bon, on avance sur le meurtre du réfugié ?

— On a reçu les conclusions du légiste. La cause du décès est claire. Il s'agit d'un homicide par arme blanche. Hassan Mansour est mort des suites de plusieurs lacérations profondes. Il a fait une hémorragie. On a retrouvé de nombreuses traces de coups, et des estafilades nettes au niveau du cou, des côtes. Il y a une entaille en particulier qui nous interpelle. Dans la partie supérieure du tronc, elle traverse le thorax, au-dessus de la poitrine, de gauche à droite, tout en longueur. La coupure est moins profonde qu'ailleurs. Certainement exécutée post-mortem.

— L'arme du crime ?

— La plupart des blessures auraient été provoquées par une lame d'au moins vingt centimètres.

— Machette ? Couteau de cuisine ?

— Impossible de répondre à ce stade. Mais ce n'était pas un petit surin, c'est sûr. Le légiste a aussi relevé des irrégularités le long de la plaie sur le thorax, qui attesteraient que la lame utilisée ici était abîmée, érodée. Il pourrait s'agir d'une arme différente. Peut-être que Mansour a été agressé par deux assaillants.

— Ça sent le règlement de comptes entre migrants, non ? Ça ne serait pas la première fois.

Gabriel, après s'être installé derrière son bureau, réagit, en entortillant un élastique autour de ses doigts.

— Je ne crois pas. On s'est acharné sur Mansour. Il a été battu, longtemps. Et il y a des traces de frottement au niveau du cou, des poignets, des chevilles. Peut-être a-t-il été entravé.

Geller a longuement interrogé la veuve. Le portrait qu'elle a dressé de son mari ne colle pas avec la découverte qu'ils ont faite. Le couple Mansour a fui la Syrie en 2022. Ils ont traversé l'Europe, pour finalement arriver en France où leur demande d'asile a été rejetée. Ils ont été « dublinés », comme ils disent entre eux. Depuis la convention de Dublin, un réfugié doit faire sa demande d'asile dans le premier État de l'Union où il est contrôlé. Mais ça, personne ne le leur dit. Alors, il leur faut attendre dix-huit mois pour avoir le droit de lancer une nouvelle requête. Pendant ce temps, ils sont hors-la-loi. D'après Darya, Hassan ne cessait de répéter qu'il leur fallait faire profil bas, compter les jours et éviter de sortir du campement en plein jour.

— Et les résultats toxicologiques ?

— Le corps était dans un état de décomposition assez avancé, donc c'est difficile à dire. Pas de trace évidente de drogue, en tout cas.

Drapier, après un regard en biais vers Geller, intervient.

— Moi, je sens qu'il y a quand même une histoire de trafic de stups derrière cette affaire. Ils finissent tous toxicos sous leurs tentes. C'est un business pas possible…

Gabriel sait que c'est faux mais se retient. Quand il a demandé à Darya Mansour si son mari avait des problèmes de dépendance, la femme a semblé choquée. « Impossible. Je m'en serais rendu compte. Nous restions toujours ensemble. Jamais Hassan n'aurait bu une goutte d'alcool ou touché à de la drogue. »

Gabriel ajoute :
— Non. J'en ai discuté avec la veuve. Son mari ne semblait pas avoir le profil d'un toxico.
— Ils disent tous ça…

Cette façon de Drapier de cracher cette phrase. Geller serre les élastiques, à s'en couper la circulation. Guerini poursuit :
— Vous avez vérifié les flux de vidéosurveillance ?
— Oui. J'ai passé les deux derniers jours à éplucher les caméras de l'arrondissement. Malheureusement, l'avenue de la Porte-des-Poissonniers n'a pas encore été équipée. Celui ou ceux qui ont fait ça ont sans doute choisi cet endroit sciemment.
— Bon… On a d'autres homicides sur le feu, les gars. La mort d'un sans-papiers, vous le savez, ce n'est pas notre priorité. Les campements qui pullulent aux portes de la ville nous donnent déjà assez de soucis. Vous faites votre boulot, mais pas de zèle. Si rien ne remonte d'ici quelques jours, on passe à autre chose.

Pas de zèle… Chaque affaire est importante. Guerini, mieux que quiconque, devrait le savoir… Ces derniers jours, Geller, suivi par un Drapier qui traînait des quatre fers, n'a pas ménagé ses efforts pour en apprendre plus. Mais tout ce qui a trait aux exilés est compliqué. Dans les camps, en général, quand on voit débarquer un flic, c'est mauvais signe. Les deux OPJ ont ainsi « bitumé » autour de la scène de crime, parlé aux commerçants, aux habitants des immeubles voisins. Évidemment, fait le tour du campement de la porte des Poissonniers. Mais quand ils ont montré leur carte, posé des questions, les tentes se sont refermées, les groupes se sont dispersés.

Certains, même, ont escaladé un grillage pour fuir, avant que Drapier et lui n'aient seulement ouvert la bouche. Soudain, l'endroit a semblé vide, désert. Alors, ils se sont mis en planque dans leur véhicule et ont attendu. Les rares personnes qu'ils ont pu alpaguer à l'entrée du camp ne les ont pas vraiment aidés. Tous faisant en sorte d'écourter la conversation. « *Don't know him* », « *I don't want any problem* ». Et il fallait, en plus, que le flic supporte les petits commentaires de son collègue. « Regarde-les, à vivre dans cette misère... Que viennent-ils faire ici, chez nous ? Qu'ils restent chez eux... » Geller ne lui répondait même pas. Entrouvrait la vitre de la voiture et s'allumait une cigarette. Lui aussi avait eu des pensées similaires. De la bile, du fiel dans sa tête, quand il les imaginait, ceux qui avaient fait ça à sa fille, Léa. Ils méritaient tous d'être punis, de mourir... Ces sales racailles. Entendre son partenaire avoir de tels propos, ça lui rappelait celui qu'il était devenu pendant de longs mois. Celui qu'il était peut-être encore, tout au fond.

Geller a lancé une recherche dans le TAJ et les fichiers de police afin de déterminer si des meurtres similaires s'étaient produits sur la capitale. Un résultat est apparu. Un cadavre d'un homme étrangement tailladé, retrouvé aux frontières de Paris, aux abords des 18e et 19e arrondissements, courant décembre. L'enquête est toujours ouverte, mais plus personne ne la suit réellement.

Gabriel, justement, doit retrouver Félix Traoré, un gars de la PJ, qui a bossé sur l'homicide. La victime, Fazal Karzai, un Afghan de 25 ans. Traoré lui a déjà fait parvenir le dossier de l'enquête, avec les photos, rapports scientifiques et conclusions du légiste, mais Gabriel a demandé à rencontrer son confrère sur les lieux du crime. Il est comme ça, Geller, un peu à l'ancienne. Il aime ressentir les endroits, observer, toucher la terre. Tenter de se projeter. Parfois, ça aide. Souvent, non.

Alors qu'il va pour quitter son bureau, Drapier l'interpelle dans le couloir.

— N'oublie pas ce que nous a dit Guerini. Pas de zèle, Geller. On a fait le boulot sur le cas Mansour... Va pas te flinguer la santé sur ce dossier. Il y a d'autres affaires qui attendent, plus importantes.

— Comment ça... plus importantes ?

— Tu sais bien. Les sans-papiers... Toujours un nid à emmerdes. C'est un règlement de comptes, basta. On attend encore un peu, on boucle la paperasse et on tourne la page.

— Un règlement de comptes, qu'est-ce que tu en sais ?

— J'en ai vu assez. Y a des bagarres tous les soirs dans leurs campements... Mansour mérite-t-il qu'on remue ciel et terre pour lui ? Qui sait, c'est peut-être un gars comme lui qui a agressé ta fille, il y a deux ans. Ils sont désespérés, prêts à tout pour une poignée d'euros...

Incapable de se retenir, Gabriel se jette sur Drapier et le plaque contre un casier qui laisse échapper quelques dossiers. Son avant-bras serré contre son cou.

— Tu ne parles jamais de ma fille. Jamais.

— Ça va, on se calme. Je voulais aider...

Un attroupement se forme dans le corridor. D'autres flics demandent à Geller de lâcher son partenaire.

Il s'exécute, s'éloigne. Dans son dos, Drapier invective ses collègues.

— Mais vous avez vu ça, ce mec est un malade !

Il pleut à verse quand l'OPJ arrive le long du périphérique, vers la porte d'Aubervilliers. Là-bas, il repère une voiture de police garée sur le bas-côté. Sous la drache, protégé par un long coupe-vent, un homme lui fait des signes. Gabriel se gare. Ses mains tremblent depuis son altercation avec Drapier. Il serre les poings, souffle un grand coup. Recherche un parapluie, parmi le capharnaüm de sa voiture. Repousse des sachets de chips vides, journaux froissés, puis abandonne. Il rabat sa capuche, ferme sa parka et sort sous les trombes d'eau. Traoré, un grand gaillard à la poignée de main franche, lui explique qu'ils ont retrouvé la dépouille dans ce terre-plein, entre la bretelle d'accès et le périphérique. Un camion les frôle et envoie des gerbes d'eau sur le jean de Gabriel, qui lâche un juron. Ça fait sourire le jeune flic.

— On fait quand même un chouette boulot... Allez, suivez-moi, lieutenant.

Ils franchissent la barrière en métal, gravissent une petite pente boueuse, glissante. Puis Traoré s'arrête sous un arbre famélique. À leurs pieds, un véritable dépotoir. Des détritus, des vêtements, des tentes déchirées. Des buissons aux branches constellées d'emballages plastique déchiquetés.

— On l'a retrouvé au milieu de ces déchets. Il était dissimulé sous des sacs poubelle. C'est un autre réfugié qui vient parfois crécher dans le coin qui l'a repéré.

Gabriel observe l'endroit. Un îlot au milieu du flot ininterrompu de voitures. Encore une fois, aucune caméra en vue. Traoré décrit l'état de la victime en traçant les blessures sur son corps.

— Karzai avait deux côtes fêlées, une fracture du tibia. Plusieurs lésions effectuées à l'arme blanche.

— Vous avez également mentionné une blessure un peu étrange ?

— Oui, en effet, le légiste a relevé une longue estafilade verticale, du plexus jusqu'au nombril. Pas beau à voir. La lacération présentait des marques différentes. Comme si elle avait été effectuée avec une autre arme.

— Notre victime avait aussi une plaie similaire dans la zone thoracique. Ça a peut-être un sens… Quel portrait avez-vous pu dresser de la victime ?

— Karzai était un Afghan de 25 ans. Il était étudiant en architecture avant de fuir son pays. Le jeune semblait investi dans des associations d'aide aux migrants. Ce sont les bénévoles qui nous ont permis de dresser son profil. Tout le monde nous a dit que c'était un gamin sympa, la tête sur les épaules. Il était à quelques semaines d'obtenir l'asile. C'est pas de chance.

— Vous avez conclu à un règlement de comptes ?

— Faute d'autres pistes. On n'a trouvé aucun témoin, aucune caméra. Alors, certes, il y a des tas de voitures qui passent chaque jour. Mais il suffit que l'assassin ait déplacé le corps en pleine nuit.

— C'est exactement la même chose de notre côté.

— Y a un détail qui m'a marqué, quand même. Au niveau de son cou, il avait des entailles, dues à des frottements. Le légiste y a trouvé des microparticules de métal. Comme si on lui avait placé quelque chose de lourd, en acier, sur la tête.

— Je vérifierai ça de mon côté. Merci de votre aide, Félix.

— Vous m'avez l'air bien motivé par votre enquête. Je n'ai pas l'habitude d'être contacté par un confrère pour revenir sur une scène de crime, surtout pour des étrangers…

— Pas le choix. J'ai la veuve de la victime qui fait le pied de grue dans mon commissariat. Je lui ai promis que je trouverai celui ou ceux qui ont fait ça.

Traoré siffle entre ses dents…

— Ça ne sera pas facile. Tout le monde se fout du sort des exilés. Notre direction, comme la plupart des Français.

Traoré détourne son regard vers la circulation. À travers le rideau de pluie, Gabriel voit ses yeux glisser d'une voiture à l'autre.

— Regardez le long du périphérique, ces camps à ciel ouvert. Des millions de Franciliens passent devant chaque jour. Ils les voient bien ces bidonvilles, cette misère qui hurle. Et ils font quoi pour changer ça, hein ? On fait quoi, tous ? Rien. On accélère, on change de station radio, on met un coup d'essuie-glace. On détourne les yeux. Tout le temps.

Geller hoche la tête en assentiment. C'est pour ça que le flic a besoin d'y voir plus clair dans cette affaire, pour ça qu'il a scellé ce pacte avec Darya Mansour. Qu'il lui a fait cette promesse. Pour elle. Mais surtout pour lui. Il sait ce que c'est que de faire face à l'indifférence, d'attendre des nouvelles, des réponses. Il le sait. Et ça l'a dévoré.

7

12 février 2024

Paris

La police française ne fera rien. Darya en est désormais convaincue. Voilà cinq jours qu'elle poireaute dans cette maudite salle d'attente. À espérer qu'enfin ce policier, Geller, lui apporte des réponses. Les heures passent et la femme garde les yeux rivés sur l'horloge murale fatiguée. Chaque nouvelle minute, l'aiguille rouge des secondes se bloque, fait quelques soubresauts, avant de repartir. C'est la même chose pour elle. Rien n'avance. Le temps s'est figé. Quand Darya n'en peut plus, elle sort son dictionnaire français à la couverture fanée, et tente d'en retenir deux-trois mots. Elle avait un jeu avec Hassan, qui, lui, n'a jamais fourni aucun effort pour apprendre la langue. « Quand j'aurai mes papiers, disait-il. Alors, je deviendrai un vrai Français. » Chaque jour, Darya le feuilletait, demandait à son mari de choisir une page, puis laissait glisser son doigt jusqu'à ce qu'il dise stop. Elle avait appelé ça le « mot du jour ».

Elle lisait la définition à voix haute, puis traduisait à son époux. Le besoin pour elle d'avoir des repères, de se les créer. De se rappeler l'époque où elle était encore institutrice, dans leur village de Tilalyan. Au fond d'elle, aussi, son côté superstitieux. Ce mot, pensait-elle, allait donner le ton de la journée qui les attendait. Quand elle lisait, Hassan n'écoutait plus vraiment, déjà en train de faire le compte des missions qui l'attendaient : trouver de la nourriture, se procurer des vêtements chauds, chercher une tente en meilleur état, remplir, pour la énième fois, les mêmes formulaires pour espérer, un jour, obtenir un logement.

Darya en est à la lettre D. Ses doigts laissent défiler les mots en lettrines noires. « De fortune, de front, de gré à gré... De guerre lasse ». La Syrienne s'attarde sur cette expression. « Lassitude après une longue résistance, qui n'a plus assez d'énergie pour lutter. » De guerre lasse, c'est un peu ce qu'ils sont depuis leur départ de Syrie, deux ans plus tôt. Impossible de dresser des projets, d'imaginer un demain. Chaque jour, un nouveau combat. Hassan, lui, y croyait. Dans ses yeux, Darya trouvait toujours cet espoir, qui lui faisait du bien. Elle aimait pouvoir se reposer sur son mari. Et maintenant ? Ce flic, Geller, a beau être gentil avec elle, il fait du surplace. Pourtant, la Syrienne doit savoir, comprendre.

Un drogué... Se pourrait-il que son époux lui ait caché des choses ? Elle en a vu des types errer, avec le regard creusé, le visage cadavérique. Des Soudanais, Afghans, Irakiens qui leur demandaient, à Hassan et elle, de les dépanner de quelques euros. Les marchands de mort, tels des vautours, venaient traîner aux abords des camps. Elle les entendait, le soir : « Cinq euros le caillou. » Certains finissaient par craquer. Une parenthèse. Une virgule. Tout pour oublier. Mais pas son Hassan, non.

Pourquoi s'en prendre à lui ? C'est incompréhensible. « Tout est meilleur que l'homme. » La grand-mère de Darya, à la fin de ses jours, répétait cette phrase. Et elle avait raison. Depuis leur départ en 2022 de Syrie, ils en ont vu des horreurs. Hassan lui avait promis que ça irait mieux ici. La France, le pays des droits de l'homme. C'est elle qui avait choisi leur destination finale, parce qu'elle avait appris le français, plus jeune, durant ses études. Ils ont vite déchanté... Leur vie d'avant... Son pays. La lumière. Le soleil qui éblouit. Les champs de blé et les vignes. Les lauriers qui bordent les rues. Les scooters qui pétaradent. L'ocre de la terre. Les pins d'Alep qui dansent sous le vent. Les abricots juteux. L'épicerie d'Hassan, l'école où elle donnait ses cours. Les rires des enfants. Leur maison. Tout cela lui semble si loin. Depuis un an elle vit dans les embrasures. Porte de la Chapelle, porte d'Aubervilliers, porte de Pantin... Des portes... qui restent fermées pour eux. À la frontière, parmi les invisibles. Darya n'a plus beaucoup de souvenirs heureux. Quand elle ferme les yeux, désormais, les images qui remontent sont dures, froides. Les nuées de voitures qui filent, à moins de cinq mètres, sur le boulevard périphérique, et qui font trembler les toiles des tentes. Le vacarme des moteurs qui force à parler fort, tout le temps. La pollution qui noircit les visages. La boue qui s'infiltre. Les sacs de détritus qui s'accumulent le long de la bande d'arrêt d'urgence. La peur, chaque soir, qu'on éventre votre abri pour vous voler le peu qu'il vous reste. Ou que la police fasse une nouvelle descente et rase tout. Les nuits à dormir, allongés au fond d'un bus de nuit, quand il fait trop froid pour rester dehors. En espérant que le conducteur ne prévienne pas la police. Pas cette fois.

Darya et Hassan ont dû traverser huit pays et dépenser plus de 10 000 euros pour rejoindre la France. Tout ça pour quoi ? Pour se retrouver veuve, seule, dans un pays qui ne veut pas d'elle. La Syrienne ne peut s'empêcher d'en vouloir à son mari. Hassan n'avait pas le droit de mourir, pas le droit de l'abandonner dans ce pays hostile. Que va-t-elle devenir ? Quel intérêt de continuer ? Devrait-elle retourner en Syrie ? La peur, les bombes vaudront peut-être mieux que ces camps de malheur, inlassablement démantelés par la police. Elle le sait, une femme seule attire l'attention. Où est sa vie, alors ? Elle ne pourra avancer, prendre une décision tant qu'elle n'aura pas compris ce qui est arrivé à son mari.

Il est 11 heures. Elle s'était donné une dernière matinée pour se décider. Puisque Geller ne fait rien, c'est à elle d'agir. Les habitants du campement ne parleront pas à la police, mais à elle, peut-être. Darya range son dictionnaire dans son sac. Puis se lève d'un pas décidé. Après une longue marche, elle rejoint la porte des Poissonniers. Elle demande à ses voisins de lui répéter ce dont ils se souviennent de cette funeste journée du 3 février. Hassan qui part seul chercher leur pitance, sous la pluie. Où est-il allé ? Vers quelle association s'est-il tourné ? Darya l'accompagnait parfois, aux quatre coins de Paris. Alors, elle recommence. Seule cette fois.

D'abord, direction porte de la Chapelle. L'Armée du Salut y distribue souvent des repas, sous un barnum, boulevard Ney. Darya patiente en lisant son dictionnaire. Quand vient son tour, accepte un morceau de pain, du fromage, un café chaud. Elle sort son téléphone à l'écran fendillé, présente une photo de son mari à une femme qui s'excuse de ne pas reconnaître Hassan : « Il y a beaucoup de passage, vous savez... » Darya se décale sur le côté. Une file d'attente de quarante personnes patiente. Tant de visages. Impossible pour les bénévoles de tous les retenir.

Darya avale les kilomètres, d'un centre d'aide à un autre. Personne ne se souvient de son mari. La photo qu'elle tend et qu'elle tend encore. À des groupes d'exilés, des bénévoles... Elle a mal aux pieds, mais continue.

15 heures. Il lui reste un dernier endroit. L'association du Secours populaire, dans le 18e arrondissement. Hassan aimait bien se rendre là-bas. Alors, Darya marche. Trente minutes plus tard, elle arrive dans le local, au fond d'une cour. Un homme d'une cinquantaine d'années l'accueille. Lui demande si elle a rendez-vous. Elle répond :

— Non. J'ai besoin d'informations.

Il enchaîne, un peu sèchement :

— Si vous souhaitez parler à un accompagnateur social, il faut aller voir...

Elle ne le laisse pas terminer.

— Je veux juste savoir si mon mari, Hassan Mansour, est venu ici, le 3 février ? C'est important. On l'a retrouvé mort... je cherche à comprendre.

Elle montre le portrait. L'homme lui sourit d'un air triste. Il comprend que l'affaire est grave.

— Le 3, vous dites ? Laissez-moi vérifier... Oui, il est noté sur mon carnet. Il s'est bien présenté ici, à 19 h 45. Mais ce n'était pas moi qui étais de permanence. Il faudrait revenir demain pour discuter avec Francesca.

Darya le remercie. Au moins a-t-elle appris quelque chose. Hassan est passé ici, avant de disparaître. Alors qu'elle s'apprête à quitter l'association, elle croise Ibrahim, un jeune Soudanais de 18 ans. Durant quelques mois, ils l'avaient aidé dans un camp vers porte de la Villette. Elle lui parle de son mari.

— Je l'ai vu Hassan, moi. Plus loin, sur le boulevard Ornano. Il pleuvait fort, ce soir-là. Personne dans les rues. Je m'étais abrité sous le porche d'un immeuble. Je l'ai appelé, mais il ne m'a pas entendu. Il était perdu dans ses pensées, comme souvent. Une camionnette s'est arrêtée à son niveau et l'a embarqué.

— Cette camionnette, tu l'avais déjà vue ?

— Oui, il s'agit de l'association Trait d'Union. Habituellement, ils ne nous aident jamais. On les voit distribuer des repas, mais uniquement aux SDF français. Ça m'a surpris quand j'ai vu entrer Hassan dans le véhicule.

Alors, malgré la fatigue, après une recherche sur son téléphone, elle se rend dans les locaux de l'association, à Saint-Ouen.

Il est 16 heures quand elle arrive au 136, rue du Docteur-Bauer. Un entrepôt fatigué en briques. Un rideau métallique rouillé fermant une entrée de véhicules. Un petit panneau « Trait d'Union », sur la boîte aux lettres, à peine visible. Il y a de la lumière à l'intérieur. La Syrienne frappe à la porte. Une minute passe avant qu'on n'ouvre. C'est un homme massif, âgé d'une vingtaine d'années, le crâne rasé, une longue barbe brune. Un tatouage tortueux lui remonte le long du cou. Il porte un bomber noir. Il la dévisage. Elle demande :

— C'est bien l'association Trait d'Union ?

— Oui, mais on n'est pas en service. On n'a rien pour vous.

Il s'apprête à fermer la porte, elle la bloque avec son bras.

— Est-ce que vous avez vu cet homme ? C'est mon mari, Hassan.

En découvrant la photo, le Tatoué serre la mâchoire.

— Non... Ça ne me dit rien.

— On m'a dit que vous l'aviez emmené dans votre camionnette le soir du 3 février.

— On vous a dit des bêtises. Je n'ai jamais vu votre mari. Attendez une minute.

L'homme s'éloigne. Darya aperçoit un couloir avec du papier peint abîmé. Au fond, une pièce, peut-être une cuisine, d'où lui proviennent des voix. On murmure. Un autre type revient vers l'entrée. Une silhouette athlétique. Des cheveux blonds, ramenés en une raie parfaite, les côtés du crâne rasés. Des yeux bleu iceberg. Le jeune homme lui fait un grand sourire, un peu faux.

— Bonsoir, madame. Je suis le responsable de l'association. Je m'appelle Victor Mirval.

Tout en parlant, le jeune inspecte la rue. Coup d'œil à droite, à gauche. Puis il reprend :

— Mon ami m'a dit que vous cherchiez votre mari. Je pense pouvoir vous aider. Entrez, je vous en prie. Nous serons mieux pour discuter à l'intérieur.

Mirval se saisit fermement de l'avant-bras de la femme et la tire vers lui. Son regard. Avec ses années d'errance, la Syrienne sait reconnaître le danger quand il approche. Elle ne se laisse pas faire et, de sa main libre, cherche dans son sac à main. Là. Elle saisit sa bombe lacrymogène et asperge le visage du jeune. Il hurle, la lâche aussitôt. « Saleté, elle m'a gazé ! »

Darya s'enfuit. Elle arrive au bout de la rue. Derrière elle, une voix. « Vas-y imbécile, rattrape-la ! Je te rejoins. » L'avenue Michelet. Aucun endroit pour se cacher. Devrait-elle entrer dans cette boulangerie et demander de l'aide ? Les commerçants la jetteraient dehors... Elle n'est personne. Qu'une sans-papiers de plus qui vient mendier de l'aide. Où aller ? Réfléchir. Elle connaît le quartier. Pour se faire un peu d'argent, il leur arrivait avec Hassan de fouiller les poubelles des Parisiens quand ils sortaient leurs encombrants. Ils y dénichaient parfois du petit électroménager, des vêtements qu'ils tentaient de revendre ensuite à des marchands des puces de Saint-Ouen. C'est une fourmilière, un labyrinthe de ruelles. Elle pourra les perdre...

Sans hésiter, Darya traverse l'avenue. Une moto la frôle. Le Tatoué, bientôt rejoint par Mirval, les yeux injectés de sang, le visage boursouflé, franchissent la route à leur tour. Malgré ses pieds endoloris, la Syrienne met toutes ses forces dans sa course. Elle emprunte une rue étriquée qui s'étire sans fin. Sa respiration sifflante, les semelles de ses baskets usées qui claquent sur le bitume. Elle arrive enfin au cœur du marché à ciel ouvert. Il y a foule. Des stands remplis de vieilleries, d'un chaos bizarre et hétéroclite. Ça discute, ça marchande, ça s'invective, ça alpague les touristes. La Syrienne se faufile entre les badauds. Se retourne. Découvre les silhouettes de ses poursuivants parmi la foule, une quinzaine de mètres derrière. Ils ne la lâchent pas. Elle s'engouffre dans le marché Paul-Bert. Passe devant ces boutiques, telles des maisonnettes, remplies d'antiquités. Pousse des portes battantes, se retrouve dans les allées couvertes des brocanteurs. On la regarde avec de gros yeux. Elle étouffe sous son manteau. Elle hésite. Sur sa droite, un stand, plus grand que les autres. Un capharnaüm impossible. De hautes étagères couvertes de statues poussiéreuses, certaines imposantes, entravant le passage. Darya y pénètre, s'enfonce dans une zone d'ombre, derrière un archange aux ailes déployées. Son cœur va imploser. Ceux qui la traquent passent devant la boutique. S'arrêtent de l'autre côté de la vitrine, la cherchent. Une voix féminine dans son dos : « Qu'est-ce que vous faites ? » Darya ne répond pas, ne bouge pas. La femme insiste : « Sortez de mon magasin tout de suite ou j'appelle la sécurité. » Elle se retourne. C'est une dame d'un certain âge, au visage fermé, aux cheveux gris désordonnés. « Non, s'il vous plaît, juste une minute. – Sortez, j'ai dit ! », répond-elle, en haussant la voix. Les deux poursuivants ont entendu la mégère. Mirval, malgré ses yeux irrités, arbore un étrange sourire. Comme s'il s'amusait. Darya s'enfuit vers le fond du magasin, trouve une porte derrière le comptoir, la pousse. Se retrouve dans une autre allée.

Odeur de moquette usée. Bustes et bibelots. Luminaires par dizaines. Meubles en bois aux dorures rutilantes. Tableaux qui couvrent la moindre parcelle d'un magasin. Lits à baldaquin, fontaines, chandeliers, verres, argenterie… Ça déborde, ça dégouline. Alors qu'elle court, à en perdre haleine, Darya ne peut s'empêcher de se demander ce que font les gens de tout ça. Pourquoi ont-ils besoin de toujours plus ? D'accumuler ? Sa vie à elle tient dans un sac qui rétrécit, jour après jour. Le trop-plein contre le trop-vide. Le tout contre le rien.

Elle percute un couple qui flânait, s'excuse. Repart. Au bout d'un moment, elle ralentit, jette un œil en arrière. Elle ne les voit plus. Mais ils sont certainement encore dans les parages. Elle trouve un recoin, retire sa doudoune élimée, l'abandonne par terre, enlève le foulard qui retient ses cheveux, le range dans son sac. Tenter de devenir quelqu'un d'autre. Elle quitte le marché couvert, se retrouve à l'extérieur. Respire enfin. Elle les a semés. Elle arrive au bout de la rue Paul-Bert. Une fois qu'elle aura franchi les grilles interdisant la circulation, elle pourra disparaître dans les ruelles environnantes. Une silhouette surgit devant elle. Ces cheveux blonds, ces yeux rougis. C'est Mirval. Elle s'apprête à faire volte-face, quand on la saisit par-derrière. Le Tatoué. Ils l'ont retrouvée. « Si tu bouges, je te pète le bras », lui susurre-t-il. Elle se laisse pousser en avant. Bientôt, Mirval les rejoint et se place à leur droite. Elle est piégée. « Tu nous auras fait courir… Maintenant, tu nous suis sans broncher. »

Darya en a assez. Qu'on lui dise quoi faire. Obéir, toujours. Aux ordres des passeurs, des policiers, des douaniers. De tous ces hommes croisés sur les routes. « Montrez vos papiers », « rentrez dans ce bus », « faites la queue », « sortez de cette tente », « remplissez ce formulaire »… Elle se fige. Le Tatoué lui fait mal au bras. S'élevant du plus profond de son être, un son sort de sa bouche. Un hurlement. Puissant, déchirant. Elle crie. De toute sa rage, son désespoir. Elle crie. Pour qu'on l'aide. Pour qu'on la voie. Pour qu'on l'entende, enfin. Le Tatoué serre son bras, plus fort encore, la menace. Mais rien ne pourrait arrêter cette clameur. On se retourne. Le propriétaire d'une friperie demande si ça va. La Syrienne garde la bouche ouverte, une larme glisse sur sa joue. Et ce rugissement strident qui vrille les oreilles. Un cri. Pour Hassan. Pour ce qu'il lui restait de soleil et qu'on lui a volé. Un cri pour montrer qu'elle restera debout. Pour qu'ils sachent qu'ils n'ont pas gagné. Pas encore. Alors, face à l'attroupement de curieux, et aux agents de sécurité qui accourent, les deux hommes disparaissent dans la masse. Darya, épuisée, vidée, s'écroule sur les pavés. Elle doit prévenir Geller.

8

3 septembre 2011

Noirval

Louis a les poings fermement arrimés sur la barrière. Un peu plus et il ferait voler le bois en éclats. Son corps n'est que tension. À ses côtés, Eddie est tout aussi absorbé. Les deux observent le combat féroce qui se joue sous leurs yeux. Dans la lice, l'arène rectangulaire, les pugilistes s'affrontent, de toute leur puissance brute. Les cinq membres des Ultimus Stans sont en déroute. Ils ont remporté un premier round face aux Braves de Touraine, en tunique bordeaux. Mais le second s'annonce bien plus tendu. Guillaume et Laurent ont déjà été vaincus. À l'autre extrémité de l'arène, des combattants s'acharnent sur Lucian. Les épées martèlent son armure. Le Roumain ploie sous les coups, mais tient bon. Pour le moment.

N'en pouvant plus de voir son camarade se faire ainsi malmener, de se sentir si impuissant, Louis détourne son attention vers le public massé dans la cour du château de Noirval, en périphérie de Lille. Sur les visages, se lit un mélange de fascination et de terreur primitive. Les enfants se cachent dans la poitrine de leur père. Les bouches s'entrouvrent, les traits se crispent. C'est trop bruyant, trop violent, trop chaotique. Mais on ne peut s'empêcher de regarder, d'en vouloir plus. Pour Louis, au contraire, après ces mois à vibrer corps et âme pour le béhourd, ce qui se joue ici est clair. Ce ne sont pas des fous furieux qui se jettent dessus. Non, c'est un champ de bataille organisé, un affrontement complexe, où chacun tient son rôle. Désormais, Farge connaît les codes, techniques et stratégies mises en œuvre. Jef, justement, vient de briser le manche de sa hache à une main sur un bouclier. Il court vers eux et leur demande une nouvelle arme. Sa respiration haletante, ses mots, hurlés : « Vite, donnez-moi un fauchon. On en bave. » Eddie en profite pour lui glisser ses consignes. « Prends-les par le flanc droit. Va aider Lucian. » Il repart. Malgré la fatigue. Son fauchon serré dans sa main droite. Louis sait combien le choix d'une arme est primordial. Chacune servant un usage spécifique. La hachette et la masse pour endommager les armures et sonner les adversaires. Les armes d'hast telles la hallebarde, la vougue ou la guisarme, lames montées au bout d'une longue hampe, pour le combat à distance. L'épée et le fauchon, un sabre droit, l'arme la plus fréquemment utilisée, sont, eux, maniables et précis. Vient enfin le bouclier, équipement essentiel, qui sert autant à se protéger qu'à frapper dans les casques et le torse.

L'autre soir, Eddie, habituellement avare en compliments, a avoué au jeune homme : « J'ai rarement vu une recrue aussi appliquée, aussi passionnée. Mais n'oublie pas ta vie ! » En effet, Louis ne respire plus que pour ce sport. Lui qui avait tant de mal en classe, plus jeune, à retenir la moindre information, aujourd'hui, passe ses soirées à relire les fiches couvertes de son écriture enfantine, qu'il s'est confectionnées au gré des jours. Les différents types d'armes, d'armures. Leurs histoire et utilisation… Chaque mardi et jeudi, Louis compte les heures avant leur nouvel entraînement. En plus de travailler leur technique, Eddie leur apprend des prises de jiu-jitsu, de judo. Car, au béhourd, les coups avec les armes servent plus à désorienter qu'autre chose. Ce sont les prises qui feront basculer un ennemi. Et en cela, Louis apprend vite. Sa puissance naturelle lui permet d'attraper un opposant par le cou et de le forcer à poser genou à terre. Le jeune homme s'applique à suivre les conseils de son entraîneur. D'après Eddie, dans la lice, ceux qui tiennent ne sont pas ceux qui frappent avec toute leur force, mais ceux qui sauront la dompter. La clé d'un bon spadassin, c'est l'endurance. « Le cardio », comme il dit. Leur capitaine, ancien professeur de judo, ne les épargne pas. Au début de chaque entraînement, après leurs échauffements, ils doivent courir dix minutes avec leur armure. Soit trente kilos d'acier sur le dos. Après quelques tours, tous ont le souffle coupé. Même le plus simple mouvement devient difficile. Le cliquetis des pièces de métal, leurs respirations usées. Et quand ils sont à bout, le menuisier leur impose une série de pompes. Eddie, lui, ne peut plus se battre, après un mauvais coup reçu à l'épaule des années auparavant. Mais tous savent que leur entraîneur était l'un des premiers en France à défendre le béhourd. L'un des meilleurs combattants aussi. Eddie a aidé Louis à trouver un boulot de plongeur dans un restaurant et le loge dans un petit appartement, au-dessus de son atelier. Pour montrer sa motivation, le soir, après son travail, le jeune homme va courir trente minutes. Qu'importe la météo. Il en revient parfois trempé jusqu'à l'os. Quand il entre dans la maison d'Eddie, pour chercher un peu de chaleur auprès du poêle, le fondateur des Ultimus Stans lui apporte une tasse de café chaud et s'installe à ses côtés. Ils ne se parlent pas. Ce n'est pas la peine.

Eddie a beau reconnaître l'investissement de sa recrue, il ne veut pas encore le laisser fouler la lice. En tournoi, le plus clair de son temps, Farge le passe à servir d'écuyer. Il aide ses camarades à se préparer. D'abord, enfiler le gambison, une épaisse veste matelassée. Ensuite viennent la brigandine, une armure en plaques de cuir, les coudières, les spalières qui protègent les épaules, les genouillères, cuissards pour les jambes, la coque, le heaume. Autant de pièces d'armure qu'on noue avec des lacets en cuir. Enfin, on enfile les solerets pour protéger les pieds, les gantelets, et le casque. Et déjà la chaleur suffocante dans la cuirasse. Il faut plus de trente minutes pour équiper un combattant. Grâce à Eddie, et à son obsession du détail, ils respectent l'une des règles premières du béhourd. Les armes et armures doivent être des répliques de celles utilisées entre le XIIIe et le XVIIe siècle. Et les différentes pièces, s'inspirer d'une même période historique et zone géographique. Si Eddie leur répare souvent leur matériel abîmé entre deux joutes, ils ont dû tous investir. Près de 2 000 euros auprès de forgerons d'Europe de l'Est pour se procurer un équipement complet.

Pour la première fois de sa vie, Louis courbe l'échine et accepte qu'on lui donne des ordres, qu'on le charrie, même. L'autre fois, Jef, qui aime blaguer, s'est foutu de lui. « T'en fais pas, Louis... Arthur Pendragon a commencé en tant qu'écuyer. D'ailleurs, faudrait aller récurer les toilettes... » Dans d'autres circonstances, pour toute réponse, Louis aurait joué des poings. Mais c'est différent, désormais. Il a appris à connaître chacun des membres des Ultimus Stans. Jef est un drôle de type qui vit sa passion du béhourd comme une échappatoire à son quotidien trop tranquille. Comptable dans une grande société de la région, il a, sur le papier, tout pour être heureux. Une jolie femme, deux petites filles charmantes, une maison en banlieue d'Angers. Pourtant... « Depuis quelques années, j'avais l'impression que je m'étais éteint. Que je n'avais plus rien à l'intérieur. Avec vous, dans la lice, je me sens vivant à nouveau. » Dans leur équipe, il y a aussi Laurent, professeur d'histoire en collège, passionné par l'époque médiévale. Lui a l'impression, avec ce sport, de voyager dans le temps. Les Ultimus Stans peuvent aussi compter sur Lucian, un Roumain, ancien légionnaire, au sourire enfantin. Il affirme, avec son accent tranchant et son premier degré coutumier, être là parce qu'il « aime se battre et frapper ». Ses camarades le surnomment « la Cogne » et ça lui va bien. Les Ultimus Stans ne seraient rien sans leur capitaine, Guillaume, le plus âgé du groupe. Un physique improbable. 1,60 mètre, une longue barbe noire. Des cheveux frisés attachés en catogan. Tout en muscles. On l'appelle Gimli, clin d'œil au nain du

Seigneur des anneaux. Pour sa taille, mais surtout parce que le bonhomme a tendance à rouspéter pour un rien. Guillaume a rejoint l'équipe après avoir longtemps participé à des reconstitutions historiques. Il cherchait une activité plus réaliste, intense. En découvrant le béhourd, il a éprouvé le même choc que Louis. D'abord marqué par la violence des coups, puis impressionné par la noblesse de ces types, qui faisaient front, ensemble, sous un même blason. Enfin, un dernier tournoyeur vient compléter le tableau, et pas des moindres. Blaise, un jeune de 25 ans, véritable armoire à glace. Les membres des équipes adverses l'ont surnommé « le Chêne », car une fois planté dans la lice, difficile de le faire ployer. Blaise, sa présence à leurs côtés est à chercher du côté de son enfance. D'origine rwandaise, de l'ethnie des Tutsis, il a vu sa famille se faire décimer durant le génocide de son pays. Il doit son salut à une tante qui l'a emmené en France. Les coups qu'il donne aujourd'hui sont une réponse aux fantômes qui le hantent.

Ils sont six. Affectueusement, Eddie les surnomme ses « Six Salopards ». Parfois, en écoutant causer ses camarades, Louis, toujours un peu silencieux, se demande ce que lui-même est venu chercher dans le béhourd… Et il croit le savoir. Un cadre, des règles pour ordonner le chaos qu'est sa vie. Une armure pour contenir sa rage.

Les autres Ultimus Stans aiment bien le taquiner. Mais au fond, ils respectent leur cadet. Il y a ces tapes dans le dos, ces sourires. Et, surtout, depuis son arrivée, aucun ne s'est moqué de sa bouche déchirée. Car tous ont leurs cicatrices. Lucian, une taillade sur la joue. Souvenir d'une de ses opérations militaires quand il était légionnaire. Eddie et son épaule en vrac. Guillaume et sa marque sur l'arrière du crâne, mauvaise chute au rugby.

Les Ultimus ont finalement vaincu leurs opposants, mais Lucian est mal en point. L'assaut frénétique des deux Braves de Touraine a laissé des traces. D'après Eddie, le Roumain s'est certainement fêlé plusieurs côtes. L'entraîneur prend Louis à part.

— Tu vas devoir remplacer Lucian sur le prochain combat. La finale du tournoi.

— Mais… tu n'arrêtes pas de me répéter que je ne suis pas prêt.

— On va bientôt le savoir. J'ai confiance en toi. Et ton équipe a besoin de toi. Lucian va te prêter son armure, je vais t'aider à l'enfiler.

Un peu abasourdi, Louis s'équipe. Eddie vérifie que tout est en place et, avec attention, s'assure que le jeune a bien positionné sa protection de nuque, resserre les lacets de ses genouillères, ajuste son casque. Depuis les haut-parleurs, on annonce le prochain assaut. Ils devront affronter les Aigles de Gascogne, une redoutable équipe. Ses camarades le dépassent, lui donnent des coups sur le casque. « Ça va aller, Louis. On est avec toi. Mais évite de me tomber dessus », lui lâche Guillaume au passage. Arrivés à l'entrée de la lice, ils se serrent les uns contre les autres, en pack. Tous hurlent leur cri de ralliement : « Premiers au combat, derniers debout ! » Avant de pénétrer dans l'enceinte, un arbitre vérifie leur équipement et s'assure que le tranchant de leurs armes est bien émoussé. S'ensuit un bref rappel des règles. « Les frappes à la nuque, derrière les genoux, et aux parties génitales, interdites. Les coups d'estoc, avec la pointe de la lame, interdits car ils peuvent traverser la visière, de même que les coups sur les côtes. » Louis écoute d'une oreille. Son cœur et ses tripes sont déjà là-bas, sur le rectangle de sable.

Aux côtés de ses frères d'armes, il pénètre dans la lice. Ils forment une ligne de défense qu'ils essaieront de tenir. Les deux tanks, Louis et Blaise, combattants massifs, lourds, se placent en première position. Eux se déplaceront lentement, mais encaisseront les coups pour les autres. Derrière eux, Jef jouera les hastiers. Il lui faudra rester en retrait et utiliser son arme à distance, en soutien. Sur leur gauche, Laurent est le runner de l'équipe. Il filera d'un point à l'autre et cherchera à briser la ligne adverse. Enfin, à droite, leur puncher, Guillaume, s'efforcera de déstabiliser les adversaires en les chargeant puissamment.

À travers l'ouverture effilée du casque, Louis distingue la foule amassée le long des barrières. Parmi l'assistance règne un silence étrange, un peu suspendu. Il lève la tête. Dans le ciel gris, des bannières aux couleurs des différentes équipes flottent au vent. Et parmi elles, se détache le blason des Ultimus Stans, une épée sur fond bleu, encadrée de deux fleurs de lys. Son drapeau... Sa fierté. Devant lui, leurs cinq adversaires, les Aigles de Gascogne, tentent de les impressionner en frappant leurs armes contre leurs boucliers. En arrière-plan, la silhouette massive du château de Noirval. Laurent avait raison. Ce sport, c'est un voyage dans le temps. Louis n'est plus en 2011, mais au pied d'une forteresse assiégée du XIIIᵉ siècle. À l'aube d'un terrible combat.

Farge doit rester concentré, ne pas avoir peur. L'arbitre abaisse son fanion, et hurle « Allez ! » C'est le début de la joute. Pour vaincre, il leur faut deux rounds gagnants. Les Aigles se ruent sur eux. Rester calme. Mais Louis sent son pouls accélérer. Choc. Fureur. Un adversaire se jette sur lui, il évite de justesse un coup de pied chassé. Puis, c'est une série violente de tapes de fauchon. Louis les pare péniblement avec son bouclier. Certaines frappes atteignent son avant-bras. La douleur est réelle. Et sa respiration trop forte. Il voudrait reculer, mais il sait qu'il doit tenir. C'est ce que les autres attendent de lui. Un pied en avant, un autre… malgré la lame du fauchon qui s'abat sur lui, et heurte son épaulière. Encore un pas. Frapper. Mettre en pratique, enfin, ce qu'il a appris. À son tour, il balance son épée en avant, vise le haut des jambes pour affaiblir son opposant, et le forcer à s'abaisser vers l'avant. Mais il manque de précision, ses coups ripent sur l'armure étincelante du Gascon. Il vient plus près et balance un énorme direct du bouclier dans le casque ennemi. Ses assauts sont tout sauf gracieux. Il n'est pas là pour avoir du style, mais pour faire mal. C'est brutal. Comme le dit souvent Eddie : « On a longtemps pris les chevaliers pour de fins escrimeurs. En réalité, pour savoir se battre avec une telle armure sur le dos, il faut être un sauvage, une brute. Le béhourd, c'est des tripes, du sang et de la bravoure. » Louis reprend le dessus. Il enchaîne les coups d'épée. Son adversaire recule, manque de trébucher. Alors, le jeune lui assène un énorme coup de tête. L'homme chancelle, tandis que Farge le saisit par le cou et l'amène au sol. Il l'a vaincu. Mais ce n'est pas fini. De la sueur lui brûle les yeux. Louis cherche autour de lui, il n'y voit quasiment rien. Le combat a soulevé un nuage de sable. À l'autre bout du champ de bataille, deux de ses camarades sont tombés. Il reconnaît Blaise et Laurent. C'est trop tard pour eux. Un Aigle passe devant lui en criant et entre au contact avec Guillaume, qui se défend. Dans un angle de l'arène, Jef est acculé par deux adversaires. D'un pas lourd, Louis essaie de courir, mais peine à accélérer. Les kilos de métal sur ses épaules freinent le moindre de ses mouvements. À peine trois minutes de combat et, déjà, il se sent à bout. Malgré tout, il parvient à percuter un ennemi dans le dos et le projette à terre. Jef lui fait un hochement de tête rapide en remerciement. Mais pas le temps de se féliciter. L'instant suivant, un choc énorme dans son dos. Un des Aigles, qu'il n'avait pas repéré, vient de lui asséner un coup de hallebarde sur l'omoplate. La douleur se répand instantanément. Louis vacille. Son rival en profite pour lui passer son arme autour du cou, et tenter de le basculer en arrière. Il résiste tant qu'il peut, mais le bois de la hampe lui scie le cou, et coupe sa respiration. Il s'écroule dans le sable. Son opposant lui plaque la lame de sa hallebarde sur le torse. C'en est fini pour lui. L'instant suivant, l'arbitre annonce la fin du combat. Ils ont perdu. L'Aigle lui tend la main et l'aide à se relever. Louis est un peu sonné.

La douleur irradie son corps. Pourtant, il ne s'est jamais senti aussi bien. Vient un second round, qu'ils remportent de justesse. Et un troisième qui marque leur victoire. Louis n'a pas particulièrement brillé dans les autres assauts. Épuisé, à bout de forces, nauséeux, il se défendait plus qu'il ne montait au créneau. Il a toutefois réussi à mettre deux ennemis hors jeu. Son équipe le félicite. On se tombe dans les bras les uns des autres. Guillaume, d'habitude si bougon, essuie une larme. Eddie, tout sourire, après avoir congratulé ses camarades, lui lâche : « Bravo, le môme, t'en es sorti vivant. Mais il y a encore du boulot. » Bientôt, les Ultimus rejoignent leur tente et retirent leur équipement. Il est temps de faire la fête, de célébrer leur victoire. Mais Louis se refuse à quitter la lice. Il veut retenir ce moment, capter ces regards. Les applaudissements, les bras qui se dressent. Pour la première fois de sa vie, il est fier de lui. Fier de ce qu'il est. Alors qu'il franchit enfin le seuil de l'arène, une main se pose sur son épaule. Il se retourne. C'est un homme d'une quarantaine d'années. Un air distingué. Il a des cheveux châtains, ramenés en arrière, les tempes grisonnantes, un nez aquilin, une fine barbe qui souligne l'arête aiguisée de son menton. Des yeux bleus. Il porte une veste Barbour sur un col roulé noir et un pantalon en velours gris foncé. Sa voix est douce, feutrée.

— Je voulais vous féliciter jeune homme, je vous ai regardé combattre. C'était très impressionnant.

— C'était mon premier assaut…

— Eh bien… Je suis encore plus admiratif. Mais laissez-moi me présenter. Je suis Armand Mirval. Le château de Noirval m'appartient. J'aime recevoir des compétitions de béhourd. C'est un sport que je suis de très près, depuis longtemps. Cette pratique porte en elle toutes les valeurs qui font défaut à notre époque : sens de l'honneur, du sacrifice, courage… Si j'étais plus jeune, je me battrais à vos côtés… Quel est votre nom ?

— Louis. Je m'appelle Louis Farge.

— Je suis certain que nous aurons l'occasion de nous revoir, Louis. Vous allez devenir un grand chevalier, c'est écrit. Parlons-nous à l'occasion, j'ai besoin de gens tels que vous autour de moi.

L'homme lui tend une carte. Un peu par réflexe, Louis la saisit. Il y est inscrit : « Armand Mirval, Professeur des Universités, Université Catholique de Lille, Département d'Histoire. Sénateur du Nord. » Au moment où il la saisit, Eddie s'interpose et attrape le jeune par le bras.

— Monsieur Mirval, désolé de vous enlever ce cher Louis, mais il doit fêter son premier combat.

— Bien sûr, Édouard. Je vous en prie. Et bravo à vous tous !

Tous deux s'éloignent, laissant Mirval derrière eux. Eddie glisse à l'oreille de Louis :

— Évite de trop traîner autour d'Armand Mirval, le môme.

— Pourquoi ?

— Il est riche, puissant. Il te fera de belles promesses. Mais crois-moi, méfie-t'en comme de la peste. Il a un discours de haine, à l'opposé de nos valeurs. Cet homme, c'est un serpent. Ses paroles, du venin. Allez, viens, les autres t'attendent.

Tandis qu'Eddie l'emmène, Louis se retourne une dernière fois. Mirval le fixe toujours, un étrange sourire aux lèvres.

9

13 février 2024

Marseille

5 h 45. L'assaut sera donné dans quinze minutes. Sofia, Djibril et Papé patientent à l'arrière d'une « cuve », véhicule banalisé. À leurs côtés, deux policiers du RAID cagoulés. Encore une nuit blanche pour l'équipe Pelletier. Ils ont passé les dernières heures aux abords de la cité des Lauriers, un ensemble d'une dizaine de barres d'immeubles de Marseille. Pas le coin le plus tendu des quartiers Nord. Mais ici, comme partout ailleurs dans la zone, ça deale pas mal. Dès le matin, les « choufs », des minots, sont placés aux entrées et sorties de la cité pour contrôler les allées et venues. C'est pour cela qu'il leur faut intervenir aux premières lueurs du jour, quand le quartier est encore endormi. Les policiers se relaient pour surveiller, aux jumelles, l'entrée numéro 40, celle qui mène à l'appartement de leur cible, Dylan Giniel. Pendant la soirée, depuis une autre position, le groupe logistique du RAID

a également envoyé patrouiller un drone à proximité de l'appartement, qui a permis d'y confirmer sa présence.

Durant ces heures interminables, les policiers d'élite qui les accompagnent ont, comme toujours, fait preuve d'un calme olympien. Ils échangent peu de mots, ne bougent quasiment pas, ou uniquement pour contrôler, méthodiquement, leur matériel. Leurs armes, pistolet Glock 17 et fusil d'assaut HK416, leurs différentes grenades, aveuglante, offensive, leur lampe torche, leur taser...

5 h 48... 5 h 49... Sofia garde les yeux rivés sur le cadran de sa montre. L'attente est insupportable. Mais il n'y a pas que ça. Elle a un mauvais pressentiment... Ça fait des jours que ça la travaille. L'apparition soudaine de Dylan Giniel sur l'échiquier la gêne. À ses côtés, Papé joue au sempiternel même jeu vidéo sur son portable. Des séries de gâteaux colorés à aligner. Sa technique pour se vider la tête. Djibril lit un magazine.

5 h 50. Dans l'habitacle de la camionnette, la voix d'un des policiers du RAID s'élève. « H–5, tenez-vous prêts. » Sofia trafique une lanière de son gilet pare-balles, puis, n'y tenant plus, demande à son supérieur :

— Papé, je ne la sens pas, cette intervention. Ce Giniel, ça ne peut pas être lui, l'Ange noir.

Elle baisse d'un ton, pour ne pas se faire entendre des agents d'élite et poursuit :

— On aurait pu tenter de le taper nous-mêmes. Avec l'intervention du RAID, il risque d'être terrorisé et de se murer dans le silence. On a déjà vu ça... Ce n'est qu'un gamin.

— On est dans un quartier chaud. Et Giniel a tout d'un profil radicalisé. On ne sait pas ce qui nous attend. On a besoin du RAID.

— Mais cette photo de la tombe de Chassagne sortie de nulle part, c'est étrange, tu ne trouves pas ? J'ai l'impression qu'on nous balade.

Papé ferme les yeux, se masse les tempes, hausse la voix.

— Sofia, il faut que tu arrêtes maintenant. Je sais ce que je fais. Et j'ai besoin de rester concentré. Lâche-moi un peu.

À l'autre bout de la fourgonnette, les agents du RAID chuchotent en l'observant. Puis, ils demandent à Papé de les rejoindre et discutent un instant.

5 h 52. Dans trois minutes, deux camionnettes vont se parquer à l'entrée de la cité des Lauriers. Douze policiers d'élite vont en émerger pour prendre d'assaut le domicile du jeune Dylan Giniel, 19 ans. Deux jours plus tôt, la DGSI a repéré une photo étrange sur les réseaux sociaux. Un peu trouble, prise de nuit, on y décèle un tumulus de terre, entouré de gazon. Sur le tombeau, un drapeau noir et deux ailes, une blanche, une noire. En légende : « Mort aux mécréants. Chassagne ne sera pas le dernier. » Après vérification, aucun doute possible, le cliché a bien été pris sur les lieux où a été découvert le cadavre du député. De plus, aucun média n'a été mis au courant de la mise en scène macabre des assassinats. Donc, impossible de la reproduire avec autant de précision. Les unités de l'antiterrorisme ont pu remonter l'historique de navigation ainsi que les différents flux et comptes de messagerie de Giniel.

On a relevé quelques prises de position en faveur de l'État islamique, des commentaires vindicatifs sur des forums proches des cellules radicales. Mais rien ne le liant directement aux assassinats de l'Ange noir. C'est justement parce que cette photo sort de nulle part que Sofia trouve ça louche. La SDAT comme la DGSI pensent que Giniel a certainement utilisé la messagerie cryptée Telegram pour effectuer le gros de ses communications. Dylan Giniel a le profil type du jeune de cité radicalisé. Son père, un homme violent, a abandonné sa famille à la naissance d'un quatrième enfant. Aîné de sa fratrie, Giniel a été élevé par une mère seule, fragile, qui s'est retrouvée du jour au lendemain avec quatre bouches à nourrir. Dépassée, débordée, elle a sombré dans la dépression. Dylan, lui, a glissé vers la criminalité. Plusieurs tours au commissariat durant son adolescence pour vols de scooters, deal de shit, il quitte l'école à l'âge de 16 ans. D'après leur enquête, Giniel faisait la loi chez lui, se montrant tyrannique avec sa sœur, ses deux frères, sa mère. Interpellé à plusieurs reprises depuis sa majorité, il a fini par plonger pour un an ferme en 2021 pour trafic de cocaïne... Deux mois après sa sortie de prison, il sort soudainement des radars de la police. D'après son historique de navigation, il aurait commencé à visionner des vidéos de jihadistes célèbres, lu bon nombre d'articles sur la guerre en Syrie, sur les *muhajirin* partis faire la *hijra* et restaurer le califat. Comme beaucoup, il se serait converti, seul, à l'islam et se serait radicalisé par l'entremise des réseaux sociaux. Il fréquente rarement les mosquées du coin, fait ses cinq prières quotidiennes dans son appartement. Ne quitte quasiment plus sa chambre... Dylan Giniel a tout du loup solitaire. Un portrait-robot un peu simpliste qui a pourtant convaincu les groupes antiterro qu'il avait le profil pour être l'Ange noir. Tous les signes de radicalisation sont là. Mais Sofia n'y croit pas. Le jeune Marseillais ne colle pas à l'image qu'elle s'est faite du tueur. Trop jeune, trop inexpérimenté… Et quelle idée de balancer cette photo en ligne ? Jamais l'Ange noir ne commettrait une telle erreur.

Trop tard pour se poser des questions. Sofia desserre son gilet pare-balles. Elle a l'impression qu'il lui comprime la poitrine. Ou peut-être est-ce cette situation… Cette cité, ce jeune isolé… ça lui rappelle trop de souvenirs. De ceux qui ne vous lâchent jamais. Papé revient vers la jeune femme :

— Sofia. J'ai parlé avec les hommes du RAID. On préfère que tu attendes en retrait.

— Non…

— Ma décision est prise. Cette opération remue trop de choses chez toi. C'est trop proche de ton histoire. Tu restes en soutien avec les gars de la BRI. Tu nous rejoindras dans l'appartement une fois la zone sécurisée.

La jeune femme hoche la tête, la mâchoire serrée…

5 h 55. Djibril lit un article mais les mots ne s'ancrent pas en lui. Il n'arrête pas de penser à sa femme, Mélanie. Hier soir, ils se sont encore engueulés au téléphone. Sans qu'il sache trop pourquoi, ça a dérapé. Ses paroles lui vrillent le cerveau. « J'ai besoin de toi, moi. C'est dur en ce moment. » Mélanie est enceinte de cinq mois, elle est plus à fleur de peau, plus sensible, plus tout. Il a l'impression qu'ils se sont un peu éloignés ces dernières semaines. Que tout est tension. Alors qu'ils devraient

être soudés, plus que jamais, par ce bébé qui arrive. Quand il rentre, ils ne se parlent plus, ne se marrent plus comme avant. Djibril n'est pas assez présent, il le sait. Mais le contrat a toujours été clair entre eux. Il ne lui a jamais fait de fausses promesses. La SDAT, c'est bien plus qu'un boulot. Les dernières paroles de sa compagne tournent dans sa tête : « Tu fais chier, Djib'. » Le policier essuie ses mains moites sur son jean. Il hésite à sortir son téléphone, à lui envoyer un message, à s'excuser... Mais il doit rester concentré. À l'autre bout du fourgon, les deux opérateurs du RAID revoient, pour la dernière fois, les plans de l'appartement qu'ils s'apprêtent à investir. Ça fait longtemps qu'il a laissé tomber l'idée de sympathiser avec les « hommes en noir ». Jamais désagréables, toujours respectueux, les gars du RAID gardent cependant leurs distances. Ils évoluent dans leurs propres sphères, avec leurs propres codes. Chaque fois qu'il collabore avec ces types, toujours cachés derrière leurs cagoules, Djibril se demande quelle vie ils peuvent avoir... Est-ce qu'ils réussissent à s'extraire du contexte ? À rentrer chez eux et à jouer avec leurs gamins, comme si de rien n'était ? À faire l'amour à leur femme, sans avoir des flashes qui remontent de tout ce qu'ils ont vu, tout ce qu'ils ont dû faire ? Le jeune flic, lui, n'y parvient pas.

Après une interpellation musclée, il entend certains appeler leurs compagnes pour les rassurer. Et il connaît leurs traditions, leurs rituels. Une fois une opération bouclée, ils se réunissent dans l'arrière-salle d'un restaurant de Marseille pour manger ensemble et débriefer. Ça doit vouloir dire qu'eux aussi ont besoin, d'une manière ou d'une autre, de décompresser. Pourtant, ils semblent si imperturbables. De vraies machines. Lui, au contraire, ne peut s'empêcher de penser à Mélanie, à leur bébé à venir... Et s'il prenait une balle perdue ? Et si Giniel était équipé d'explosifs et se faisait péter la gueule ? Il y a des précédents... Elle garderait quoi d'eux ? De lui ? Ce dernier échange ? « Tu fais chier, Djib' »... Djibril prend trois grandes respirations. Il croise le regard d'un des gars du RAID qui hoche la tête, comme s'il comprenait. En cet instant, se dire que derrière leurs uniformes, leurs fusils gravés de leur devise, « Servir sans faillir », derrière tout ça, il y a des femmes, des hommes qui, peut-être, pensent à leurs familles, ont peur, ça le calme un peu.

Des bruits de moteurs. Le policier regarde par la vitre teintée du fourgon. À l'extérieur, deux camionnettes s'arrêtent en bordure de l'immeuble. Instantanément, les portes arrière s'ouvrent et les douze membres du RAID s'en extraient et avancent d'un pas rapide, en pointant leurs armes vers le bâtiment, sur le qui-vive. L'instant suivant, c'est à leur tour de sortir. Papé et lui resteront en arrière et, une fois l'appartement sécurisé, placeront le prévenu en garde à vue, feront les premières fouilles et constatations. Avant de quitter l'engin, Djibril lâche un sourire à sa partenaire, Sofia. Il sait combien ça doit être dur pour elle de ne pouvoir les accompagner. Mais quand Papé a pris une décision, inutile de revenir dessus.

Les deux membres de l'équipe Pelletier, précédés des gars du RAID, se lancent vers l'immeuble et foulent un terre-plein. Djibril ose un regard vers l'appartement de Giniel, au troisième étage. Il croit voir bouger un rideau. Pas le temps. Ils pénètrent dans la cage d'escalier.

Boîtes aux lettres défoncées, tags sur les murs, brûlures de briquets au plafond. Ils grimpent les trois étages. Les devançant, en file indienne, les membres du RAID progressent sans se hâter, les plus silencieux possible. Pistolets aux poings et lampes torches orientées vers le haut. Troisième étage. Djibril arrive dans le corridor. Un carrelage en petits carreaux, des murs peints en orange. D'après leurs informations, quatre personnes sont actuellement dans l'appartement : Dylan Giniel, sa mère et ses deux frères. Intérieurement, Djibril prie pour qu'il n'arrive rien aux plus jeunes.

Le RAID prend position. Ils se placent en colonne d'assaut, les uns derrière les autres le long du mur, prêts à investir l'appartement. En première ligne, un agent équipé d'un bouclier pare-balles Arès. En quelques gestes précis, le chef d'équipe donne ses indications. Le responsable effraction passe en tête de peloton, installe son ouvre-porte hydraulique « door raider », sur les deux dormants de la porte. La serrure ne résiste pas longtemps aux neuf tonnes de pression de la machine. La porte cède, quasiment sans bruit. L'opérateur se dégage. Dans la seconde, un autre agent balance deux grenades 9-Bang qui provoquent une série d'explosions et une fumée opaque. Djibril a beau être en retrait, le son lui vrille les oreilles. L'instant suivant, les agents s'engagent dans l'appartement, une main sur l'épaule de leur prédécesseur, l'autre braquant leur pistolet devant eux. Ils scandent « Police ! Police ! » On entend des cris de femme à l'intérieur, puis des timbres d'enfants. Un nuage gris s'échappe de la porte défoncée. Des voix dans les radios. « Entrée, clair. Salon, clair. Chambre 1, clair… », puis, enfin : « On a sécurisé le salon et deux chambres. On a la mère et les deux frères. Giniel s'est enfermé dans sa chambre. On tape. »

Un nouveau choc. Un membre du RAID vient certainement d'utiliser un fusil à pompe d'effraction pour faire sauter la serrure. Un silence. Long. Trop long. « Merde. Giniel vient de sortir par le balcon de sa chambre. La cible est dehors. Je répète… »

6 h 04. « La cible est dehors. » Sofia est postée entre les deux fourgons avec d'autres agents de la BRI, chargés d'encadrer la zone, quand ils entendent le message radio du RAID. Un instant de flottement. Comment Giniel a-t-il pu prendre la fuite ? Ils scrutent l'immeuble. Personne aux fenêtres du troisième. Évidemment… Il est sorti de l'autre côté. Accompagnée de ses collègues, Sofia contourne la barre. À une vingtaine de mètres, une silhouette se laisse tomber d'un balcon du premier étage. C'est Dylan Giniel. Il a dû descendre en se suspendant d'une loggia à l'autre. Un des policiers hurle : « Police ! Giniel, plus un geste. Les mains sur la tête ou on tire ! » Le jeune se retourne et s'immobilise. Les hommes de la BRI assurent leur visée. Sofia reste hébétée. Il lui ressemble tant. Le même collier de barbe, sa tenue, le kamis, cette tunique et ce sarouel, uniforme des jihadistes. Ce visage fermé, dur, pourtant à peine sorti de l'enfance. Ces cheveux noirs, frisés, ramenés derrière les oreilles. Les policiers s'apprêtent à tirer dans les jambes du fuyard quand Sofia s'interpose. « Non ! » Lui en a profité pour filer. Elle le poursuit.

Plus athlétique que ses confrères, Sofia les distance. Elle ne perd pas de vue Giniel qui court comme un dératé devant elle. Ils contournent un supermarché, slaloment entre des voitures sur le parking. Giniel se rue vers l'entrée d'un autre immeuble de la cité, et disparaît à l'intérieur. Avant de le suivre, Sofia articule à sa radio : « Il vient de rentrer dans la cage d'escalier du 28. » Elle franchit le seuil. Un ascenseur avec un panneau « Hors service ». Un escalier qui monte. Une porte sur la droite en train de se refermer. Merde, pense Sofia. Le sous-sol. Une nouvelle annonce. « Giniel part dans les caves. Je le suis. » Giordano sait pertinemment ce qui l'attend, en bas… Depuis des années, aucun habitant n'y met plus les pieds. Les caves appartiennent aux bandes locales. À coups de masse, elles ont été transformées en labyrinthes. Des trouées ont été faites dans les murs en parpaings, permettant de se faufiler d'une pièce à l'autre. Ce qui avait de la valeur a été revendu. Et personne n'a eu son mot à dire. C'est un réseau de salles inextricable, ne menant qu'à des culs-de-sac, pour celui qui ne sait rien des indices entremêlés aux graffitis sur les murs. Quand les flics font une descente, c'est ici que les vendeurs de cannabis, les charbonneurs, viennent se terrer. Sofia vient de mettre le pied dans un traquenard. Elle dévale les marches en béton, arrive en bas. La lumière est éteinte. En tâtonnant, elle trouve un interrupteur. Des néons s'allument. Ils ont été peints à la bombe rouge. La lumière est faible. L'agent de l'antiterrorisme sort sa lampe torche et la place le long du canon de son arme. Au milieu du couloir, une porte a été éventrée. Elle jette un œil à l'intérieur. Deux canapés usés, des chaises en plastique autour d'une table basse. Des bouteilles jonchent le béton nu. Dans un angle, une télé dernier cri, des consoles de jeu. Giniel n'est pas là. Plus loin, elle découvre une percée dans un mur, entourée d'un énorme graffiti, représentant une tête de chien, un pitbull, aux canines acérées. Dans sa gueule noire, un passage. Giordano hésite, braque sa torche à l'intérieur. Pas un mouvement. Elle franchit la bouche géante. Des sons de verre brisé, à deux ou trois salles d'elle. C'est Giniel. Elle vient d'atterrir dans une cave vide. Deux chemins possibles. À travers un trou à gauche ou à droite. Elle tente une première pièce. Deux scooters désossés, des outils. Pas de trace du môme. Elle part de l'autre côté. Plusieurs fois, elle doit ainsi faire demi-tour. Il y a trop de possibilités. Là, une brèche, large d'une soixantaine de centimètres, entourée d'un nouveau graffiti. Un type cagoulé brandit un flingue. Le canon, c'est la percée. Encore une fois, Sofia s'enfonce dans les méandres des sous-sols. Et si le jeune radicalisé l'attendait, de l'autre côté, plaqué contre ce mur et qu'il lui logeait une balle dans le crâne ? La policière réprime un frisson et se contorsionne pour passer. Une nouvelle pièce, quelques cartons amoncelés. Du matériel hi-fi, certainement les restes d'un braquage. Sofia émerge dans un autre corridor. Des portes de chaque côté. À croire que ces souterrains s'étendent sur toute la surface de l'immeuble. Une plainte, une injure après ce virage. Elle hâte le pas. L'air est âcre. Ça sent le brûlé, les murs sont noirs, couverts de suie. Des restes de palettes, de matelas carbonisés, des caddies bloquent en partie le passage. Au bout de l'allée, Giniel est empêtré dans les détritus. Il se retourne, paniqué. Si elle n'intervient pas maintenant, elle va le perdre. Elle lève son arme. « Giniel, tu ne bouges plus. » Elle fait feu vers le plafond. Le bruit est assourdissant dans l'espace étriqué. Piégé, Giniel sort un flingue de sa ceinture et le pointe vers elle, d'une main tremblante. Sa voix se voudrait assurée, mais elle sent la peur qui le dévore : « Nakîr m'a prévenu que vous alliez venir. Il m'a dit qu'il fallait que je meure en martyr. En *chahid*. »

Sofia devrait tirer. Mais son index reste bloqué sur la gâchette. Trop de points communs, trop de ressemblances. Dans ces souterrains, ce n'est plus Dylan Giniel qui se tient face à elle, mais son frère, Bilal. Tout se trouble... Giordano est de retour, malgré elle, onze ans en arrière. Cette scène qu'elle a rejouée tant de fois. Ce moment qui a changé leurs vies à jamais.

Mai 2013. Depuis plusieurs semaines, quand Sofia appelle ses parents, elle sent des silences, une gêne, quelque chose qui ne va pas. Sur son insistance, ils finissent par se livrer. Bilal les inquiète. Ces derniers mois, son comportement a radicalement changé. Lui, d'habitude sociable, est devenu solitaire, reste cloîtré dans sa chambre. Et, quand il en émerge, il se montre distant, parfois même agressif et rabaissant. Sofia décide alors de quitter l'Île-de-France et sa formation de police pour rejoindre Toulon. Quand elle arrive chez ses parents, Bilal est sorti. Elle n'hésite pas, entre dans sa chambre en faisant sauter le verrou et fouille ses affaires, son ordinateur. Rapidement, en accédant à son historique de navigation, elle découvre des vidéos d'Al-Qaïda, de combats en Syrie. De nombreux échanges sur un site dont elle ignorait jusqu'alors l'existence, Ansar-Ghuraba, une fréquentation assidue d'un forum nommé Ansar Al-Haqq. Les questions qu'il pose et auxquelles on lui répond : « Faut-il partir faire la *hijra* ? Qu'est-ce qu'un vrai musulman ? Comment faire sa *shahada* ? » Elle ne comprend pas bien d'abord ce qu'elle lit. Au gré des mots, les écrits de son frère se chargent de haine. Le doute laisse place à la stupeur. Ses parents attendent dans la cuisine. Soudain, une voix s'élève derrière elle : « Qu'est-ce que tu fais ? Tu n'as pas le droit d'être là. » C'est lui, Bilal. Il n'a plus le même accoutrement, plus le même visage. Ce n'est plus vraiment son frère, déjà. « C'est quoi ces conneries, Bilal ? » Il lui répond, méprisant : « Tu ne comprendrais pas. Tu es trop salie. Tu vis dans la *jahiliya*. Toi et les parents, vous êtes des mécréants. » Le ton qui monte, les phrases qui s'entrechoquent, leur vision du monde qui n'a plus rien à voir. Ses parents qui tentent de les calmer mais sans y parvenir. Lui, qui les traite de *kouffar*. Qui leur dit qu'ils sont pervertis par l'Occident. Qu'ils sont décadents, qu'ils n'ont rien à voir avec lui. Qu'il a honte d'eux. Et Sofia qui s'énerve, toujours plus : « Tu es devenu fou, il faut te faire soigner. – C'est vous, les fous. C'est vous qui ne voyez pas. Notre heure approche. Vous n'êtes plus personne pour moi. Vous n'êtes pas dignes de moi. » Elle le bouscule, il ne se laisse pas faire, continue de déverser son flot d'horreurs, devant son père et sa mère qui semblent rapetisser sous ses yeux. Alors, parce qu'il faut que ça s'arrête, parce qu'elle ne sait plus quoi faire, parce qu'elle est terrorisée, Sofia lui assène une claque. Bilal trébuche et tombe sur la moquette. Il passe une main sur sa lèvre qui saigne. Il la dévisage avec une haine comme elle n'en a jamais vu. Pas un mot de plus. Il attrape sa veste et claque la porte… Elle ne le reverra pas avant une année. Dans un autre lieu. Au cœur même de l'enfer, où elle est partie le chercher. Tout se superpose dans la tête de Sofia. Les différentes strates de sa vie. Toulon. Raqqa. Aujourd'hui, Marseille. Et cette douleur, à vif. C'est sa faute... Sa faute à elle. S'il est parti. S'il est mort.

Giniel lui parle. Ça la ramène... dans cet horrible réseau de caves.
— Tu vas mourir, comme tous ceux qui ne croient pas.
— Bilal, jette cette arme, je t'en supplie.
Le jeune ne réagit même pas à l'erreur de prénom. Il assure sa visée. Sofia devrait appuyer sur la détente. Son flingue, aussi lourd qu'une enclume. Elle ne peut pas. Elle ne veut pas que ça recommence. Dans sa tête, elle se répète qu'il ne tirera pas. Il ne peut pas. Jamais Bilal ne ferait feu sur elle.

L'instant suivant, un chaos de détonations éclate dans l'étroit corridor. Le corps de Dylan vacille sous les impacts, puis s'écroule parmi les gravats. Les agents de la BRI l'ont rejointe et, eux, n'ont pas hésité à tirer. Sofia s'effondre à genoux. Elle a failli mourir... Comme si son frère cherchait, encore aujourd'hui, à la faire payer.

10

9 septembre 2011

Forêt de Nieppe

Il est tard. L'enfant attend. Que son père rentre, enfin. Le front collé contre la fenêtre de sa chambre. Il espère. Que cet homme qui est tout pour lui n'aura pas mal cette fois. Pas de blessure. Pas comme l'autre soir, où il était revenu avec un bandage à la main. Pour le rassurer, il l'avait serré dans ses bras et lui avait dit : « Ils m'ont un peu abîmé, mais regarde-moi, fiston. Toujours debout ! » Il l'avait soulevé vers le ciel. Plus haut que le plus haut des arbres de la forêt. Son père peut faire ça. Car son père est un héros. Le plus grand des chevaliers.

Il fait nuit noire dehors. Il est 2 heures du matin passées. L'enfant sait bien qu'à son âge, il devrait dormir depuis longtemps. Mais c'est impossible. Il a fait semblant d'être assoupi, tout à l'heure, quand sa mère est venue le voir dans sa chambre. Son père lui a raconté que, ce soir, il allait une nouvelle fois entrer dans le Cercle. C'est un peu leur secret, à eux deux. À chaque combat, le garçon reste éveillé. Guette. Pour l'accueillir quand il reviendra. Jacques, son père, fait toujours un peu mine de le gronder, mais son sourire dit le contraire. Il est heureux de ce rendez-vous. De voir l'éclat dans les yeux de son fils. Son admiration. Le garçon sera certainement fatigué à l'école demain. Mais ce n'est pas grave, son père le gardera auprès de lui. Et puis, ça arrive souvent qu'il rate la classe. Après s'être battu, exceptionnellement, son père peut rester à la maison pour se reposer. Alors, l'enfant suppliera de demeurer à ses côtés. Peut-être, s'il insiste assez, l'emmènera-t-il au grenier avec lui. Le garçon n'a pas le droit de monter seul, c'est dangereux, évidemment, avec toutes ces armes entreposées. Ces armes dont il a appris les noms : fauchon, épée, masse... Mais, parfois, il peut l'accompagner. Il l'observe, en silence, ajuster les pièces de son armure, resserrer les mailles avec une pince, frapper au marteau pour remodeler l'acier déformé, recoudre les pièces de gambison déchirées. Aiguiser ses lames, les frotter pour qu'elles retrouvent leur brillant. « Un jour, je serai un homme lige comme toi ! » Lui de répondre : « Un jour, peut-être, oui ! » Le garçon pourrait passer des heures à regarder cette armure. Tous ces détails, ces entrelacs... La tête de bélier sur l'épaulette gauche, de buffle sur la droite et surtout, le faciès sur le casque, ces cornes, ce menton proéminent, cette couronne. « C'est un démon ? lui a-t-il demandé, une fois. – C'est le dernier des démons. Asmodée. Un ange déchu, mais le plus important d'entre tous. Il est le souffle ardent de Dieu. L'exterminateur. » Il voudrait s'en vanter à l'école, tenir tête à ses camarades qui se moquent de lui parce qu'il a les cheveux si mal coupés, parce qu'il est trop faible, parce qu'il ne peut jamais faire de sport. Parce qu'il est plus intelligent qu'eux tous, aussi. Leur dire que son père est un géant, un guerrier. Qu'il a vaincu les pires monstres de cette terre. Mais il a juré de n'en parler à personne, jamais.

L'enfant aimerait que son père soit plus présent. Sa mère et lui ne le voient pas beaucoup. « Toujours fourré chez les Mirval », répète-t-elle souvent. Des fois, pendant des semaines entières, il ne rentre pas à la maison. Pour l'enfant, sans son père, tout est gris, c'est comme si on avait volé les couleurs. Mais ses missions sont importantes. Protéger le maître, Armand. Et s'occuper du fils, Victor. Victor, toujours Victor. Alors que lui reste là, seul, avec sa mère. L'enfant ne comprend pas pourquoi son père passe ses journées à Noirval avec ces gens qui ne sont pas sa famille. « Je suis lié à eux. C'est mon travail, mais c'est bien plus que cela. Ils ont besoin de moi. » Le garçon aurait aimé répondre : « Moi aussi, j'ai besoin de toi », mais il n'a rien dit. Il n'aime pas gâcher les jolis moments qu'ils ont ensemble. Ils sont si rares. Il n'aime pas, surtout, voir son père s'énerver. Quand il se met à hurler et casser des choses.

Des phares apparaissent au bout du chemin. C'est lui, c'est sûr. Jacques gare sa voiture, en émerge. L'enfant ne peut pas résister. En pyjama, pieds nus, il dévale les escaliers, se rue dehors. Il se jette dans ses bras. Le père étouffe un hoquet de douleur, lui sourit, le repose. Il porte la main à son ventre. Il a une tache rouge sous sa chemise.

— Ça va, Papa ?

— Ça va, fils. Je vais m'en sortir. Il en faudrait plus pour me mettre à terre.

Un sourire. Assez grand pour chasser le plus sombre des nuages.

— Ça veut dire que tu as gagné ?

— Bien sûr, le môme.

Il l'attrape par la main et l'emmène vers la maison. Sa mère les attend sur le perron, une couverture autour des épaules. Elle a l'air inquiète. Il l'embrasse, lui répète que tout va bien, mais elle garde cet air sévère qui ne la quitte jamais.

— Va coucher ton fils. Il est tard. Tu as besoin que je sorte la trousse de soins ?

L'homme acquiesce en réponse. Le père porte le petit corps de l'enfant jusqu'à son lit. L'y dépose doucement. Ses bras sont un cocon. Il remonte le duvet jusqu'à son menton.

— Raconte... Raconte-moi, Papa.

— Il faut que tu dormes.

— Juste un peu...

— Bon... C'était un combat impitoyable. Mon adversaire s'appelait le Minotaure...

Tandis que la voix grave de Jacques le porte, l'enfant ferme les yeux et glisse vers le sommeil. Son cœur frappe sa poitrine, ses poings se serrent. Il est au fond de ce souterrain, dans ce Cercle, son arme à la main. Son père à ses côtés. Pour cette nuit et pour l'éternité.

DEUXIÈME PARTIE

Derrière la porte

11

14 février 2024

Lille

Une gare pour une autre. Une ville pour une autre. Depuis combien de temps est-il là ? Il ne sait plus trop... Gabriel est installé sur un banc, dans la halle de la gare de Lille-Flandres. Le policier n'y avait jamais mis les pieds avant ce soir. Le lieu est impressionnant, une immense voûte soutenue par un complexe réseau de poutres en fonte rivetées s'élevant à plus de vingt-sept mètres. Autour de lui, le brouhaha des passants qui se pressent, les annonces aux haut-parleurs, les moteurs des TGV qui démarrent. Ce soir, il va devoir retourner là-bas, épier les membres de la Meute... Le policier éteint sa cigarette dans le gobelet de café qu'il a acheté plus tôt. Ça fait pschit quand le mégot entre en contact avec le liquide noir. Il vérifie son téléphone. Quatre appels en absence. Drapier, évidemment. Il écoute le premier message : « Qu'est-ce que tu fous, Geller ? Ça fait vingt-quatre heures qu'on est sans nouvelles.

Tu vas t'attirer des… » Le Grizzli éteint son téléphone. Son partenaire a raison. Que fait-il ici, dans cette ville, dans cette gare ? Il suit une piste qui n'en est pas une. Une intuition.

Il y a trois jours, le quotidien *Le Parisien* a consacré un court article à l'assassinat d'Hassan Mansour. Gabriel a bien senti que ça s'agitait chez les pontes. On craignait que l'affaire n'attire l'attention. « La préfecture de police de Paris est déjà assez remise en question sur la gestion des migrants pour qu'on en rajoute une couche », a avoué Guerini, son supérieur. Mais le soufflé est retombé aussi vite. Les médias ont délaissé l'histoire du Syrien. Autre chose à raconter, une information plus fraîche à traquer ailleurs. Et ça arrangeait tout le monde à la 2e DPJ. Hassan Mansour ne mériterait jamais mieux qu'une épitaphe de cinq lignes en bas de la page 18 d'un journal… Guerini a laissé une dernière semaine à Gabriel avant de clore l'enquête. Le policier a eu beau présenter le dossier sur le cadavre du jeune Afghan retrouvé en périphérie de Paris en décembre, son supérieur lui a répondu, sèchement : « Trop de conjectures, pas assez de faits. » Le Grizzli a évoqué, aussi, évidemment, sa visite dans le local de Trait d'Union. Mais là encore, le responsable de la 2e DPJ n'a pas semblé convaincu.

Car Geller a suivi la piste levée par la veuve de Mansour. Deux jours plus tôt, il l'a retrouvée, terrorisée, au commissariat où elle lui a expliqué ce qui lui était arrivé. Le soir même, le lieutenant de police s'est rendu à l'adresse de l'association. Il a sonné. Un type est venu lui ouvrir. Visage de gravure de mode, mâchoire carrée, yeux bleus, cheveux blonds gominés sur le côté. Chemise cintrée sur ses pectoraux. Le jeune homme était beau. Mais il dégageait quelque chose d'étrange. Trop parfait. Il s'est présenté comme étant Victor Mirval, fondateur et président de Trait d'Union. Gabriel a sorti sa carte, lui a expliqué travailler sur la disparition de Mansour dont il lui a montré une photo. Mirval a longuement observé le cliché. Enfin, il a assuré, tout sourire, n'avoir jamais vu le Syrien. Gabriel a tout de même insisté pour jeter un œil à l'intérieur. Mirval l'a laissé entrer. Après un couloir, ils sont arrivés dans une cuisine à la décoration fatiguée. Une cafetière fumait. Mirval lui en a proposé. Gabriel a refusé et lui a parlé de Darya, de l'agression qu'elle aurait subie. Le jeune lui a répondu, visiblement surpris :

— Je tombe des nues... Cette femme est bien venue ici, oui. On l'a invitée à entrer, gentiment, pour discuter, mais elle est devenue hystérique. Elle m'a gazé, a pris la fuite. On a essayé de la rattraper pour la calmer, lui expliquer qu'on ne lui voulait aucun mal. Une folle à lier. Franchement, c'est moi qui devrais porter plainte, lieutenant Geller.

Mirval, affable, l'a guidé jusqu'à une grande pièce, certainement un ancien garage. Là, des cartons de nourriture, des packs de bouteilles d'eau, des piles de couvertures, des sacs de couchage... Un bureau rempli de formulaires et de bons de commande. Au milieu de la grande salle, une camionnette blanche arborant le logo de l'association, deux mains formant un toit. Gabriel a demandé à vérifier l'intérieur. Le fondateur de l'association a fait coulisser la porte latérale. Le flic a alors remarqué une chevalière que portait Mirval à l'index de la main gauche. Une tête de loup en argent, la gueule ouverte, les crocs acérés. Réalisant que le policier détaillait sa bague, il a aussitôt plongé la main dans sa poche de pantalon. L'arrière de la fourgonnette était vide. Mais il s'en dégageait une puissante odeur de Javel. L'officier de PJ a demandé :

— Vous avez récemment nettoyé le véhicule ?

— Oui, nous devons faire ça après chaque tournée. Parfois, quand les conditions météo sont trop difficiles, avec le froid, la pluie, on laisse entrer les SDF pour qu'ils puissent s'abriter un peu, boire un café chaud, au calme. Ce n'est pas grand-chose, mais c'est déjà ça. Par contre, après il faut nettoyer. Vous savez, à vivre dehors, les sans-abri attrapent un tas de parasites. Des puces, des poux… ce genre de choses. Nous sommes toujours en première ligne pour aider les plus démunis, mais si l'on veut continuer, il faut aussi se protéger. Votre personne disparue, c'est un migrant, n'est-ce pas ?

Geller a hoché la tête.

— Dans ce cas, vous devriez plutôt vous adresser à nos confrères qui travaillent au contact de ces gens-là.

« Ces gens-là… » Le choix des mots a fait tiquer le policier.

— On m'a dit que vous étiez assez sélectifs dans l'aide que vous apportez. Tous les sans-abri n'ont pas droit aux mêmes égards. Vous voulez bien m'expliquer ça ?

— On ne s'en cache pas. Chez Trait d'Union, on aide en priorité les sans domicile fixe français. Il y a tant de misère chez nos frères et sœurs qu'on veut d'abord s'occuper d'eux, avant de nous intéresser à d'autres populations.

Mirval a semblé hésiter, puis a poursuivi :

— Je vais vous dire mon sentiment, lieutenant Geller. Ça fait un an que nous avons créé cette association. Et mes camarades, comme moi-même, nous sentons bien seuls par rapport aux autorités. Nos clochards, tout le monde s'en moque. Les sans-papiers, eux, et Dieu sait que je n'ai rien contre eux, ont droit à des aides à ne plus savoir qu'en faire... On leur trouve des appartements, des chambres, des vêtements, de quoi se nourrir en un claquement de doigts. Tout un tas d'associations font le pied de grue devant leurs tentes. Par contre, pour celles et ceux qui sont dans la rue depuis des années, et qui sont français, comme vous et moi, c'est une autre affaire. Deux poids, deux mesures. Ils sont oubliés de tous. Mais pas de nous.

— Pourquoi avoir monté votre association ?

— J'ai grandi dans une famille où l'idée d'entraide, d'abnégation, de sacrifice est essentielle. Je m'efforce d'aider mon prochain, tendre la main, toujours.

— Mais pas à n'importe qui...

Une fraction de seconde, le regard bleu de Mirval a changé. Ses pupilles se sont dilatées. Deux abîmes. Gabriel a pensé aux requins qu'il avait pu voir, dans le grand bassin de l'Aquarium de Paris, quand il y avait emmené Léa, des années plus tôt. Alors qu'elle s'émerveillait du ballet gracieux d'une raie manta, un squale de deux mètres était apparu et avait longé le vitrage épais. Son iris à l'éclat d'acier, sa pupille d'un noir abyssal, étaient passés du père à la fille, comme s'ils n'existaient pas. Léa avait été terrifiée par cette fugace rencontre, et s'était mise à pleurer. Inconsolable. Elle avait croisé la mort et s'en était rendu compte. Mirval a eu le même regard. Pour le décrire, Darya Mansour avait eu ces mots : « Un prédateur. Il m'a fait si peur. » Aussi vite, le responsable de Trait d'Union a repris son contrôle.

— Si c'est pour me manquer de respect, je vais vous raccompagner à la porte. J'ai mieux à faire…

— J'ai bientôt fini, rassurez-vous. Votre association, où peut-on la trouver ?

— Nous sommes historiquement basés à Lille. Mais on intervient aujourd'hui dans diverses agglomérations du nord de la France. Paris, Amiens, Rouen, Reims, Metz… On passe un mois dans chaque ville. Nous avons la chance d'avoir une bonne équipe de bénévoles et des mécènes généreux. Mais on manque cruellement de bras. Puisque notre combat vous intéresse tant, n'hésitez pas à venir nous accompagner un soir de maraude.

L'invitation était lancée plus par provocation qu'autre chose.

— Je ne suis pas certain de savoir reconnaître un bon d'un mauvais sans-abri selon vos critères. Pour moi, nous sommes tous égaux devant la misère. Il n'y a pas de couleur de peau, ni d'origine, ou de nationalité. Uniquement des gens qui ont besoin d'aide.

— De sages paroles. En attendant, cette nuit, c'est moi qui irai écumer les rues de Paris pour nourrir ceux qui ont faim, pendant que vous serez au fond de votre lit. C'est toujours pareil. Il y a ceux qui font et ceux qui critiquent.

— Amen…

Gabriel s'est retrouvé dehors, avec un goût amer en bouche. Le discours de Mirval l'avait mis mal à l'aise.

Pourtant, rien ne semblait attester que lui ou l'un des membres de son association ait été en contact avec Mansour, le soir du 3. « Et pourquoi s'en prendraient-ils à un migrant ? Ça ne tient pas la route… » C'est ce que lui a asséné Drapier. Le pire, évidemment, c'est que son collègue avait raison. Si, au moins, il avait pu recueillir le témoignage du jeune soudanais qui avait prétendument croisé la route de Mansour, ce jour-là. Ça aurait pu permettre de justifier une perquisition des locaux et des prélèvements sur le fourgon. Mais Darya Mansour avait brisé ce fragile espoir. Jamais Ibrahim n'accepterait de parler à la police. Il n'avait pas de papiers, fuyait le moindre gyrophare comme la peste. Encore une fois, Drapier avait analysé la situation avec sa froideur coutumière : « Qui sait s'il existe seulement, ce gamin ? Moi, je me demande si la veuve Mansour, à force de vouloir comprendre ce qui s'est passé, ne s'imagine pas des choses. Elle veut des réponses, alors elle se les crée. On a déjà vu ça, Geller. Tu le sais mieux que quiconque. »

Dans la soirée, Gabriel a reçu un coup de fil. Une huile de la préfecture de police. Un dénommé Jacques Richet, chef de cabinet du préfet. Un gars dont il n'avait jamais, jusqu'alors, entendu parler.

— Lieutenant Geller. Je vous appelle suite à votre intervention dans les locaux de l'association Trait d'Union. J'ai eu des échos selon lesquels vous vous seriez montré irrespectueux…

— J'ai juste fait mon boulot.

— Savez-vous exactement qui est Victor Mirval ?

— Non…

— Il s'agit du fils unique d'Armand Mirval, professeur d'université émérite, sénateur du Nord, et figure politique de premier ordre. Victor Mirval, lui-même, est un garçon fort prometteur qui fera certainement, un jour, une grande carrière en politique. J'aimerais qu'on évite de s'attirer les foudres de la famille Mirval, lieutenant Geller. Ils ont de nombreuses relations et contacts auprès des médias. Ils jouissent d'une incroyable notoriété. D'autant que votre affaire de réfugié n'a, semble-t-il, aucun lien avéré avec l'association. Laissez donc Victor aider les plus démunis et trouvez-vous une véritable enquête.

Gabriel a rongé son frein et lâché un « Bien, monsieur », avant de raccrocher. Laisser tomber. Voilà ce qu'il aurait dû faire, après ce coup de fil. Convoquer une dernière fois la veuve Mansour et lui sortir le discours habituel : « Nous ne clôturons pas le dossier, nous continuons à travailler dessus. Nous vous contacterons si de nouveaux éléments… » Et blablabla… Effacer et recommencer. Un Grizzli ne s'attache pas. Il survit seul. Dans sa forêt de béton et d'acier.

Mais, pour lui, ça a été un déclic. Alors que tout lui hurlait de renoncer, Gabriel a décidé d'en savoir plus sur ce Victor Mirval. En quelques recherches sur Internet, un portrait s'est dessiné. Celui d'un homme de 25 ans, à qui tout sourit. Après avoir achevé de brillantes études de droit à l'Université catholique de Lille, il a créé en 2022 une agence de communication politique, Agora, au service des décideurs, élus et avocats. Si l'on en croit leur site, leur rôle serait de « fidéliser un socle d'électeurs, optimiser une équipe de campagne, savoir analyser des données électorales ».

En page d'accueil, un slogan : « Agora vous assure la victoire, sans jamais trahir celle ou celui que vous êtes. » La société de conseils offre divers services : media training, formation à la maîtrise des bases data, pilotage d'opérations de buzz, street marketing…

Mirval est partout. Sur les réseaux sociaux, il cumule des dizaines de milliers de followers. Des photos le montrent en vacances sur un voilier, en congrès à travers la France… Costumes beiges taillés au cordeau sur son corps musculeux, sourire éclatant. Il tourne des vidéos où il dispense ses conseils aux futurs entrepreneurs, où il les invite « à ne jamais avoir peur de réussir. Nous sommes le monde de demain ». En 2023, Mirval s'est vu attribuer le prix « Talent à suivre de la région Nord » et fait partie des « 20 qui feront la France », selon un grand hebdomadaire économique. Étudiant brillant, entrepreneur visionnaire, homme pétri de convictions… Un modèle à suivre. En découvrant toutes ces informations, Gabriel a repensé à sa rencontre avec Mirval, et cette sensation, étrange, que le jeune lui avait laissée. Un masque de cire…

Alors, le policier s'est intéressé à cette bague arborant un faciès de loup. La gêne manifeste de Mirval quand il avait compris que Geller l'observait lui avait donné envie de creuser. Et ce qu'il a découvert l'a entraîné vers des rivages bien éloignés du portrait hagiographique. En croisant plusieurs bases de données de la police, en passant des coups de fil à ses collègues, Gabriel a appris que cette chevalière est un signe de ralliement pour la Meute, un mouvement d'ultradroite identitaire, basé à Lille. Gabriel a eu du mal à lire jusqu'au bout leur manifeste découvert sur un obscur forum nationaliste.

Un discours haineux aux relents nauséabonds, où les mêmes mots revenaient sans cesse. « Menace islamiste, grand remplacement, France en péril, soulèvement populaire, vrais Français »… Depuis deux ans, la Meute a mené bon nombre d'actions-chocs à travers la France, systématiquement filmées et partagées sur ses réseaux sociaux. En 2022, son coup d'éclat aura été de rassembler diverses organisations d'ultradroite dans les Alpes, à la frontière franco-italienne, pour bloquer l'accès à un col connu comme point d'entrée des exilés. Les images montrent des militants affublés de tee-shirts rouge et noir, munis de banderoles, hurlant dans des mégaphones les mêmes slogans : « La France, on l'aime, on la défend », ou « Les nôtres, avant les autres. » En 2023, le groupuscule est assigné en justice pour « provocation à la discrimination raciale et religieuse », après avoir tenté d'empêcher le projet d'expansion d'une mosquée dans le nord de Roubaix, en enchaînant plusieurs de ses militants autour du chantier. L'affaire a été classée sans suite. En plus de ces coups de communication, la Meute dissimule une part plus sombre. Le 23 janvier, une vidéo filmée depuis la fenêtre d'un appartement de Lille montrait certains de ses membres s'en prendre violemment à un adolescent franco-marocain. Les images étaient insoutenables. Les cris du gamin, noyés par les rires des hommes cagoulés qui le rouaient de coups. Certes, le père de Victor, Armand, dans ses prises de parole, ses colloques et conférences, était proche des mouvances d'extrême droite, mais son fils, lui, avait jusqu'alors été discret sur ses véritables orientations politiques. Et rien ne semblait le lier à la Meute. Victor n'apparaissait nulle part, sur aucun document, aucune photo ni vidéo. Gabriel n'a pas eu d'autre choix, alors, que de se rendre à Lille pour planquer devant leur QG, un local commercial qu'ils louent rue d'Artois. 250 mètres carrés, répartis en un étage de bureau et, au rez-de-chaussée, une ancienne boutique transformée en bar, La Tanière. Lieu où se retrouvent chaque week-end les sympathisants de la Meute. Gabriel y a passé une grande partie de la nuit, la veille, sans voir Mirval. Il espère que le fondateur de Trait d'Union sera présent ce soir. En attendant, il est là, dans cette gare…

Tous ces trains. Tous ces gens qui rejoignent leurs familles. Et lui qui reste à quai. Sans bouger. En respirant à peine, encore. Son mégot qui s'effrite entre ses mains calleuses. Une bande de jeunes passe devant le policier. Regards de défi. Et s'il les suivait, s'il les provoquait ? Il sait pertinemment que ça ne peut être eux. Ceux qui lui ont fait ça, il y a deux ans. Pas le bon âge. Pas la bonne ville. Mais ça lui ferait du bien. Ça le soulagerait. Gabriel se retient, il a autre chose à faire ce soir.

La dernière fois qu'il a vu Rose, son ex-femme, elle a eu cette phrase. « La vie continue, Gabriel. Malgré tout. » Ça l'a rendu fou de rage. Car il n'est pas d'accord. Il n'y arrive pas. Pour lui, sa vie s'est figée ce jour de janvier 2022. On lui a tout pris. Son cœur, sa peau, son âme et ses os. Depuis, il n'y a plus rien. Que des quais vides, des cigarettes qui se consument. Une balle au fond d'un canon qui l'attend.

Rose l'a quitté, dix-huit mois plus tôt, après tout ça. Après la mort de leur fille, Léa… Un fossé infranchissable s'était creusé entre eux. Trop de douleur, d'amertume. Rose, elle, est parvenue à avancer. Elle lui a avoué, récemment, qu'elle voyait quelqu'un. Lui, au contraire, s'enfonce dans ses sables mouvants… Jusqu'à quand ? Depuis deux ans, tout glisse sur Gabriel. Les mois qui passent. Les enquêtes qui se succèdent. Les victimes qui en remplacent d'autres. Les cadavres et les rues grises. Il fait son boulot, certes. Mais il n'a plus la flamme. Avant, on disait de lui qu'il était un bon flic. Un des meilleurs de la PJ de Paris. Aujourd'hui, on ne dit plus rien. On murmure sur son passage. On se moque, certainement, de ce qu'il est devenu. On a pitié, aussi, peut-être. Un Grizzli qui hiberne depuis si longtemps. C'est pour ces raisons qu'il est à Lille, ce soir. Pour le regard que lui a lancé ce Victor Mirval et pour le coup de fil qu'il a reçu ensuite. Pour ne pas se noyer. Et parce qu'il ne veut pas que la mort d'Hassan Mansour soit oubliée.

22 heures. L'OPJ quitte la gare, récupère sa voiture. Traverse le centre-ville, et emprunte la rue d'Artois. Il se gare en retrait du bar, à une trentaine de mètres, se tasse dans son siège et attend. Sur la devanture, a été gravé le symbole du groupe, un loup de profil, la gueule ouverte, peint en noir sur un cercle rouge. Il y a une dizaine de sympathisants à l'extérieur qui discutent en buvant des bières. À l'intérieur, de la musique, peut-être un concert. Comme la veille, Gabriel remarque le colosse, à l'entrée, qui fouille systématiquement les nouveaux arrivants et exige qu'ils déposent leurs téléphones portables avant de pénétrer dans le bar. La Meute ne veut pas que l'on sache ce qui se joue entre ces murs. Les heures passent, le flic prend des

photos des membres qui entrent et sortent. Enfin, vers minuit, un taxi s'arrête devant le local. Un type portant une capuche et une casquette en émerge. Gabriel règle son téléobjectif et le mitraille. L'individu est accueilli par des accolades. Quand il va pour entrer dans le bar, deux militants lèvent leurs pintes vers lui, en criant : « À notre chef, à l'Alpha, à la Meute ! » Le nouveau venu leur fait signe de se taire. Mais impossible de voir son visage. Trop de monde, trop de mouvements. Gabriel ajuste le point. Avant de disparaître dans la Tanière, le type se retourne une dernière fois, et le policier parvient à le photographier. C'est Victor Mirval, aucun doute possible. Il s'engouffre à l'intérieur, sans se faire fouiller par le vigile.

Au cours de la soirée, Mirval, dissimulé sous sa capuche, se retrouve plusieurs fois dehors, toujours accueilli en héros. Il serre des mains, passe d'un groupe à l'autre, à son aise, prend à part certains convives, leur parle à voix basse. La nuit s'étire. Les derniers habitués quittent le local, d'un pas chancelant. Enfin, Mirval apparaît. Il éteint les lumières du bar, abaisse un rideau métallique devant l'entrée. Une fraction de seconde, Gabriel a l'impression que l'homme qu'il traque lève un œil vers la voiture du policier, mais c'est impossible. Il est trop loin. À l'autre bout de la rue, une jeune femme, les cheveux roux, coupés courts, marche vite, les yeux dans le caniveau, son sac serré contre son bras. Il est tard et elle le sait. Elle n'a rien à faire dans ces rues à cette heure. Elle passe devant le responsable de la Meute. Il l'aborde. Elle ne réagit pas, continue sa route. Il l'accompagne, lui tourne autour. Elle lui sourit timidement, mais accélère le pas. Son talon dérape sur un pavé, elle se reprend *in extremis*. Gabriel devrait rester tapi derrière son volant. Il a eu ce qu'il voulait, la preuve que Mirval était directement lié au groupuscule extrémiste. Mais en le voyant s'éloigner dans les basques de cette gamine, l'emmerder, c'est plus fort que lui. Ça le bouffe à l'intérieur. Un nœud dans le ventre. Les tempes qui cognent. Il dépose son appareil photo sur le siège passager et se met à les suivre à travers les rues de Lille.

Alors qu'il progresse en retrait, le flic remarque des stickers collés un peu partout, arborant le logo de la Meute. Ils marquent leur territoire. Mirval, toujours dans le sillage de la môme, bifurque dans une rue déserte, moins bien éclairée, apparemment sans caméra. Gabriel se tasse derrière une voiture. Plus loin, la masse de muscles a immobilisé la fille contre un mur, passe ses bras autour d'elle, lui sourit, parle trop fort. Gabriel croit entendre un « laisse-moi, maintenant ». Sa main qui remonte sur sa jupe.

Le flic se jette sur Mirval, lui arrache sa capuche et le colle contre la porte d'un immeuble. La victime hurle de surprise et se décale. Le quinquagénaire plaque son avant-bras sous le cou de l'agresseur, le forçant à se tenir sur la pointe des pieds. Il dégaine son arme et lui enfourne dans les côtes.

— Laisse cette gamine en paix…

Mirval le dévisage. Un léger sourire se dessine sur ses lèvres.

— Lieutenant Geller…

— Tu es en état d'arrestation pour avoir agressé cette fille.

— Je n'ai rien fait. On discutait tranquillement.

Gabriel, tout en le maintenant, cherche ses menottes dans ses poches. Merde, il les a oubliées dans sa voiture.

— Tu crois que le monde t'appartient, Mirval ? Que tu peux tout faire, tout prendre ? Mais tu te trompes.

— Je ne crois rien. C'est vous qui me plaquez contre un mur. Je n'ai rien fait, moi.

— Tout est mensonge chez toi, c'est ça ? Tout n'est qu'apparence. Mais je sais ce que tu es... Une menace... Et mon rôle, c'est de t'arrêter. J'ai passé ma vie à regarder le mal dans les yeux. Je sais le reconnaître.

— Je tremble, monsieur Geller.

Ce petit sourire insupportable...

— Dans ta bio parfaite, tu as oublié de mentionner que tu étais le chef d'un mouvement violent d'ultra-droite...

— Mes idées politiques ne concernent que moi...

— Plus maintenant, j'ai des photos. Et je ne vais pas me priver de les partager... Ça, plus ce que tu t'apprêtais à faire à cette fille... Tu es dangereux, Mirval, et je vais faire en sorte que tu ne puisses plus nuire à personne.

Leurs visages à quelques centimètres. Mirval affiche un sang-froid déroutant. Geller, lui, a du mal à se contenir. Son bras qui tient l'arme tremble...

— Est-ce que tu as assassiné Hassan Mansour ?

— Cet homme, pour moi... c'est personne. Je n'ai rien fait.

Entre ces mots, Gabriel a senti un flottement. Un infime instant, le regard du jeune a changé, comme l'autre jour. Ses pupilles prêtes à dévorer le monde. Ça suffit au Grizzli.

— Ton père et tous tes contacts ne changeront rien. Je trouverai celui qui a fait ça.
— Vous savez, monsieur Geller, je me suis renseigné sur vous. Je sais ce qui est arrivé à votre fille.
— Tais-toi, sinon…

Gabriel resserre son emprise. Mais Mirval continue.

— Je sais que vous êtes un policier violent, sous le coup d'une enquête interne. Que vous avez tabassé un innocent quasiment à mort, il y a un an et demi… Vous êtes un reliquat, Geller. Une erreur. Une tache qui fait honte à ce que devrait être l'autorité policière. Une tache que je vais m'efforcer d'effacer.
— Toi et tes louveteaux… vous ne me faites pas peur.

Désormais, le chef de la Meute chuchote, plus qu'il ne parle, à l'oreille du flic.

— Eh bien, pourtant, vous devriez avoir peur, monsieur Geller…

Après un regard sur le côté, Victor Mirval se met à parler plus intelligiblement, sur un ton apeuré.

— C'est une agression. Je n'ai rien fait ! Ce policier me menace d'une arme alors que je marchais tranquillement dans la rue avec ma compagne.

Gabriel aurait envie de frapper. De laisser ce gamin aux idées rouge sang par terre, perclus de coups et de douleur. Depuis ce qui est arrivé à sa fille, il a cette colère en lui, ces accès de furie. Il sent que ça monte, une nouvelle fois. Il appuie encore plus son bras contre la trachée du membre de la Meute. L'autre poursuit son discours, la voix brisée.

— J'ai été poursuivi par ce policier. Il s'agit du lieutenant Gabriel Geller, de la PJ de Paris, il me harcèle depuis des jours... J'ai... j'ai du mal à respirer... Je... je ne sais pas si je vais pouvoir... tenir...

Il est pris d'une quinte de toux, surjouée. Gabriel ne comprend pas le revirement dans l'attitude du chef de la Meute. Il se retourne. La rousse n'a plus cet air terrifié. Au contraire, campée sur ses fines jambes, elle est en train de les filmer, visiblement amusée.

Geller, furieux, lui arrache le téléphone des mains. Dans son dos, Mirval lui assène :

— Trop tard, tout a été filmé en live. Du direct. Vous n'effacerez jamais cette vidéo. Vous êtes un fou, Geller. Un maniaque.

Son flingue serré dans sa main. L'envie de faire feu. Pour enfoncer le clou, Mirval imite la voix grave du policier.

— « Tu es dangereux, Mirval, et je vais faire en sorte que tu ne puisses plus nuire à personne. » Tel est pris qui croyait prendre. Dites adieu à votre carte de police, Geller.

Il reprend le téléphone des mains du flic, puis il s'éloigne, entraînant avec lui la fille aux yeux verts. Gabriel reste immobile, le souffle coupé. Il range maladroitement son arme dans la poche de sa veste. Puis retourne à sa voiture. Des éclats de verre sur le trottoir, le long de la portière. La fenêtre avant droite est brisée. Son appareil photo a disparu... Alors, il comprend. Mirval savait pertinemment qu'il se cachait, à les observer. Sa compagne et lui ont servi d'appât pour que ses hommes récupèrent son appareil et effacent toute trace. Et ils en ont profité pour créer cette mise en scène, pousser Gabriel dans ses retranchements. Lui faire perdre son contrôle.

12

16 janvier 2012

Malbork, Pologne

Des flocons, épais comme des caillasses, qui flottent dans l'air. Le froid qui transperce les différentes couches de son armure. Louis s'efforce de faire circuler le sang dans ses doigts glacés, engoncés dans ses gantelets de cuir et de métal.

L'attente. La quarantaine de combattants se font face dans un silence de mort, prêts à s'affronter en demi-finale des « Battle of Knights 2012 », le championnat d'Europe de béhourd. Dans moins d'une minute, l'assaut sera donné. D'un côté du champ de bataille, l'équipe de France, dans sa tunique bleue, arborant des fleurs de lys or, de l'autre, les Biélorusses et leur blason bordeaux serti d'un lion noir. Celle qui l'emportera sera qualifiée pour la finale. Et s'approchera un peu plus de la coupe. Autour d'eux, les hautes murailles du château médiéval de Malbork, en Pologne. L'un des plus grands au monde, d'après Eddie. Il s'étendrait sur près de vingt et un hectares. Malbork est exclusivement bâti en briques. Un pan entier de l'enceinte est couvert de lierre rouge. Ce rouge, partout, tel un présage de ce qui les attend.

Malgré la température proche de zéro, une foule compacte est amassée le long des barrières de la lice. Quelques cris d'encouragements en français s'élèvent, vite noyés par les clameurs des supporters locaux. À ses côtés, Louis peut compter sur trois de ses camarades des Ultimus Stans. Leur capitaine, Guillaume, ainsi que Lucian et Jef, ont été choisis pour intégrer l'équipe, auprès d'autres tournoyeurs venant des quatre coins de France : les Francs-Comtois d'Aquila Sequania, les Bordelais de Pardus Bellator, les Franciliens de Martel... Hier concurrents, aujourd'hui frères d'armes. Pour Louis, c'est un honneur d'être sélectionné parmi ces champions prestigieux, après seulement six mois de pratique. Placé derrière lui, Guillaume lui glisse : « N'oublie pas, Louis, tu tiens la ligne. Tu ne pars pas seul. » Le jeune homme hoche la tête en réponse. Dans le coin opposé de l'arène, les Lions entonnent un chant guerrier. Ils veulent intimider les Français. Leur hymne monte en des sonorités gutturales. Et ça marche. Son pouls s'accélère. Il ferme les yeux une seconde. « Aucune équipe n'est imbattable. Nous connaissons leurs faiblesses. Il faudra les exploiter. » Louis se répète mentalement les dernières paroles d'Eddie pour retrouver son calme. La Biélorussie est, avec la Russie et l'Ukraine, l'un des premiers pays dans lequel s'est développé le béhourd, dans les années 1990. Il sait à qui il a affaire. Les Lions ne sont pas de simples sportifs, mais de véritables tueurs. Pour la plupart, d'anciens militaires. Certains, paraît-il, auraient même servi parmi les Spetsnaz, forces spéciales de l'Union soviétique. La plupart des combattants biélorusses ont fait du béhourd leur métier. Dans leur pays, les matchs ont lieu dans des stades bondés et sont diffusés sur des chaînes de télévision, attirant naturellement de nombreux sponsors. Résultat, les gladiateurs peuvent s'entraîner à longueur de journée. Louis aimerait pouvoir faire ça. Que ce sport ne soit pas un simple hobby et qu'il puisse s'y consacrer, corps et âme. Il peste, parfois, sur le manque de motivation de ses pairs. Il voudrait plus d'entraînement, plus de tournois, plus de victoires… « On a aussi une vie, nous, Louis », lui répondent les autres Ultimus Stans. Le jeune homme ne comprend pas ça. Sa vie est là. Dans ce déluge de fureur et d'acier.

Farge s'assure que son heaume est bien serré. Regards qui se croisent avec les autres membres de son équipe. Chez ses camarades, il sent la peur. Ils n'ont pas le niveau, ils le savent. Pourtant, il va leur falloir se battre. Ce n'est pas une échauffourée en 5 contre 5, mais un affrontement massif, dantesque. Ils sont 21 contre 21. Louis n'aime pas ce genre de configuration. Quand l'assaut est donné, c'est une mêlée de corps, de mouvements. Difficile de s'y repérer. La menace peut venir de partout.

Ces derniers temps, Guillaume comme Eddie sont assez durs avec Louis. Il a beau être devenu l'un des meilleurs bretteurs des Ultimus Stans, les deux l'ont laissé plusieurs fois sur la touche et semblent avoir toujours quelque chose à lui reprocher. Il ne respecterait pas assez le règlement, jouerait trop avec le feu. Un mois plus tôt, il a déjà écopé d'un carton jaune pour avoir asséné un énorme coup de fauchon à l'arrière du genou d'un opposant d'une équipe de Gironde. Sachant que c'était formellement interdit. Le capitaine et l'entraîneur des Ultimus l'incitent à ne pas la jouer solo, à veiller sur les siens. Mais, parfois, au cœur de la tourmente, Louis a du mal à se contrôler. Il aimerait se laisser porter par le murmure de violence qui l'habite. Déverser sa rage. Alors ils verraient, tous. Qui il est vraiment. De quoi il est réellement capable.

Le jeune homme se passe la langue sur les lèvres. Il a la bouche sèche. Un cri. L'arbitre annonce le début de l'affrontement, et recule en agitant sa bannière. Les spadassins avancent les uns vers les autres. D'abord lentement. Louis et ses camarades progressent épaule contre épaule, s'efforçant de former, avec les six autres tanks, une muraille infranchissable. C'est leur stratégie : faire front commun, rester soudés comme un seul homme pour éviter de se faire déborder par les Lions, souvent offensifs. En première position, les tanks devront tenir pendant qu'à l'arrière, les hastiers fatigueront leurs adversaires avec leurs lances. Jef, justement, restera dans son ombre. Pour le protéger. Les runners et les punchers, eux fileront sur les côtés pour les flanquer, et prendre leurs ennemis à revers. Sous le manteau gris du sol neigeux, les deux masses de corps, l'une bleue, l'autre rouge, se rapprochent, irrémédiablement attirées. Ne pas hésiter. Chaque pas ancré dans le sol. Enfin, dans un formidable rugissement, les vingt et un Biélorusses chargent, armes brandies en l'air. Sur sa droite, un Français hésite, recule. Guillaume, à l'arrière, hurle : « On tient. » Mais c'est trop tard. Leur camarade a brisé la ligne. C'est l'impact. Collisions.

Vociférations. Le choc sourd des heaumes, des boucliers, qui encaissent les attaques. Déjà, des Lions, en une marée de métal que rien n'arrêterait, font une percée. Ses frères se tassent derrière leur bouclier. Des regards qu'on croise. Des yeux rouges, fous, exorbités. Avides. Rester debout. Le plus longtemps possible. Les Lions veulent contourner les hommes en bleu. Comme ses camarades, Louis reçoit une volée de bourrades. Il garde son bouclier plaqué au-dessus de son visage, manque de trébucher, mais Jef, derrière, le soutient. « On ne lâche rien, le môme, allez ! » À sa droite, un deuxième Français chute. Puis un autre. Guillaume, qui a essayé de trouver une ouverture, est fauché d'une frappe de vouge. Les Lions s'engouffrent en flèche dans leurs défenses, et les pulvérisent. Moins puissants, plusieurs hastiers français sont écrasés par leur force de frappe. Jef, derrière lui, donne le change en arrosant de coups les adversaires à portée. Mais ils semblent ricocher sur leurs armures. Louis fait quelques pas dans cet enfer, tape un peu au hasard. Il se passe trop de choses, partout. Sa vision étriquée par son casque, le Français ne sait où donner de la tête. Sans s'en rendre compte, il s'écarte de Jef et des autres. Il entend un « Non, Louis. Reste ici », dans son dos. Des hurlements de douleur. Des images saisies à la volée. Deux Lions attrapent un Français, et le balancent par-dessus la lice. Dans un coin, un autre membre de son équipe se traîne dans la boue, arrache son casque et vomit ses tripes. Ce n'est pas un combat, mais une mêlée folle, délirante. Un carnage. Et les lames qui pleuvent, pires qu'une tempête de grêle sur son armure. S'il veut tenir, Louis devra prendre appui sur la barrière de la lice. Gagner du temps. Pour progresser, il doit éviter les corps qui gisent au sol. Ne pas se faire déséquilibrer. Impossible pour le Français de savoir où en est son équipe. Des combattants en bordeaux, de dos, s'acharnent sur trois compatriotes isolés. Louis se rue sur eux. Les percute de son épaule, pour les faire chuter. Un premier met genou à terre. Il en attrape un autre par la taille et le balance violemment. Un second éliminé. Un choc sur la nuque. Louis chancelle. C'est incompréhensible. C'est interdit. Il se retourne. Un chevalier massif, en armure mongole, lui fait face. Il soulève sa masse et hurle en anglais : « *I'm gonna kill you. You french monster.* » Monstre... Ce mot. Comme une décharge, un déferlement. Louis pare une attaque avec son fauchon. Mais l'autre s'acharne. Une frappe enfonce son épaulière. Les deux armes se plaquent l'une contre l'autre. Louis, qui tente de le faire reculer, met tout son poids vers l'avant. Un pas, un autre. Mais le Biélorusse résiste au colosse français. Il lui assène un coup de talon dans le pied. C'est encore proscrit mais il s'en moque. Il règne un tel chaos dans la lice que son rival sait qu'il est impossible pour les arbitres en périphérie de voir ce qui se joue au cœur de la tourmente. La douleur est vive. Son opposant lui a peut-être brisé des os. Mais Louis ne faiblit pas. Monstre... Ce mot qui dit tout ce qu'il est. Ce mot qui l'a défini, toute sa vie. Les insultes et les regards en coin. Sa bouche déformée. Son sourire, une grimace plus qu'autre chose. « Il est si laid. » Les filles qui gloussaient, au collège en le voyant. L'imbécile. Frankenstein. Monstre... « Tu veux jouer à ça ? » beugle-t-il à son ennemi sans se soucier d'être compris. Alors, il lâche tout. Ne retient plus sa hargne. Farge envoie une énorme frappe du genou dans l'entrejambe du Biélorusse, qui se brise en deux. Il l'attrape par le casque et frappe trois fois du coude. Puis le projette à terre. Plus rien ne compte que lui faire payer, lui faire comprendre. Monstre... Que c'est lui le plus puissant. Prendre pour tous les autres. Pour les crachats et pour la haine. Frapper. Pour son père qui a toujours eu honte de ce qu'il était. Pour les rideaux tirés. La vie à voix basse. Frapper. Pour les enfants qui jouaient en bas des immeubles, dans le square. Il y aura toujours une fenêtre entre eux. Trop d'étages. Pour ces groupes dont il n'a jamais fait partie. Pour la solitude. Pour les questions à l'école, auxquelles il ne trouvait jamais de réponse. Pour les heures passées à essayer de retenir. « Papa, je suis désolé. J'essaie... » Monstre. Le Lion a beau être vaincu, Louis s'acharne. L'autre, épuisé, pare péniblement, hurle de douleur. Monstre... Alors, en cet instant de démence, il le devient. Le monstre. Sous le raz-de-marée d'attaques de fauchon de Louis, l'armure de son opposant se distord. La visière de son heaume vole en éclats. Du sang sur la neige. Monstre. On essaie de le retenir. Mais il repousse ses camarades. Des arbitres s'époumonent. Il faut plus de cinq Français pour que Louis arrête de s'acharner sur le corps du Biélorusse, évanoui. Une minute plus tard, son rival est évacué en civière. Le match est suspendu. Louis est traîné dans un coin de la lice. Il retire son casque. Ses cheveux plaqués sur son front en sueur. Les yeux dans le vide.

Les arbitres discutent entre eux, en retrait. Puis, enfin, brandissent un carton rouge. Louis ne pourra plus combattre pendant trois mois. Et en raison de la violence extrême du Français, exceptionnellement, la victoire est allouée aux Lions. Pas de deuxième round. Rien. Eddie est hors de lui. Louis entend, comme si elle provenait de très loin, la voix de celui qu'il l'a tant aidé ces derniers mois : « Tu as tout gâché, tu nous as volé notre victoire. »

Farge s'éloigne, sous les insultes des combattants biélorusses. Il s'affale contre le mur en briques des murailles. Son corps est si lourd. Il pleure, peut-être. Monstre...

Une heure passe. Les Français ont été éliminés. Guillaume est venu le voir, quelques instants, puis ne sachant trouver les mots, est reparti dans un soupir. Louis reste seul, immobile. Sur son armure s'est déposé un filet de neige. Des crissements de pas. Un homme apparaît au-dessus de lui. Il le reconnaît. Il l'a vu, souvent, ces derniers mois, lors de tournois en France. C'est Armand Mirval. Le quadragénaire s'abaisse à ses côtés. Sa voix est douce.

— Je vous ai observé combattre, Louis. J'ai vu ce que le Biélorusse vous a fait. Les coups interdits.

— J'aurais dû me retenir, c'était de la provocation. Mon équipe a perdu à cause de moi.

Mirval regarde les hautes murailles, appose sa main sur les briques.

— Savez-vous où nous sommes ?

— Oui, le château de Malbork.

— Malbork fut longtemps le fief de l'ordre des Chevaliers Teutoniques qui participèrent aux croisades en Terre sainte, puis, plus tard, dans les régions nordiques. Leur mémoire hante ces murs. Le souvenir de leur bravoure aussi. Croyez-vous qu'en 1291, lors du siège de Saint-Jean-d'Acre, alors que les chevaliers utilisaient leurs dernières forces pour défendre le royaume de Jérusalem, croyez-vous qu'ils aient retenu leurs coups, se soient souciés d'un quelconque règlement, de ce qu'ils avaient le droit de faire, ou non ?

— Je ne sais pas…

— La réponse est non. Ils ont mis leurs tripes, leur chair et leur âme tout entière sur le champ de bataille. Ils ont laissé parler la rage. Portés par leur foi.

— Je ne vois pas le rapport avec moi.

— Il est pourtant clair. Ce sport n'est peut-être pas fait pour vous…

— Qu'est-ce que vous voulez dire ?

— Trop de règles, trop de limites. Vous êtes une force en mouvement. Un cataclysme, Louis. Il ne faut pas tenter de vous juguler, ni de vous retenir. Il faut vous lâcher la bride. Vous n'en avez pas assez ?

— De quoi ?

— De tout ça, ces enfantillages. D'être tenu en laisse par Eddie. Et si je vous disais que cette rage, moi, je suis prêt à l'accueillir, à la faire grandir ? Il ne faut pas avoir honte. Votre férocité, c'est votre force. C'est vous.

— Je ne comprends pas.

— Retrouvons-nous en France, dans mon château de Noirval, et parlons. J'ai une proposition à vous faire. Un travail. J'ai besoin de quelqu'un tel que vous pour m'accompagner. Me protéger. Besoin de quelqu'un, aussi, pour endurcir mon fils, trop faible. Il me faut un homme de confiance. Un garde du corps… Non. Plus que cela. Un homme lige. Je vous offre la vie que vous méritez, Louis.

Armand Mirval se redresse et lui tend la main en souriant. Monstre… C'est ce qu'il est. Cet homme est le premier à le comprendre. Et ça n'a pas l'air de lui faire peur, au contraire.

Louis saisit la main de Mirval.

Monstre.

13

16 février 2024

Saint-Dié-des-Vosges

Les derniers rayons du soleil disparaissent derrière les collines boisées de Saint-Dié-des-Vosges. Sofia retient un bâillement. Ses paupières tremblent à cause de la fatigue. Elle attrape un tube de vitamine C, en croque trois comprimés, fait passer le tout avec une gorgée de café tiède de sa Thermos. À ses côtés, Djibril l'observe.

— Tu comptes tenir comme ça longtemps, Sofia ?
— Le plus possible.
— Ça fait combien de nuits que tu ne dors pas ?
— Depuis que je suis rentrée à la SDAT, il y a quatre ans. Depuis que je te connais, en fait…

Djibril se marre…

— Sofia Giordano. Vous êtes un drôle de numéro… Il faudra qu'un jour on t'explique ce que signifie le mot vacances.
— Je me reposerai quand cette foutue enquête sera bouclée.

— Tu dis ça chaque fois...

Il marque un temps.

— Cette affaire, ce qu'il vient de t'arriver avec Giniel. Ça fait beaucoup... Tu aurais dû tirer, Sofia. Tu as failli y rester, à Marseille.

— Ce n'était qu'un môme. On n'aurait jamais dû en arriver là... Et, je ne sais pas, il m'a fait repenser à mon frère.

— Si tu as besoin de causer de tout ça...

— Je sais...

Elle pourrait lui parler de ses crises d'angoisse qui la réveillent au milieu de la nuit. De l'impression qu'elle a d'étouffer. Cette terreur qui lui écorche le cœur. Mais Djibril risquerait d'encore plus s'inquiéter, de prévenir Papé et la SDAT, peut-être, de leur présence ici, à Saint-Dié, sans aucune autorisation. Mieux vaut se taire. Et changer de sujet.

— La vraie question, Djib', c'est de savoir ce que tu fous, toi, au milieu des Vosges, avec moi, à surveiller un type terré chez lui. Tu ne préférerais pas profiter de ton week-end en famille ?

— Je ne te lâche pas, c'est tout. On forme une équipe. Ensemble, jusqu'au bout.

— Merci d'être là, Djibril.

Un ange passe. Il n'y a pas que leur relation de travail, leur amitié qui les unit tous deux. Il y a plus. Mais Sofia n'a jamais osé faire le premier pas. Elle s'est longtemps cachée derrière l'interdit d'une romance au boulot. La véritable raison est à chercher ailleurs. Depuis dix ans, Sofia a peur de tout. Au travail, de rater quelque chose d'essentiel dans une enquête. Passer à côté. Dans sa vie personnelle, peur de ne pas être à la hauteur. De décevoir celles et ceux qu'elle aime. Peur de ne pas y arriver. La policière a bien eu des histoires. Stéphane, Medhi, Hippolyte... Des noms qui ne veulent plus dire grand-chose. Aventures d'un soir, de quelques semaines que Giordano a fait en sorte, chaque fois, de saborder. Avant que ça ne devienne trop sérieux.

Quand on a côtoyé la mort, la terreur la plus abjecte pendant de si longues années, le monde résonne différemment. On évolue en marge, on s'accroche au réel avec difficulté. Face aux petits tracas du quotidien, aux discussions, on a tendance à s'échapper. Djibril, Papé et elle ont cette part de ténèbres, cette encre sombre qui enserre leur cœur. Ils ont vu des choses qu'on n'oublie jamais, qui vous traquent, vous poursuivent. Comment être normal, léger, quand on a connu ça ? Aller à un concert, dîner en terrasse, prendre le train, partir en vacances... il y a toujours une part d'eux qui traîne en ces territoires gris, qui sait que la menace rôde. Que rien n'est pire que l'humain... et qu'il faut vivre avec ça. Comment alors construire quelque chose, une vie, une relation ? Sofia ne sait pas faire semblant. Forcer son sourire... Alors, elle reste seule.

C'est mieux que Djibril et elle n'aient rien tenté, après tout. Même si la jeune femme pense parfois encore à la vie qu'ils auraient pu avoir tous les deux. Seraient-ils installés ensemble, aujourd'hui ? Serait-elle enceinte, comme Mélanie, la compagne de son partenaire ? Heureuse, peut-être ?

Djibril vide des M&M's dans la paume de sa main et les enfourne dans sa bouche. En planque, son collègue se gave toujours de sucreries. Bonbons, gâteaux, tout y passe. Il dit que ça lui permet d'évacuer le stress. Il a un côté enfantin, quand il grignote, un peu honteux, à toujours se justifier. Ça fait sourire Sofia. Les policiers reprennent leur surveillance de la maison.

Depuis le début de la soirée, ils attendent à proximité de la demeure de Pierre Crozier, en périphérie de Saint-Dié-des-Vosges. Djibril a rejoint Sofia pour le week-end. Elle est déjà sur place depuis deux jours. Son confrère sait bien qu'ils sont totalement hors procédure. Que cette initiative serait très mal perçue par leur capitaine, mais elle l'a convaincu que la piste méritait d'être suivie. Trois jours plus tôt, elle a été convoquée par Papé, à Paris, dans les locaux de la SDAT. Son chef d'équipe lui a annoncé qu'il avait pris la décision de lui imposer un repos forcé de dix jours, en raison des événements survenus à Marseille. Sofia n'a pas bronché. Elle est rentrée chez elle, a tenté de passer le temps. En zappant d'une série à l'autre, en faisant un peu de rangement dans cet appartement qui lui est comme inconnu. Un lieu vide de tout. D'âme, de souvenirs. Pour s'aérer la tête, elle est allée faire un jogging... Mais ça la travaillait encore. Une certitude s'ancrait en elle, chaque heure un peu plus. L'antiterrorisme faisait fausse route.

Après l'intervention et les fouilles réalisées chez Giniel, les services informatiques ont embarqué téléphone et ordinateur afin d'en éplucher les contenus. Les agents techniques ont mis au jour de longs échanges sur la messagerie cryptée Telegram, entre Dylan et un certain Nakîr, du même nom que l'un des anges à l'origine de la mise en scène macabre de l'Ange noir. Ce mystérieux interlocuteur, intraçable, invitait Giniel « à rejoindre le combat » après lui avoir transmis le cliché de la tombe de Chassagne. C'est ce même Nakîr qui lui a fourni le pistolet avec lequel il s'apprêtait à faire feu sur Sofia. « Je vais te faire parvenir une arme. Quand tu auras diffusé la photo pour répandre notre message, notre cri de guerre, sois prêt, frère, car la police ne tardera pas à arriver. Si tu veux devenir *chahid*, il faudra abattre ces mécréants. » Pour les supérieurs de Sofia, ces découvertes confirmaient que l'Ange noir et Nakîr étaient un seul et même individu, et qu'il s'agissait d'un terroriste islamiste. À la SDAT, ce fut le branle-bas de combat, ses collègues craignant que l'assassin n'incite d'autres gamins à suivre son exemple. L'antiterrorisme français était sur le pied de guerre. Pour eux, le meurtrier devait appartenir à une cellule islamiste existante, avoir des contacts, des connexions. La plupart des ressources disponibles ont alors été allouées à la surveillance des groupuscules radicalisés.

Mais Sofia, elle, avait l'impression tenace qu'on les manipulait. Les propos de l'incitateur, de cet Ange noir, semblaient trop appuyés, sonnaient faux. Selon elle, il fallait chercher plutôt du côté des victimes. Pourquoi le tueur s'en prenait-il à ces notables, quels étaient leurs liens ? La policière a tenté d'en apprendre plus sur la croix que portait Daniel Chassagne autour du cou, repérée également chez Pierre Crozier, un proche de Bernard Dalliot, première victime du tueur. Mais rien de déterminant n'a émergé. Si le motif rappelait vaguement la croix de Saint-Jacques ou celle de l'ordre des Hospitaliers, aucun autre répertorié ne présentait ces neuf cercles entremêlés. Sofia a alors demandé à Djibril de lancer une recherche dans les différents fichiers de police, afin de déterminer si le symbole était déjà apparu sur une autre affaire. Mais, là encore, chou blanc. Cette piste était ténue, mais Sofia n'avait rien d'autre à quoi s'accrocher.

Alors, la jeune femme a glissé des vêtements froissés dans son sac, attrapé ses clés de voiture et roulé jusqu'à Saint-Dié-des-Vosges. Avant de se présenter au domicile de Pierre Crozier, Sofia a relu son dossier. L'homme, âgé de 42 ans, était le fils unique d'un entrepreneur local, qui avait fait fortune en fabriquant des isolants en fibre de verre. Le père, mort d'un accident cardio-vasculaire des années plus tôt, lui avait laissé un joli pactole. Crozier avait vendu la société familiale pour se consacrer à sa carrière politique. Maire d'un village limitrophe, puis député de la circonscription, affilié à la mouvance d'extrême droite France Souveraine. Il se serait rapproché de la première victime de l'Ange noir, Bernard Dalliot, durant ses fréquents séjours à Paris pour siéger à l'Assemblée nationale.

En début de soirée, elle a sonné chez Crozier. En patientant, elle a observé, par-delà la grande grille, l'habitation de l'homme politique, une villa d'architecte des années 1970, sur pilotis, à flanc de colline, bordée d'une forêt de conifères. Elle a remarqué une caméra qui pointait son objectif noir vers elle. Lors de sa précédente visite, elle en était certaine, il n'y avait pas un tel système de sécurité. Une voix froide *via* l'interphone. Sofia s'est présentée. Dans un déclic, le portail s'est ouvert. En marchant vers la bâtisse, elle a noté de nombreuses autres caméras disséminées dans le parc. Crozier l'attendait sur le perron de sa demeure. Émacié, visiblement tendu.

Sofia l'a suivi à l'intérieur. En septembre dernier, quand elle avait rencontré Crozier chez lui, elle avait été impressionnée par les grandes baies vitrées qui donnaient sur une terrasse longeant la bâtisse. Une incroyable lumière baignait les lieux, qui offraient une vue imprenable, où que l'on se trouve, sur le village en contrebas et les forêts environnantes. Le mobilier était moderne, épuré. Quelques œuvres contemporaines accrochées aux murs, des sculptures massives. L'impression d'évoluer dans un décor immaculé l'avait saisie. Une femme de ménage était alors en train de s'escrimer à frotter le métal d'une rampe d'escalier. Une autre employée, certainement son assistante, s'était présentée à eux pour leur proposer du café. Crozier l'avait congédiée, d'un geste de main méprisant. Avant-hier, la maison ne semblait plus la même. Les volets roulants étaient abaissés sur les baies vitrées, les pièces plongées dans les ténèbres. Une unique lampe diluait une lumière timide dans le vaste salon. Dans la demeure, un silence lourd. Pas âme qui vive, hormis Crozier. Une pellicule de poussière s'était déposée un peu partout. Sur la grande table en verre de la salle à manger, un fusil de chasse et des cartouches, des cadavres de bouteilles, des cendriers débordant de mégots. Un grand écran diffusait les images des différentes caméras de vidéosurveillance. Ça sentait la cigarette, l'attente. Ça sentait la peur.

À l'instar de la maison, Crozier lui-même semblait transformé. Quand elle l'avait interrogé la première fois, Sofia avait trouvé l'homme volubile, séducteur, vaguement hautain. Étrangement taiseux lorsqu'il s'agissait d'aborder ses relations avec Dalliot. Il y a deux jours, un tout autre individu lui a fait face. Ses cheveux, habituellement parfaitement peignés, étaient désordonnés sur son front dégarni. Il arborait une barbe fournie, des cernes sous les yeux. Ses lunettes de vue étaient sales. Il portait un tee-shirt lâche sur un jogging usé.

Crozier avait du mal à se concentrer, le regard sans cesse attiré vers les retours des caméras. Dans le tiroir entrouvert d'une table basse, la policière a surpris des plaquettes de médicaments, Rivotril, un anxiolytique puissant. Après quelques questions, où Sofia a prétexté avoir besoin de précisions sur ses souvenirs avec Dalliot, elle lui a demandé s'il connaissait Daniel Chassagne, la dernière victime. En s'allumant une cigarette, il a répondu d'un débit haché.

— Non... Enfin, de vue. Pas personnellement. C'est terrible ce qu'il lui est arrivé. Terrible.

De l'ongle de son pouce, il a trafiqué frénétiquement la peau écorchée de son index...

— Est-ce que vous allez bien, monsieur Crozier ?
— Écoutez, lieutenante Giordano... je ne vais pas vous le cacher, cette affaire de l'Ange noir me terrorise. En tant qu'élu de la République, je... je pourrais être une cible, je ne me sens pas en sécurité. Les nuits sont longues. Vous savez, j'ai demandé une protection policière, mais elle m'a été refusée. Refusée... C'est un scandale. On m'abandonne. Tout le monde m'abandonne.

Ses propos étaient embrouillés, chaotiques, mais Sofia a senti qu'elle pouvait user de cette fragilité pour le convaincre de parler.

— Il y a plusieurs milliers d'élus en France, vous comprenez bien qu'on ne puisse pas assurer la protection de chacun. Pourquoi seriez-vous plus menacé qu'un autre ?

Il a haussé la voix.

— Parce que je suis en première ligne. Je suis une cible. C'est certain, c'est évident. Quatre... déjà quatre victimes... Il nous traque. C'est nous que ce démon vise.

— Nous ? Vous voulez parler de qui ?

Se rendant compte qu'il se livrait trop, Crozier s'est refermé.

— Non, rien. Je veux dire les élus...

— Vous avez des soupçons ? Vous pensez connaître l'assassin ?

— J'ai lu des articles, vu les informations, échangé avec mes pairs. Il s'agirait d'attaques terroristes. Toujours les mêmes monstres qui s'en prennent à la France.

— Ce système de sécurité chez vous, c'est nouveau ?

— Oui, étant donné que personne ne veut m'aider... qu'on ne peut compter que sur soi-même, j'ai fait installer ces caméras. Elles sont reliées à un ordinateur, connecté à ma télévision. Je peux contrôler en direct toute intrusion dans le parc. Je l'attends, je suis prêt.

— La dernière fois, vous aviez des employées. Où sont-elles ?

— Je les ai congédiées. Je ne peux pas leur faire confiance. Elles écoutaient tout... tout le temps. Peut-être qu'elles aussi sont dans le coup ? Ça peut être n'importe qui... Vous, qui sait ?

Il a passé une main dans ses cheveux hirsutes, se donnant encore plus l'air d'un aliéné. S'est levé subitement de son siège pour se diriger vers la grande table.

— D'ailleurs... Je veux bien revoir votre carte de police, pour être sûr.

Sofia a obtempéré. Il s'est saisi du fusil, y a glissé deux cartouches, en a fait claquer la bascule.

— Mais qui me dit que vous ne faites pas partie de tout ça ?

La policière s'est redressée, sa main gauche en apaisement, tandis que l'autre approchait de son holster.

— Calmez-vous, monsieur Crozier. Je suis de la police, vous le savez bien. Je suis là pour aider. Déposez ce fusil. Et écartez-vous de cette table.

Il s'est exécuté... semblant revenir à lui.

— Oui, pardon, je suis désolé. Évidemment. Excusez-moi, je suis à cran.

Elle a fait le tour de la table, déchargé le canon.

— Cette arme ? Vous avez les autorisations ?

— Oui, j'ai un permis de chasse. Écoutez, je suis chez moi. C'est une propriété privée. Je me défends comme je peux.

Crozier était trop instable, trop imprévisible. Pourtant, elle devait en apprendre plus.

— Cette croix sur ce tableau au-dessus de la cheminée. Vous pouvez m'en parler ?

— Je... je ne sais pas. J'ai acheté cette œuvre à un artiste, il y a trois ans, peut-être plus. La force qui en émanait m'a marqué.

— M. Chassagne portait un pendentif présentant le même symbole.

Un voile a traversé son visage tiré.

— Un hasard. Sans aucun doute... Je suis catholique, lui aussi, certainement. Je ne vois rien d'autre. Je me sens fatigué... Si vous voulez bien me laisser.

J'aimerais me reposer avant que la nuit n'arrive. Il faut que je me prépare. Je dois veiller, ne pas fermer l'œil.

Sofia l'a laissé seul. Crozier ne lui apprendrait rien de plus. Pourtant, l'homme politique lui cachait des choses, c'était évident. « C'est nous que ce démon vise. » Des mots, comme un aveu. C'était peut-être, finalement, l'occasion qu'elle espérait. Tendu, fragilisé, le député pourrait tenter de convenir d'un rendez-vous avec d'autres personnes liées aux victimes. Comprendre, enfin, l'origine de ces meurtres, leur véritable mobile. Sofia n'avait plus qu'à attendre et espérer que les allées et venues de Crozier lui permettent de lever une piste. Mais, depuis deux jours qu'elle planquait devant la maison, l'homme politique vivait cloîtré. Parfois, Sofia voyait la porte de sa demeure s'entrouvrir, une silhouette grise dans l'embrasure, qui scrutait les alentours, puis disparaissait aussi vite. Crozier était en train de perdre les pédales… Et elle continuait à le surveiller. Et s'il se suicidait dans cette baraque ? Et s'il débarquait pour leur tirer dessus, dévoré par sa paranoïa ?

Les yeux braqués vers la bâtisse, à repenser au fil des derniers jours, Sofia pique du nez. Djibril lui remue l'épaule, doucement, pour la ramener à elle.

— Sofia, tu es à bout de forces. Va dormir un peu à l'hôtel. Je prends le relais pour la fin de la nuit.

— Non, je reste avec toi.

— Je ne suis là que deux jours, alors profites-en.

Son partenaire a raison. Elle est épuisée.

— Quelques heures, alors.

Djibril lui prête les clés de sa voiture, laissée plus loin, à un croisement. Elle conduit jusqu'à son hôtel. S'écroule dans son lit, tout habillée, son téléphone sur la table de chevet.

Des rêves troubles, confus. Elle a chaud. Une pièce vide, sans fenêtre. Murs en parpaings. On lui parle. On la pointe du doigt, on lui hurle dessus. Un voile noir sur son visage. De l'eau qu'on lui balance dessus. Le tissu se colle à sa bouche. Elle ne peut plus respirer. Elle va mourir. Dans cette pièce vide. « Bilal. Fais quelque chose. Je t'en supplie. Aide-moi. »

Sofia ouvre les yeux. 3 h 23 du matin. Elle est en sueur, se traîne jusqu'à la salle de bains, avale un grand verre d'eau, se rafraîchit le visage. Elle ne dormira plus, elle le sait. Alors autant retourner à Saint-Dié. Elle tente d'appeler Djibril pour le prévenir. Le téléphone sonne dans le vide. Elle réessaie. Rien. Djibril répond toujours du tac au tac. Surtout quand il est en planque. Sofia attrape ses clés de voiture. Un doute s'immisce en elle. Elle doit aller le retrouver.

14

17 février 2024

Saint-Dié-des-Vosges

2 h 30 du matin. Le vent a forci depuis peu. La cime des sapins frissonne sous les bourrasques. À l'horizon, des éclairs zèbrent un ciel d'encre. Le fracas retentit en écho, de longues secondes plus tard. L'orage arrive. Dans le sous-bois, autour de la voiture, Djibril entend le murmure de la nature. Grincements des troncs, frottements des branches. La température a chuté en flèche. Le policier enfonce son menton dans le col de son manteau. Il aurait dû prévoir des vêtements plus chauds. Dehors, il s'est mis à pleuvoir. Par vagues, des trombes d'eau viennent consteller le pare-brise. Mais le policier ne peut pas activer l'essuie-glace. Il plisse les yeux. Dans la bâtisse de Crozier, une lumière vacillante, celle du salon, filtre à travers les persiennes, tel un phare dans la nuit. La tempête qui gagne dehors. Et lui qui se retrouve, seul, à planquer devant une maison où il ne se passe rien… Que fabrique-t-il ici ? À se les cailler

au milieu de la nuit, dans ce coin paumé des Vosges ? Plus tôt dans la soirée, il a appelé sa femme. Mélanie lui a expliqué se sentir un peu patraque, lui a demandé s'il pourrait rentrer plus tôt. Il devrait être auprès d'elle, en ce moment même, chez eux, dans leur appartement d'Oberkampf, et non pas à 400 kilomètres de là. Pour se changer les idées, le policier attrape quelques-uns des magazines laissés à l'arrière de la voiture de Sofia, en prévision de ses longues heures de surveillance. Un hebdomadaire français titre : « La terreur islamiste de retour ? » Après la descente chez Dylan Giniel, les ultimes détails sur les meurtres de l'Ange noir et des extraits de conversations entre Giniel et Nakîr ont fuité. Des chaînes d'info en continu ont même affiché la photo de la tombe de Chassagne. Tous ont fini par faire le rapprochement entre les meurtres, les tourments du tombeau, et une possible piste islamiste. Le début d'un nouveau déferlement. Depuis la mort du jeune radicalisé, les journalistes tournent en boucle. Sur les plateaux TV, hommes politiques et pseudo-experts se succèdent. Tous jouent leurs gammes à la perfection. Discours calibrés, phrases-chocs préparées à l'avance, qu'ils espèrent voir reprises sur les réseaux sociaux. Vestes repassées, cravates impeccables, le menton haut et l'arrogance de ceux qui prétendent savoir. Parmi la foule de bonimenteurs, on invite, parfois, un représentant de l'islam français, un imam, ou un porte-parole d'une association comme le CFCM, Conseil français du culte musulman. Ils tentent de faire entendre leurs voix, mais elles sont noyées par les vociférations des autres enragés. Ils ne sont pas là pour être écoutés mais pour servir de caution.

Foutus amalgames… c'est toujours le même refrain. « La menace de l'islam », « Demain, tous musulmans ? », « Ils saccagent nos libertés »… Djibril n'en peut plus de tout ça… Combien de fois faudra-t-il leur répéter ? « Ce n'est pas parce qu'on est musulman qu'on est terroriste. » Il a tant seriné cette phrase, depuis des années, dans des dîners, en discutant autour d'un verre. Quand l'alcool délie les langues et que ses amis, ses collègues, ne peuvent se retenir de cracher leur fiel. « Ta religion, c'est quand même un problème. Dans ses textes mêmes, elle prône la violence. Les catholiques, eux, sont plus pacifistes. » Ses réponses où il s'emporte : « Mais avez-vous déjà lu la Bible, bon sang ? C'est un récit de guerres, de tueries, de vengeance et de sang. Et les Croisades, l'Inquisition, la conquête de l'Amérique latine par les conquistadors, au nom de quel Dieu ces atrocités ont-elles été menées ? » Alors, les voix montent en puissance, les mains frappent sur la table. Le jeune policier a beau leur expliquer qu'au fond, tout est affaire d'interprétation. Que le problème a toujours été là. On peut faire dire ce que l'on souhaite aux textes sacrés : Torah, Bible, Coran… En eux, les plus belles idées, comme les pires incitations. La religion, ce qui compte, c'est celui qui la raconte. Ce qu'on veut bien y lire, ce qu'on en fait. C'est une matière malléable, fragile. Il y aura toujours des diables, des dieux et des hommes au milieu.

Parfois, le policier de la SDAT a la sensation que le dialogue, l'échange deviennent de plus en plus difficiles. Depuis les attentats de 2015, quelque chose a changé en France. La haine, qui a toujours été présente, tapie sous le rouge du drapeau tricolore, s'étend à la vue de tous, désormais. Elle suinte des caniveaux, dégueule des robinets, se répand. Dans les médias, les pensées, les familles, les cœurs. Il n'a jamais senti son pays aussi fragilisé, aussi divisé. Il a beau sortir des arguments imparables, des données, des chiffres concrets, rien n'y change. « Les fichés S qu'on soupçonne d'islam radical sont 12 000 en France, et parmi eux, seuls 3 000 pourraient passer à l'acte. Vous savez le pourcentage que ça représente sur les 5 millions de musulmans français ? 0,06 %… » Aujourd'hui, l'islam est devenu la grande menace. Djibril et les autres pratiquants seraient à l'origine de tous les feux, de tous les maux. Les premiers ciblés quand il y a le moindre problème. Les Arabes et les Noirs, les jeunes des cités, les imams, les pratiquants, les femmes voilées, les dealers, les casseurs… tous dans le même panier. « Ils ne veulent pas s'intégrer… ils vivent entre eux… » À chaque époque, son bouc émissaire. Ses concitoyens ont trouvé leur ennemi.

Si Djibril a souhaité intégrer l'antiterrorisme, c'est justement pour ça. Pour faire barrage à la haine. Pour traquer les salopards qui salissent sa religion. Et montrer qu'il s'agit toujours de femmes et d'hommes perdus, qui ont fait fausse route. Tout ça pour que son pays, qui s'est construit sur ses différences, retrouve un semblant de sérénité. C'était en 2020… Djibril était encore candide. Les années ont passé. Et le policier a depuis déchanté. Le mal est peut-être trop ancré. Le combat, perdu d'avance.

Du bruit à l'arrière de la voiture. Djibril jette le journal sur le siège passager, se retourne. Rien. La rue est plongée dans les ténèbres. La pluie frappe la carrosserie.

Au loin, un halo de lumière sous un lampadaire. Le bitume détrempé renvoie des éclats d'or. C'est certainement une branche tombée sur la carrosserie. Rien de plus. Un nouveau choc, de l'autre côté de la calandre, côté sous-bois. Djibril se contorsionne pour essayer d'y voir quelque chose. À une vingtaine de mètres, une silhouette émerge des arbres, à la lisière des ombres. L'individu porte un ciré noir, avec une capuche. Il lève le bras et balance une pierre. Elle vient fissurer le pare-brise arrière. C'est quoi, ce taré, se demande Djibril, un gamin ? Il vérifie qu'il a bien son arme. Enfile sa capuche et sort.

« Hé, vous là-bas. Arrêtez vos conneries ! » D'un bond, l'individu disparaît dans le sous-bois. Le policier n'hésite pas et part à sa poursuite. Il se fraie un passage entre les rangs serrés d'épicéas. Il manque de glisser sur un tapis d'aiguilles trempé. Des branches viennent lui griffer le manteau, s'accrocher à ses manches. S'étant suffisamment éloigné de la maison de Crozier, il allume sa torche. Un rapide tour d'horizon. Une première ligne de troncs effilés, une autre, puis c'est un mur d'écorce. Un craquement sur la droite. « Sortez. Police ! » Djibril croit entendre un rire, en réponse. Une voix un peu enfantine. « Merde, à quoi vous jouez ? Je suis armé ! » Il ne faut pas qu'il perde le contrôle, surtout s'il s'agit d'un môme du coin. Il ferait mieux de prévenir Sofia. De sa main libre, le jeune homme tapote sa veste à la recherche de son portable. Quel idiot… Il l'a laissé dans la voiture. Un autre bruissement, plus près cette fois. Quelqu'un file entre deux arbres. Ce même rire… Djibril dégaine son arme. Ose un pas. Rester concentré, malgré la pluie qui brouille sa vision. Un dernier avertissement, pense-t-il. Si ce petit malin ne sort pas de sa cachette, il tirera en l'air pour le faire fuir.

Une pensée fait chavirer son assurance. Et si c'était lui ? L'Ange noir. Il serait venu s'occuper de Crozier et l'aurait trouvé sur son chemin. La terreur s'insinue dans les méandres de son cerveau. Djibril réprime un tremblement. Que faire ? Retourner vers la voiture ? Appeler des renforts ? Un frémissement dans son dos. On le saisit par les épaules. Une force brute qui l'empêche de bouger. Djibril se débat, mais rien n'y fait. Une douleur dans le cou. Une vague de chaleur. En moins d'une minute, aucun de ses muscles ne lui répond plus. Il se sent chuter, percuter le sol couvert de mousse, de feuilles mortes. Sa bouche entrouverte, à même la terre. Il ne maîtrise plus rien. Il tente de bouger la main, les doigts. En vain. Pourtant, il voit, il est complètement conscient. Prisonnier de son propre corps. Des semelles boueuses s'enfoncent à quelques centimètres de son visage. Une main gantée le positionne sur le dos. Une silhouette se penche au-dessus de lui. C'est l'Ange noir. Plus aucun doute, désormais. Il porte un masque. D'une blancheur spectrale, un faciès lisse apparaît sous la lueur nocturne, deux trous sombres pour les yeux, un nez, une bouche, dont les lèvres gercées semblent dessiner un léger sourire. Les pommettes sont saillantes, le menton proéminent. Du rebord des paupières, des lèvres, s'étirent des traits noirs, distordus, formant des craquelures, des déchirures. Peut-être à cause de l'injection qu'il vient de recevoir, l'agent de la SDAT a l'impression que les lignes bruissent, palpitent. Des veines de sang noir. Djibril voudrait hurler, crier, mais seul un filet ténu, aigu, s'échappe de sa bouche paralysée. L'assassin le soulève, le place sur son épaule et progresse à travers la forêt. Djibril, tête à l'envers, voit les énormes chaussures du tueur écraser un tapis de fougères. Il entend sa respiration lourde et régulière, comme si rien de tout cela ne l'inquiétait. Il s'évanouit.

L'Ange noir l'a déposé, en bordure de route, dans un fossé. Tel un vulgaire objet. De l'eau s'écoule autour de lui, ses vêtements sont trempés, mais il ne ressent rien. Il entend une voix qui parle, une autre qui lui répond, grésillante, puis un bruit de portail qui grince.

Une nouvelle absence. Quand il rouvre les yeux, il est ailleurs. La pluie frappe son front. À ses côtés, une présence. Djibril veut tourner les yeux, mais c'est si dur. Des mouvements. Le fracas d'un éclair qui tonne. Un reflet d'acier dans la nuit. Une pelle qui s'enfonce dans la terre. Non, pitié. Non… Il doit concentrer toutes ses forces pour imprimer une minuscule inclinaison à son visage, sur le côté. À moins de vingt centimètres, le regard terrifié de Crozier, lui-même paralysé. Leur effroi partagé, insoutenable. Leur impuissance commune. Et le bruit de la pelle qui bêche, qui bêche encore. Djibril ne peut en supporter plus. Il ferme les yeux.

Son corps s'écrase dans la boue. Au fond d'une fosse. Ce n'est pas possible. Ce n'est pas en train d'arriver. Ce cauchemar qu'il a tant fait. Qui l'a hanté depuis des semaines. Le tueur retire sa capuche, son masque penché vers lui. Alors, seulement, Djibril remarque deux cornes entortillées le long de son crâne blanc. Et une couronne noire. Le diable. L'Ange noir étend les bras, lève la tête en arrière, reste ainsi de longues secondes sous la pluie. Djibril sait bien qu'il est en train d'halluciner, mais il voit des tentacules d'ombre tournoyer autour de l'assassin. Puis l'homme disparaît. La seconde suivante, un autre corps, lourd, tombe sur le policier, lui obstruant la vue. Son dos plaque son visage sur le côté. C'est Crozier. Une fosse pour deux. Il va mourir, enterré vivant. Essayer de bouger, faire quelque chose. Ramener son bras. Sortir de cet abîme. Vivre. Pour Mélanie. Pour ce bébé qui l'attend. Il est trop jeune. Tout est à construire. Une matière froide, épaisse sur son bras, ses jambes. De la terre. Malgré Crozier qui le protège un peu, il en reçoit dans la bouche. Des pelletées, encore. Bientôt, c'est le silence, son corps de plus en plus comprimé, de plus en plus lourd. Le son étouffé. Sa respiration dévorée par l'angoisse. La terre, partout. La mort qui approche. Personne ne le retrouvera à temps. Au-delà de l'effroi et de la panique, son visage, impassible, laisse échapper une larme. La fin…

15

17 février 2024

Saint-Dié-des-Vosges

Une pluie diluvienne. Des éclairs, tout proches, saillies de lumière dans l'obscurité. Leurs rugissements qui font vibrer la terre. Et ce vent… Les gouttes frappent son visage. Les accotements de la petite route de campagne sont gorgés d'une eau noire et bouillonnante. Après s'être garée en contrebas, Sofia rejoint sa voiture, où Djibril était censé rester en planque. Personne à l'intérieur. Elle tire sur la poignée, c'est ouvert. Elle repère le téléphone de son partenaire sur l'accoudoir central. Mains en visière pour se protéger de l'averse, la policière observe autour d'elle. Où est-il passé ? Elle extrait sa lampe torche de sa poche, étudie le bitume. Des traces de pas boueuses, encore nettes malgré la pluie. Fraîches. Elles semblent venir du sous-bois pour se diriger vers l'entrée de la villa de Crozier. Sans plus se soucier de se faire repérer, Sofia suit les empreintes. Après la grille, les marques continuent vers la bâtisse. Pourquoi Djibril se serait-il rendu au beau milieu de la nuit chez l'homme politique ? Ça n'a aucun sens. Il s'est passé quelque chose. Sofia lève les yeux vers la villa sur pilotis, accrochée à la colline. Elle y distingue de la lumière. Giordano appuie sur l'interphone. Attend une minute, réessaie. Aucune réponse. C'est impossible. Crozier lui avait bien fait comprendre qu'il ne fermait pas l'œil de la nuit, craignant, chaque soir, la visite de l'Ange noir. Alors, sans hésiter, la jeune femme prend appui sur le portail, l'escalade et se laisse tomber de l'autre côté. Ses pieds s'enfoncent dans la boue. Elle marche, du plus vite qu'elle le peut, entourée de hauts pins, aiguisés telles des lances. « Brom, brom », le tonnerre éclate au-dessus de sa tête. Elle monte l'escalier jusqu'à la porte d'entrée. Ouverte. Une empreinte de chaussure, plus nette, sur le carrelage. Ces motifs, ces crampons marqués, elle les reconnaîtrait entre mille. Elle les a tant étudiés. Il s'agit du même type de chaussures que celles de l'Ange noir. Il est là. Il est venu, ce soir, réclamer son dû. Djibril aurait-il tenté de l'interpeller ? Sofia décroche son téléphone, appelle des renforts, leur indique l'adresse de Crozier. Ils ne pourront pas la rejoindre avant une dizaine de minutes. Elle ne peut pas attendre. Arme au poing, elle entre dans la maison silencieuse. L'orage, au-dehors, vient projeter des ombres démentes. Les sculptures contemporaines, aux angles aiguisés, semblent s'étirer sur le marbre. Elle suit les traces de pas. Dans le couloir, un vase est brisé. Des marques sur le sol laissent penser qu'un corps a été traîné. Que s'est-il passé ? Sur le qui-vive, elle progresse vers la seule source de lumière de la maison, provenant du salon. Sofia assure sa prise sur le canon de son arme. Elle accède à la grande pièce. Le fusil sur la table, les cartouches. L'halogène qui dilue une clarté jaunâtre. Personne. La jeune femme s'arrête devant l'immense écran de télévision, dont Crozier se servait comme d'un retour pour ses caméras de surveillance. L'image est grise, parcourue de parasites. L'ordinateur au pied de l'appareil est éventré, on en a arraché le disque dur. Le meurtrier veut effacer tout signe de sa présence. Giordano se concentre à nouveau sur les empreintes de chaussures et se dirige vers l'arrière de la villa qui donne sur un vaste jardin menant à la forêt. Sous le rideau de pluie, les rafales, une forme voûtée. Elle hurle : « Police, plus un geste. » L'individu se redresse et, immobile, ne se retourne pas. Il porte une vareuse noire, avec une capuche, sur laquelle glissent les gouttes. Sofia avance, s'efforce de maintenir sa visée, mais l'averse est si forte, puissante, qu'elle a du mal à y voir. « Les mains en l'air, bien en évidence. » Un éclair déchire la nuit. Sofia est aveuglée. L'homme en profite pour fuir. Il court vers la forêt. Sofia fait feu. Deux fois. Une première balle s'enfonce dans la pelouse, la seconde, dans le tronc d'un arbre à quelques centimètres du meurtrier. L'instant suivant, il a disparu entre les sapins. Sofia étouffe un juron et accourt jusqu'à l'endroit où le tueur se tenait. Une pelle, un tas de terre. Une fosse, à moitié rebouchée. Djibril... il est là-dedans. Elle attrape la pelle et se met à creuser frénétiquement. Faites qu'il soit encore temps... Elle hurle, de tous ses poumons, à chaque pelletée. Pour déjouer le sort, pour se donner le courage de continuer. Elle n'ose même pas regarder au-dessus d'elle, de peur de voir la silhouette de l'assassin se découper dans la nuit. De toutes ses forces, elle arrache des brassées de terre gorgées d'eau. Elle aurait besoin d'aide. Que font les renforts, merde !

Sa pelle entre en contact avec quelque chose. Elle la jette et termine avec les mains. Un corps apparaît, celui de Crozier. La gueule grande ouverte, béante, remplie de terre. Ses yeux révulsés. Il est mort étouffé. Une autre personne est piégée sous le cadavre. Sofia déplace le corps sans vie de l'homme politique sur le côté. Djibril est en dessous. Il a le visage couvert d'humus. Elle le soulève, lui parle, passe sa main sous son nez, ses lèvres. Pas une once d'air. Alors, la policière tente le tout pour le tout. Elle appose ses doigts sur le sternum du policier, et effectue une série de compressions thoraciques, puis lui pince le nez et exécute un bouche-à-bouche. Le ramener. Ne pas lâcher. Ne pas le laisser mourir, ici, dans cette fange. Ce tombeau maudit. Compresser. Puis insuffler de l'air dans ses bronches. Relancer la machine. Que son cœur se réveille, merde. Recommencer, encore. Ça n'a plus aucun sens, de s'acharner ainsi, pourtant elle n'abandonne pas. Compressions. Bouche-à-bouche. Compressions. Bouche-à-bouche. Désormais, elle frappe de ses poings sur la cage thoracique en hurlant : « Reviens ! » Une dernière fois, elle amène ses lèvres contre celles, glacées, de son partenaire. Un baiser, plus qu'une tentative de réanimation. « Reviens, je t'en supplie ! » Des mots qui sortent de sa bouche, qu'elle ne maîtrise plus. « Tu n'as pas le droit de me faire ça. Je t'aime, Djibril. Je t'aime, merde... »

Des yeux qui s'ouvrent. Une toux, des crachats. Il la regarde. Ne réussit pas à lui parler. Sofia serre son partenaire dans ses bras. Elle pleure. De terreur et de joie mêlées. Il est vivant.

16

20 février 2024

Noirval

Gabriel n'a rien à faire ici, dans le parc du château de Noirval. S'il se fait surprendre, il foutra en l'air sa carrière une bonne fois pour toutes. Il a longuement hésité devant le muret effondré, puis l'a gravi dans un soupir. Voûté sur lui-même, il glisse de buis en buis, vers l'impressionnante construction. De sa position lui parviennent les murmures de la réception organisée par le maître des lieux, Armand Mirval. Il doit en voir plus, photographier un maximum d'invités présents. Et établir ainsi le réseau des connexions de la famille Mirval. Mieux comprendre ce qui se joue entre ces murs.

La vidéo de son face-à-face avec Victor Mirval a été visionnée plus de 150 000 fois sur Internet. Sans surprise, Gabriel a été convoqué par Guerini et, après un laïus moralisateur, a écopé d'une mise à l'arrêt d'un mois, avec interdiction de s'approcher du responsable de la Meute. Une enquête a été ouverte par l'IGPN, pilotée par Delcroix, le même flic qui avait bossé sur son dossier, un an et demi plus tôt. Les chefs d'accusation de l'époque, à jamais gravés en lui : « Abus de pouvoir, brutalité policière et faute grave dans l'exercice de ses fonctions... » Comme une humiliation qui le poursuivrait partout, tout le temps. À l'époque, déjà, l'acharnement du bœuf-carottes avait failli lui coûter son poste. Y échappera-t-il cette fois ? Cette semaine, il a croisé Delcroix dans les couloirs du commissariat du 10ᵉ. L'homme, dans son sempiternel costume gris, l'a salué et lui a asséné, sur ce ton obséquieux qui ne le quittait jamais : « Je n'ai rien contre vous, Geller. Rien de personnel. Je fais mon boulot, c'est tout. Il y a trop de flics qui se croient tout permis. » Gabriel a continué sa route, sans répondre.

Et s'il perdait son boulot ? Son travail à la DPJ, malgré les difficultés, la lassitude, c'est ce qui le maintient encore fragilement à la surface. Alors, pourquoi est-il ici, à se mettre en danger, sur un simple pressentiment ? Veut-il se pousser à bout, quitte à tout perdre ? Se punir, dans cette autoflagellation qui le dévore depuis la mort de sa fille ? Combien de fois, au plus profond de sa nuit, a-t-il attrapé son pistolet de service et se l'est-il fourré dans la gueule ? Le goût du métal, les larmes tièdes sur ses joues... Avant de jeter l'arme au loin, incapable de tirer. Trop lâche pour mourir, trop usé pour continuer à vivre. Certaines douleurs ne devraient pas exister. Perdre un enfant, ça devrait être interdit. Il n'est aucune blessure aussi profonde. Condamné à ce purgatoire dans lequel il erre depuis deux ans, le Grizzli n'a jamais eu le courage de se rendre sur la tombe de Léa. Au grand dam de son ex-femme qui le lui a si souvent reproché. Mais aller là-bas, faire face à cette stèle froide, ça serait accepter. Et c'est impensable.

Voilà quatre jours qu'il est de retour à Lille. Drapier a tenté de le joindre pour prendre des nouvelles, mais Geller n'a pas répondu à ses appels. Il se méfie de son partenaire, persuadé qu'il informera l'IGPN s'il apprend quoi que ce soit. Arrivé dans la cité du Nord, le policier a dû réfléchir. Hors de question pour lui de surveiller à nouveau les locaux de la Meute. Il se savait exposé. Il a préféré une autre option. Fonctionner par spirales, en s'intéressant au cercle des proches, amis et famille de Mirval. En première place, évidemment, son père, Armand Mirval, 57 ans, sénateur et professeur d'histoire à l'Université catholique. Dans les différentes interviews que le policier a pu trouver de Victor, il ne cesse de chanter les louanges de son paternel : « la personne la plus importante de ma vie », « un guide, un modèle. Un homme exigeant, mais un exemple à suivre ». « Je suis fier de notre famille. De ce que nous avons construit. » Armand Mirval a éduqué son fils seul, après la mort de son épouse dans un accident de voiture en 2012. Le nom des Mirval est connu de tous dans les Flandres. Une famille puissante qui s'est bâti un véritable empire à partir des années 1800 en créant, au début de la révolution industrielle, les Filatures Mirval, spécialisées dans le lin et la laine, participant ainsi, avec quelques autres, au formidable essor de la région. En 1870, les Mirval possédaient de nombreuses exploitations textiles de la région, et employaient, au plus fort de leur activité, près de 3 000 travailleurs dispersés dans les campagnes. La société avait ouvert des filiales à l'étranger, en Angleterre, aux États-Unis, et des comptoirs commerciaux dans les pays approvisionneurs : Argentine, Afrique du Sud... Jusqu'au milieu du XXᵉ siècle, l'entreprise a connu un indécent succès. Mais l'après-guerre a été difficile. La concurrence internationale féroce couplée à des grèves à répétition des ouvriers luttant pour de meilleures conditions de travail, ont mis à mal les industries locales. Contrairement à ses concurrents, nombreux à connaître la banqueroute, le clan a su se reconvertir, à partir des années 1960, dans de nouvelles activités : vente par correspondance, hôtellerie, grande distribution... Aujourd'hui, Armand Mirval est à la tête d'un capital immobilier valorisé à près de 17 millions d'euros, propriétaire de deux hypermarchés, de plusieurs immeubles dans le centre de Lille, de commerces... Durant les années 2000, il a également créé une pépinière d'entreprises et investi dans une dizaine de start-up. Il est notamment l'un des actionnaires principaux de la société de son fils, Agora.

Depuis 1886, les Mirval sont propriétaires du château de Noirval, à proximité de Thiennes et de Vieux-Berquin, fief familial, symbole éclatant de leur réussite. Au village de Thiennes, Gabriel a pu en apprendre plus sur l'histoire du monument. C'est le bisaïeul d'Armand, Octave Mirval, un excentrique, grand voyageur et collectionneur d'antiquités, qui a racheté un château en ruine, Mauront, pour le transformer en un manoir luxueux, s'inspirant à la fois des architectures médiévale, baroque, et Renaissance. Un fourre-tout excessif, m'as-tu-vu, véritable patchwork d'influences, encadré par deux énormes tours asymétriques médiévales. Il s'en dégage une certaine austérité, qui vient contraster avec le faste de la partie centrale du bâtiment, le logis. La façade nord, de style Louis XIII, est richement ornée, avec des niches abritant des statues, des ornements végétaux, des travées et frontons découpés. À l'intérieur, plus de trente pièces forment un dédale de couloirs, de chambres, de salons. Il a fallu quarante-cinq ans de travaux pour que la vision d'Octave prenne forme. Il a aménagé les jardins, rapportant des essences d'arbres des quatre coins du monde, faisant creuser plusieurs étangs artificiels. En 1931, le château, enfin restauré, a été rebaptisé Noirval. Clin d'œil au nom de leur famille, et au fait que le terrain se situait dans un vallon peu exposé. Année après année, les Mirval ont racheté champs et forêts avoisinants. Aujourd'hui, le domaine s'étend sur près de vingt et un hectares. Armand a fait planter des champs de lin, conservé une partie boisée, fait construire dans les années 1990 une immense volière pour sa femme, Mathilde… Pour une raison que Gabriel ignore, le parc est aujourd'hui un peu laissé à l'abandon. En progressant, il a repéré des massifs faméliques, des haies désordonnées, un kiosque en ruine, couvert de lierre.

Le Grizzli a enfin trouvé une position qui lui permette de mieux voir la véranda donnant sur une grande terrasse, au sud du bâtiment. Ce soir, Mirval organise une réception. Au café du coin, le policier a entendu dire que le châtelain planifiait plusieurs fois par an des événements similaires. Les habitants de Thiennes ont l'habitude de voir des défilés de berlines allemandes, de voitures de sport, qui traversent le village éteint. Certains ont même raconté avoir été survolés par des hélicoptères se dirigeant vers le château. On ne sait pas réellement qui sont les invités. Des piliers de comptoir ont affirmé à Gabriel avoir reconnu des femmes et hommes politiques, chefs d'entreprise de la région mais aussi d'autres coins de la France.

Geller a remarqué les véhicules parqués dans la cour pavée, de l'autre côté des hautes grilles. Audi, Mercedes, BMW… Plus tôt, il s'est tassé dans son siège, quand il a aperçu Victor Mirval sortir de sa Porsche et rejoindre la réception. Il était accompagné de sa compagne, Roxane Delattre, celle qui avait filmé Gabriel lors de la nuit de leur échauffourée. Les deux sont en couple depuis trois ans. Delattre est une jeune femme de bonne famille, bien sous tous rapports. Âgée de 24 ans, elle achève des études de droit et consacre son temps libre à son action avec la Meute. À leur suite, émergeant d'un 4 × 4 rutilant, les deux autres fondateurs du groupuscule, la garde rapprochée de Victor. Hervé Valien, 23 ans, commercial chez un concessionnaire auto de la banlieue lilloise, adepte de musculation et de sports de combat. Barbe longue, crâne rasé, tatouages sur les bras et le cou. Plusieurs interpellations pour violences en réunion. Puis Luc Caron, benjamin de la Meute. Un corps étiré, une casquette noire vissée sur le crâne siglée du logo du groupuscule. Originaire d'une famille de Mons, en Belgique, on le voit souvent accompagné à la Tanière par sa jeune sœur, Camille. Luc, âgé de 21 ans, affiche un parcours scolaire impressionnant. Diplômé du bac à 16 ans, il étudie à Centrale. Il est le théoricien de la Meute. Celui qui aurait aidé Mirval à en structurer le discours et en développer le réseau. Mirval, Delattre, Valien et Caron forment le cœur de la Meute, son épicentre. Ils s'offrent une respectabilité en s'investissant tous les quatre dans l'association Trait d'Union. Parmi eux, peut-être, l'assassin d'Hassan Mansour ? Autour des membres principaux, gravitent une centaine d'affiliés qui participent aux soirées, aux conférences, aux manifestations. Et sur les réseaux sociaux, plusieurs autres milliers qui affichent leur soutien au groupe.

Dans la vaste cour pavée, Victor et ses camarades sont passés à proximité d'un quatuor de musiciens interprétant un adagio pour accueillir les visiteurs. Un serveur s'est approché et leur a proposé des coupes de champagne. Puis, aux côtés d'autres convives, ils ont rejoint le perron et sa volée de marches menant vers l'entrée du château. En ajustant son téléobjectif, Gabriel a vu un homme les accueillir. Âgé d'une trentaine d'années, il a la carrure d'un colosse. Près de deux mètres, une masse de muscles, des cheveux courts, rasés sur les côtés. Victor lui a longuement serré la main et tapé sur l'épaule. Ces deux-là se connaissent bien. Malgré la distance, Gabriel a pu noter que l'homme avait un bec-de-lièvre et qu'une autre cicatrice lui barrait le front. Il lui faudra en apprendre plus sur ce type.

Une fois ce beau petit monde entré à l'intérieur de la demeure, les portes se sont refermées. Gabriel a alors longé le mur d'enceinte pour trouver un meilleur point d'observation. Au cœur du sous-bois, il est tombé sur ce muret effondré et l'a franchi.

Gabriel soulève discrètement la tête. Dans l'immense véranda en fer forgé, on discute en buvant dans des coupes en cristal. Le policier fait crépiter son appareil photo. Les invités ont tous l'air taciturnes. Derrière leurs costumes, leurs robes luxueuses, les mines sont sombres, les sourires rares.

Aux alentours de 22 heures, alors que Geller s'apprête à retourner à sa voiture, dévoré par l'envie de s'allumer une cigarette, de se savoir en sécurité, il aperçoit Victor et Armand Mirval ouvrir en grand les portes-fenêtres de la véranda et en sortir, talonnés par leurs invités. En silence, la procession descend les marches de la terrasse. Encadrés par quelques vigiles, dont l'homme au bec-de-lièvre, ils progressent sur un chemin de gravier, balisé de torches enflammées, qui s'enfonce dans un sous-bois.

Gabriel hésite. La lune est pleine. Ça ne facilitera pas ses déplacements. Mais il a été trop loin pour faire marche arrière. Il place son appareil en bandoulière et les suit à bonne distance. Ils longent l'immense volière au métal travaillé en entortillements de branchages et de fleurs, évoquant certains motifs Art nouveau. Un dôme en verre, qui surmonte la construction haute d'au moins quinze mètres, abrite des oiseaux exotiques. Leurs cris suraigus s'élèvent dans la nuit. Plus loin, dans le parc, la quarantaine d'invités dépasse un labyrinthe végétal de forme circulaire, puis pénètre dans un bâtiment, vaguement semblable à un temple romain. De grandes colonnades en façade. Gabriel en a vu des photos aériennes quand il s'est documenté sur le manoir. C'est le mausolée de la famille Mirval, où sont enterrés ses membres depuis près de cent cinquante ans.

Devant la magnificence, le gigantisme de cette crypte, Gabriel a du mal à ne pas faire le parallèle avec le dénuement dans lequel vivaient Darya et son époux Hassan. Eux et tous les invisibles qu'il a croisés depuis le début de son enquête. Une toile de tente usée pour tout toit alors qu'ici on offre aux morts un palais digne des rois. Darya… Geller sait qu'elle lui en veut de ne pas avancer sur l'enquête, elle pense qu'il a baissé les bras. C'est aussi pour cela qu'il s'infiltre, cette nuit, au cœur de ce château. Pour lui dire, un jour, qu'il ne l'a jamais abandonnée.

Deux par deux, les convives pénètrent dans l'enceinte du mausolée. On referme la grille. Puis, plus un bruit. Des gros bras gardent l'entrée. Le Grizzli doit comprendre ce qu'ils fabriquent à l'intérieur de cette crypte. Les minutes passent, les deux types relâchent leur attention et s'allument des cigarettes en s'éloignant. Gabriel, lui, se faufile d'un arbre à l'autre et réussit à contourner le sépulcre. Aucune porte sur les côtés. Il fait attention à chacun de ses pas, accède à l'angle du bâtiment. Les vigiles discutent toujours, le dos tourné. Après une grande inspiration, il se lance. Franchit les marches du mausolée, passe derrière les colonnes. Essaie d'ouvrir la grille en fer forgé. Fermée. Il scrute à l'intérieur. Des flambeaux accrochés à des colonnes. Des tombeaux en pierre. Et, au fond de la vaste salle, une porte en bois, peinte en rouge. En guise de ferrures, un étrange symbole en lames dorées. Une croix se terminant en pointe entourée d'une myriade de cercles. Gabriel prend quelques clichés. Tend l'oreille. Il croit entendre un murmure lourd, une note, grave, qui s'étirerait. La mélopée le met instantanément mal à l'aise. Il devrait partir, quitter cet endroit, mais il veut savoir. Une présence derrière lui. « Eh, qu'est-ce que vous faites là ? » Un des vigiles l'a remarqué.

Le policier prend la fuite à travers le sous-bois. Des bruits de semelles dans son sillage. Il court, à en perdre haleine. Repousse des branches sur son chemin. À bout de souffle, tente le tout pour le tout et se jette derrière le tronc d'un arbre arraché. Les deux molosses le dépassent et continuent. L'un d'eux, la main collée sur une oreillette dit : « On a un problème ici, Louis. Un gars qui espionnait le mausolée. » Une réponse, sèche : « J'arrive. »

Gabriel doit trouver le moyen de les semer. L'entrée du labyrinthe est juste là. Il s'y précipite. Le plus silencieusement possible, il s'enfonce dans la spirale monstrueuse. Tourne à droite, à gauche. Une impasse. Marche arrière. Les vigiles ne semblent pas l'avoir suivi. Geller évolue dans le dédale. À intervalles réguliers, il découvre des statues, chacune représentant un motif différent. Un homme, prisonnier des glaces, les bras tendus vers le ciel. Plus loin, une femme pousse une énorme pierre. Elle est en larmes. Au terme de laborieux efforts, Gabriel accède à l'épicentre du labyrinthe et se retrouve face à une ultime vision, démente. Une maquette, impressionnante, en pierre, représentant une cité ancienne, babylonienne, toute de colonnes, de palais, de temples et de tours. Elle est structurée en cercles concentriques qui s'élèvent. Sur ses remparts, des serpents ailés aux gueules béantes. Dans ses douves, des craquelures, des trous, des interstices.

Pas le temps de traîner. Gabriel parvient à ressortir, enfin. Devant lui, une vaste étendue de gazon, couverte de givre. À cent mètres, après une passerelle, le sous-bois par lequel il est arrivé. Alors, il se lance. À mi-parcours, au beau milieu de la prairie, Gabriel croit surprendre un hurlement. Bestial, primaire, ressemblant à un cri de loup. Il faut continuer. La passerelle, et son salut, sont à portée. Il la traverse, glisse sur les lattes de bois gelées, se relève. Il est à la lisière du sous-bois, quand une voix le retient : « Vous, là-bas ! » Le policier se retourne. Vers le labyrinthe, la silhouette du colosse se dessine dans la nuit. Son visage se déforme en une grimace de haine. Puis il tonne. « Je sais qui vous êtes. » Sans plus attendre, Gabriel repart, saute par-dessus le mur effondré, se jette dans sa voiture, démarre en trombe. Vite. Mettre le plus de distance entre ce château et lui.

L'homme au visage déchiré l'a vu. Il le fixait, sans bouger. Comme s'il savait qu'il le retrouverait, où qu'il se cache…

17

28 janvier 2012

Noirval

Le taxi noir roule le long de l'allée bordée de hauts marronniers. Un parc immense s'étend à perte de vue. Le chauffeur, un œil dans le rétroviseur, demande à Louis : « Sacrée baraque. Vous allez y travailler ? » Le jeune homme répond, mal à l'aise : « Oui, enfin, je crois. » Puis se mure dans le silence, ses grosses mains pressées entre ses jambes, comme un gamin. Le conducteur l'attendait à la sortie de la gare de Lille, avec un panneau, « Farge » écrit dessus. À travers le pare-brise, Louis voit se dessiner l'imposant château de Noirval. Jamais il n'aurait imaginé être accueilli en un tel lieu… Encore moins y vivre. Dans un hoquet, le véhicule s'arrête sur le terre-plein de graviers devant l'entrée. Louis tente de réajuster son épi rebelle sur le haut de son front, lisse les plis de la chemise blanche qu'il vient d'acheter, déjà froissée par le trajet depuis Angers. Enfin, il attrape le sac militaire dans lequel il a enfourné ses quelques vêtements, remercie le chauffeur et s'extirpe du taxi, qui s'éloigne. Louis se retourne vers le manoir. Ses tours, sa silhouette massive s'étirent vers le ciel. Le jeune homme a l'impression d'être un insecte ridicule face à un géant. Enfin, il va frapper à la porte. Après un instant, une femme d'une soixantaine d'années lui ouvre. Elle porte un tailleur vert, a des cheveux bruns, parsemés de mèches blanches, ramenés en un chignon parfait. Il se présente, explique avoir rendez-vous avec Armand Mirval. La femme le détaille de la tête aux pieds, puis, sans un mot, lui claque la porte au visage. Louis demeure sur le perron, seul. Il ramène son manteau sur sa chemise. Souffle entre ses mains. De la vapeur s'échappe de sa bouche. Il est frigorifié. Les minutes s'égrènent. Il croit surprendre un mouvement de rideau à l'étage. Enfin, Armand Mirval ouvre l'immense porte à double battant. Le maître des lieux l'invite à entrer.

— Bienvenue à Noirval, Louis. Je suis heureux que vous ayez accepté mon offre. Notre maison est désormais la vôtre. De grandes choses nous attendent.

Louis sourit, un peu intimidé.

Pendant près d'une heure, Mirval l'entraîne à travers un défilé de couloirs, de salons, de fumoirs, de boudoirs. Louis se sent totalement perdu, dépassé. L'endroit est tellement beau, tellement fou, qu'il en a le vertige. Tant de pièces, tant de meubles. Enfin, le châtelain l'introduit auprès du personnel de maison : la gouvernante, Mme Haffner, croisée plus tôt, toujours aussi sèche. Le cuisinier, un dénommé Séguier, quelques femmes de ménage que le propriétaire tutoie et appelle par leurs prénoms. Chaque fois, il présente Louis de la même manière : « Voici Louis, il sera mon nouveau garde du corps, et l'entraîneur de Victor. » Et, chaque fois, aucun employé ne semble réellement s'intéresser au jeune homme. Ils gardent les yeux baissés, répondent « oui, Monsieur » en approbation. Alors qu'ils grimpent vers les étages, ils passent devant un portrait de femme magnifique, de longs cheveux roux, des yeux d'un vert profond. Elle arbore un léger sourire, mais son regard flotte au-dessus du tableau, un peu ailleurs. « C'est mon épouse, Mathilde. Le tableau date un peu. Mathilde est aujourd'hui très affaiblie, malade. Elle ne sort quasiment plus de sa chambre, dans son aile, au bout du premier étage. C'est difficile pour nous tous... Vous la verrez peu. Elle a besoin de calme, de silence. Évitez d'aller la déranger. » Louis hoche la tête. Tant de choses à retenir...

Armand l'emmène enfin dans sa chambre, une vaste pièce, au plafond haut de quatre mètres, parcouru de poutres peintes en carmin et présentant des motifs de branches entrelacées. Un lit à baldaquin, un bureau ancien. Deux grandes armoires, une salle de bains luxueuse. Le châtelain propose au jeune de s'installer et de le rejoindre ensuite au grand salon. Une fois seul, Louis ouvre les placards. Découvre des jeux de serviettes propres, une robe de chambre, des chaussons... se jette sur le matelas, fait couler l'eau chaude du bain entre ses doigts. Dans sa tête, la même question. Pourquoi lui ? Lui qui n'est personne... Lui qui ne vaut rien...

Dans le grand salon, il retrouve Mirval, installé dans un canapé en cuir marron un peu élimé, face à un impressionnant feu de cheminée. La pièce a une décoration chargée, chaotique. Des portraits de famille s'accumulent parmi des natures mortes, paysages, certains représentent le château de Noirval au gré des âges. Quelques antiquités africaines, masques, animaux aux lignes élancées sont exposés sur une desserte. De chaque côté de la cheminée, deux dragons indonésiens en bois, peints de couleurs vives, aux dents recourbées, semblent fixer, de leurs yeux exorbités, le nouveau venu. Des sagaies, des lances accrochées à un mur… Un gigantesque tangka tibétain, aux bordures usées, composé de formes géométriques complexes couvre un autre pan. Carrés et cercles s'enchevêtrent, pour un rendu hypnotisant. Et, au fond de la vaste salle, le clou du spectacle, un énorme lion empaillé, ses griffes plantées dans la dépouille d'une gazelle. La scène est d'un réalisme saisissant. Les bajoues en sang, les crocs acérés. Le châtelain lui tend un whisky en portant un toast.

— À nous, Louis.

Les deux font tinter leurs verres. Farge s'assoit dans un fauteuil confortable. Le feu lui chauffe le visage, l'alcool lui brûle la gorge. Il se lance, n'y tenant plus.

— Monsieur Mirval…

— Pour vous, désormais, ça sera Armand. Nous avons beau habiter dans un château, nous sommes restés des gens simples.

— Bien. Armand… je voudrais savoir. Qu'est-ce que je vais faire, ici, moi ? Je ne comprends pas bien ce que vous attendez de moi.

— Vous aurez plusieurs rôles, mon ami. Avant tout, assurer ma sécurité. Je suis une personnalité publique, dont les opinions peuvent parfois diviser, choquer même. J'aime remuer les consciences, créer le débat. Je me suis fait pas mal d'ennemis, il m'est arrivé de recevoir des menaces. J'aurais besoin de vous pour m'accompagner durant mes déplacements : galas, rassemblements politiques, conférences universitaires… En France, mais aussi à l'étranger. Votre présence, à elle seule, devrait décourager les plus hardis de mes opposants. Mais j'ai aussi besoin de quelqu'un qui sache se taire, garder sa bouche fermée, ne jamais répéter ce qu'il verra ou entendra. Et je sens que vous êtes ce genre d'homme.

Louis acquiesce.

— Je n'ai jamais trop aimé parler…

— Ça me va très bien. Vous aurez un second rôle, à nos côtés. Je voudrais que vous jouiez les tuteurs auprès de mon fils, Victor, âgé de 13 ans. C'est un enfant fragile, trop faible. J'ai besoin qu'il se renforce.

— Je n'ai jamais rien appris, moi, à personne.

— Vous savez vous battre, vous ne craignez rien. Je l'ai vu lors de vos tournois de béhourd.

— Mais ce n'est pas la vraie vie… Je veux dire…

Mirval ne le laisse pas finir.

— Détrompez-vous. Tout ce que vous avez appris dans cette lice, cette arène, c'est la vie, dans son essence pure. Notre existence telle qu'elle est réellement, sans les fards ni les œillères de nos sociétés.

Louis ne comprend pas bien ce que lui dit le châtelain. Il reboit une gorgée pour se donner une contenance. Mirval poursuit :

— Car la vie, c'est cela et rien d'autre. Défendre sa position, savoir frapper quand il le faut, ne jamais avoir peur. Faire face. Et c'est tout cela que vous transmettrez à Victor. Je veux en faire un homme qui sache se tenir droit, campé sur ses deux pieds, qui ne mette plus jamais un genou à terre. C'est important pour les Mirval. Pour l'avenir de notre famille et du pays. Chaque soir, je veux que vous entraîniez Victor à se battre, à devenir plus fort. Qu'importent les souffrances…

— Je ferai mon possible.

— Enfin, vous aurez un dernier rôle, peut-être le plus important. Il est un peu tôt pour vous en parler. Je veux d'abord vous voir à l'œuvre quelques semaines. M'assurer que je peux vous faire confiance. Disons que si vous faites vos preuves auprès de nous, bientôt, vous porterez les couleurs de notre famille. Vous vous battrez pour moi. Je fais… comment dirais-je… partie d'un groupe d'hommes et de femmes qui tente de réfléchir à un meilleur avenir. D'entrouvrir des portes, d'en fermer d'autres. De faire progresser nos sociétés et réveiller les consciences. Ce groupe est structuré autour d'un certain nombre de règles, de conventions strictes établies par mes ancêtres. J'ai besoin de vous pour asseoir mon pouvoir… Certains envient ma position et je dois leur prouver que personne ne peut se placer sur ma route. Mais chaque chose en son temps.

Mirval lui fait un grand sourire, et se lève.

— Je dois vous laisser, mon ami. J'ai un dîner important ce soir à Lille. Prenez vos aises, n'hésitez pas à arpenter le château, à trouver vos marques, à vous perdre même… Vous commencerez officiellement à travailler demain matin. Je vous présenterai alors mon fils.

Une dizaine de minutes plus tard, par la fenêtre de sa chambre, Louis voit les feux arrière de la berline de Mirval disparaître dans l'allée. Il s'allonge dans son lit, fixe la tapisserie au-dessus de lui. Une scène de chasse. Des chiens qui se ruent sur un cerf piégé dans un bourbier.

Le jeune homme passe un moment à ranger ses affaires. Il repense aux paroles de Mirval. Sera-t-il capable de mener à bien toutes ces missions ? On ne lui a jamais rien demandé, jamais véritablement donné de responsabilités, hormis au béhourd. Mais tout ce qu'il devait alors faire, c'était frapper. Ici, ça semble si compliqué. Et ces mots, ces phrases qui lui ont échappé. Il aurait aimé les retenir dans sa caboche. « Ta tête fuit de partout, le môme », lui répétait son père. Il avait raison.

Après avoir tourné en rond, hésité, son téléphone en main, à appeler Eddie pour lui donner des nouvelles, il se décide à visiter le manoir. Ça fait plus d'une semaine qu'il a quitté le petit appartement que l'entraîneur des Ultimus lui prêtait. Eddie et lui ne se sont plus vraiment parlé depuis ce qui est arrivé en Pologne. Il aurait peut-être dû s'excuser, demander une nouvelle chance… Mais Eddie lui a tourné le dos, comme tant d'autres avant lui. Louis doit saisir cette opportunité rare offerte par Armand. Faire son maximum.

La montagne de muscles déambule dans les couloirs déserts. Il aimerait faire moins de bruit, mais le moindre de ses pas fait grincer le parquet. Plus d'une dizaine de chambres, certaines fermées à clé. Au rez-de-chaussée, il pousse une large porte et dévoile la salle à manger. Les rideaux sont tirés, la pièce est plongée dans une semi-pénombre. Une immense table en bois massif, entourée de chaises aux dossiers hauts. Au fond, une estrade par laquelle on accède *via* une volée de marches. Partout, sur l'ensemble des murs, des trophées de chasse, des bois de cerf. Il y en a un nombre incalculable. Les organes osseux dressés, aiguisés, laissent une impression vaguement angoissante au jeune homme. Il passe une tête dans la cuisine, salue Séguier, lui demande s'il pourrait avoir quelque chose à boire. « Une petite bière ou même un verre de vin. » Il a soif, besoin de relâcher, un peu, la pression. L'homme, d'une soixantaine d'années, aux cheveux blancs dégarnis, lui répond : « Les employés de M. Mirval ont l'interdiction de boire. – De l'eau, c'est possible ? » Le type pointe l'évier : « Tu n'as qu'à te débrouiller. Je suis cuisinier, moi, pas boniche. » Louis soupire. Tente de garder son calme. Pour moins que ça, dans d'autres circonstances, il lui aurait éclaté sa grande gueule sur la table. Mais pas ici, pas maintenant. Il remplit un verre d'eau et le boit en une longue gorgée. Repart aussi sec. S'il veut de l'alcool, il ira se servir lui-même dans le grand salon. Après tout, il est un invité d'honneur, quelqu'un d'important aux yeux d'Armand. Les autres sont certainement jaloux…

Des corridors, d'autres corridors. Des commodes couvertes de bibelots, de petites statues de porcelaine. Avec sa large carrure, Louis a peur d'en renverser une. Il se sent lourdaud, hors sujet dans ce lieu où tout est si fragile, raffiné. Après avoir erré d'un étage à l'autre, il entrouvre une porte et émerge dans une magnifique bibliothèque. Boiseries sombres. Étagères couvertes de milliers d'ouvrages jusqu'au plafond. Sur chaque rayonnage, des échelles en métal sur roulettes permettent d'atteindre les livres les plus haut perchés. Louis s'amuse à faire glisser une échelle sur ses roues. Il laisse filer un doigt sur les couvertures en cuir. Louis n'a jamais aimé lire, jamais réussi à dépasser les premières pages d'un bouquin. C'est comme si les mots se mélangeaient, qu'ils dégoulinaient sur le papier. Un escalier en bois donne sur une mezzanine, débordant d'autres ouvrages, plus anciens, semble-t-il. Mais son accès est fermé par une grille en métal. La vaste pièce est éclairée par de hautes fenêtres, dont les panneaux supérieurs sont composés de carreaux de couleurs. À l'extérieur, les derniers rayons du froid soleil d'hiver diluent des reflets or, rouge, bleu, violet. Louis passe une main sous le rai et voit les couleurs danser sur sa peau couverte de cicatrices. Au centre, un espace lecture avec de confortables fauteuils en cuir, une table basse, un épais tapis. Un jeu d'échecs. Une partie est en cours. Louis observe le plateau. Il a beau ne rien comprendre à ce jeu, il n'a jamais vu d'échiquier semblable. Les pièces n'ont pas les formes habituelles. Les blancs ressemblent à des figures angéliques. Les pions sont des soldats ailés, leur poitrail couvert d'une armure. Le cavalier, un archange brandissant une lance. Le roi et la reine portent des tuniques ivoire, des couronnes d'épines. De l'autre côté de la grille, les noirs, eux, sont sculptés tels des démons. Les pions forment des gargouilles grimaçantes. Le fou, un satyre, juché sur ses pattes de bouc, tirant la langue. Le roi, un diable aux énormes cornes. Un craquement de parquet plus loin. Louis se dit qu'il ferait mieux de retourner dans sa chambre, ne pas donner l'impression à Mirval et aux employés qu'il furète... Il monte un étage, hésite. Est-ce le bon ? Chaque couloir ressemble au précédent. Tous ces objets, ces portes... Il part sur la gauche, arrive au bout d'une coursive. Une impasse. Alors qu'il s'apprête à faire demi-tour, le jeune homme croit entendre des bruits, de l'autre côté d'une porte massive, en bois marqueté. Louis colle son oreille, au plus près de la porte. C'est une femme qui murmure. Une voix, dans son dos, le fait sursauter.

— Tu n'as rien à faire ici.

Le colosse se retourne, gêné. Au milieu du couloir, un gamin. Âgé de 13 ou 14 ans. Il a des cheveux blonds comme des épis de maïs, coupés au-dessus des oreilles. Un regard bleu vif qui le transperce. Sa peau est si blanche que l'on voit des veines bleutées parcourir ses tempes. Le garçon est maigrichon, sous son pull en laine.

— Ma mère a besoin de calme. Dégage d'ici...

Louis s'écarte de la porte.

— C'est toi, Victor ? Je suis Louis.

Le géant s'avance vers l'adolescent, lui tend la main, un peu benêt. L'autre le toise, ne bouge pas. Ses mains croisées sur son torse.

— Qui es-tu ?

— Je m'appelle Louis Farge, je viens d'être recruté par ton père pour l'aider...

— Qui t'a dit que tu pouvais me tutoyer ? Tu me dois le respect. Mon père est le maître ici.

— Je... Bien... Votre père m'a dit que j'étais là, aussi, pour vous aider, vous.

— Je n'ai besoin de l'aide de personne. Je lui ai dit que je ne voulais pas que tu viennes. Tu ne serviras à rien...

— Je peux vous apprendre à vous battre, à vous défendre. À devenir un homme fort, comme moi.

— Tu n'as pas l'air d'un homme fort. Tu ressembles à un monstre.

Une décharge de colère déforme le visage de Louis. Son sang le brûle au-dedans. Il garde la mâchoire serrée. Victor, sentant la hargne que son interlocuteur tente de contenir, enfonce le clou.

— Quoi ? On ne te l'a jamais dit ? Tu ne t'es jamais regardé dans un miroir. Tu fais peur à voir, mon vieux.

Louis baisse les yeux.

— Je… je sais…

— Jamais je ne pourrai supporter de passer mes journées à tes côtés. Je vais le dire à mon père, qu'il te renvoie tout de suite.

Le gamin va pour s'éloigner, mais Louis le retient en lui attrapant le bras, fermement.

— Ne faites pas ça, Victor. J'ai… j'ai besoin de ce travail…

— Lâche-moi, tu me fais mal.

Mais Louis serre, malgré lui, de plus en plus fort.

— Laissez-moi une chance. Je vous en supplie.

— Lâche-moi à la fin !

Le jeune hurle. Se rendant alors compte qu'il va lui broyer le bras, Farge le relâche, s'excuse.

— Sale brute, tu peux refaire tes valises. Mes parents et moi n'avons besoin de personne.

Il s'éloigne dans le couloir. Puis, sans se retourner :

— Et dis-toi que je te rends service. Tu as l'air d'être un bon gars. Un peu demeuré, mais gentil. Il vaut mieux que tu ne restes pas à Noirval, sinon, tu finiras comme celui qui t'a précédé…

— Je ne comprends pas...
— Alors, je vais être plus clair. Si tu restes ici, tu termineras au fond d'une tombe.

Victor part en courant vers l'escalier. Laissant Louis seul, dans le château redevenu silencieux.

18

13 mars 2012

Noirval

La Brute est restée. Victor a eu beau se plaindre auprès de son père, le menacer même, Armand n'a jamais accepté de congédier son nouvel homme lige. Cela fait maintenant près d'un mois et demi qu'il est là. Toujours dans ses ombres. À le coller, le poursuivre de ses entraînements stupides. De ses phrases débiles…

Chaque soir, de retour du collège, la Brute le fait combattre dans la cave du château. Après des séries de pompes, d'abdominaux, parfois entrecoupées de courses dans le froid glacial du parc, il lui enseigne des prises de lutte, de jiu-jitsu. Puis ils s'équipent d'un heaume, de gantelets, d'un gambison et d'une cotte de mailles et il lui apprend le maniement des armes : le fauchon, l'épée, la hache… Louis frappe fort, toujours. Malgré les réprobations de Victor, ses plaintes, ses bleus. Jacques, celui qui l'a précédé, n'osait jamais appuyer ses coups, s'excusait en permanence. Et ça l'énervait encore plus.

Parfois, quand la Brute se prépare, Victor observe sa cicatrice, atroce, qui déchire ses lèvres. L'adolescent est bizarrement fasciné par sa laideur. Il a quelque chose d'animal, d'effrayant. Il se demande parfois ce que ça doit être de vivre avec un tel visage déformé, de supporter le regard des autres. Mais il ne lui montre rien. Il ne veut pas lui laisser croire qu'il s'intéresse à lui. Ni même qu'il éprouve de la pitié. L'autre jour, il a pourtant osé l'interroger, alors qu'ils prenaient une courte pause.

— Comme tu t'es fait ça, à la lèvre ?
— Je suis né avec. Une histoire d'anges…
— Comment ça ?
— Laisse tomber. C'est ma mère qui racontait ça. Mais tu es trop grand et trop intelligent pour y croire.

Puis, ils ont repris l'entraînement. La sueur, la fatigue, les coups qui cabossent. Victor ne l'avouera jamais à Louis. Mais, jour après jour, il commence à aimer ça. Se battre. Sentir son corps qui s'affermit. Peut-être qu'en continuant ainsi, bientôt, les autres, dans sa classe de quatrième, arrêteront de l'appeler le Consanguin, le Bourge. Qu'ils s'intéresseront à lui. Victor n'a pas vraiment d'amis. Son père n'aime pas qu'il quitte le château en dehors des cours, se méfie des relations extérieures, surtout avec les autres jeunes d'Armentières. « Je ne veux pas que tu traînes avec ces mômes. Ils ne t'apportent rien. Des médiocres. Des racailles. Tu es mieux ici, avec nous. Avec moi. » Alors Victor reste seul. Les semaines à l'école, interminables, s'enchaînent avec des week-ends au château, encore pires que l'éternité.

Victor n'en peut plus de Noirval. De ces tapis partout. Sur les parquets, les marches d'escalier. De ces pas feutrés, ces chaussons qui glissent d'une pièce à l'autre. Il y a trop de silence ici. Les murs du manoir étouffent tout. Les bruits, la joie, les rêves. Le personnel de maison qui chuchote, lèvres pincées, regard minable. Son père et sa voix toujours si calme, si douce. Même quand ses paroles sont des poignards dans son cœur. Et sa mère, enfermée nuit et jour dans sa chambre, depuis toutes ces années. « Chut, moins de bruit. Il ne faut pas déranger Mme Mirval… » Parfois, Victor aimerait crier, emplir ces pièces vides de sa fureur. Alors, ça le fait sourire, seul dans sa chambre, d'entendre le pas balourd de la Brute à travers les couloirs. Ses « Pardon ! », lancés à personne, quand ses épaules, trop larges, butent contre l'encadrement d'une porte.

Il refuse de se l'avouer, mais au fond, la présence de Farge entre ces murs, même s'il le hait de toute son âme, lui fait du bien. Parfois, le colosse lui parle mal. Lui dit des « Va te faire voir, Victor », « Tu m'emmerdes, Victor ». Ça le change des autres. Les Baveux, comme il les appelle. Mme Haffner, Séguier et les femmes de ménage ne sont que des limaces, qui se tassent sur son passage. Qui disparaissent derrière les tapisseries. Qui n'ont jamais un mot plus haut que l'autre. « Vous allez bien, Victor ? », « Une belle journée à vous, Victor ! »

Parfois, Victor se demande si le château et ses habitants n'ont pas été maudits lorsque sa mère est tombée malade. Il a du mal à se rappeler, mais dans ses souvenirs, il y avait plus de lumière, de rires entre ces murs, quand elle était encore en bonne santé. Le parc lui-même a subi cette transformation. Les parterres sont laissés à l'abandon, les buis ne sont plus taillés. Semblant, chaque jour, étendre un peu plus leurs branches. La pelouse, avant impeccable, est brûlée par endroits. De toute manière, ils ne vont plus trop dehors. Autrefois, son père passait plus de temps avec lui, l'emmenait se promener dans le domaine, lui expliquait les arbres. C'est si loin. Depuis la maladie de Mathilde, Armand s'est renfermé. Il est devenu comme ces statues dans l'allée principale du parc. Grises, couvertes de mousse et de lierre. Tout ce qui les lie encore, ce sont ces épreuves qu'il lui impose. Ces histoires de cercles auxquelles il ne comprend rien. Quand il regarde la télévision, dans le petit salon, il lui arrive de surprendre son père, par le jeu des miroirs, en train de l'observer depuis l'entrée. Il a un verre de vin à la main, et ce regard glacial. Il semble épier un inconnu, comme s'il ne ressentait rien.

Sa mère, elle, est plus gentille avec lui. Quand elle est dans le réel. Parfois, Victor va lui rendre visite mais elle n'est pas vraiment là. On dirait même que personne n'habite son corps. Il lui arrive de s'asseoir à côté d'elle, de saisir sa main et de la placer dans la sienne, de lui parler pour essayer de la ramener. Mais ça ne marche pas. Et elle a ses réactions imprévisibles. L'autre jour, elle l'a regardé et s'est mise à pleurer, sans raison, puis l'a forcé à sortir, en criant presque. Son père exige que chaque soir, avant le repas, tous deux prient pour elle, pour qu'elle aille mieux, bientôt. Qu'elle se rétablisse. Le jeune serre les poings, ferme les yeux. Prie de tout son cœur. Mais il n'est pas certain que ça change grand-chose. Et son père a parfois ces mots, qui lui font si mal. Des coupures à l'âme. Une nuit, alors qu'Armand avait un peu trop bu à table, il lui a lâché, de sa voix posée : « C'est ta faute, tu sais. Si elle ne va pas bien en ce moment. Il faut que tu arrêtes d'aller la voir, constamment. De l'embêter. Ta présence la fatigue. » Sa faute. Ces quelques phrases se sont ancrées en lui, comme lorsqu'il laisse appuyé son stylo à plume sur une page blanche. Ça bave. Ça salit tout.

Il s'en veut, Victor. Alors, quand il est seul, quand il fait ses devoirs, il lui arrive d'attraper la pointe de son compas et de se la planter dans sa chair. Des petites piques pour voir goutter le sang. L'autre fois, il a même pris ses ciseaux, et de leur lame aiguisée s'est entaillé l'avant-bras sur un centimètre. Une fois. Deux. Pourquoi fait-il cela ? Parce qu'il a mal au-dedans. Parce qu'il faut que ça sorte. Parce qu'il aimerait que quelqu'un s'en rende compte, peut-être.

Plusieurs fois par an, à peu près aux mêmes dates, l'adolescent guette, derrière les rideaux tirés de sa chambre, pour les voir passer, au cœur de la nuit. C'est toujours le même cérémonial. Ils se retrouvent d'abord pour un apéritif, en bas, sous la grande véranda, boivent des verres, puis quittent le château. En silence, formant une longue file, ils marchent vers le sous-bois où se trouve le mausolée. Victor n'a pas le droit de les accompagner. Malgré ses questions, son père a toujours refusé de lui expliquer ce qu'ils y faisaient. « Quand tu seras prêt, je t'emmènerai. » C'est pour cette raison qu'il doit franchir les cercles… Mais l'adolescent n'est pas certain de vouloir savoir ce qui se joue dans les souterrains de la crypte. Parfois, au plus profond de la nuit, il croit entendre une étrange mélopée. Un son unique, grave, qui semble venir des tréfonds des enfers. Peut-être l'imagine-t-il. Alors, il tire son drap par-dessus sa tête et implore que le sommeil vienne.

Ce soir encore, le garçon a du mal à s'endormir. Du bruit dans le couloir. Sa porte qui s'ouvre. C'est son père, accompagné de la Brute. L'adolescent se recroqueville dans son lit, car il sait ce que ça veut dire. Ça recommence. Il sent une tape dans son dos. On lui dit de s'habiller, vite. Qu'il est temps pour une nouvelle épreuve. À quoi s'attendre ? Est-ce que ce sera aussi difficile que la dernière fois, quand son père et Louis l'ont forcé à rester immergé jusqu'au cou dans un étang glacé, en plein mois de février, pendant cinq minutes. Victor avait eu si mal, l'impression que des milliers de piqûres de gel transperçaient sa peau. Il ne sentait plus son corps. Finalement, au moment où il allait lâcher, Louis s'était jeté dans l'eau et l'avait ramené au bord de l'étang, puis lui avait déposé une couverture sur les épaules. Son père lui avait simplement dit : « Tu aurais pu tenir plus longtemps. » Avant de retourner vers le château, le givre sur la pelouse crissant sous ses bottes.

Victor enfile un pantalon, un pull et des chaussures, Louis lui place un bandeau sur les yeux et serre fort. Le jeune n'y voit plus rien. On le guide à travers le château. Il reconnaît les craquements du parquet fatigué du grand couloir, les tapis usés de l'escalier de service. Des portes qu'ils franchissent. Ils se retrouvent dehors, marchent encore de longues minutes. Pas un bruit, simplement la respiration lourde de la Brute, dans son dos. Un verrou qu'on ouvre. La sensation de fouler des feuilles, d'écraser des branches. Un cliquetis. Puis, enfin, son père retire le tissu de ses yeux. Ils sont au milieu d'une clairière. Autour d'eux, les ruines d'une habitation. Quelques murs effondrés.

Armand lui attrape le visage, et lui récite d'étranges vers, ses yeux brûlant d'une rare intensité :

— « *Ici, il faut bannir toute crainte ; il faut qu'ici soit morte toute lâcheté. Nous sommes arrivés au lieu où je t'ai dit que tu verrais la race douloureuse de ceux qui ont perdu le bien de l'intelligence.* »

Puis, comme sortant d'un songe, il relâche son emprise sur son fils et poursuit :

— Écoute-moi, Victor. Ce soir, une nouvelle épreuve t'attend. Celle du quatrième cercle. Tu vas devoir prouver ta bravoure. Faire face à la peur. Trouver ta place parmi les bêtes. Si tu veux, comme moi, mériter de porter la lance, il te faudra franchir les neuf cercles. Tu vas y parvenir, j'ai confiance en toi.

Victor réprime un frisson. Il fait un froid horrible. Il aurait tant aimé pouvoir, au moins, prendre son manteau.

— C'est nécessaire, Papa ? Tout ça ?

— Bien entendu, depuis cent cinquante ans, depuis que ton ancêtre Octave a établi notre code, tous les Mirval ont franchi les cercles. Ils feront de toi un homme. Ils te prépareront au monde qui t'attend. Aux combats qu'il te faudra mener.

Victor est seul. Il regarde autour de lui. Se demande où il se trouve. Dans une des forêts du domaine, mais laquelle ? Il ne reconnaît ni ces ruines, ni cette clairière. Pourtant, il passe son temps à explorer les zones qui lui sont accessibles. Celles qui ne sont pas fermées à clé comme la grotte, la volière ou le mausolée. Victor se rend compte que son pied est entravé par une chaîne rouillée, reliée à un anneau scellé dans un mur. Il a assez de mou pour se déplacer sur deux à trois mètres. Un craquement dans les ombres. Un autre, dans son dos. Puis c'est un grognement. Sous la lueur nocturne, entre deux arbres, là-bas, une mâchoire qui claque. Soudain, une odeur, forte et musquée, vient lui attaquer les narines. Une odeur de bête. Victor recule, mû par une peur primitive. Il bute sur quelque chose. Par terre, des ossements, les restes d'un animal. Lambeaux de peau encore accrochés à une cage thoracique.

Victor comprend. Il est dans l'enclos. L'enclos des loups. Depuis une vingtaine d'années, Armand Mirval élève des loups en captivité. C'est l'une de ses plus grandes fiertés. Chaque patriarche de la famille a apporté de nouveaux projets au domaine. Octave, à l'origine de tout, avec la restauration du château, le parc, Auguste, son fils, avec le labyrinthe et le mausolée, Virgile, le père d'Armand, avec la grotte. Le projet du paternel, c'est sa meute. Aujourd'hui, un groupe de vingt animaux vit dans un vaste enclos au cœur de la partie nord-ouest du parc. Pour contrôler la natalité, certains louveteaux sont donnés à des parcs zoologiques. Plusieurs fois par mois, un vétérinaire vient s'assurer de l'état des canidés. Victor a toujours eu l'interdiction formelle de s'en approcher. Une fois, seulement, il a pu accompagner son père, lors d'un lâcher de proie, un chevreuil. Ils sont montés dans un mirador en bois, qui surplombe l'enclos. Son père prétend être un grand défenseur de la cause animale, de la biodiversité. Que son but est de réintroduire ces bêtes dans leur milieu naturel… Pourtant, vingt ans plus tard, ils sont toujours enfermés. Victor connaît la raison de la fascination d'Armand pour ses loups. Il aime les voir chasser. Ce jour-là, aussi excité qu'un gamin, il avait montré à son fils les silhouettes grises filer vers leur proie, la prendre en tenaille, anticiper ses mouvements, la mordre aux jarrets. Puis, enfin, quand arrivait l'hallali, il s'était tendu au-dessus de la rambarde pour mieux les scruter pendant qu'ils dévoraient le cervidé. L'odeur du sang, si forte, était remontée jusqu'à eux.

Ce soir, la proie, c'est lui. Un grognement plus proche. Plaqué contre un mur de la bâtisse en ruine, l'adolescent tente d'arracher la chaîne, de faire passer sa cheville à travers l'anneau corrodé, mais il ne parvient qu'à se couper. Un mouvement fugace, un pelage gris étincelant qui glisse à la lisière. Puis, la seconde suivante, un loup apparaît dans la clairière. La bête, masse de muscles et de poils, marche, un peu tassée sur elle-même, les pattes repliées. Ses yeux jaunes braqués sur ceux du garçon. Il veut défendre son territoire contre cet intrus. Victor est terrorisé. L'animal, certainement le mâle alpha, jappe, montre les crocs. Le jeune, sans détacher les yeux de la bête, continue de tirer sur sa cheville blessée, pour arracher la chaîne. La douleur n'est rien face à la terreur. Il a la peau en sang. Il n'y arrivera pas. Alors, il supplie pour qu'on lui vienne en aide, qu'on le sauve. Il s'effondre, paralysé. C'est peut-être ça que voulait son père en vérité, avec ses épreuves, ses jeux stupides et fous. Lui faire payer. Le voir mourir, dévoré par ses animaux. Victor n'a plus la force de combattre… Il s'abandonne, fond en larmes. Il hurle : « Viens, viens. » Comme une supplication lancée à la bête. Le loup avance encore. Ça sera bientôt terminé. Une détonation retentit dans la clairière. L'animal disparaît aussitôt dans un fourré. Des halos de lampe. Moins d'une minute plus tard, Louis est à ses côtés, un fusil braqué vers la forêt. Son père les rejoint bientôt. Il toise son fils, lui dit :

— Tu m'as déçu, Victor. Tu ne seras jamais un homme, si tu ne fais pas face. Tu ne seras jamais un Mirval.

Puis il s'éloigne, sans un geste de réconfort. Louis le désentrave et aide le jeune à quitter l'enclos. Il a du mal à poser le pied par terre. La Brute le retient par le bras, de sa bouche ébréchée lui sourit, et murmure :

— Tu y arriveras, Victor. La prochaine fois. Nous y arriverons ensemble. Tu deviendras un loup. Parmi les loups.

TROISIÈME PARTIE

Parmi les loups

19

29 avril 2012

Noirval

Mathilde ne va pas bien. Elle le sait. Son mari lui répète trop souvent : « Sors de cette chambre, bon sang », « Regarde-toi, tu n'as pas honte ? », « On reçoit du monde ce soir, j'aimerais que tu sois à mes côtés, présentable. Et que tu ne nous refasses pas une de tes scènes. » Armand est le seul à avoir les clés de sa chambre. Il lui arrive de débarquer à l'improviste. D'ouvrir grand les rideaux, les fenêtres, de s'exclamer : « De l'air, on étouffe. » On étouffe... S'il savait combien c'est vrai. Mathilde a l'impression que, jour après jour, le château se referme sur elle. Que ses murs se rapprochent. Que sa chambre s'étrique. Asphyxiée par ces couches de tapisseries, ces rideaux en velours, ces papiers peints vieillots. Scrutée en permanence par les gardiens de Noirval. Ces tableaux des ancêtres qui l'observent, partout. Octave, Auguste, Virgile, leurs femmes derrière eux, en retrait. Plus des silhouettes qu'autre chose. Eux dans la lumière... Eux qui la jugent à travers leurs cadres... Pas une bonne mère, pas une bonne épouse. La honte des Mirval. On n'a pas le droit d'être malade dans cette famille, pas le droit d'être fragile.

Mathilde se sent si vide, au-dedans. Elle a froid, tout le temps. Une boule au creux de la gorge, qui ne veut pas sortir. Un caillot noir qui irradie partout. De ses artères jusqu'à son cœur. Son lit est son seul refuge. Elle attend, dans la pénombre de ces jours sans fin. Il lui arrive de laisser un volet entrouvert. Quand le soleil perce à travers la grisaille, un fragile rai se faufile à l'intérieur. Des particules de poussière, tels des éclats d'or, volettent jusqu'à elle. Parfois, elle se dit qu'il lui faut s'accrocher à ça. La lumière finit toujours par traverser les ténèbres, même les plus profondes. Mais elle n'en est plus si certaine. L'autre soir, alors qu'elle avait eu le courage d'aller dîner avec son fils et son époux, dans le silence irrespirable de la salle à manger, en les détaillant tous deux, elle s'était mise à pleurer. Armand s'était essuyé la commissure des lèvres, et, sans un regard, lui avait dit : « Tu es folle. »

La nuit, quand ils vont là-bas, qu'elle entend le bruit de leurs pas sur le gravier des allées du domaine, elle ferme les yeux, se bouche les oreilles. Elle s'est promis qu'elle ne retournerait plus jamais en bas. Qu'elle ne cautionnerait plus ça. Ce sont des vautours, des charognards. Mais est-elle si différente ? Elle n'a jamais rien fait pour arrêter ça, pendant toutes ces années.

Mathilde est une recluse volontaire. Avant, elle passait le plus clair de ses journées dans le parc du domaine, dans sa serre, à aider les jardiniers, Pierre et Fabien, les mains dans la terre, les ongles noirs, les doigts griffés de coupures, été comme hiver. Elle se sentait vivante dehors. Elle parlait leur langue à tous les deux. Pouvait débattre des heures du meilleur remède pour combattre la prolifération des limaces : coquilles d'œufs broyées, tapis de cendre ou marc de café ? Les jardins étaient alors resplendissants. Un monde en soi. Le sien. Et il y avait sa volière aussi. Son paradis. Les nombreuses espèces d'oiseaux, aras, perruches, ibis rouges... Le ballet de leur vol autour d'elle quand elle allait leur distribuer leurs rations. Leurs chants. Leurs couleurs. L'humidité, les plantes tropicales. Le glouglou de la rivière artificielle. Un ailleurs. Qui restait, pourtant, une cage.

Mathilde ne va plus dans le parc. Le domaine, lentement, retourne à l'état sauvage. Pierre a été remercié par son mari. Fabien, lui, ne vient plus que quelques heures par mois. « Il faut faire des économies, les temps sont durs. » En réalité, elle en est convaincue, il la punit. Il sait que ses jardins sont sa seule échappatoire. Elle voit par la fenêtre ses massifs déformés, ses rosiers malades, la serre, dont certains carreaux ont été brisés par une récente tempête. Elle aimerait sortir, enfiler ses gants et se remettre à l'ouvrage. Tailler les rosiers, nourrir les oiseaux. Mais c'est trop loin. Trop dur.

Alors, elle attend. On lui apporte ses repas ici. Chaque jour est une redite du précédent. Elle se traîne du lit au petit salon qui borde la cheminée, en passant par la salle de bains. Elle demeure des heures dans sa baignoire. L'eau qui refroidit, qui devient glacée, mais ça ne la dérange pas. Elle s'oublie. S'efface. Flotte, plus là, déjà. Un fantôme parmi les vivants. Son mari ne vient plus si souvent que ça la visiter. Le personnel de maison évite l'aile dans laquelle elle s'est retranchée. Quand Mme Haffner ou l'une des femmes de ménage la croisent dans l'un des corridors, avec ses longs cheveux roux en bataille, sa robe de chambre en soie blanche qui ondule sous son pas rapide, elles détournent le regard. Mathilde incommode les gens. Tous pensent qu'elle délire… Parfois, dans l'eau, elle observe la peau de ses mains, si livide, et a l'impression de devenir translucide. Les veines violettes qui serpentent sous l'épiderme, le dessin de ses os. Peut-être disparaîtra-t-elle véritablement ? Noyée par la poussière de ce château de malheur.

Son époux lui impose de poursuivre son traitement, de prendre ses cachets, matin, midi et soir. Elle finira par aller mieux. Mais Mathilde sait que ces médicaments n'arrangent rien. Ils lui embrouillent l'esprit, la rendent molle. Si fatiguée de tout. « Vous traversez une sévère dépression, Mathilde. Mais vous avez la chance d'être bien entourée. Armand est un mari attentionné… il prendra soin de vous. » C'est ce que lui a expliqué le Dr Thévenoux. Il lui rend souvent visite, le soir. Mais elle le connaît, il est l'un des leurs. Il ne cherche pas réellement à la soigner. Elle ne peut pas lui faire confiance. C'est lui qui l'a fait accoucher entre ces murs. Mathilde n'oublie rien, malgré les médicaments, malgré tout ce qu'on lui répète.

Avant, elle demandait parfois à Jacques Verhaeghe de venir à son chevet. L'homme de main d'Armand était une énigme pour elle. Capable du pire comme du meilleur. Faire couler le sang et sauver des vies. Mais sa présence la réconfortait. À mi-mot, pour que personne n'entende, elle lui posait des questions. Lui demandait comment était son quotidien, en dehors des hautes grilles de Noirval. Comment allait son enfant... Ses paroles lui faisaient du bien. Sa voix rauque et douce à la fois. Car finalement, ici, entre ces murs glacés, ces pièces vides, il était le seul en qui elle avait un peu confiance. Elle savait qu'il répétait certains de ses propos à son maître. Mais pas tous. Un secret les liait, à jamais.

Mais Jacques ne vient plus... Depuis quelques mois ou quelques semaines. Le temps est si flou pour Mathilde. L'autre fois, dans les couloirs du château, elle est tombée nez à nez avec un inconnu, un colosse, marqué d'un bec-de-lièvre. Il a eu l'air gêné. Il s'est présenté : « Je suis Louis, je travaille pour votre mari. » Elle a instantanément compris. Un nouvel homme lige pour Armand, ça voulait dire que Jacques avait été pris par ce foutu Cercle. Ça lui a fait mal. Pour tout ce que ça voulait dire... Sans un mot en retour au géant, elle est repartie s'enfermer.

Elle aimerait que ça s'arrête, d'une façon ou d'une autre. Il n'y a pas si longtemps, elle a ouvert la porte-fenêtre qui donne sur son balcon. Le vent a fait danser ses mèches de feu. Ça sentait la pierre, l'humidité. La liberté, un peu. L'appel du vide en dessous. Ç'aurait été si simple, si rapide. Mais en cet instant, Victor a frappé à sa porte. Elle a fait un pas en arrière et lui a ouvert. Le garçon s'est jeté dans ses bras. Il est tout ce qui la retient. Ce fragile rai de lumière qui filtre encore à travers les volets. Mais même Victor, parfois, elle n'a pas le courage de le voir. Elle laisse son fils taper à la porte. « Maman, je peux venir. S'il te plaît. Juste une minute. » Ne pas répondre. S'enfoncer sous ses draps.

Son ange a bientôt 14 ans. Elle l'aime tellement. Mais dans ces heures où son esprit danse avec les ombres, elle ne trouve pas la force de lui faire face. Tout ce qu'il est lui rappelle ce qui s'est passé. Le secret qui dévore cette famille. Elle ne peut qu'être seule. Alors, elle se tait. Attend de percevoir les pas de Victor s'éloigner dans le couloir pour oser bouger. Peut-être est-elle folle ? Peut-être est-ce vrai, après tout. Il faut continuer le traitement. Continuer pour ne plus souffrir, pour oublier. Ce qu'ils lui ont fait. Ce qu'ils lui ont pris. « Ça a toujours été comme ça chez les Mirval. Seuls vivent les plus forts. » Ce château est son purgatoire. Tous ses habitants, des monstres. Des bêtes. Et il faudra bien que quelqu'un le révèle, un jour, au monde.

20

22 février 2024

Paris

Depuis la nuit d'horreur dans les Vosges, cinq jours plus tôt, Sofia ne sort plus beaucoup de chez elle. Passe des heures, sur son canapé, sans bouger, à fixer un point invisible par-delà la silhouette des gratte-ciel du 13e arrondissement. Elle ne parvient pas à penser à autre chose. Djibril a failli mourir étouffé… Crozier n'a pas survécu. Et ensuite, tout a dégénéré. Le pays sombre dans la violence. Et tout cela, à cause d'elle…

Elle dort mal. Chaque nuit, ces cauchemars où tout se mélange. L'Ange noir. Son faciès de démon. Ses mains, à elle, dans la terre. L'appartement de Raqqa. Ses journées à attendre. À avoir peur. La cellule, plus tard. Les cris, à côté. Elle qui se tasse dans un coin, quand elle entend le verrou. Comme si ça allait changer quelque chose. La voix de Bilal. « C'est ta faute. » Ses yeux qui s'ouvrent. Ce moment de flottement où elle ne sait pas si elle est de retour là-bas.

Son partenaire ne cesse de l'appeler pour lui remonter le moral. Il lui répète qu'elle lui a sauvé la vie, que sans elle il ne s'en serait jamais sorti. Mais ils savent tous deux que ce n'est pas tout à fait la réalité. Djibril a passé quarante-huit heures aux urgences. Sa survie tient du miracle. En balançant le corps de Crozier sur le sien, le tueur a, sans le savoir, créé une poche d'air qui lui a permis de tenir jusqu'à ce que Sofia le déterre. Il ne gardera, *a priori*, aucune séquelle. Sinon ces images qui le hanteront pour longtemps. Quand il a recouvré ses esprits, cette nuit terrible, que Sofia le serrait dans ses bras, il répétait : « J'ai cru mourir. J'ai cru mourir, là-dessous. » Parce qu'elle a voulu prendre les devants sans en informer sa hiérarchie, elle a couru tous les risques. S'ils étaient restés dans les clous, si elle s'était montrée patiente et avait su convaincre Papé de monter une opération de surveillance carrée, ils auraient pu empêcher tout ça et, peut-être même, interpeller le tueur. Son supérieur, justement, l'a convoquée ce matin. La policière a bien senti que le chef d'équipe de la SDAT faisait tout pour garder son calme. Mais il avait ce tic que ses proches savent reconnaître. Tout en lui parlant, il se grattait la paume de la main gauche. Il lui a expliqué avoir assumé la responsabilité de l'opération ratée. Se justifiant auprès de la direction de la SDAT d'avoir lui-même mandaté son équipe pour surveiller Crozier dans les Vosges. Papé fait tout pour les couvrir. Et ça pourrait lui coûter cher. Si l'antiterro doit faire tomber une tête pour calmer l'opinion publique, ça sera la sienne. Giordano a eu du mal à trouver les mots et lui a simplement dit : « Je suis désolée, Papé. »

Au moins, ce fiasco leur en a appris un peu plus sur le tueur. Ils ont désormais un descriptif plus précis. Sa morphologie, le masque sur son visage. Et il y a ce détail qui fait tiquer la policière. Alors qu'il était drogué, Djibril croit se souvenir d'un échange entre le tueur et Crozier *via* l'interphone aux portes de la villa. Pour Sofia, le député connaissait l'assassin. Il l'a laissé entrer. Pour les supérieurs de Papé et les autres agences gouvernementales, ça ne change rien. L'Ange noir court toujours. Tous les yeux sont désormais braqués sur la SDAT. Le ministère de l'Intérieur attend des résultats, et vite. Chaque jour, l'antiterrorisme organise des descentes, souvent à haut risque, dans des planques d'intégristes aux quatre coins de la France. Sacrifiant, au passage, des mois de surveillance, pour remonter des filières... Il faudra tout recommencer de zéro. Mais pas d'autre choix. Le mot d'ordre est clair. Nakîr doit être démasqué.

Sofia se refuse à allumer la télévision... La mort de Crozier a attisé les tensions qui couvaient depuis des mois. Quelques jours plus tôt, des membres du parti d'extrême droite FS, France Souveraine, ont déplié sur le toit d'une mosquée une énorme banderole : « Non aux islamistes intégristes sur nos terres. » Comme si cela ne suffisait pas, une seconde affaire a explosé en écho à celle de l'Ange noir. Ces derniers mois, quatre cadavres de réfugiés ont été retrouvés en périphérie de grandes villes, à Paris et ailleurs. Ils auraient été tabassés à mort. La journaliste du *Parisien* qui a révélé le dossier suggère que les forces de police sont peu investies dans l'enquête et émet l'hypothèse de crimes racistes. Une marche blanche a été organisée pour les victimes, avec pas mal d'associations et de soutiens aux exilés, de collectifs de sans-papiers, des figures politiques... Mais elle s'est transformée en bataille rangée entre militants d'extrême gauche et identitaires venus parasiter le cortège. Aux manifestations pacifistes répondent des rassemblements d'extrême droite. Quand les uns scandent « Nous sommes tous des réfugiés », brandissent des pancartes « Tabassés à mort parce qu'ils n'étaient pas blancs », les autres, hurlent « Fichés S dehors » et défilent la main sur le cœur avec de faux cercueils arborant les portraits des victimes de l'Ange noir.

Ce matin, la jeune femme en sortant faire ses courses est tombée sur un graffiti, inscrit en grosses majuscules jaunes : « Choisissez votre camp. Eux ou nous. » Cette France qui se divise... Si seulement ses compatriotes pouvaient réaliser la chance qu'ils ont de vivre ici. Dans un pays en paix.

La Syrie. Raqqa. Toujours tapie au fond de sa tête. Plus de rires d'enfants dans les rues, plus de musique. Rien que le silence entrecoupé par les haut-parleurs qui scandent la propagande de l'EI : « *Dawlat al islam baqiya Wa tatamaddad.* » Un attroupement. Klaxons. Hourras. En haut d'un immeuble, on pousse quelqu'un dans le vide. Chute. Il s'écrase trois étages plus bas. On applaudit. Liesse. On parle arabe autour d'elle... *Louti*... Dans son oreille, Yacine lui traduit : « Homosexuel. » Le monde par sa fenêtre. Les pick-up remplis de jihadistes qui paradent, armes levées en l'air. Des gamins. Déjà des monstres. Allumer la télévision. Tomber sur les vidéos de propagande. Des exécutions. Éteindre la télévision.

Sofia sait où mène la haine. Mieux que personne. On ne comprend ce que vaut la liberté qu'une fois qu'on l'a perdue. Lasse, elle se prépare un nouveau café et observe, depuis sa haute tour, le soleil se coucher sur la capitale. Les baies vitrées des immeubles se teintent d'orange. Dernier éclat de lumière avant les ténèbres.

21 heures. Le téléphone de la policière sonne. C'est Djibril. Il lui raconte sa journée de reprise. Les accolades des confrères, les mots de soutien. Il y a des silences dans leur discussion, un malaise. Aurait-il entendu ce qu'elle lui a dit, à Saint-Dié, alors qu'elle pensait l'avoir perdu ? Après un nouveau blanc, il lui annonce :

— Sofia, je voulais te dire. En revenant au bureau, j'avais un message... Tu sais, la recherche que j'avais faite pour toi sur cette étrange croix avec les cercles. Quelque chose est remonté.

— Comment ça ?

— Hier, quelqu'un a lancé une requête similaire. Un flic de la 2e DPJ de Paris, un dénommé Gabriel Geller. Il a ajouté des photos dans le descriptif. C'est exactement le même symbole.

— C'était dans quel cadre ?

— Tu vois l'affaire des réfugiés retrouvés morts, tabassés ?

— Bien sûr.

— Geller bossait sur l'enquête de la seconde victime parisienne, avant d'être mis à pied. Il aurait agressé un jeune à Lille. J'ai consulté son dossier. Un profil compliqué... Il traîne de sacrées casseroles. Ça fait deux fois que l'IGPN lui tourne autour pour comportements

violents. Il vient d'écoper d'un arrêt d'un mois. Pas certain que ça soit le meilleur flic du monde.
— Je m'en moque. Il faut que je lui parle.
— Ça risque d'être difficile.
— Pourquoi ?
— Parce qu'il vient d'être hospitalisé. Dans un état grave…

21

22 février 2024

Paris

« C'est toi qui as parlé à cette journaliste, Geller ? Tu veux nous foutre dans la merde, c'est ça ? » Gabriel a eu beau jurer, promettre qu'il n'y était pour rien, le mal est fait. Il a tenté de présenter sa théorie sur l'implication probable de la famille Mirval dans les assassinats des réfugiés, mais Guerini n'a pas voulu l'écouter. « Tu n'as rien. Du vent. Tu t'es déjà assez fait remarquer avec ce Mirval. En plus, avec tout ce qui se passe, l'extrême droite est sur les dents. Et ça fait du monde. Pas besoin d'ajouter de l'huile sur le feu. On laisse tomber le dossier. Le procureur le transfère aux flics du Bastion. C'est plus dans leurs cordes. » Toujours arrêté, Gabriel n'a pas eu d'autre choix que de laisser filer l'enquête. Les OPJ qui la reprennent, de vagues connaissances, lui ont assuré qu'ils suivraient la piste de Mirval, mais Gabriel a des doutes. Il est face à une impasse. Il ne peut retourner planquer à Lille ou à Noirval. Il est grillé. Il doit trouver un autre moyen d'en apprendre plus sur ce qui se trame là-bas.

La veille, Geller a prétexté devoir récupérer des affaires personnelles à son bureau pour lancer une recherche sur cette étrange croix et ces cercles entrelacés, aperçus sur la porte rouge du mausolée. Une seule autre occurrence datant du 15 février, et émanant de la SDAT, l'antiterrorisme. Mais impossible d'en apprendre plus. Le dossier est classé secret-défense.

Le flic a aussi tenté de contacter cette journaliste, Pauline Hastier, du *Parisien,* à l'origine de l'article sur les meurtres de réfugiés. La femme s'est d'abord planquée derrière la confidentialité de ses sources, mais Gabriel a su se montrer insistant, voire intimidant. Hastier a fini par lui avouer qu'elle avait reçu un pli avec des noms, des dates et détails précis. Du prémâché… Le plus étrange, pour le Grizzly, c'est que cet « informateur » ait mentionné des crimes que lui-même, malgré son enquête, n'avait pas reliés à l'affaire. Ainsi, en plus de Mansour et de la première victime parisienne, Fazal Karzai, dont le cadavre avait été retrouvé en décembre, deux autres morts étaient mentionnées dans l'article. Sekou Nabe, un homme d'origine guinéenne, de 28 ans, retrouvé en périphérie d'Amiens, fin novembre, et Ali Farah, un Somalien de 26 ans, découvert, lui, à Metz, courant octobre. Gabriel a vérifié. Metz, Amiens, Paris… autant de villes où l'association Trait d'Union organise ses maraudes.

Pour l'heure, le flic a une urgence à gérer. Darya Mansour l'a contacté. Elle était paniquée, convaincue d'être suivie. Un 4 × 4 noir s'est garé non loin de sa tente à la porte des Poissonniers et, lorsqu'elle l'a quittée, deux types ont commencé à la pourchasser. Darya a réussi à les semer dans les couloirs du métro. Depuis, elle se cache dans un autre campement, vers Stalingrad. Gabriel lui a répondu, sans trop en mesurer les conséquences : « Je viens vous chercher, ne bougez pas. »

Il arrive vers 17 heures. Sous le métro aérien, des dizaines de tentes, quelques groupes qui discutent, assis sur des matelas. Un message a été peint sur un drap usé et accroché à une grille : « *We need help*. On veut un logement. » À qui s'adresse cette requête ? Aux passants, à lui-même ? Une rame traverse la passerelle dans un halo blanc et fait vibrer l'acier du viaduc. Hurlements des essieux, claquements des roues sur les rails.

Le policier repère la Syrienne, un sac serré sous le bras. Il l'attend, appuyé sur le capot. Darya arrive à son niveau. Elle a le teint pâle, l'air plus fatiguée encore que ces derniers jours.

— Merci d'être venu.
— J'ai fait au plus vite.

Il pointe du doigt le petit sac à dos qu'elle porte à l'épaule.

— Ce sont vos affaires ?
— Oui...
— Je ne sais pas trop comment vous aider, Darya. Je peux vous payer un hôtel quelques jours.
— Non, pas d'hôtel. Les gens parlent, là-bas. Ceux qui me cherchent pourront m'y retrouver. Je préfère rester dans la rue. Plus en sécurité. J'ai besoin de protection, lieutenant. Demandez à vos chefs de m'aider.
— Mes chefs ne m'écoutent plus trop en ce moment.

Gabriel s'allume une cigarette, réfléchit...

— Bon, voilà ce qu'on va faire. Vous allez venir chez moi, le temps que l'on trouve une meilleure solution. Je vous laisse ma chambre, je dormirai sur le canapé du salon.

— Non, je ne peux pas accepter.

— C'est l'affaire de quelques jours. Vous ne craignez pas un vieil ours comme moi, quand même ?

Elle semble mal à l'aise.

— Je... je ne sais pas. Je ne crois pas, non.

— Si ça peut vous rassurer, il y a un verrou dans ma chambre. Allez, embarquez.

Elle s'installe à ses côtés. Il attrape ses CD, dossiers, emballages éparpillés, les balance à l'arrière, s'excuse maladroitement.

Ils roulent en silence. Gabriel allume son autoradio. Le lecteur de CD se lance. Un morceau de Robert Johnson. *Me and the Devil Blues*. Une antiquité surgie d'un autre temps. Juste une guitare, cette main droite qui fait claquer les cordes de basse. Et cette voix, dont tant d'artistes s'inspireront ensuite. La Syrienne écoute, intriguée.

— Qu'est-ce que c'est ?

— Robert Johnson, l'un des premiers chanteurs de blues.

— Je ne connais pas. Ça a l'air vieux.

— Encore plus que moi... L'enregistrement date de 1937, je crois.

— Il parle de quoi ?

— Il raconte que le Diable est venu frapper à sa porte et lui a demandé de marcher avec lui.

Elle marque un silence, puis murmure : « *Al-Shaytan daiman lahakna mittle khyalna* »...

— Qu'est-ce que vous dites ?
— C'est un proverbe que j'ai entendu petite. Ça pourrait se traduire par : le démon marche toujours dans notre ombre.
— C'est l'idée...
La Syrienne se perd dans la contemplation des rues qui défilent. Puis elle dit :
— Je ne vous ai pas vu depuis plusieurs jours... Je pensais que vous aviez abandonné.
— Au contraire, je continue, Darya. J'ai peut-être une piste. Je vous en parlerai ce soir.
— Il y a eu des journalistes, des chaînes de TV qui ont cherché à me parler. Mais j'ai refusé.
— Vous avez bien fait.
Elle replace une mèche de ses cheveux sous son foulard.
— C'est bien, non, que la télévision parle de la mort d'Hassan ?
— Je ne sais pas... Peut-être, oui.
— Ils disent qu'il y a eu d'autres morts, aussi.
— On n'est pas encore certains que les affaires soient liées. Mais si c'est le cas, ça ferait quatre victimes en tout, en comptant votre mari.
— Ce monde est fou... On est venus en France pour être en sécurité. Mais il n'y a que la peur, ici aussi...
Gabriel hésite, puis ajoute :
— Je suis désolé, Darya. J'aurais dû vous donner des nouvelles. Ne pas vous laisser seule.
— Vous êtes là, aujourd'hui. C'est ça qui compte.
Il est un peu moins de 19 heures quand la voiture de Geller s'enfonce dans le parking de son immeuble du 18e arrondissement. Premier sous-sol, deuxième. Il se

gare à son emplacement habituel, coupe le contact. Alors qu'il émerge du véhicule, un mouvement attire son attention. Derrière ce pilier. Il y a quelqu'un.

— Ho ! Qui êtes-vous ? Sortez tout de suite.

Rien ne bouge. Une décharge d'adrénaline. Gabriel ordonne à Darya de rester dans le véhicule et de fermer les verrous des portières. Une quinzaine de voitures sont parquées à cet étage. L'individu se tient dans une partie du sous-sol partiellement inondée. Un à deux centimètres d'une eau stagnante, noire. Des traces d'infiltration le long des murs, comme des veines bleues suintantes. Gabriel lance une nouvelle mise en garde : « Je suis de la police, je suis armé. Montrez-vous. » Mais l'ombre disparaît derrière le pilier. Le flic pose un pied dans l'eau saumâtre. Du bruit derrière lui. Geller a à peine le temps de se retourner qu'il reçoit un énorme choc sur le front et s'écroule dans la flaque. L'instant suivant, deux individus, habillés en noir, aux visages couverts d'une cagoule, lui sautent dessus. Bientôt rejoints par celui qui se cachait. Pas un mot. Rien. Mais les coups qui commencent à pleuvoir sur le quinquagénaire. Frappe des pieds. Des poings. Giclées d'eau. Ses agresseurs portent des gants coqués. Un des types, le plus hargneux, est armé d'une matraque télescopique et cogne de toute sa rage. Gabriel reçoit une attaque au visage. Il sent sa pommette exploser dans un geyser de sang. Mais ça ne leur suffit pas. Au contraire, ça les galvanise. Le deuxième agresseur, un molosse, du pied lui pilonne le ventre pendant que le dernier frappe dans son dos. Gabriel se tord et se contorsionne. Il essaie de se protéger le visage, se met en boule. Il crie, ne sait plus. Soudain, un son suraigu. Une voix lointaine. « Va voir ce que c'est. »

Darya est piégée à l'intérieur de la voiture. Que faire ? Elle aperçoit les silhouettes cagoulées qui tabassent le policier. Elle entend des cris. Et si c'étaient eux ? Ceux qui ont tué son mari ? Qui reviennent... Les doigts tremblotants, elle décroche son téléphone. Pas de réseau. Sa main sur le volant. Elle hésite. Ça voudrait dire se faire repérer... Et si ç'avait été Hassan, là-bas, serait-elle restée prostrée ? Elle ferme les yeux et appuie sur le klaxon. La sonnerie retentit fort, lui vrille les tympans. Mais ça ne les décourage pas. Elle réessaie, presse l'avertisseur de toutes ses forces. Que quelqu'un entende. Lui vienne en aide... L'un des hommes arrive vers elle. Son visage masqué se plaque contre la voiture, il tente d'en ouvrir la portière. Il frappe de son poing sur la vitre. Extrait un couteau de sa poche puis, du manche, tape sur le carreau. Elle relâche le klaxon. Trouver de quoi se défendre, n'importe quoi. La Syrienne fouille dans le fatras de la voiture, sur la banquette arrière. Rien. Dans la boîte à gants. C'est un bordel inimaginable. Sur sa droite, l'homme masqué donne un nouveau coup. Le verre se lézarde.

D'un œil trouble, le policier voit les deux s'arrêter sous l'impulsion de celui qui tient la matraque. Un klaxon hurle dans le parking désert. Ses agresseurs semblent attendre de voir si personne ne vient. Gabriel doit faire gagner du temps à Darya pour qu'elle puisse fuir. Il essaie de se redresser, se place à quatre pattes. Son reflet lui apparaît dans l'eau pétrole. Son visage n'est plus qu'une énorme boursouflure. Les arcades explosées, la joue enfoncée vers l'intérieur. Il crache un filet de bave rougeâtre. Il a la respiration brisée, tel un ventilateur abîmé. Chaque once d'air aspirée lui vrille les côtes. Geller tâtonne à la recherche de son arme. Semblant remarquer sa tentative, l'homme à la matraque lui plaque le bras droit sur le béton et lui écrase les os de la main. Geller sent des craquements. La douleur est trop intense. Son assaillant s'empare de son Sig Sauer, puis fait mine de lui tendre.

— C'est ça que tu veux ?

Gabriel tente de s'en saisir, plus réellement conscient de son impuissance.

— Eh bien, va le chercher.

Le chef balance l'arme qui glisse sous une voiture, puis soulève sa matraque en arrière. Une nouvelle salve d'attaques. L'autre, le géant, s'est arrêté, en retrait. Quelques minutes, peut-être des heures, passent. Le temps n'existe plus dans le corps meurtri du Grizzli. Il va mourir ici.

Darya n'entend plus les cris de Geller. Ce n'est pas bon signe. L'homme s'acharne toujours sur la vitre, qui, seconde après seconde, s'effrite un peu plus. Dans moins d'une minute, il la brisera et pourra ouvrir la portière. Ensuite, ça sera son tour. Elle extrait le bazar de la boîte à gants. Des poignées de CD, des documents divers, empilés. Des paquets de cigarettes froissés. Quelque chose de froid. C'est la crosse d'une arme. Elle la brandit et, sans hésiter, la pointe vers la fenêtre.

Gabriel n'en peut plus. Alors, il supplie. Il lève une main fragile. Veut articuler quelques mots. Il tousse et ça lui déchire les tripes. Un coup qui arrive. Il attrape la matraque, serre parce qu'il ne peut plus faire que ça. Ses dernières forces dans ce geste désespéré. Des mots qui sortent de sa bouche : « Pitié, arrêtez. Pitié. » Il ne lâche pas. Le type le dégage avec son pied. Gabriel cède, bascule sur le dos, dans l'eau noire. Se noie dans ses blessures. Il ne peut plus rien. S'abandonne. La voix d'un des hommes, qui chuchote.

— Allez, on dégage.
— Non, on le finit.
— C'est un flic.
— Raison de plus…
— Il faut y aller, maintenant. Ça suffit.
— J'ai dit, je le finis. C'est un nouveau défi. Un nouveau cercle à franchir. *Deus Vult*.

Son timbre est glacial. Gabriel n'est plus vraiment conscient. Le troisième type revient vers eux, paniqué.

— On se casse. La femme est armée.

Darya vient d'ouvrir la portière. La sortie est là, éclairée par un néon vert. Elle fait quelques pas dans cette direction. Puis s'immobilise. Il faut qu'elle essaie quelque chose. Sinon, plus jamais, elle ne sera la même. Alors, elle revient vers les hommes cagoulés, pointe son arme droit devant elle, et leur ordonne, à tous, de partir.

— Calme-toi. Donne-nous cette arme.

Elle fait feu au hasard. Pour qu'ils comprennent. Les agresseurs de Gabriel prennent la fuite en maugréant des insultes. Une porte claque, puis c'est le silence.

Avant de sombrer, Gabriel croit sentir une main, douce, chaude, se poser sur sa joue tuméfiée. Une voix qui semble lointaine : « Ils sont partis. Je vais appeler les secours. *Ana hon...* » Un torrent de lave déchire le Grizzli de l'intérieur. Il court dans un tunnel. Une sirène de train dans son dos. C'est la fin ? Des personnes au beau milieu des voies. Des hommes voûtés sur une jeune fille. C'est elle. Il peut faire quelque chose, l'aider. Cette fois, il la sauvera. Attends-moi, Léa.

22

15 mai 2012

Noirval

Le chant du métal. La sueur et la douleur. Un nouveau combat, pire que tous ceux menés jusqu'alors. Adossé au rebord de l'arène circulaire, le Cercle, comme l'appelle Armand, Louis reprend son souffle. À l'autre extrémité, son opposant, le Griffon, en fait de même. Le jeune homme ne sait plus depuis combien de temps ils s'affrontent. Sa jambe gauche est raide. Un coup dans le haut du genou a failli le faire vaciller. Mais il doit tenir bon. Avant d'entrer dans l'arène, Armand lui a répété : « À partir du moment où tu pénètres dans le Cercle, plus de règles, plus de loi. Ce n'est pas comme au béhourd. Tous les coups sont permis. Celui qui perdra sera celui qui ne se relèvera pas. Laisse parler la bête qui est en toi. Laisse parler ta rage. » Mirval lui a tendu son épée, au tranchant aussi coupant qu'un cutter.

Ils ont crié « *Deus Vult* », deux mots repris en chœur par le public. Ils ont croisé leurs armes, et les ont pointées vers leurs maîtres. Louis, en direction de Mirval, l'autre vers ce type, dénommé Chassagne, au crâne suintant, aux yeux rougis par l'alcool et l'excitation. Les deux spadassins se sont placés chacun à un bout du Cercle, large de six mètres environ. Au sol, une couche de sable avait été répandue sur la pierre. Mais Louis a pu y remarquer des motifs gravés de cercles entrelacés. Au-dessus de lui, les voûtes du souterrain.

« Ce qui se joue ici, personne ne doit jamais être au courant. C'est un secret, le plus grand des secrets. Cette salle de joute, c'est le niveau le plus profond des cercles. Si tu le mérites, si tu me prouves que tu en es capable, tu découvriras d'autres pièces qui remontent vers la surface tandis que tu marcheras vers la connaissance. »

Son opposant porte une armure de plates magnifique. Sur sa cuirasse, des dorures composent des arabesques végétales. En leur cœur, un griffon, animal chimérique mi-aigle, mi-lion. Il se dresse sur son poitrail, de profil, serres relevées, ailes déployées. Sur ses spalières, des gueules de rapaces. C'est ainsi que l'a nommé Armand, plus tôt. Le Griffon. Il lui a expliqué que c'était ce même combattant qui avait vaincu son précédent homme lige, lui qui avait déshonoré son nom, remis en question sa position au sein de l'Ordre. Grâce à Louis, Armand espère tenir sa revanche.

Après avoir franchi la porte rouge au fond du mausolée, Louis comme Victor ont eu un moment de stupéfaction en découvrant le gouffre. Sous leurs pieds, un large puits d'une dizaine de mètres. Le long des parois en pierres ruisselantes d'humidité, un escalier s'enfonçait vers les profondeurs, éclairé par la seule clarté de la lune, depuis un dôme en métal qui les surplombait. Trois portes marquaient les différents étages. Plonger le regard dans le vide et descendre cette spirale de marches vers les ténèbres était à la fois hypnotisant et inquiétant. Armand a placé sa main sur l'épaule de Louis pour qu'il ne ralentisse pas la procession. Arrivés tout en bas, les convives ont été fouillés par des vigiles, et ont dû déposer leurs téléphones portables dans des coffrets.

Chacun s'est préparé dans une pièce attenante à l'arène. Moment étrange pour Farge que de s'équiper de son ancienne armure. Voilà des mois qu'il ne s'était pas ainsi harnaché. Il a pensé, évidemment, aux Ultimus Stans. Eddie et les autres, ses frères d'armes dont il est sans nouvelles... Armand a autorisé son fils à assister au combat, maintenant qu'il a remporté l'épreuve du quatrième cercle, les Loups. Depuis quelques semaines, il initie son enfant aux secrets de son Ordre. Mais Victor ne veut pas en parler avec Louis. Ça ne dérange pas l'homme lige. Pourquoi essayer de comprendre ce qui le dépasse ? Victor a équipé son entraîneur, sans un mot. Puis, avant que celui qu'il appelle la Brute ne pénètre dans l'arène, il lui a dit : « Fais attention à toi, Louis. »

S'il remporte cette joute, Armand lui versera 5 000 euros en liquide, en plus de son salaire habituel. Il n'a jamais eu une telle somme entre les mains... De quoi s'acheter une voiture, peut-être.

Ce son qui vrombit et s'insinue jusque dans ses tripes. Un grondement. Deux musiciens au fond de la pièce soufflent dans de longs cors en bronze qui produisent une litanie grave, une note unique semblant ne jamais s'arrêter. Louis a l'impression d'entendre des voix derrière la mélopée, comme s'ils scandaient la même note, dans l'embouchure de leurs cuivres. Armand lui a raconté qu'il s'agissait de carnyx, des instruments datant de l'ère celtique utilisés durant les batailles pour terrifier l'ennemi. « Ils sont essentiels à nos joutes. Car ici tout a un sens, une signification. Dante fait mention des cors dans *La Divine Comédie* : *"Il ne faisait là pas plus nuit que jour, si bien que ma vue ne portait pas très loin ; mais j'entendis sonner un cor puissant, si fort qu'il eût couvert le tonnerre même."* » Avant d'ajouter : « Tant que les cors souffleront, il faudra te battre. »

Le Cercle est éclairé par des torches, accrochées aux colonnes qui quadrillent l'espace. Plus tôt, reculant sous les coups de son adversaire, Louis s'est affaissé sur l'une d'elles. Une vague de chaleur l'a traversé, des escarbilles rouges ont voleté autour de lui. La trentaine d'hommes et femmes, membres de l'Ordre attroupés autour de l'arène, ont murmuré un « oh ! » de surprise. Ça leur plaît, ils aiment ça. « Donne-leur le spectacle qu'ils attendent. »

Louis affirme sa prise sur son épée. De l'autre côté, l'homme lige de Chassagne reprend aussi ses esprits. Dans son ombre, son maître hurle en crachant : « Attaque-le ! Attaque-le, bon sang ! Ne reste pas planté là, imbécile ! » Louis, lui aussi, hésite à retourner au combat. Et s'ils s'arrêtaient là ?

Le Griffon fait un pas vers lui. Il est moins massif que Louis, mais plus rapide. Et, sentant que son opposant est meilleur bretteur que lui, plus précis et technique, le champion de Chassagne frappe avec l'énergie du désespoir. Il combat sans défense, misant tout sur l'offensive. Dans sa main gauche, un fauchon, dans la droite, le fléau d'armes. Il soulève et fait virevolter la sphère plantée de clous, rattachée à un bâton par une chaîne. Louis encaisse une série de violents coups, se tasse derrière son bouclier, les pics entament le bois. Les yeux plissés, trop concentré sur les mouvements du fléau, il manque de se prendre une attaque de fauchon qui file vers son visage. Il se décale, mais trop tard. La pointe aiguisée passe sous son heaume, entaille la peau de son cou. S'il n'avait pas eu le bon réflexe, l'autre l'aurait égorgé.

Le Griffon essuie la lame de son épée, et brandit son gantelet taché de rouge en direction des membres de l'Ordre. La liesse enfle. « Ce n'est pas comme le béhourd... » Armand avait raison. Ce qu'attend le public, c'est de voir le sang couler. Sentir la douleur. Flirter avec la mort.

D'après Armand, lors de chaque affrontement, les convives peuvent miser sur le vainqueur. *A priori*, de grosses sommes sont en jeu. Mais, pour son employeur, ça va bien au-delà d'un simple combat pour de l'argent. C'est une bataille pour le pouvoir au sein de l'Ordre. En défiant Armand à nouveau, Chassagne veut prendre sa place, celle du « Porteur ». Louis ne comprend rien à ces appellations, ces codes, ces rites. Mais ça ne l'empêche pas de vouloir être à la hauteur. De toutes ses forces, de tout son être. Pour Armand, pour tout ce qu'il a fait pour lui. Et pour Victor, aussi, qui est aux premières loges et qui le regarde avec ses grands yeux.

Louis ancre ses pieds dans l'arène couverte de sable, puis charge. Il percute de l'épaule le Griffon en plein poitrail et lui assène deux coups d'épée sur les hanches, là où les armures sont moins renforcées. Il n'ose pas briser les règles, celles qu'il s'est obligé à suivre durant ses entraînements auprès d'Eddie et des autres. Jamais de coup d'estoc… Mais le Griffon ne respecte rien. Les cris, autour d'eux, montent. La mélopée grave semble, encore, enfler. Derrière l'interstice de son heaume, il distingue Armand, agrippé à la rambarde, qui lui fait un geste de la tête. Il comprend ce qu'il veut lui dire. « Ne retiens plus tes coups. »

« Le monde, la société t'ont brimé toute ta vie, Louis. On t'a demandé de respecter les règles, l'autorité. Tu es un lion qu'on a maintenu en cage. Mais moi, je vais te libérer. Ensemble, nous mènerons un grand combat. Le plus beau, le seul qui mérite d'être mené. Le combat pour sauver notre pays des démons. Tu es un guerrier, Louis. Alors vis comme un guerrier. »

Mains rouges. Louis n'a jamais connu que ça. Des poings qui tapent, qui brisent et qui font mal. Des poings qui l'ont conduit jusqu'à Eddie, puis jusqu'ici, dans les souterrains de cette crypte. Mains rouges. La Brute. Le Monstre. Mâchoire serrée, il frappe en plein dans le heaume du Griffon, avec l'encadrement de son bouclier. La puissance du coup laisse une marque sur le métal. Son adversaire titube en arrière, sonné. De son épée, Louis martèle le gantelet de son opposant, qui lâche son fauchon dans un cri de douleur.

Derrière lui, Armand vocifère : « Vas-y ! Frappe ! Frappe-le ! » Louis ne l'a jamais vu si exalté, lui d'habitude si calme. Alors, il amène son bras en arrière et vient envoyer le tranchant de sa lame sur le tibia de son opposant. La genouillère vole en éclats. Louis sent son arme qui déchire la peau de l'autre, brise un os, peut-être. Le Griffon pose genou à terre. Farge s'approche, colle son casque contre le sien. Au cœur de la furie et des cris, il lui parle à mi-voix : « Écoute-moi, reste à terre. Le combat est fini. »

L'autre lève la tête. Leurs yeux se croisent. Il lit de la rage et de la peur aussi. « Va te faire foutre ! L'argent est pour moi ! » Et il le repousse avec véhémence. Dans le dos du Griffon, Chassagne fulmine : « Si tu perds, je te renverrai en prison. Tu n'es rien sans moi ! »

Le Griffon se redresse sur ses jambes tremblantes. Dans une action désespérée, il fonce en faisant tournoyer son fléau autour de lui. Louis porte une attaque, précise, au niveau du coude. Son coup, encore une fois, trouve la chair de son ennemi. Quand il ramène sa lame, du sang est projeté sur les spectateurs aux premières loges. Du coin de l'œil, Louis aperçoit le visage de Victor constellé de rouge. L'adolescent ne réagit pas. Au contraire, Louis croit voir se dessiner un sourire sur son visage angélique. Il reporte son attention sur son opposant. Son armure se teinte de noir. Du sang goutte de son bras, de sa jambe blessée. Ses lourdes épaules se sont affaissées. Il est épuisé. Pourtant, il relève sa masse, s'apprête à attaquer. Louis, une dernière fois, lui aboie : « Non, arrête. Le combat est terminé. Abandonne, merde ! »

Avec ses dernières forces, le Griffon envoie sa masse en avant. Sans difficulté, Louis évite l'assaut. Emporté par son mouvement, son adversaire bascule en avant et se retrouve à quatre pattes, dans un nuage de sable. Pour que ce duel prenne fin, parce c'est ce que l'Ordre attend, Louis donne une ultime frappe. Un coup d'estoc. Droit dans la cotte de mailles. Son épée s'enfonce à travers les défenses. Il la retire aussitôt. Du rouge au bout de sa lame. Un râle, suivi de plaintes dans une langue étrangère. Du russe, peut-être. L'homme s'effondre. Louis glisse la pointe de son épée à travers la visière du heaume du Griffon, tout contre son visage, et lui annonce : « Si tu te relèves, je te l'enfonce dans le crâne. » Le Griffon abandonne et se laisse gésir sur le sable. Les cors, enfin, cessent de résonner dans la salle voûtée.

Louis est exténué. Hourras, cris de victoire. Armand enjambe la rambarde et rejoint son héraut. Il attrape son bras, tenant toujours son épée, et le soulève en l'air. Il a l'air si fier. D'autres membres de l'Ordre les entourent bientôt, le félicitent, tapent sur son armure. Louis n'y prête pas attention. Il cherche Victor parmi l'assemblée, mais ne le voit pas. Deux hommes vêtus de robes noires attrapent le Griffon par le col de sa dossière et le traînent vers une autre pièce, tel un vulgaire déchet. Personne ne se soucie plus du malheureux.

On retire le casque de Louis. Il a la gorge en sang. Armand présente son homme lige aux différents convives. Le jeune homme a l'impression d'être une bête de foire. Le châtelain passe son doigt sur sa blessure et lui trace une croix rouge sur le front avant de partir dans un grand éclat de rire. On lui tend une bouteille de champagne, il en boit une rasade. Du liquide coule sur son cou, ça le brûle là où il s'est blessé. Armand le prend à part et lui glisse à l'oreille : « Quand tu seras soigné, reposé, j'aurai un cadeau pour toi. Un cadeau à la hauteur de ta victoire. »

10 heures du matin. Un voile de brume glisse dans le parc du château de Noirval. Louis n'a pas dormi de la nuit. Trop d'alcool. Trop d'excitation. Le regard de ces femmes, au fond de ce souterrain, quand il a retiré son armure et les a rejoints. Le désir. L'une d'elles a même glissé son numéro de téléphone dans la poche de sa chemise. Jamais ça ne lui était arrivé. Un membre de l'Ordre, un médecin, a pansé ses blessures, apposé cinq points de suture à sa plaie dans le cou, alors qu'il buvait à même la bouteille, un alcool dont il n'a aucun souvenir. La soirée s'est éternisée dans le grand salon. À un moment, Louis a pris son maître à part et lui a demandé : « L'autre combattant, il est où ? Il va s'en sortir ? » Armand, de lui répondre : « Ne t'en fais pas pour lui. Ne gâchons pas cette belle fête. » Puis il s'est éloigné. La seconde suivante, il riait aux éclats avec quelques autres. Tapes dans le dos. Plus d'alcool, encore. La musique, classique, tellement forte. L'énorme feu de cheminée. Les discussions qu'il n'écoutait pas. Là sans être là.

Au petit matin, en titubant vers sa chambre, il est tombé nez à nez avec Mathilde Mirval. Elle se tenait, raide, au beau milieu du couloir, et le fixait. Ses yeux verts cernés semblaient le juger. La Brute a baissé la tête et poursuivi son chemin. Chaque fois qu'il la croise, cette femme le met mal à l'aise. Elle est un spectre qui hante ces lieux. Quand Louis pose des questions à son sujet, on botte en touche. Personne ne parle d'elle, de sa maladie. Comme si elle n'existait pas.

Le corps du jeune homme est couvert de bleus. Lourd, ankylosé, il se traîne jusqu'au bureau d'Armand, comme convenu la veille. Le propriétaire de Noirval l'y attend. Il l'invite à le suivre et l'emmène dans une pièce adjacente. Trônant au milieu d'un cabinet de curiosités aux volets tirés, une armure noire, magnifique. Louis n'en a jamais vu de telle. Émerveillé, il laisse glisser sa main endolorie sur le métal aussi sombre que de l'obsidienne. C'est une armure maximilienne. Il en reconnaît le style, avec ces plis et ces cannelures. Mais elle possède un motif qu'il n'a jamais vu jusqu'alors. Le heaume, massif, est surplombé d'une gueule de chien aux crocs acérés. Sur les rondelles des deux épaulières, deux autres têtes de canidés de profil, les babines retroussées.

— Qu'est-ce que c'est ?

— Ta nouvelle armure… Je l'ai commandée auprès du plus grand armurier de Pologne, expressément pour toi. Tu es mon champion, mon homme lige. Je voulais attendre l'issue de ce premier combat pour être certain que tu la méritais. D'autres affrontements se profilent et tu auras besoin d'un équipement qui nous fasse honneur. Tu seras le Cerbère, Louis. Le chien à trois têtes qui garde la porte des enfers et empêche les morts de s'en échapper. Tu seras celui qui garde l'accès à notre Ordre. Qui nous protège des démons.

23

27 mai 2012

Forêt de Nieppe

Il fait nuit tout le temps, maintenant, dans la vie de l'enfant. Plus de jour ni de lumière. Son père, un soir, est parti combattre. Et n'est jamais revenu. L'enfant l'a attendu. Si longtemps. Son petit corps frigorifié à cause des courants d'air sous la fenêtre de sa chambre. Ses paupières, si lourdes, mais qu'il fallait, pourtant, garder ouvertes. Au cas où les phares seraient apparus dans la nuit. Son regard rivé sur le chemin qui menait à leur maison. La nuit a laissé place au jour. Le soleil a commencé à percer à travers la cime des arbres. L'enfant, somnolent, était toujours dans la même position, son duvet sur les épaules, quand il a vu une berline noire se garer devant le restaurant abandonné. Sa mère est sortie de la maison, en trombe. Un homme a émergé de la voiture et discuté avec elle. Il avait des cheveux châtains, bien coiffés, les tempes grisonnantes. De beaux vêtements. La mine sombre, les traits tirés. C'était Armand

Mirval, le maître de son papa. À un moment, sa mère a eu l'air de vaciller. Le châtelain l'a retenue par le bras, l'a aidée à s'asseoir sur les marches menant chez eux. Il lui caressait le dos, mais il semblait dégoûté d'avoir à faire tout ça, comme s'il mimait sa tristesse. Puis, après quelques minutes, Armand Mirval est reparti. L'enfant est descendu, a demandé à sa mère : « Où est Papa ? » Elle s'est retournée, l'a fixé de ses yeux qui n'avaient jamais été aussi noirs qu'en cet instant. Deux abysses. Elle ne lui a pas répondu. Il a insisté, en tirant sur son chandail : « Maman, quand est-ce que Papa revient ? » Elle a fini par céder : « Il… il y a eu un accident. Ton père ne reviendra pas. »

Tout s'est éteint dans la vie du garçon. Les ampoules ont sauté. L'ancien restaurant dans lequel ils vivent et le monde autour ont été avalés par une grande bouche noire. Plus rien. L'enfant est tombé à terre. Les mots tournaient en lui, ceux d'aujourd'hui et d'hier, ceux de son père et sa mère : « Je n'ai pas d'autre choix, ma chérie », « Un jour, tu y resteras, au cœur de ton Cercle »… Tout s'est expliqué, alors. Papa qui, après chaque combat, revenait de plus en plus fatigué. Sa jambe droite, toujours à la traîne. La grimace de douleur qui déformait son visage quand il se baissait. Les cicatrices sur lesquelles l'enfant aimait faire glisser ses petits doigts. Puis sa mère a ajouté, comme pour enterrer le dernier de ses espoirs, tout au fond, avec les vers et les cloportes : « Ton père est mort. »

C'était il y a sept mois. Depuis, la tristesse ronge sa mère. Un gros corbeau noir, perché sur ses épaules, qui la grignote, lambeau de peau après lambeau de peau. Elle a perdu beaucoup de poids. Ne parle quasiment plus. Leurs repas en silence. Leur vie en conserves tièdes. Sa mère l'emmène de moins en moins souvent en classe. Il lui arrive de passer des semaines sans y aller. La directrice de l'école primaire est venue plusieurs fois. Mais ça n'a rien changé. Elle disait qu'il était malade. Trop faible pour aller en cours.

L'enfant s'ennuie tellement. Il n'y a pas longtemps, il s'est rendu dans la chambre de ses parents. D'abord, pour chercher l'odeur de son père. Attraper ses chemises, enfoncer ses narines dans le coton rêche. Le ramener, juste une seconde. Puis il a enfilé un de ses pantalons, et un de ses tee-shirts préférés. A glissé ensuite jusqu'à l'armoire des vêtements de sa mère, en a sorti une belle robe rouge. Fait couler sa main sur le tissu qui renvoyait des paillettes de diamants. Sans trop savoir pourquoi, il l'a enfilée. Il était le roi, il était la reine. Il était le prince et la princesse. Et pourquoi pas ? Il lui fallait bien tisser des étoffes de rêve au cœur de ces journées fanées. Il est descendu comme ça. Danser pour sa mère, faire tournoyer cette robe rouge, la voir sourire, à nouveau. Ramener les couleurs. Mais en le découvrant ainsi, elle s'est énervée, l'a bousculé. Il a trébuché, s'est fait mal. Elle lui a lâché, dans un rictus de haine : « Je n'ai jamais voulu de toi. C'est ton père qui a toujours insisté. » Depuis, dans sa tête, il a décidé de ne plus l'appeler Maman, mais Sandrine. Ce mot, Maman, ne voulait rien dire pour elle.

Quelques jours plus tôt, toujours à l'affût, et parce qu'il n'avait plus que ça à faire, le garçon l'a entendue téléphoner à Armand Mirval. Elle lui a demandé de l'aide, a expliqué qu'elle ne s'en sortait plus : « Jacques a tout sacrifié pour vous. Je ne veux pas grand-chose.

Un peu d'argent tous les mois. Je vous en prie, monsieur Armand... » Il y avait eu une attente, puis elle avait ajouté : « Dans ce cas, vous ne me laissez pas le choix. Si vous ne m'aidez pas, je raconterai tout ce que je sais. Tout ce que m'a dit Jacques. Ce que vous faites dans votre foutu mausolée. Je le dirai à tout le monde. » Enfin, sa voix s'était adoucie : « Très bien, j'attends de vos nouvelles. Merci de me comprendre, monsieur Armand. Je ne voulais pas vous menacer, c'est juste que c'est si dur... »

Sandrine est montée retrouver le garçon. Elle a séché ses larmes et lui a expliqué : « Ça va s'arranger, mon petit. Je te le jure, tout va s'arranger. » Mais il a ressenti l'inverse. Un ciel d'encre progressait vers eux. Une tempête de ténèbres.

24

28 février 2024

Paris

Gabriel court. Un point de côté lui comprime le thorax. Sa respiration est trop forte, saccadée. Il ne manquerait plus qu'il s'écroule au milieu de cette rue lézardée. Les trois gamins viennent de se séparer devant lui, filant dans des directions opposées. Il reste concentré sur celui qui roulait des mécaniques. Celui qui l'a regardé avec cet air de défi. Le policier a son arme dans sa main moite. Une intersection, une autre… Malgré son cœur qui se serre, sa jambe qui le tire, il court, porté par son insatiable appétit de vengeance. Ils débouchent sur une petite ruelle. C'est une impasse. Le jeune s'immobilise devant un mur de briques. Tente d'ouvrir la porte de l'immeuble le plus proche. Tambourine, appelle au secours. Mais personne ne vient lui ouvrir. Il se retourne, réalisant que Gabriel, dans son dos, braque son arme sur lui. Entre deux respirations sifflantes, Geller articule : « À genoux. » Le jeune s'exécute.

— Mais putain, vous me voulez quoi ? J'ai rien fait, moi. Je ne vous connais pas.

— Je suis flic de la PJ.

— Ça change rien. *Deh*, j'ai rien à me reprocher. On traînait, c'est tout. On n'a rien fait !

— C'était vous, hein ?

— De quoi tu me parles, sérieux ? Tu débloques, le vieux ?

— Il y a six mois. Le matin du 7 janvier 2022, ma fille sortait de la gare et marchait vers la fac. Des types l'ont suivie, ont voulu lui taper son sac. Mais elle ne s'est pas laissé faire. Alors, ils l'ont tabassée à mort. L'ont laissée là, par terre. Sur le bitume. C'était toi, dis-le ?

— Mais putain, j'ai jamais fait de mal à une meuf, moi. Qu'est-ce que tu racontes ?

— Tout ça pour quoi ? Il n'y avait rien dans ce sac. Dix euros dans son portefeuille, un téléphone à l'écran pété. Tout ça pour quoi, merde ? Elle avait 19 ans...

— Je te le jure. Je comprends rien à ce que tu me dis.

— Tais-toi...

— Wallah, t'as craqué, toi. J'ai rien fait.

Il se met à crier.

— Au secours ! Au secours ! Appelez la police.

— La police, c'est moi. Ferme ta gueule...

Parce qu'il doit avoir raison, et émerger de ce purgatoire, Geller balance un coup de crosse sur le crâne du gamin qui hurle et se met à gémir.

— C'était toi... Et c'est tout ce qui compte.

Il le plaque sur les pavés humides du sol. Le force à ouvrir la bouche et lui colle le canon à l'intérieur. L'émail de ses dents crisse sur le métal. Ses yeux rouges laissent échapper une larme. La peur, la vraie. Ce qu'il attendait. Ce qu'il espérait. Enfin.

— Elle s'appelait Léa. Et tu lui as volé sa vie. Tu as détruit les nôtres. Il faut que quelqu'un paie. Tu comprends ? Il faut un coupable.

Au-dessus d'eux, à l'étage de l'immeuble, une fenêtre s'ouvre. Un homme sort sa tête.

— Il se passe quoi ?
— Restez chez vous. Police ! vocifère Gabriel en réponse.

Apeuré, le type disparaît aussi vite. Son doigt sur la gâchette. Le regard du jeune. Il les traquera et les tuera tous. Son index qui va presser la détente. Une balle contre un peu moins de douleur. Une balle contre un peu de répit, juste une seconde. Une balle...

Gabriel ouvre les yeux. Il se sent engourdi. Après quelques secondes, une chambre d'hôpital lui apparaît. Une baie vitrée. Un ciel charbonneux. Des appareils de contrôle. Le ploc-ploc de la pompe à perfusion. Sa jambe surélevée. Puis c'est la douleur qui revient dans son crâne et son torse qui le vrille à chaque nouvelle respiration. Ses mains qu'il sent à peine. Quelqu'un est à ses côtés. Darya.

— Calmez-vous. Vous avez encore fait un de vos *kawabiis*, un de vos mauvais rêves.
— Ça fait combien de temps que je suis là ?
— Six jours...

Elle l'observe, avec un air un peu triste. Il tente de se rappeler. Mais c'est flou. L'agression. Le parking. Les jours passés à l'agonie. Entre le sommeil et le brouillard. Les médicaments pour calmer la douleur. Des paroles perdues, des questions sans réponse.

— Je vous ai déjà demandé ça, non ?
— Chaque fois que vous vous réveillez.
— Je suis en train de perdre la mémoire ?
— Les médecins ont fait des examens, mais n'ont rien remarqué. Ils pensent que c'est les médicaments.

Gabriel demande un miroir, étudie son visage.

— Je fais peine à voir...
— Vous avez eu de la chance. Les docteurs ont dit qu'aucun organe vital n'avait été touché.

Il soulève un pansement sur sa joue.

— C'est quoi ?
— Ils ont dû vous mettre une plaque d'acier sous la joue. À cause des coups.
— Il manquait plus que ça. J'ai envie de fumer...
— Pas possible.
— J'ai besoin de sortir d'ici...
— Pas possible non plus...

Un ange passe.

— Vous savez, votre ancienne femme...

Gabriel la coupe, bougon.

— On dit ex-femme.
— Votre ex-femme, Rose, est venue vous voir, plusieurs fois. Une très belle femme. Elle fait plus jeune que vous.
— Merci pour le compliment. C'est tout ce dont j'avais besoin.
— Pourquoi n'êtes-vous plus ensemble, tous les deux ?

Gabriel a un peu du mal à articuler, mais il fait du mieux qu'il peut.

— Parce qu'on s'est perdus. Il y avait toujours le fantôme de notre fille entre nous. Ce n'était plus vivable. Et...

Il hésite. Pourquoi lui parler, lui révéler tout ça ?

— Je ne supportais pas de la voir recommencer à vivre. Pour moi, c'était impossible. Ça l'est toujours. J'ai l'impression que cette journée horrible redémarre sans cesse. Et que, jamais, je ne pourrai sauver ma fille.

— Je comprends.

Gabriel soupire, observe le ballet des nuages qui file au-dessus des immeubles. Sans regarder la Syrienne, il lui dit :

— Merci, Darya. Vous m'avez sauvé la vie.

— J'ai fait ce que j'avais à faire...

Ces derniers jours lui reviennent. Darya qui est à ses côtés, à son chevet. Qui lui sourit, l'aide à manger, parle aux médecins.

— Et merci d'avoir été là pour moi... Vous n'étiez pas obligée...

— *Aldonia dén wa wafa...* Vous avez voulu m'aider, je vous aide à mon tour. Et vous avez promis de me protéger, alors j'attends que vous teniez votre promesse.

— C'était Mirval et ses hommes. J'en suis certain.

— Ça aussi, vous me l'avez déjà dit... Vous vous souvenez de la policière ?

— Vaguement.

Un visage dur. Des cheveux châtains, attachés en chignon. Des taches de rousseur. Ça lui dit quelque chose. Mais tout est si embrouillé. Darya poursuit :

— Sofia Giordano. Elle est venue vous voir plusieurs fois. Mais vous étiez trop faible pour parler. Elle m'a demandé de l'appeler quand vous vous sentirez mieux.

— Qu'est-ce qu'elle me veut ?
— Vous poser des questions sur quelque chose que vous recherchez tous les deux. Une histoire de croix, de cercles.

Le symbole entraperçu sur la porte rouge dans le mausolée des Mirval.

— Faites-la venir, le plus vite possible...

Darya compose le numéro de téléphone de la policière et lui indique que Gabriel est disposé à la voir. Le regard du policier glisse sur la petite chambre aux murs jaunes. Sur une table, un bouquet de fleurs... Une fois qu'elle a raccroché, il demande :

— Qu'est-ce que c'est ?
— Vos collègues, Drapier et Guerini, ils ont apporté ça. Ils n'avaient pas l'air très heureux de me trouver là...
— Balancez-moi ces fleurs à la poubelle...
— Non, je les trouve jolies ces *wardat*... Et c'est moi qui dois supporter de rester dans cette chambre grise toute la journée. Vous, vous dormez tout le temps. C'est moi qui décide.

Gabriel grogne en réponse.

— Bon, je vois que vous êtes encore *talaa khlaqak*..., de mauvaise humeur.
— Je perds la mémoire, j'ai l'impression qu'un marteau frappe dans mon crâne, j'ai une plaque de métal sous la joue et je ne sens plus la moitié de mon corps. J'ai le droit de faire la tronche, merde !
— Je vais vous laisser tranquille.

Il la retient par le bras. Tente de se calmer.

— Non, Darya. Restez. Tout plutôt que le silence de cet hôpital. Parlez-moi...

— Qu'est-ce que vous voulez que je vous dise ?
— Je ne sais pas... Parlez-moi de vous. Racontez-moi comment vous êtes arrivée en France.
— C'est long...
— Ça tombe bien, j'ai tout mon temps.

Au départ, son récit est difficile. Hésitant. Elle doit demander de l'aide au policier pour certains mots. Puis, au bout d'un moment, la veuve finit par se laisser porter. Elle lui raconte. Les années à s'accrocher à l'espoir que la guerre en Syrie prenne fin. Tout ce qu'ils voulaient, c'était rester chez eux auprès de leurs familles. Alors, ils ont tenu. Le plus longtemps possible. Chaque jour, leur région qui se vidait de ses habitants, les volets qui se fermaient. Pour ne jamais plus s'ouvrir. Les nuits passées sans fermer l'œil, à guetter le son des tirs de mortier et le sifflement des bombes. Est-ce que ça serait leur tour, cette nuit ? Vivre au jour le jour. Dans un monde sans lendemain. Puis, cette convocation d'Hassan à rejoindre les rangs de l'armée de Bachar Al-Assad. Cet instant qui a fini par les convaincre qu'il fallait partir. Son mari ne voulait pas se battre contre son propre peuple. Mais il n'avait pas le choix. On connaissait le sort réservé à ceux qui refusaient de s'enrôler. La prison, la torture, voire la mort. Alors, ils ont pris la route. Ses parents laissés derrière elle et qu'elle ne reverra jamais. Avant même de faire un premier pas vers l'Europe, devoir déjà porter ce fardeau.

L'exil. La route des Balkans. Huit pays traversés pour arriver jusqu'en France. « Pourquoi ce pays plutôt que l'Allemagne, réputée plus accueillante ? lui demande Gabriel. – Parce que la France a toujours été un rêve pour moi », répond-elle. Cette langue qu'elle aimait. Le pays de la liberté. Paris. Les Champs-Élysées. La Ville lumière. La paix. Se dire qu'Hassan et elle pourraient faire partie de cela.

Elle continue à dérouler le fil de leur histoire. Le débit s'accélère, haché. Les larmes qu'elle ne peut retenir. Tous ces pays… La Turquie, la Grèce, puis la Macédoine, la Serbie, la Croatie, la Hongrie, l'Autriche, l'Allemagne. Ces contrées qui n'ont été pour eux que des routes interminables, des gares routières aux panneaux indéchiffrables, des bus qui ne roulent jamais assez vite, des trains qu'on rate. Les nuits à même le sol. Carrelages glacés. Sacs plastique enfilés par-dessus leurs chaussures trempées. Une vie en courant d'air. À chercher un abri, à manger. À chercher, toujours. Camps de transit. Les policiers en Hongrie qui vous hurlent dessus, vous forcent à vous entasser dans un train, en frappant avec leurs matraques. Leurs chiens, la bave aux babines. S'agglutiner au moindre signal d'un réseau Wi-Fi, pour espérer recevoir des messages, valider un itinéraire. Et puis, ces éclats d'humanité dans la nuit noire. Ces membres d'associations qui font leur possible, partout, avec si peu. Ces Autrichiens qui leur ont offert un billet de train pour rejoindre l'Allemagne. Ces autres exilés qui vous parlent d'un bus en partance pour le lendemain. Ces silhouettes que vous croisez jour après jour et qui deviennent des proches, des phares. Rola, Djamal, Ariwan… Afghans, Iraniens, Kurdes… Eux qui prendront bientôt d'autres chemins, d'autres routes. Vers la Hollande, l'Angleterre, la Suède, même.

L'arrivée à Paris. Une journée à aller voir les monuments. Sa joie enfantine devant la tour Eiffel, l'arc de

Triomphe, la pyramide du Louvre. Tout est si beau, si étincelant. L'enthousiasme d'Hassan. Qui les porte tous les deux. Puis, l'hiver. Les descentes de police. Les tentes qu'on défonce à la pelleteuse. L'incompréhension. Mais pourquoi ? Qu'ont-ils fait pour qu'on les haïsse tant ? S'installer ailleurs. Sous un autre pont, le long d'une autre bretelle du périphérique. Ces regards de Français qu'on croise, qu'on n'oublie pas. Ces mères qui tirent leurs enfants vers elles en approchant de leurs tentes. Ces passants qui changent de trottoir. Comme s'ils étaient malades. Le sourire de Nadège, la bénévole qui donne des cours de français avec l'association le BAAM, dans une médiathèque de la gare de l'Est. Un refuge au cœur des ténèbres. Ces heures passées à travailler. Peut-être que quand elle parlera aussi bien qu'eux, qu'elle les comprendra, ça changera quelque chose ? Entrouvrir une porte. Une pincée d'espoir. C'est tout ce qu'elle demande. Les mois qui filent. Toujours en bordure. Dans la marge. Le monde qui avance sans eux. Hassan qu'elle surprenait, parfois, en train de pleurer la nuit. Ses bras qui entouraient son mari. *Illa ma yemshii alhal, habibi... Illa ma yemshii alhal, habibi...* Darya raconte tout ça, avec ses mots à elle. Ses silences, ses soupirs. En parlant, elle a saisi la main de Gabriel et la serre fort.

On frappe à la porte. La silhouette de la policière se découpe dans l'entrée. Darya essuie ses larmes, salue la jeune femme. Giordano avance vers le lit.

— Lieutenant Geller. Je suis Sofia Giordano, de la SDAT.

Darya les laisse seuls. Pendant l'heure qui suit, tous deux exposent leurs enquêtes respectives. Les assassinats de l'Ange noir pour Sofia, les cadavres de réfugiés pour Gabriel. Ces pistes qui ne mènent nulle part... Et cette croix qui relie les deux affaires. Enfin, Gabriel, malgré la fatigue, conclut :

— Tout semble mener à la famille Mirval. Le fils, Victor, n'est pas net, croyez-moi. C'est lui qui a commandité mon agression. Il faudrait en apprendre plus sur la Meute, sur ce qui se joue à Noirval... Mais je suis grillé là-bas, je ne pourrai plus m'approcher du château ou de la Tanière, leur local.

— Dans ce cas, c'est à moi d'y aller. Je vais m'infiltrer dans la Meute. Me faire passer pour une identitaire. Gagner leur confiance, ma place à leurs côtés. Pour qu'ils me parlent, me révèlent leurs secrets.

— C'est trop dangereux.

— Ma décision est prise, Gabriel. Une question demeure : est-ce que je peux compter sur votre aide ?

25

20 mars 2024

Lille

La Tanière est au bout de la rue. Plus de marche arrière possible. Sofia se prépare depuis quasiment un mois. La jeune femme se présente au vigile. L'homme, une masse au crâne rasé, portant un tee-shirt aux couleurs du groupuscule, l'examine avec défiance : « T'es qui, toi ? Je ne te connais pas… » Elle explique : « Je suis une nouvelle. Luc Caron m'a invitée ce soir. » Le vigile acquiesce, la fouille, lui demande de laisser son portable dans une boîte près de l'entrée. Au-dessus du tas de téléphones, une inscription : « Tout ce qui se dit dans la Tanière reste dans la Tanière. » Il y a de la musique à l'intérieur, du rock violent. Giordano traverse un corridor. Ça sent la cigarette, l'alcool. Le sol colle aux semelles. Elle dépasse des affiches scotchées aux murs, les unes superposées aux autres. Des événements passés et à venir : une soirée pour la Saint-Patrick ou une nuit Oktober Fest, « la Tanière sort les fûts ».

Tout cela pourrait lui laisser croire qu'elle est dans un bar comme un autre, sans la présence de ces annonces de tables rondes : « Soirée Patriote, le 19 février. Code vestimentaire : bleu-blanc-rouge », « Le Grand Remplacement, on en parle ? Apéro débat le 6 mars avec Hervé Nolley »... Sofia accède à une cour intérieure en briques, parcourue de guirlandes lumineuses. Une quinzaine de jeunes y boivent des verres en fumant des cigarettes. Aucun âgé de plus de 30 ans. Quelques filles sont présentes, en retrait. Un des types rit plus fort que les autres, sa voix tonne dans l'espace étriqué : « Ça, c'est la meilleure ! » Il s'esclaffe, projetant autour de lui des giclées de bière. Le gars à ses côtés se retrouve avec le pantalon trempé, mais ne pipe mot. Évidemment... Car le costaud a le coup de poing facile. Cette barbe épaisse, cette carrure impressionnante. Ces biceps gonflés. La policière n'a aucun mal à le reconnaître : Hervé Valien, l'un des fondateurs de la Meute. Le type arbore un tee-shirt noir, trop cintré. Ne pas attirer l'attention... Sofia se glisse entre les groupes, entre dans le bar. Un long comptoir, des murs peints en vert foncé, une ambiance tamisée, digne d'un pub londonien. Des fauteuils crapauds, des banquettes, des tables au bois usé. La vitrine donnant sur l'extérieur a été couverte de rideaux en velours rouge. Au-dessus du comptoir, des épées et boucliers médiévaux. Encadrant les bouteilles, une collection de chopes de bière. Près de la caisse, des capsules ont été clouées sur une poutre. Seule une énorme bannière, sur le mur du fond, rappelle à la policière l'endroit où elle se trouve. Y est représenté le symbole de la Meute, une gueule de loup hurlant.

Sofia jauge un peu l'ambiance et observe la quarantaine de jeunes présents. Les mots de Caron lui reviennent en mémoire : « C'est la folie avec la Meute. Chaque mois, on reçoit énormément de nouvelles demandes d'adhésion. Des mecs et des filles de toute la France, qui veulent rejoindre notre groupe. » Aucun doute, le groupuscule identitaire attire les foules. C'est le moment. Elle a longuement répété cet échange avec Darya et Gabriel, étudié les pièges à éviter, les questions sur lesquelles elle devra botter en touche. Elle s'est construit sa vérité… Elle peut y arriver. Elle en a vu d'autres. A connu tellement pire, là-bas, en Syrie. Les questions qui pleuvaient, les claques sur son visage. La soif, la faim et eux qui ne la laissaient jamais souffler. « C'est la France qui t'envoie ? Tu es une *jassousa*, une espionne ? Qui t'envoie ? Parle ! » Si elle a survécu à ça, elle peut survivre à tout…

Une fois que Gabriel a été en état de rentrer chez lui, la policière a passé le plus clair de son temps à planifier son infiltration au sein de la Meute, depuis l'appartement qu'il a loué à Paris. À cause de son agression, il était dangereux de retourner dans l'ancien trois pièces où il avait fait sa vie, avec son ex-femme et sa fille. Geller l'a mis en location et trouvé un autre logement, dans le 20ᵉ arrondissement. Un immeuble en fer à cheval, dont les fenêtres donnaient à la fois sur l'avenue Gambetta et la petite rue la bordant. Impossible que quelqu'un les surveille sans qu'ils le repèrent.

La plupart de ses affaires, Gabriel les a stockées dans un entrepôt. Encore très affaibli, il a eu besoin de l'aide des deux femmes pour préparer ses cartons. Malgré ses protestations, « je peux me débrouiller seul. Je ne suis pas encore mort », elles ont fait le gros du travail. Il leur a fallu vider la chambre de sa fille, Léa, que le flic de la PJ évoque rarement. Sofia sait, par les confidences de Darya, que la jeune fille est morte, deux ans plus tôt. Et que Geller ne s'en est jamais remis. Le policier a emporté avec lui une valise de vêtements, quelques CD et deux guitares. Darya lui a demandé s'il en jouait. Celui qu'on surnomme le Grizzli a répondu, toujours aussi taciturne : « Avant, oui. »

Les deux policiers ont pris leurs distances avec leurs services respectifs. Ils n'avaient pas le choix afin d'opérer en secret, en dehors des clous. En développant les clichés pris durant la soirée du 20 février au château de Noirval, Gabriel avait reconnu certains des convives. Des notables de Lille et du reste de la France. Entrepreneurs, hommes et femmes politiques, personnalités des médias… Parmi eux, Jacques Richet, chef de cabinet du préfet de police de Paris… Le même homme qui avait voulu le dissuader de poursuivre son enquête sur le meurtre d'Hassan. D'autres membres de la direction des services policiers étaient peut-être proches des Mirval. Jusqu'où s'étendait leur réseautage ? En qui avoir confiance ? Ils ne pouvaient courir le risque de tout faire capoter, tant qu'ils n'en savaient pas plus.

Sofia a ainsi fait une demande de congés. Elle a dû mentir à ses collègues et prétendre retourner auprès de ses parents à Toulon, prétextant que son père était malade. Un moment difficile pour la jeune femme, l'impression de trahir les seules personnes qui ont toujours été là pour elle. Avant qu'elle ne quitte le bureau, Djibril lui a lancé : « Comment je vais faire, sans toi ? »

Elle lui a répondu : « Tu t'en sortiras très bien, mieux peut-être. Et je reviendrai vite. » Mais elle n'en est plus certaine. Si elle vient à bout de cette affaire, elle demandera une mutation. Rester à l'antiterro, mais pour intégrer une autre équipe. Prendre ses distances avec Djibril. La nuit où ils ont fait face à l'Ange noir, elle lui en a trop dit. Si elle retravaillait avec lui, ces mots resteraient entre eux deux, pour toujours. Telle la tentation d'un possible. Il a sa vie. Il ne manquerait plus qu'elle bousille ça aussi. Qu'elle ne laisse derrière elle que des ruines, comme c'est déjà arrivé.

Progressivement, les murs de l'appartement du 20e se sont couverts de documents, de photos. Darya, d'abord distante, a fini par leur annoncer un soir : « Mon mari est mort il y a un mois et demi. J'ai besoin de savoir pourquoi. Besoin de participer. Aider, moi aussi, à retrouver ceux qui ont fait ça. » Finalement, cette préparation, ils l'ont faite à trois, les remarques de la Syrienne, dans un français chaque jour plus parfait, étaient souvent les plus pertinentes, son analyse de la psychologie extrêmement fine. C'est elle qui a suggéré que Sofia se nourrisse de son expérience, de sa vie pour construire sa légende. Car la policière leur a raconté, dans les grandes lignes, l'endoctrinement de Bilal, et son départ au jihad. Sa mort, là-bas. Le récit était dur pour elle, mais aussi pour Darya. Ça ramenait la veuve dans les souffrances de son pays. Sofia n'a pas tout dit, car elle n'en a jamais été capable… Révéler ce qui s'est passé, à Raqqa. Son voyage à elle. Mais ça a suffi à donner cette idée à la Syrienne : « Ce qui est arrivé à votre frère, vous devez vous en servir. Dire que ça a été un déclic. Que ça a fait naître la haine en vous. Ils vous croiront... » Gabriel avait rétorqué, appuyé sur la rambarde de la fenêtre, en train de fumer une cigarette : « Voilà votre avenir, Darya. Vous allez devenir flic ! Ou, mieux, psychologue ! » Et elle d'enchaîner : « J'ai déjà un métier. J'étais institutrice à Tilalyan. Je voudrais juste retrouver mon école, mes élèves... »

Le soir, ils s'accordaient une pause. Gabriel glissait un CD dans la platine du salon, toujours ces mêmes blues lancinants. Et, tandis qu'ils préparaient le dîner, parfois, ils se livraient un peu, au compte-gouttes. Comme s'il leur fallait réapprendre à parler. Tous trois, Sofia allait le comprendre au gré des jours, au-delà de cette enquête, s'étaient peut-être rencontrés dans leurs douleurs, leurs deuils impossibles. Attirés les uns vers les autres comme des aimants déglingués.

Un étrange trio s'est ainsi formé. Chacun ses spécialités. Darya épluchait les articles de presse, les ouvrages sur les réseaux identitaires, afin de mieux comprendre leurs doctrines, leur rhétorique... Gabriel étudiait les dossiers policiers, le passif des quatre membres fondateurs, l'histoire des Mirval. Et Sofia digérait toutes ces informations pour affiner sa nouvelle identité, tout en prenant peu à peu contact avec la Meute, *via* les réseaux sociaux. Ça a commencé avec des commentaires sur les publications du groupe. Puis, en message privé, elle s'est mise à échanger avec le responsable de la communication digitale du groupuscule. Un dénommé L., dont elle découvrirait assez vite qu'il s'agissait de Luc Caron, le benjamin de la Meute. Elle a prétendu être une jeune femme déçue de la politique française, usée par les fausses promesses.

Déception exacerbée par l'inaction du gouvernement face à la menace islamiste. Face à elle, Caron a longtemps fait attention à ses propos, toujours mesurés, consensuels... avant de glisser, au gré de leurs conversations, vers des réflexions plus ambiguës. Dans ses réponses, ses analyses, on sentait un esprit brillant, affûté. Une connaissance assez stupéfiante des diverses religions, de l'histoire, de la sociologie... Le jeune homme lui posait beaucoup de questions, comme pour la pousser dans ses retranchements, et la tester, encore et encore. Puis, il l'a fait parler d'elle, de son histoire. Enfin, quelques mots, deux jours plus tôt, ont tout accéléré : « L'équipe de la Meute aimerait te rencontrer. Viens à la Tanière vendredi soir. »

La policière s'installe au comptoir, surprend une conversation : « Ils nous bouffent, jour après jour. On vit à l'étranger chez soi. On nous a volé notre culture, notre histoire. Ça ne peut plus continuer. » Des toasts. Sofia prend conscience, en cet instant, de combien il va être difficile de donner le change... Aura-t-elle assez de sang-froid pour ne pas réagir, ne pas tiquer face à leurs paroles abjectes ? Sera-t-elle assez forte ? La bouche sèche, elle se présente à une jeune femme, derrière le bar. Cheveux courts, roux, grands yeux verts, un large sourire. Elle sait que c'est la petite amie de Victor Mirval. Roxane Delattre. Elle dégage une fragilité qui détonne dans cet univers viriliste. Delattre l'invite à la rejoindre au bout du bar. Luc Caron est là. Il avance sa longue silhouette jusqu'à la jeune femme. Bientôt, Valien arrive... Il remplit sa pinte de bière sans s'intéresser, pour le moment, à elle. Plus loin, Mirval discute avec des clients. Mais jette des regards vers eux. Les quatre piliers de la Meute sont tous réunis.

Caron parle fort, pour couvrir le brouhaha environnant. Il a une voix un peu aiguë et ce tic de sans cesse replacer sa casquette sur son crâne.

— Nous sommes heureux de t'accueillir, Sofia. J'ai parlé de toi. Tu trouveras des amis, des frères et sœurs ici. Nous nous rassemblons dans la Tanière tous les vendredis et samedis soir. Nous avons également des permanences dans nos bureaux si ça t'intéresse. On prépare pas mal d'actions ces prochaines semaines.

— Ça m'intéresse ! Je veux dire oui, je veux m'impliquer.

Prêter attention à ne pas en faire trop.

— C'est bien, c'est super...

Valien, après une longue goulée, s'interpose, l'examine de la tête aux pieds.

— C'est quoi ton prénom, déjà... Sofia ?

— Oui...

— C'est pas très français, ça ? Tu es certaine que tu n'es pas une des leurs qui chercherait à s'infiltrer parmi nous ?

« Une des leurs. » Il a un sourire mauvais. Garder le contrôle.

— Non, mon père est italien, ma mère française. Et si tu n'étais pas au courant, Sofia est un prénom d'origine grecque, qui veut dire sagesse.

— Tout un programme...

— Hervé, ne commence pas à la faire flipper...

— T'en fais pas, je blague la nouvelle. Et je vais te dire, si tu étais l'une des leurs, je l'aurais senti, moi. Je les flaire à des kilomètres.

Du coin de l'œil, Sofia a repéré Victor Mirval qui s'est approché. Elle hausse la voix, espère se faire entendre du fondateur du groupe.

— Je suis motivée pour vous aider, participer aux événements, aux manifestations. Je sais me battre, me défendre. J'ai suivi une formation militaire.

Caron lève les mains en apaisement.

— Holà ! On se calme, Sofia... On est un groupe pacifiste, pas vrai, les gars ?

Sourires entendus. Valien, toujours sur ses gardes, lui demande :

— Caron m'a dit que tu travaillais dans la sécurité. Où ça, exactement ?

Ils ont bétonné sa couverture. Gabriel connaît un ancien flic, Gilles Mercier, qui, à la retraite, a monté une société de sécurité dans le Nord. Il lui a créé de fausses fiches de paie, garantissant son ancienneté.

— Je bosse pour la société NordSécu depuis deux ans. Il nous arrive d'encadrer des salons, des événements. Mais la plupart du temps, c'est pas très glamour, on assure la sécurité de bâtiments industriels, la nuit.

— NordSécu, tu dis ? Je vais me renseigner.

Roxane lui parle de sa voix douce, sans avoir besoin de forcer pour se faire entendre.

— Luc nous a expliqué pour ton frère. Je suis désolée.

— C'était il y a longtemps. Dix ans. Mais ça ne passe pas. Je m'en veux de ne pas avoir pu le retenir. Je leur en veux, à eux...

« Ils, eux... » Utiliser les mêmes mots, les mêmes discours. Flirter avec la vérité, comme le lui a appris

Darya. Tout en lui offrant une bière, Victor Mirval intervient enfin.

— Ils ont mis en place un atroce endoctrinement. Tu n'y es pour rien. Ce sont des fous de Dieu. Mais ils finiront par payer. Tous autant qu'ils sont.

Il lui tend la main. Elle la lui serre. Il la fixe de ses yeux bleus, puis finalement ajoute :

— Bienvenue dans la Meute, Sofia.

26

30 octobre 2012

Noirval

Mathilde prend une grande inspiration, pose sa main sur la poignée en laiton de sa chambre. Il est temps… Depuis dix jours, elle a cessé de prendre son traitement. Elle a l'impression de sortir d'un long brouillard. Elle y voit clair désormais, sait ce qu'il lui reste à faire. Elle n'a rien dit à Armand, bien entendu. Ce matin, son mari est parti travailler à l'université. C'est le moment ou jamais. Sa décision est prise. Elle attend que le silence soit revenu dans le domaine. Ce silence qui l'a dévastée. Ces mots que l'on a tus, ces mains sur les bouches, ces vérités enterrées au fond des bois.

Avant de partir, elle passe embrasser son fils qui lit dans sa chambre. « Je reviens vite. Tout sera différent, mon Victor. » Il lui sourit, avec ce regard triste qu'il a souvent, demande : « Ça va, Maman ? Tu veux que j'appelle Papa ? – Non, tout va bien. » Elle ne peut lui en dire plus, pas encore.

Dans le meuble du vestibule, elle trouve les clés du coupé Audi d'Armand, et se dirige vers la porte d'entrée. Une voix dans son dos la fige. C'est Louis, le nouveau cerbère de son mari. Le colosse descend à la hâte le grand escalier : « Madame Mirval... Où allez-vous ? Vous ne pouvez pas sortir. Vous n'êtes pas en état... » Elle s'avance vers Farge, lui saisit les deux mains : « Louis, on ne se connaît pas bien, tous les deux. Mais je vous demande de me faire confiance. Je vais bien. Je ne me suis jamais sentie aussi bien. Vous devez me laisser partir. » Puis elle s'éloigne. Il ne la retient pas.

Quand Mathilde active la télécommande pour ouvrir le portail massif, elle est parcourue de frissons, pestant devant la lenteur du mouvement des grilles. Enfin, dans un mugissement, la voiture démarre et franchit les limites du domaine. Depuis combien de temps n'est-elle pas sortie de Noirval ? Un poids, soudain, l'abandonne. Elle se met à pleurer, sans pouvoir se contrôler.

Comme elle l'avait prévu, elle fait un détour pour passer chez Jacques Verhaeghe, dans l'ancien restaurant qui sert d'habitation à la famille, au cœur de la forêt de Nieppe. Dans le jardin, devant le bâtiment délabré, l'enfant de l'ancien homme de main de son mari joue avec une épée en bois. Il a des cheveux courts, taillés à la serpe. Elle s'abaisse à ses côtés, échange quelques paroles. Deux-trois banalités. Lui dit : « J'ai un petit quelque chose pour toi. Attends. » Elle cherche dans son grand sac marron, puis en sort un collier en argent, qu'elle lui passe autour du cou. Il la remercie et saisit le pendentif. Il lit le prénom gravé dessus, affiche un air d'incompréhension : « Ce n'est pas comme ça que je m'appelle. » Elle murmure à son oreille : « Je sais. Mais cette personne comptait énormément pour moi. Garde ce collier, il te protégera. Cache-le. Ce sera notre secret. » La veuve, Sandrine, sort de la maison. Elle porte un jean sale, une chemise beige trop grande. Elle a l'air mal en point, peut-être autant qu'elle. Mathilde lui parle d'abord de Jacques, combien c'était un homme bon, qui avait toute sa confiance. Sandrine semble troublée par cette visite inopinée. Elle hurle à l'enfant de rentrer dans la maison. Mathilde se retient de réagir, ce n'est pas le moment. Il faut faire vite. Alors, elle lui raconte. Lui explique qu'elle part tout révéler aux gendarmes. Puis lui tend la lettre qu'elle a écrite : « Vous lui remettrez, plus tard, quand tout sera réglé... » En démarrant, l'épouse Mirval jette un œil en arrière. La veuve l'observe, les bras ballants. L'enfant est là aussi, sur le perron du restaurant abandonné.

Elle roule sur la longue départementale qui traverse la forêt. Ouvre la fenêtre, respire. Ça sent la pluie, la terre, les feuilles mortes. La fin de l'automne et le début de l'hiver. Elle va aller à la gendarmerie d'Hazebrouck et tout déballer. Ce qui se trame dans les souterrains du mausolée. Ces combats, ces morts que l'on cache. Cette violence, cette haine qu'ils veulent propager, partout. Ce qu'ils lui ont fait à elle. Ils paieront, Armand le premier. Peut-être ira-t-elle en prison, car elle est complice, après tout. Ce n'est pas grave. Tout plutôt que de retourner à Noirval.

Des appels de phares dans son sillage. C'est un 4 × 4. Elle reconnaît l'un des véhicules du domaine. Par la fenêtre ouverte, Louis, le chien de garde d'Armand lui fait de grands gestes. Il veut qu'elle s'arrête. Mais ce n'est pas possible. Son pied enfonce la pédale d'accélérateur. 80 km/h, 90 km/h... 100. Les frênes et les bouleaux ne sont plus que des lames étirées vers le ciel. Le tout-terrain ne lâche pas. Colle presque son pare-chocs. Ses yeux braqués dans le rétroviseur, elle évite de justesse un nid-de-poule. Il faudrait qu'il y ait quelqu'un. Quelqu'un d'autre qui roule ici, qui lui vienne en aide. Mais la route reste désespérément vide. Plus vite, alors. Des appels de phares derrière elle, des coups de klaxon. Ils ne sont plus qu'à quelques kilomètres d'Hazebrouck. Encore une poignée de minutes. Elle peut y arriver. Mettre un terme à cette folie. Se libérer. Le 4 × 4, dans un grondement d'enfer, se déporte et arrive à son niveau, sur la voie de gauche. Louis a ouvert sa fenêtre, il lui hurle des choses qu'elle ne comprend pas. Dans ses yeux, la peur. Elle accélère encore, le dépasse à nouveau. 130 km/h... le volant vibre, la direction est difficile à tenir. Une portion de la route, en cuvette, est remplie d'eau depuis les récentes intempéries, formant une large flaque. Elle la traverse, sans ralentir. L'engin chasse sur le côté. Elle tourne le volant, mais ça ne change rien. Les roues n'ont aucune adhérence. Elle freine de tout son poids sur la pédale. L'Audi part en tête-à-queue. Mathilde a l'impression que la voiture décolle, tourne sur elle-même, percute la haie sur le côté de la chaussée. Fracas. Éclats de verre partout. Les airbags explosent.

Douleur. Du sang dans la bouche. Mathilde ouvre un œil. Sa voiture n'est plus qu'une carcasse broyée, au milieu d'une clairière couverte de fougères roussies. Louis tente d'ouvrir la portière. « Je vais vous sortir de là. » Une fumée noire émerge du capot. Des flammes commencent à se propager. L'air est brûlant, suffoquant. Chargé de pétrole et de caoutchouc fondu. Mathilde a si mal. Elle ne sent plus ses jambes. Elle regarde Louis, parvient à articuler : « Vous n'allez pas me ramener à Noirval. Promettez-le. Il faut arrêter ça. Je vais tout raconter à la police. Je veux récupérer ce qu'il m'a volé. Ce qui m'appartient. Ma vie. Envoyer Armand et tous les autres en prison. » Alors, l'homme lige cesse de tirer sur la portière. Les larmes aux yeux, il recule. « Je... Je ne peux pas. » Elle le regarde, et elle comprend. Il ne l'aidera pas. Avec le peu d'énergie qu'il lui reste, elle tente de s'extraire seule, mais ses jambes sont emprisonnées. Des flammes sont déjà en train de lécher le tableau de bord. Elles vont la prendre. La consumer.

L'enfer. Armand avait tort. Lui et ses ancêtres ont toujours eu tort. Il n'y a pas de cercles, aucun moyen de s'échapper. Les Mirval sont condamnés à vivre un enfer sans fin. Maudits.

La brûlure du feu est d'abord une démangeaison, puis se transforme en une vague déferlante. L'air est irrespirable. La mort l'envahit. Elle crie. Avant de se laisser emporter, que son cœur n'abandonne le combat, Mathilde a une dernière pensée : « Je suis désolée... »

27

9 avril 2024

Lille

Voilà trois semaines que Sofia passe ses nuits et ses jours auprès des membres de la Meute. Elle a appris à en comprendre les règles, les codes. Leur salut en se serrant l'avant-bras, à la façon des légionnaires romains. Leur cri de ralliement quand ils se séparent ou participent à des manifestations : « Nous sommes les loups. Nous sommes la Meute. Nous protégerons nos terres. Nous protégerons nos frères. » Et ce culte voué à leur chef, Victor Mirval. Les hurlements qu'ils poussent lorsqu'il apparaît dans la Tanière. Leurs silences quand il prend la parole. Mirval entretient ce mystère, le cultive, le plus souvent posté derrière le comptoir du bar. Il susurre, murmure aux oreilles, observe et fait attention à tout, tout le temps. Le type est jeune, 25 ans, mais il dégage, il est vrai, une autorité naturelle. Un corps tout en muscles, une voix grave qui porte, et ce regard qui vous transperce. Et il a ces soudains accès de violence, glaçants. Comme cette fois où un type avait sorti son téléphone devant la Tanière pour photographier ses camarades. Mirval s'était jeté sur lui, lui avait asséné deux énormes coups de poing et arraché son portable qu'il avait broyé par terre. « Pas de photo, c'est la règle. Fous le camp d'ici. » Les militants étaient restés médusés, avant de faire mine que rien n'était arrivé. Personne n'avait osé prendre la défense du fautif. Malgré plusieurs soirées dans le bar, Sofia a encore du mal à approcher Victor. Il reste sur ses gardes. Pourtant, elle le sent, il la tient à l'œil, la surveille. Alors, elle donne le change. Elle doit acquiescer devant ces discussions qui dérapent. L'autre soir, Hervé Valien, qui avait trop bu, a eu des propos qui l'ont fait frémir : « Si j'apprends, je ne sais pas, que je suis malade, en phase terminale, je vous le dis, moi, je prends mon 4×4 et je roule jusqu'à l'une de leurs foutues cités. Là-bas, je fonce dans le tas. Je crierai *Deus Vult* et bam ! » Victor est intervenu, l'a attrapé par le cou. L'autre, instantanément, a rapetissé. Le dirigeant de la Meute a sermonné son acolyte : « On ne parle pas comme ça, ici. Si tu ne peux pas te tenir, tu n'as rien à faire avec nous. Tu dois montrer l'exemple, être irréprochable, Hervé. »

Elle a dû aussi supporter la conférence d'un intervenant, Jacques-Marie Golnel, professeur d'histoire médiévale à Lyon. Ces mots gravés en elle : « Le problème numéro un, c'est l'immigration massive et l'islamisation de nos terres. Le grand remplacement est en marche, il met en danger l'avenir de notre civilisation. Chaque année, l'islam gagne du terrain. Bientôt, il s'agira de la première religion de France. Alors, il sera trop tard pour se rebeller. » Grand remplacement... Sofia était atterrée. Car elle connaît les véritables chiffres. Elle les a étudiés avec Darya et Gabriel. Chaque année, il y aurait moins de 5 000 nouveaux convertis à l'islam. Pour que la France devienne un pays majoritairement musulman, il faudrait plus de 6 000 ans… Mais ça, elle ne peut le dire à personne. Alors, elle encaisse. Ne cille pas. S'en ouvre, le soir, parfois, au téléphone auprès de Gabriel. « C'est dur… si dur. Je ne sais pas si je vais pouvoir tenir… » Et lui de l'encourager. « Vous ne pouvez pas baisser les bras maintenant, Sofia. Vous êtes à l'intérieur, vous faites partie de la Meute. Soyez patiente. »

Luc Caron est, de tous, celui qui se dévoile le plus à Sofia. Le jeune est un type brillant, au cerveau toujours en ébullition. Son bureau est rempli d'ouvrages de géopolitique, de sciences économiques… Caron voue une admiration sans bornes à Victor. L'héritier des Mirval est tout ce qu'il n'est pas. Riche, influent, charismatique. Et beau… Caron, ainsi, est né avec une malformation au niveau du crâne. Durant sa jeunesse, il a dû subir de nombreuses interventions chirurgicales. Complexé, il porte une casquette en permanence. L'autre jour, Sofia l'a convaincu de la retirer. Elle a découvert ses multiples cicatrices. Elle a tenté de se montrer rassurante : « Ça ne se voit pas tant que ça. Ces cicatrices font partie de toi. Tu ne devrais pas les cacher. » Il lui a répondu : « Tu es gentille, Sofia, mais j'ai du mal avec le regard des autres », et a renfilé sa casquette. Elle a bien compris, dès leurs premiers échanges, que Caron semblait prêt à tout pour lui plaire, alors elle en joue pour obtenir des informations. Le jeune homme roule parfois des mécaniques, maladroitement : « Victor et nous, on recrute quelques membres pour les former. On leur fait passer des épreuves, pour déterminer celles et ceux qui seront dignes de devenir les nouveaux croisés de l'Ordre. Car un soulèvement se prépare. Une guerre. Nous ferons front… Je lui ai parlé de toi, évidemment. » Elle a tenté d'en apprendre plus, interrogé le jeune sur cet « Ordre » mais Caron a botté en touche.

En plus des soirées, la Meute multiplie les événements, les activités. La policière sous couverture a ainsi accompagné quelques militants pour « répandre la bonne parole » et distribuer des tracts dans les marchés de la région : « Sauvez votre France. Rejoignez la résistance », répétaient-ils. Le discours véhément était rodé, efficace. Parfois, Caron était présent, Valien, même. Mais jamais Mirval ne les accompagnait. Luc lui en avait expliqué la raison : « Victor ne doit pas écorner son image. Il a son cabinet de conseil, ses autres activités. Nous, c'est différent. On est moins sur le devant de la scène. » Durant ces échanges avec les passants, le plus gênant pour Sofia fut de réaliser l'apathie des quidams. Hormis en de rares cas, pas de rejet ni d'altercation. Le plus souvent, la foule écoutait en hochant la tête…

Une marche nocturne aux flambeaux a été organisée dans les rues de Lille, en souvenir des victimes de l'Ange noir. En tête de cortège, Giordano a repéré Armand Mirval et son garde du corps, Louis Farge. Mais, sur la Grand-Place, c'est Victor qui a pris la parole : « Combien de temps allons-nous continuer à nous taire, à faire comme si de rien n'était ? Combien de temps allons-nous accepter ce pays qui se meurt ?

Il est temps de rendre les coups ! » D'un œil, Sofia avait remarqué que le père Mirval observait son fils avec une mine désabusée.

Dans les bureaux de la Meute, à l'étage, durant ses heures de permanence, Sofia, guidée par Caron, doit parasiter les flux des réseaux sociaux à grands coups de propagande identitaire. En utilisant l'un des nombreux faux profils créés par le mouvement, l'infiltrée traque les messages des intellectuels et politiques d'extrême gauche, des antifascistes, des journalistes qui leur sont opposés, et les harcèle de réponses véhémentes. Cherchant le dérapage. « J'ai quand même l'impression que c'est une goutte d'eau dans un océan... qu'on se bat contre des moulins... », a-t-elle dit un soir à Caron, après avoir répandu pendant des heures le venin de la Meute sur les réseaux. Il lui a répondu : « Tout est influence. Il n'y a pas de petit combat. Le moindre commentaire peut faire bouger les choses. Attiser la flamme », avant d'ajouter : « Et ne t'inquiète pas, ce qu'on fait ici, ce n'est que la partie émergée de l'iceberg. D'autres soutiennent notre combat. » Le jeune lui a ainsi révélé que la Meute avait plusieurs contrats avec des entreprises à l'étranger, en Pologne, Hongrie, spécialisées dans les campagnes de désinformation. Des usines à trolls, comme on les appelle... Des bots informatiques pilotés par des intelligences artificielles y génèrent des commentaires haineux automatisés dès que certains mots-clés apparaissent. Ces ressources permettent également de lancer des fake news : complots autour du covid, arrangements financiers entre le gouvernement français et certains pays de la péninsule arabique... Des montages photo, fausses vidéos, enregistrements audio bidon. « Et la vérité, dans tout ça ? », a demandé Sofia. Le jeune a rétorqué : « La vérité est morte depuis longtemps, ma pauvre ! Nos ennemis utilisent les mêmes armes. En réalité, aujourd'hui, c'est à celui qui offrira la meilleure vérité. » Et dans quel but ? « Contrôler le chaos, c'est la clé ! Instiller le doute dans les esprits. »

Ce soir, Sofia et deux autres recrues ont rendez-vous avec les dirigeants de la Meute. Comme toujours, les quatre sont restés évasifs, mais elle a cru comprendre qu'ils souhaitaient les mettre au défi. La Tanière ferme ses portes. Ils sont les derniers à quitter le bar. À ses côtés, en plus des quatre fondateurs du groupuscule, une jeune fille, Camille, âgée de 19 ans. Sofia la connaît, c'est la sœur cadette de Luc Caron. Elle le suit partout, comme une ombre. Puis vient un dénommé Aymeric, un proche de Valien, recruté dans son club de full-contact. Souvent, elle entend parler ces deux-là dans la cour intérieure du bar : « Quand est-ce qu'on leur règle leur compte, à ces chiens ? Ils nous ont volé nos vies, nos boulots, ils prennent tout. On est prêts, nous. » La haine, partout, tout le temps. La haine qui les relie, les soude les uns aux autres... Ce soir, comme les autres fois, Sofia a fait semblant de boire, afin de rester le plus lucide possible. Victor arrive à leur rencontre. « On va vérifier si vous êtes dignes d'aller plus loin avec nous. La Meute n'est qu'une première étape. Avec mes camarades, nous préparons quelque chose de beaucoup plus grand. Mais il va vous falloir prouver votre loyauté, votre bravoure. Le chemin sera long. Et peu seront les élus. »

Ils marchent dans les rues de Lille. Dans leur sillage, à une cinquantaine de mètres, Caron les suit à bord de la camionnette de Trait d'Union. Ils croisent des groupes de fêtards avinés. La policière remarque que Valien enfile des gants coqués. Mirval, lui, semble dissimuler un objet sous son imper noir. Alors qu'ils s'éloignent du centre, Roxane leur distribue à chacun des cagoules qu'ils placent, en bonnet, sur leur crâne. Camille demande : « On va où ? – On cherche une proie… la Meute a faim », lui répond Valien. Les jeunes collent des stickers du groupe sur les murs, les vitrines de magasins. Ils s'amusent à uriner sur la devanture d'une boucherie halal, hilares.

Après une vingtaine de minutes, ils accèdent au quartier Concorde, l'un des coins les plus défavorisés de la ville, le long du boulevard de Metz. Les barres d'immeubles en briques se découpent dans la nuit. Ils longent une aire de jeux abandonnée. Passent devant des tas de poubelles amoncelées, une pharmacie, fermée depuis longtemps, son enseigne lumineuse défoncée, ses volets métalliques couverts de tags. Un couple qui les aperçoit se hâte d'entrer dans un immeuble. Têtes levées vers les lampadaires, Mirval et Valien vérifient qu'il n'y a aucune caméra. Enfin, ils repèrent un groupe de trois jeunes qui fument un joint sous un abribus délabré. Deux Noirs, un Arabe. Capuches sur le crâne, téléphone qui diffuse du rap. Sur un signal de Mirval, les membres de la Meute enfilent leurs cagoules. Les voyant approcher, les gamins baissent les yeux, coupent la musique. Ils savent de qui il s'agit. Mais Valien les provoque : « Rentrez chez vous, merde ! On ne veut pas de vous dans notre ville. » Les trois se sentent obligés de répondre. Le ton monte. Un premier coup de poing part. Valien et Mirval se jettent sur eux. Sofia reste en retrait. Deux des jeunes parviennent à prendre la fuite. Il en reste un, acculé dans l'angle de l'arrêt d'autobus. Victor murmure à Sofia : « Si tu veux faire partie de la Meute, il faut que tu chasses avec nous. » Il lui tend une matraque télescopique. Le néon de l'abri clignote, renvoyant des éclats stroboscopiques. Giordano regarde l'arme noire : « Je... je ne suis pas certaine. – Soit tu frappes, soit tu n'as rien à faire avec nous. » Elle saisit la matraque. Le gamin a le nez en sang, les lèvres éclatées. Aymeric lui balance des baffes en se marrant. C'est au tour de Camille qui, mal à l'aise, lui assène un coup de poing mollement. Sofia cherche quelqu'un qui partagerait son horreur. Roxane baisse les yeux. Mirval, derrière elle : « Frappe, frappe... » Elle serre le manche. Elle pourrait révéler son identité, les interpeller pour violence en réunion. Mettre fin à cette folie. Et ensuite quoi ? Ils écoperaient d'une amende, de quelques mois de sursis au terme d'un long procès... Non, elle doit jouer le jeu. Sofia vise le biceps, une des zones les moins sensibles du corps. Le gamin lève des yeux terrifiés. Elle a envie de foutre le camp. Elle repense à ses parents, à sa mère, Samia, à la cité Pontcarral. Elle se dégoûte, mais frappe encore. Trouver le moyen de ne pas trop le faire souffrir. Elle saisit le môme par la capuche, le balance au sol. Lui flanque une série de coups de pied, en les retenant au dernier moment. Derrière, l'un des membres de la Meute imite un hurlement de loup, bientôt rejoint par les autres. On lui tape dans le dos, on la félicite. Victor Mirval s'avance, lui tend quelque chose. C'est une bague arborant une tête de loup.

— Tu viens de franchir le premier cercle, Sofia. Il t'en reste huit... Tu chemineras à nos côtés pour être prête, le jour du soulèvement.

Ils se ruent dans la camionnette qui vient de se garer à leur niveau. Alors que la porte coulissante se referme, Sofia aperçoit le gamin, son visage tuméfié, qui la fixe. Il crache un caillot de sang et articule : « Sales fachos. » La jeune femme essuie une larme qui lui monte, cache ses mains tremblantes dans ses poches. Qu'est-elle en train de devenir ?

28

22 février 2013

Noirval

La mère de Victor est morte. Un accident de voiture, quatre mois plus tôt. Elle est partie et l'a laissé seul, ici, dans ce domaine… Elle l'a abandonné. Victor n'a pas voulu assister aux obsèques, malgré l'insistance de son père. Quelque chose s'est brisé en lui. Quand elle est venue le voir, ce matin-là, elle a eu des propos décousus, comme souvent. Il ne lui reste rien d'elle. Rien. Il a bien tenté de demander à Louis ce qu'il s'est passé, mais la Brute est restée évasive : « Je voulais la ramener au château. C'est ton père qui me l'avait demandé. Il se faisait du souci pour elle. Pensait qu'elle n'était pas en état de conduire. Il avait raison. » Sa voiture a pris feu. Louis n'a rien pu faire. Mais on murmure dans le château. Victor entend les messes basses des employés de maison. Pour eux, c'est certain, Mathilde s'est suicidée. Parce qu'elle était malade, parce qu'elle était folle. Parce que ça lui pendait au nez. Peut-être aussi parce qu'elle n'aimait pas son fils. Sinon, elle n'aurait jamais fui... elle n'aurait jamais fait ça.

— Qu'est-ce que tu fabriques, Victor ?

L'adolescent cache ce qu'il tenait dans son dos. Louis vient plus près. Le Cerbère boite un peu depuis son dernier combat, il y a quelques semaines. C'était son deuxième affrontement. Il devait faire face à un autre homme lige de l'Ordre, l'Hydre, au service d'un dénommé Dalliot. Le gladiateur était un grand échalas qui avait su surprendre Louis en le tenant à distance avec sa hallebarde. Victor a bien cru que, cette fois, son entraîneur n'allait pas s'en sortir. Il s'était fait toucher au tibia, s'était écroulé sur le dos, son épée à plus d'un mètre de lui. Son opposant approchait, lance tendue. Comme un lion, Farge s'était alors projeté et l'avait fait chuter en arrière. Ce n'était plus un combat de chevaliers, mais une lutte bestiale, hystérique. Et le public adorait ça. Autour du garçon, les membres de l'Ordre exultaient. Louis avait chevauché son adversaire et l'avait massacré à coups de poing. Victor n'avait jamais vu un tel déferlement de violence. Serait-il, lui, capable d'une telle rage ? Que devait ressentir Louis ? Le pouvoir de prendre la vie ou de la laisser...

— Ton père t'attend. Il veut te montrer quelque chose.

— Un nouveau cercle ? répond Victor, peinant à cacher son appréhension.

— Non, je ne crois pas.

Louis retourne vers l'allée du parc. Avant de quitter la lisière du sous-bois, Victor lâche discrètement ce qu'il avait dans les mains. Il reviendra plus tard. Le colosse et l'adolescent marchent, en silence. Ils traversent la pinède, un sous-bois rassemblant différentes espèces de conifères : mélèzes, pins, épicéas, séquoias, provenant des quatre coins du monde et plantés par Octave Mirval, l'ancêtre de Victor. Victor aime bien cet endroit. Il a l'impression de voyager. Avec le temps, les panneaux explicatifs sont devenus illisibles, alors il aime imaginer, en laissant couler sa main sur leur écorce rugueuse, d'où vient tel arbre, tel autre. Liban, États-Unis, Argentine ? Après avoir levé les yeux jusqu'au sommet d'un séquoia, avec cet éclat d'émerveillement enfantin qu'il a encore parfois, son entraîneur lui demande :

— Ça va au collège, en ce moment ?
— Mieux. On m'embête moins.

Quelque chose a changé. Les commentaires, les attitudes envers lui. Est-ce le fait que ses muscles se soient développés ou est-ce dû à son assurance nouvelle ? On ne le provoque plus comme avant. Il sent les regards des filles aussi… Et il aime ça.

— Et toi, Louis, tu étais comment à l'école ?

Le géant marque un temps. Un mot sort de sa bouche déformée.

— Seul…
— On a au moins ça en commun.
— On a beaucoup de choses en commun, Victor.
— Je n'ai rien à voir avec toi. Tu es mon entraîneur. Point barre.

Ce besoin d'être cassant, encore, en dépit des mois, de la proximité qui les lie.

— Mouais. Cause toujours…

Farge sourit à Victor qui tape du pied dans une pomme de pin. Ça fait plus d'un an que Louis est arrivé à Noirval. Et ses sentiments pour celui qu'il appelait la Brute ont changé. Il ne ressent plus de haine pour cet homme qui a débarqué dans leurs vies. Tout est devenu plus compliqué. Louis est son confident, son seul ami, peut-être. Victor a beau être agacé par l'esprit étriqué, la bêtise crasse de cette masse de muscles, Louis est, malgré tout, le seul dans ce foutu château à s'intéresser un peu à lui. Et ça compte... Mais il y a autre chose. Une jalousie, insidieuse, qui s'installe chaque jour. Louis prend de plus en plus de place dans leur famille. Trop de place. Depuis peu, le combattant dîne à leur table, à la droite du père... Verhaeghe, son prédécesseur, n'avait jamais eu ce privilège. Ça ne change pas vraiment leurs repas, la chape de plomb qui plane sur la salle à manger sombre, entourée des bois de cerfs hérissés. Cet air, suffocant, qui force à se tasser sur soi-même, autour de la grande table. La plupart du temps, Louis mange en silence, avec ses mains trop grosses pour les couverts en argent. Sa bouche qui fait tant de bruit en mastiquant. Pourtant, parfois, au détour d'une discussion, son père sourit à son homme lige ou pose sa main sur son épaule en quittant la pièce. Autant de gestes qui mettent Victor en rogne. Il arrive à la Brute, toujours un peu gauche, de demander à l'adolescent, alors qu'il refuse de lui adresser la parole après le dîner : « Pourquoi es-tu si énervé, Victor ? » Louis ne voit rien, ne comprend rien. Tout ce qui se joue ici, les constellations qui bougent, les continents qui dérivent. Son monde qui change. « Parce que tu es tout le temps dans mes pattes. Laisse-moi respirer ! » Et il l'abandonne ainsi, les bras ballants, au milieu du couloir. Depuis qu'il l'a vu combattre, qu'il a vu dans les yeux de son père sa joie, sa fierté, il envie le Cerbère. Il aimerait être à sa place, au cœur de cette arène, ce Cercle. Son armure couverte du sang de ses ennemis, sa croix sur le front et son père qui le serrerait dans ses bras. Louis ne mérite pas tous ces honneurs. Ce n'est qu'une bête. Victor, lui, est bien plus.

Le jeune a franchi le quatrième cercle. Il est retourné dans l'enclos, il y a quelques semaines. Comme la première fois, le loup est apparu. Ses canines jaunes, ses grognements, son poil hérissé. Après un bref instant de panique, l'adolescent s'est redressé et a repensé au conseil de Louis : « Laisse parler ta rage. » Alors, sentant quelque chose monter en lui, il a fait un pas, puis une autre. Colère. Contre cette mère qui l'a abandonné dans ce château si froid. Contre sa porte restée fermée si souvent. Colère. Contre ce père qui le méprise. Colère. Contre cet homme qui est entré dans leurs vies et a tout chamboulé. Il a marché jusqu'à tendre la corde attachée à son pied, et hurlé « Viens ! Approche ! » vers l'animal qui semblait se tasser à terre. Il a crié à nouveau. Ce n'étaient plus des mots, mais un mugissement de désespoir. Une détonation a retenti et son père a surgi, accompagné de Louis. Il lui a dit : « Tu es prêt pour nous rejoindre. »

Il a alors été introduit à l'Ordre. Son père lui a expliqué que son ancêtre Octave avait posé les bases de ce groupe secret, il y a près de cent cinquante ans. Plusieurs fois dans l'année, ses membres, venant de toute la France, se réunissent dans les souterrains du mausolée, sous les tombeaux de ses aïeux. Victor a beau le questionner, Armand demeure encore très secret sur les missions et la vocation réelle de l'Ordre. Tout juste a-t-il pu apprendre que le groupe avait des liens ténus avec d'autres organisations à travers l'Europe.

Devant l'entrée du labyrinthe, Armand les attend, il est en train de lire un vieil ouvrage, assis sur un banc en pierre. Victor demande : « Papa, qu'allons-nous faire ? » Mais son père, en réponse, lève l'index, l'intimant à faire silence. Une longue minute s'étire, puis sans daigner s'intéresser à son fils, Armand récite :
— « *Par moi on va dans la cité dolente, par moi on va dans l'éternelle douleur, par moi on va parmi la gent perdue. Justice a mû mon sublime artisan, puissance divine m'a faite, et la haute sagesse et le premier amour. Avant moi, rien n'a jamais été créé qui ne soit éternel, et moi je dure éternellement. Vous qui entrez laissez toute espérance.* »

Enfin, il referme l'ouvrage et se redresse.
— Accompagne-moi, Victor. Marchons ensemble. Il est temps que tu saches.

Ils progressent à travers les haies parfaitement taillées, l'un des rares endroits du parc dont son père exige qu'il soit encore entretenu. De son pas traînant, Louis avance dans leur sillage. Victor n'aime pas venir ici. Il se perd toujours dans les tours et détours du dédale circulaire. Et il y a ces sculptures qui l'ont toujours terrorisé. Sa mère lui avait formellement interdit de pénétrer ici, ainsi que dans la grotte et le mausolée. « Ces lieux renferment ce que ta famille a de pire en elle, de plus sombre. »

Armand, les mains croisées dans le dos, sait exactement où il va. Il bifurque à droite, à gauche, sans hésitation. Il passe devant les fameuses sculptures, les observe, pensif. Ici, deux individus qui se battent à s'en arracher la peau, l'un mordant dans l'épaule de l'autre. Plus loin, une femme est suspendue à une branche d'arbre, par les pieds, tête à l'envers. Enfin, un homme à la peau craquelée tente de s'extirper d'un tombeau en flammes. Visages déformés par la peur, l'horreur. Corps déchirés, martyrisés. Douleur. Chaque fois, son père marque une longue pause. Enfin, il demande, tout en poursuivant sa procession :

— Sais-tu de quoi il s'agit ?

— Non... pas exactement. Je me le suis toujours demandé. On dirait des scènes de torture, ou des représentations inspirées de la Bible ?

— Non, Victor. Ces neuf sculptures dépeignent les neuf cercles des enfers, comme les a imaginés au XIVe siècle Dante Alighieri dans sa *Divine Comédie*.

Il lui montre l'ouvrage élimé qu'il tient entre les mains, puis poursuit :

— Neuf cercles... Les Limbes, Luxure, Gourmandise, Avarice, Colère, Hérésie, Violence, Ruse et, enfin, Trahison. Octave, notre ancêtre était fasciné par le poème d'Alighieri, obsédé, devrais-je même dire. Il était convaincu qu'à travers ses cantiques, Alighieri dénonçait les dérives de nos sociétés modernes, l'avènement d'un règne de ténèbres. Au terme d'une vie de voyages, de rencontres et d'expérimentations, Octave a fait une découverte qui a changé sa vie. Pour choisir celles et ceux qui seraient assez dignes d'en partager le secret, il a alors imaginé un ordre construit autour des neuf cercles. Autant d'examens de passage pour les Mirval et ceux qui nous rejoindraient. Neuf cercles à franchir pour s'élever vers la lumière, chasser les ténèbres, et accéder à la vérité. Être dignes du combat qui nous attend. Suis-moi.

Ils arrivent au centre du dédale. Devant eux, l'énorme maquette qui a longtemps fasciné Victor et qui justifiait, à elle seule, de s'aventurer dans ces méandres. Une ville, cité impossible de dômes, tours, minarets, remparts. Et ces démons horribles, dragons aux gueules grimaçantes qui, juchés sur leurs pattes crochues, en gardent les fortifications. Son socle est parcouru de reliefs de ronces entortillées. Une étrange odeur d'essence, d'huile, flotte autour de la structure.

— Tout a un sens dans ce parc, dans ce domaine. Tout a été pensé pour raconter notre quête, la mission des Mirval. Le secret que nous défendons. La vie est une errance, un labyrinthe où tout n'est que peur et confusion. Nous sommes prisonniers de ces cercles qui nous entravent. Mais le chemin à suivre devient plus clair quand on a trouvé un sens, un but. Et pour que la vérité soit mise au jour, il suffit parfois d'une étincelle.

De sa voix douce, Armand se met à réciter de nouveaux vers :

— « *Cependant les hérauts ailés, par le commandement du souverain pouvoir, avec un appareil redoutable, et au son des trompettes, proclament dans toute l'armée la convocation d'un conseil solennel qui doit se tenir incontinent à Pandémonium, la grande capitale de Satan et de ses pairs...* » Ces vers sont tirés du *Paradis perdu* de John Milton, traduits par Chateaubriand.

Il tend une allumette à son fils.

— Vas-y, jette-la dans les douves.

L'adolescent la gratte et la lance. Une langue de feu se répand instantanément dans la fosse entourant la maquette. Victor ne peut s'empêcher de reculer, surpris. Mais son père le retient, au plus près des flammes.

— Voici Pandémonium. La capitale des enfers. C'est le monde dans lequel nous vivons. Le monde que nous cherchons à détruire avec nos frères de l'Ordre. Voilà notre mission : ramener la justice, la paix et l'harmonie dans nos terres souillées, brûlées par tant d'années d'immobilisme, de mensonge. Chasser les démons.

Le père et le fils s'assoient sur un banc. Louis sur leur droite. Le Cerbère ne semble pas réellement les écouter, hypnotisé par le feu.

— L'ennemi est à nos portes, Victor. Sur notre seuil. Et année après année, la situation empire. Octave, ton ancêtre, en avait déjà pris conscience, dès 1929, quand ceux à qui il avait tendu la main l'ont trahi. Ces hommes qu'il avait fait venir de leurs contrées de misère, de leurs pays de sable et de soleil. Eux à qui il avait offert une vie décente dans nos ateliers, nos usines, un avenir pour leurs familles, s'en sont finalement pris à nous, jaloux de notre réussite… Leurs grèves à répétition, leurs revendications impossibles, leurs menaces… Leur haine. Ils ont voulu notre chute, notre mort… Mais nous avons tenu bon, alors qu'autour de nous, tout s'effondrait. Les usines ont fermé. Les autres grandes familles de la région ont tout perdu. Armentières est devenue une ville fantôme. Octave avait raison. C'était le premier signe. Le début d'une insidieuse prise de pouvoir.

Victor n'a jamais vu son père parler ainsi, avec tant de ferveur. Des reflets rouges dansent dans ses pupilles noires. Il poursuit :

— Puis ça a été des générations de laisser-aller, de laisser-faire, des politiques qui n'ont jamais su contrôler la folle expansion des infidèles. Certaines élites s'en sont même rendues complices. Depuis son Parlement, à Strasbourg, cette Europe qui n'en est plus une a laissé se développer la bête. La plupart des députés ont été souillés, achetés. Ils ne font qu'obéir aux ordres de ceux qui veulent notre perte. Ils n'ont pas protégé nos frontières. Ils les ont laissés venir, en masse, chez nous. Chaque jour plus nombreux dans nos vies, nos villes. Une conspiration du silence. On leur a tout donné, rien refusé. Ils ont fait de leurs banlieues des citadelles imprenables. Même la police n'ose plus s'y aventurer. Et, là-bas, ils préparent leur avènement. Ils ouvrent leurs lieux de culte un peu partout, vivent en vase clos, parlent à peine notre langue, voilent leurs femmes, rejettent notre culture, notre éducation, nos lois. Tout ce que nous sommes.

Il reprend sa respiration. Attrape une brindille qu'il jette dans les flammes.

— C'est ce qu'ils veulent, voir notre civilisation brûler. Nos pays, nos valeurs, nos modes de vie, nos cultures, effacés. Que leur Dieu règne partout. Leurs minarets à la place de nos clochers. Ils ont commencé à frapper, déjà. Ces attentats qui ont tant fait couler le sang. Mais ils ne s'arrêteront pas là. Ces attaques ne sont que la partie émergée du conflit qui se dessine. Une autre bataille, économique, se joue déjà. Ils rachètent nos lieux de culture, nos équipes sportives, nos universités. Ils veulent refaçonner un monde à leur image. Mais nous ne nous laisserons pas faire. Nous serons le dernier rempart. Notre Ordre, comme d'autres groupes en France et dans le cœur de l'Europe, se prépare à faire front. Pour défendre notre civilisation, notre culture. Contre eux, les démons. Une croisade se prépare. La dernière, celle qui scellera le sort de notre civilisation. La Dixième Croisade.

Pendant les minutes suivantes, les trois hommes scrutent en silence le brasier qui meurt. Puis ils sortent du labyrinthe. Armand s'abaisse vers son fils et lui murmure :

— Il te reste encore un long chemin à parcourir, des cercles à franchir. Ne me déçois plus. Sois à la hauteur de ta famille.

Victor prétexte qu'il veut rester encore un peu dans le parc avant de les rejoindre pour le dîner. Il file vers le sous-bois. À l'endroit où il l'a laissé. Il court, ses bronches s'emplissent de l'air frais du début de soirée. Sa tête est peuplée d'images de batailles. De guerriers en armures qui marchent sur des barres d'immeubles. De flammes et de cris. Une mission. Un but. Victor ne s'est jamais senti aussi bien. Exalté.

Il retrouve la dépouille du lièvre sur le tapis de lierre. Il s'en saisit. Son petit corps, déjà, est un peu rigide. D'une frappe précise avec son lance-pierre qu'il garde à sa ceinture, il l'a touché, plus tôt, en pleine tête. Victor sort son couteau de sa poche, en déplie la lame, le soulève au-dessus du thorax puis l'enfonce aussi sec. Un bruit de craquement. Il ressort le surin. Son reflet qui se déforme sur l'acier. Du rouge autour.

Tout prend sens dans sa tête... Depuis la mort de sa mère, Victor éprouve moins le besoin de se faire mal. En voyant Louis combattre, il a compris. Il veut fouler cette arène, brandir son épée. Les cercles, l'Ordre. Le combat. Cette violence qui le tiraille, le déchire. Il leur montrera à tous. Il va se préparer, comme l'a exigé son père. S'entraîner sans relâche. Franchir les épreuves. Son index glisse sur la lame tachée du sang tiède de l'animal, puis il trace une croix sur son front. Il sera un chevalier. Le plus terrible que l'histoire ait connu. Le chevalier rouge.

QUATRIÈME PARTIE

Les neuf cercles

29

17 avril 2024

Lille

— Saute ! Maintenant !

Valien défie Sofia du regard. La jeune femme ose un œil vers l'abîme. Sous ses pieds, trente mètres de vide. La cage d'ascenseur s'étire vers les ténèbres. Au fond, elle discerne la nacelle explosée. Sofia a toujours eu le vertige. Elle n'y arrivera pas. Sa main reste agrippée à la grille rouillée sur sa droite.

— Il te reste quarante secondes... Si tu ne sautes pas, tu n'es pas digne d'être des nôtres.

La policière tire sur le baudrier relié à une corde suspendue qui passe par une poulie au-dessus d'elle. L'attache est lâche, comme s'il n'y avait aucun contrepoids de l'autre côté. Comment être certaine que si elle se jette dans le vide, elle sera retenue ? Mirval, dans son dos :

— Ce qu'on te demande, Sofia, c'est de faire, avec nous, un saut de la foi. Prouver ta motivation. Avoir confiance en nous.

Une rafale de vent s'engouffre dans le conduit et crée un sifflement aigu. Sofia parvient à articuler :

— Mais cette corde n'a l'air reliée à rien... Vous êtes certains que c'est bien sécurisé ?

— Tu le sauras quand tu auras sauté.

Un léger sourire aux lèvres, Mirval termine sa phrase en poussant, avec sa chaussure, une pierre dans la fosse. Échos de rebonds. Puis le silence. Valien ajoute :

— Dix secondes.

Et s'ils savaient ? Peut-être ont-ils découvert qu'elle s'est infiltrée parmi eux... Quelques jours plus tôt, au téléphone, Gabriel lui a avoué que Valien s'était renseigné sur elle auprès de Gilles Mercier, son ancien collègue dont la société NordSécu lui avait servi de couverture. Mercier aurait tenu tête au gros bras, lui expliquant que Sofia faisait bien partie de ses employés depuis deux ans. Valien a-t-il été dupe ? Il est toujours si froid avec elle, ne l'apprécie guère et ne s'en cache pas. Un soir tard, dans la Tanière, le nervi l'avait alpaguée, bousculant au passage les jeunes avec lesquels elle discutait : « Je ne te sens pas, Giordano. Y a un truc qui cloche chez toi. » Avant que Caron n'intervienne et ne l'écarte.

Et si cette nouvelle épreuve n'en était pas une ? Mais le moyen de se débarrasser d'elle ? Maquiller sa mort en suicide. Une policière poussée à bout par son travail. Son corps désarticulé retrouvé au fond de la cage d'ascenseur d'une usine désaffectée. Ça arrive si souvent. Mirval serait capable de cela.

— Cinq secondes.

La jeune femme réprime un tremblement. Elle lâche la grille. Enserre ses deux mains sur le câble. Souffle.

Mirval et Valien lui ont donné rendez-vous devant la Tanière à 6 heures du matin. Après avoir roulé une trentaine de minutes, ils sont arrivés à l'usine métallurgique abandonnée. Durant le trajet, Sofia a bien tenté de faire la conversation : « Vous m'emmenez où ? C'est une nouvelle épreuve ? » Mais les deux restaient silencieux. Pourquoi les autres recrues, Camille et Aymeric, n'étaient-elles pas là ? Elle aurait voulu envoyer un message à Gabriel, le prévenir qu'elle se sentait en danger, mais Mirval ne cessait de l'épier dans le rétroviseur. Arrivés devant un immense entrepôt aux carreaux brisés, ils ont demandé à ce qu'elle les suive. Tous trois ont gravi des escaliers couverts de tags jusqu'au toit. Il leur a fallu slalomer entre des trous béants, creusés par l'humidité après des décennies d'intempéries. Passer le long de ces gouffres… Sofia, déjà, commençait à se sentir mal. Puis ils se sont postés en haut de la cage d'ascenseur éventrée. Pendant que Valien installait son baudrier, Mirval lui a expliqué : « Tu t'apprêtes à franchir le deuxième cercle, Sofia, celui de la Luxure. Ici, Dante raconte que les âmes tentées par la luxure sont tourmentées par des vents violents. Ces tempêtes sont la représentation du chaos de nos vies. Si tu sautes, tu prouveras que tu es prête à accepter l'Ordre. Laisse derrière toi les tentations et futilités de ce monde. Tourne-toi vers l'important. L'avenir. Ta mission à nos côtés. »

Sofia doit se jeter dans le vide. Pas d'autre choix. Elle ferme les yeux. Ses jambes grelottent.

Son cerveau marche à mille à l'heure. Pourquoi portent-ils des gants ? Pour ne pas laisser de traces ?

Quelle erreur aurait-elle pu commettre ? Elle n'a rien laissé filtrer, a joué le jeu, malgré le dégoût, l'horreur...

Valien, dans son dos :

— Le temps est écoulé, Giordano. C'est fini. Fais un pas en arrière.

Elle doit le faire. Il est trop tard pour reculer. Un pied dans le vide. Elle bascule. Rien ne la retient. C'est la chute. La corde flotte entre ses doigts crispés. Le sol qui se rapproche. La jeune femme a le temps de se dire qu'elle s'est fait piéger... Qu'elle va mourir parmi ces gravats. Puis la corde se tend et le baudrier la retient, enfin. Elle se cabre. Percute violemment un mur de briques. Au-dessus d'elle, penchés vers le vide, Valien et Mirval l'observent. Elle tourne sur elle-même, à en avoir la nausée. Ils la hissent jusqu'au toit. La policière parvient à se dégager avant de s'affaler et de vomir. Mirval appose sa main sur sa nuque. Le contact de sa peau glacée sur la sienne la pétrifie.

— Bravo, Sofia. Je suis fier de toi.

30

19 avril 2024

Andilly

Une absence. Où est-il ? Un mégot de cigarette lui brûle les phalanges. Dans un juron, Gabriel le balance par la vitre de sa voiture. Le policier examine son environnement, détaille le quartier résidentiel, la placette, les maisons bourgeoises, étrangement similaires, semblant extraites d'un même moule. Gazons parfaitement entretenus, haies bien taillées, bosquets arborés. Que fait-il ici, bon sang ? Rester calme. Il sort son carnet de sa poche, vérifie. « 19 avril. 9 h. Andilly. RDV avec la journaliste Lucie Masset. Elle doit me parler des Mirval. » Tout lui revient... Pas de quoi s'inquiéter.

Il s'extirpe de son véhicule, attrape sa béquille sur la banquette arrière. Depuis son agression, tout est plus compliqué pour le quinquagénaire. Le moindre mouvement lui coûte. Et il y a cette douleur, au niveau de la joue, où les chirurgiens lui ont installé une plaque de fer sous la peau. Mais le plus dérangeant reste ces oublis, ces problèmes de mémoire qui perdurent. Comme si Gabriel s'échappait de sa propre réalité. Somnambule en plein jour. Il est quelque part et, l'instant suivant, il ne sait plus. Cela survient de manière totalement impromptue. Ça ne dure, heureusement, jamais plus d'une minute, avant que son cerveau ne rattrape le fil. À la caisse de la supérette du coin : « Monsieur ? Vous allez bien ? Vous m'entendez ? » Les regards des gens qui patientent derrière lui. Au dîner, devant son assiette qui refroidit, Darya face à lui, l'œil interrogateur : « Ça va, Gabriel ? – Oui, ce n'est rien. Un coup de fatigue. » La Syrienne n'est pas dupe, mais ne dit rien. Elle l'aide à reprendre le fil : « Vous me parliez de la famille Mirval, de ses origines. »

Est-il malade ? Est-ce un début d'Alzheimer ? Les médecins de l'hôpital n'ont rien décelé, mais l'encouragent à faire des examens plus poussés. Gabriel ne le souhaite pas. Pas tant que cette affaire ne sera pas bouclée. Alors il avance, malgré tout, avec ses deux béquilles, l'une, pour sa jambe raide, l'autre, mentale, les notes dans son carnet, pour sa mémoire qui flanche. Au fond de lui, une pensée, pourtant, le tiraille. Si c'est bien cela, s'il devient amnésique, quel cynisme… On lui volerait sa mémoire, alors que ses souvenirs, justement, sont tout ce qu'il lui reste.

Il sonne à la porte de la villa cossue. Une femme en fauteuil roulant vient lui ouvrir et l'invite à entrer. Elle est souriante, a une voix un peu cassée. De longs cheveux noirs frisés ramenés en chignon. De grosses lunettes en écaille. Gabriel remarque des jouets d'enfants par terre, une cuisine un peu désordonnée. Un monte-escalier. Ils s'installent sous une véranda, dont elle ouvre la baie vitrée en grand.

— Désolé, monsieur Geller, c'est toujours le bazar le matin… Les enfants viennent de partir à l'école. C'est habituellement le moment où je range un peu. Mais avant ça, j'ai moi aussi droit à ma petite pause. Ça ne vous dérange pas si je fume ?

Gabriel sort son paquet et le remue.

— Pas du tout. Je peux même vous accompagner.

Le flic s'abaisse pour lui allumer sa cigarette et en fait de même. La femme fait pivoter son fauteuil vers l'extérieur.

— Mon mari me fait des misères parce qu'il sait que j'ai repris la clope… J'aime bien lui répondre, « au point où j'en suis », mais il ne trouve pas ça drôle.

Ils échangent un sourire.

— Bien… alors, vous enquêtez sur la famille Mirval ?

Au téléphone, Gabriel avait expliqué à l'ex-journaliste les grandes lignes de son enquête, sans trop entrer dans le détail.

— Oui… il est possible que les Mirval, et certains membres de la Meute, soient impliqués dans plusieurs homicides. En me documentant, je suis tombé sur l'article que vous aviez écrit sur le clan Mirval, dans *L'Obs*. J'ai également lu votre livre sur la montée des extrêmes en Europe. Sacré boulot.

— Merci… Mais ça me semble loin. Que voulez-vous savoir ?

— Vous disiez en conclusion de votre ouvrage que l'ultradroite pourrait représenter la prochaine grande menace terroriste. Vous le pensez toujours ?

— Plus que jamais. On l'a oublié ces dernières années, avec l'attention des autorités et des médias resserrée sur le terrorisme jihadiste, mais la menace enfle. J'ai gardé des contacts à la DGSI. Récemment, je discutais avec l'un d'eux. Il m'a répété qu'à l'heure actuelle, pour la sécurité intérieure, l'ultradroite est la seconde plus grande menace terroriste en France. On parle quand même, en France, de 2 000 individus sous surveillance… Bref, ce n'est pas un épiphénomène, c'est un mouvement de fond. Et il y a déjà eu, malheureusement, des attaques aux conséquences dramatiques. On se souvient des attentats d'Oslo et Utøya en 2011 et ceux de Christchurch en Nouvelle-Zélande, en 2019. Plus récemment, en Slovaquie, en 2022, après avoir publié en ligne un manifeste homophobe, raciste et antisémite, un jeune de 19 ans a tué deux hommes dans un bar LGBT de Bratislava. 19 ans… vous vous rendez compte ? La menace est réelle.

— Parlons un peu d'Armand Mirval. C'est quel genre de bonhomme ?

— Mirval est avant tout un intellectuel. Il aime réfléchir à l'avenir de nos sociétés, au sens de l'histoire. Théoriser plutôt qu'agir. C'est un universitaire devenu politicien sur le tard. Lui, ce qui l'intéresse c'est caresser le pouvoir, instiller sa parole insidieusement. Il a su s'entourer de nombreux représentants des différents partis politiques et murmure aujourd'hui à leurs oreilles. Armand Mirval semble se satisfaire d'agir dans les ombres. Il ne cherche pas la célébrité, la reconnaissance. Certes, il est sénateur, mais ce n'est pas un homme que l'on voit sur les plateaux télévisés, qui se met en avant. J'ai pu discuter avec quelques-uns de ceux qui l'ont fréquenté. Armand est persuadé que sa famille va changer le monde. Convaincu que l'islam est une plaie qui menace nos sociétés. Il aimerait créer une nouvelle croisade politique. Chasser les étrangers de France et d'Europe. Il est en mission. J'ai appris, au gré de mon enquête, qu'il a souvent voyagé pour rencontrer d'autres personnalités politiques partageant ses idéaux à travers l'Europe. Il échange avec la plupart des partis souverainistes et nationalistes : Vox en Espagne, FPÖ en Autriche, l'AfD en Allemagne. On l'a vu en Hongrie, en Angleterre, en Italie… Parfois, aux côtés de Scott Banning, l'un des chantres du populisme, un Américain très présent ici. J'ai cru comprendre que la famille Mirval avait depuis longtemps une sorte de club secret, très élitiste. Mais ce qui se joue là-bas, je n'en ai pas la moindre idée.

— Pensez-vous qu'Armand Mirval puisse être un homme dangereux ?

— Je n'en suis pas certaine. Comme je vous le disais, Armand est un homme d'idées, pas d'action. Je pourrais même vous dire qu'il me paraît un peu lâche, craintif. Je m'en suis rendu compte quand il s'est fait agresser en 2019 par des militants d'extrême gauche à Strasbourg. Immédiatement, il s'est tapi derrière son garde du corps…

— Louis Farge…

— Oui… Mirval avait l'air terrorisé. Et j'ai remarqué ce type d'attitude à d'autres occasions, dans des colloques, quand l'un de ses interlocuteurs est trop véhément, Mirval perd systématiquement ses moyens. Je crois qu'en réalité l'universitaire craint le conflit direct. Par contre, son fils, c'est une autre histoire.

— Victor ?

— Oui, le fils Mirval a indéniablement un fond violent. À peine âgé de 20 ans, il s'était déjà fait interpeller à plusieurs reprises pour des bagarres musclées. Mais chaque fois, il s'en est sorti blanc comme neige. Aucune condamnation. On imagine que son père a fait jouer ses contacts dans la région lilloise. En réalité, Victor a deux visages. Un premier respectable. Ses études brillantes, sa société de conseil politique, Agora, son association Trait d'Union… Et un autre bien plus sombre. J'ai découvert ses liens avec le groupuscule, la Meute, créé il y a deux ans. Ses membres organisent des actions coups de poing. On les soupçonne d'être à l'origine d'agressions racistes. Même s'il fait tout pour effacer son investissement dans la Meute, Victor ne cache pas ses ambitions politiques. Il joue sur tous les fronts. Sur le terrain, dans la rue, avec la Meute, et en tissant des liens avec les puissants, à travers sa société Agora. Chez les Mirval, c'est lui qui m'inquiète le plus.

— À votre avis, quel est le but de Victor Mirval ?

— Difficile à dire, lui et les autres membres de la Meute font très attention à ce qu'ils disent. Rien ne filtre de leur repaire, la Tanière. Mais pour avoir écouté certaines de ses prises de parole, je pense qu'il représente une vraie menace. Il est jeune, charismatique, a un magnétisme évident, une aura puissante, a su construire un imaginaire politico-religieux fort…

— C'est-à-dire ?

— Victor Mirval, comme son père avant lui, va puiser dans l'imaginaire collectif, la religion, les mythes pour renforcer son discours, comme cette histoire de Meute, de Tanière. Ses membres le surnomment l'Alpha, il est leur chef, leur maître... Ce culte de la personnalité qu'il entretient, leur discours : « C'est nous contre eux... les démons à nos portes... une nouvelle croisade... » C'est de l'endoctrinement quasiment sectaire. Ils promettent de donner du sens à la vie de leurs militants, souvent paumés, désocialisés, de leur offrir un but, une mission. D'en faire des héros. C'est d'ailleurs le même type de rhétorique entendu chez les recruteurs jihadistes. Excusez-moi, je me perds un peu... Quant à la finalité de Victor Mirval, donc, difficile à dire... Mais, en prenant du recul, un plan d'ensemble se dessine. Maîtriser les rouages de la vie politique avec Agora d'un côté. De l'autre, avec la Meute, faire monter la haine... développer un terreau permettant de le rendre incontournable dans le débat public.

— Jamais un homme avec de telles idées, un tel passif ne pourrait remporter les élections...

— Il faut se méfier de nos certitudes. Aucun prétendu expert n'avait vu arriver la vague Trump aux États-Unis. Les sociologues et politologues notent un repli sur soi dans toutes les grandes tendances politico-religieuses. Le « moi, avant les autres ». Le « je suis né ici, j'ai tous les droits ». Aujourd'hui, les pays démocratiques comme la France font figure d'exception. En Europe, les partis nationalistes grappillent du terrain. Alors, pourquoi pas nous ? Je vais vous dire le fond de ma pensée. Je me méfie comme de la peste de Victor Mirval. Derrière cette belle gueule se cache un sociopathe. Il est d'ailleurs peut-être à l'origine de mon accident...

— Comment ça ?

— Il y a un an et demi, quelque temps après la sortie de mon article, alors que je préparais un second dossier sur le passé de la famille Mirval, j'avais tenté de faire une interview sauvage de Victor Mirval en débarquant dans les locaux de sa société, Agora. Il avait refusé de me parler, mais avait eu ces mots : « Vous devriez faire attention, madame Masset. Très attention. » Son regard, ce jour-là, je vous jure, j'en ai encore des frissons. Mais ce n'était ni la première ni la dernière fois qu'on me menaçait. Une semaine plus tard, alors que je quittais mon domicile en voiture, après cinq kilomètres, arrivée sur une bretelle d'autoroute, mes freins ont lâché. Mon véhicule a percuté la bande d'arrêt d'urgence, fait deux tonneaux. Un camion m'est rentré dedans. J'ai miraculeusement pu être extraite de l'engin. J'aurais pu y rester, j'ai eu de la chance.

Elle se rallume une cigarette.

— Mais j'ai été atteinte à la moelle épinière durant le choc. Le diagnostic des médecins était sans appel. Je suis condamnée à rester enchaînée à ce fauteuil pour le restant de mes jours.

— Je suis désolé... Quelles ont été les conclusions de la police ?

— Rupture des freins... Mais vu l'état de la voiture, complètement carbonisée, difficile de réellement savoir.

— C'est à cause de cet accident que vous avez quitté votre poste de journaliste ?

— J'aimerais vous contredire, qu'après quinze ans d'une vie de reporter, j'avais envie de poser mes valises. De voir grandir mes gamines. Mais ce n'est pas vrai. C'est la peur qui a guidé ma décision. La peur que ça recommence. Vous savez, le jour de l'accident, j'aurais dû avoir mes deux filles à l'arrière, pour les déposer à l'école. Mais mon mari les a accompagnées ce matin-là. J'aurais pu les perdre...

Une nouvelle latte, entre ses doigts tremblants. Elle reprend :

— Vous devriez creuser dans le passé des Mirval. Il n'y a pas que moi... Leur histoire est jonchée de cadavres. En octobre 2012, l'épouse d'Armand, Mathilde Mirval, est morte dans un carambolage. Un an plus tôt, c'était son garde du corps de l'époque, prétendument tombé d'un échafaudage lors de travaux au château. Pourtant, il avait des contusions profondes, d'étranges lacérations. Mais l'enquête n'est pas allée bien loin.

— Vous vous souvenez de son nom, à ce garde du corps ?

— Oui, attendez une minute... Voilà, Jacques Verhaeghe.

Gabriel le note dans son carnet.

— Bien, je vais vous laisser, Lucie, je vous ai assez embêtée.

Elle le raccompagne jusqu'à l'entrée. Avant d'ouvrir la porte, elle lui dit :

— Merci d'être venu, Gabriel. Ça m'a fait du bien de vous parler. Vous savez, parfois j'ai l'impression que je deviens folle. Je n'ose même plus discuter de tout ça avec mon mari. Il n'en peut plus de mes histoires. Pour lui, c'était un accident. Point barre. Il voudrait que je passe à autre chose, que j'avance. Mais ça tourne en boucle dans ma tête. Cet instant qui se rejoue.

Gabriel connaît ça...

— Vous n'êtes pas folle, Lucie. Vous voyez cette béquille, ces cicatrices sur mon visage, je les dois aux hommes de Mirval. J'ai la conviction que mes recherches ont fait peur à la Meute, et à la famille Mirval. Ils m'ont tabassé dans le parking de mon ancien appartement.

— Et ça ne vous a pas découragé, vous continuez l'enquête ?

— Oui... Mais moi, contrairement à vous, je n'ai plus grand-chose à perdre.

En prononçant ces mots, il repense à Sofia, seule, aux mains de la Meute... à Darya, elle aussi aux premières loges. En entraînant les deux femmes dans cette affaire, il les a mises en danger. Elles sont des cibles potentielles. Son égoïsme, son jusqu'au-boutisme lui ont fait oublier tout cela. Lui n'a rien à perdre. Mais elles ? Il demande un instant à la journaliste, vérifie son téléphone. Il vient de recevoir un texto de Sofia, justement. Elle lui annonce qu'elle part, comme prévu, pour le château de Noirval : « J'essaierai de vous donner des nouvelles. Mais pas certaine que ça soit possible. » Il tapote frénétiquement une réponse : « N'y allez pas, Sofia. C'est trop risqué, trop dangereux. Trouvez une excuse... » Il l'envoie, attend, espère. Aucune réponse en retour.

C'est trop tard.

31

19 avril 2024

Lille

10 heures. Ils ne vont plus tarder. Sofia finit sa valise. Elle dissimule les deux micros-espions au fond de sa trousse de toilette, dans des boîtes de médicaments dont elle a découpé les plaquettes afin de les y glisser. En espérant qu'ils ne fouilleront pas ses affaires. Elle aurait aimé qu'il y ait une meilleure solution, moins dangereuse, mais c'est la seule qu'ils aient trouvée avec ses camarades pour obtenir des informations sur les projets de la Meute. Car ses membres ne lâchent rien. Quels sont leurs plans ? Quelle est la finalité des neuf cercles, de toutes ces épreuves ? En quoi sont-ils liés aux morts des réfugiés et aux assassinats de l'Ange noir ? Elle a bien tenté de détourner la discussion : « Et cet Ange noir qui s'en prend aux nôtres, vous en pensez quoi ? » Mais leurs réponses restent évasives. Plus les jours passent, plus la policière de l'antiterrorisme en est convaincue, l'assassin a un lien avec ceux de la

Meute... Avec cet Ordre... avec les Mirval. La nuit de l'assassinat de Crozier, la victime avait ouvert son portail à son assassin. Il le connaissait. C'était l'un des leurs.

Alors, avec Gabriel et Darya, elle a réfléchi à un moyen pour les mettre sur écoute quand ils se pensent en sécurité... Gabriel s'est procuré des micros-espions, reliés à une puce GSM. Ils se déclenchent au son de la voix et ont une autonomie de plusieurs centaines d'heures. Le policier et Darya surveilleront les échanges. Sofia devra, elle, trouver un endroit où en dissimuler un dans le château de Noirval. Car c'est sa destination. Dans quelques minutes, Victor vient la chercher pour l'y emmener, avec les autres recrues. Il leur a imposé à tous de poser dix jours de congés. Toujours élusif, il leur a simplement dit : « Tout va s'accélérer. » Sofia a peur, évidemment. Des épreuves qui l'attendent. De la difficulté toujours croissante pour elle de donner le change. Mais il est trop tard pour faire marche arrière.

Alors qu'elle s'apprête à cacher son téléphone portable personnel, celui dont elle se sert pour contacter Darya et Gabriel, derrière le réservoir des toilettes de la salle de bains, l'appareil se met à sonner. C'est Djibril... Que faire ? Répondre ? D'une pression du pouce, elle accepte l'appel.

— Hello Sofia. Je venais aux nouvelles... Comment ça va ?

— On fait aller, Djib'. Je suis toujours dans le Sud, chez mes parents.

— À Toulon ?

— Oui...

— Et ton père, ça va mieux ?

— Il se requinque. Je vais encore avoir besoin d'un peu de temps.

Un soupir.

— Ne te fous pas de ma gueule, Sofia. Arrête tes conneries. J'ai appelé tes parents. Ils n'ont aucune nouvelle de toi depuis des semaines. À quoi tu joues, merde ? Tu es où là ?

Il sait…

— Je ne peux pas t'en parler. Pas encore. Dès que j'en saurai assez, tu seras le premier averti.

— Tu fais n'importe quoi, Sofia. Papé avait raison… Et ça a déjà failli nous coûter cher. Ne te mets pas en danger. Passe par les canaux officiels. Je te soutiendrai, quelle que soit ta piste.

— Non, c'est compliqué. Je… je dois y aller.

Elle raccroche. Combien de temps est-elle restée en ligne ? Assez pour que Djibril puisse la localiser ? Elle doit se calmer. Elle devient complètement paranoïaque. On sonne à l'interphone. Ils sont arrivés. À la hâte, elle envoie un dernier message à Gabriel : « Je pars. J'essaierai de vous donner des nouvelles. Mais pas certaine que ça soit possible. De retour, normalement, dans dix jours. » Enfin, elle coupe son téléphone et le dissimule.

En bas, un van gris l'attend. La porte arrière coulisse. À l'intérieur, les deux postulants à l'Ordre : Camille et Aymeric. La jeune femme place son sac dans le coffre, s'installe à leurs côtés. À l'avant, sur le fauteuil passager, Victor se retourne et lui demande :

— Donne ton téléphone, Sophia. Ces prochains jours, je veux que vous n'ayez aucun contact avec l'extérieur. Nous allons vivre en vase clos. Entre nous. Comme une vraie meute.

Elle lui laisse le téléphone qu'elle utilise depuis qu'elle a sa couverture. Il l'attrape, l'éteint et le met dans un sac noir. La fourgonnette démarre. Sofia sourit mécaniquement aux autres, tente de faire illusion, mais elle est terrorisée. Qu'est-ce qui les attend à Noirval ?

32

21 avril 2024

Vieux-Berquin

Nuages bas. Champs à perte d'horizon. Maisons de briques agglutinées le long de la départementale. Des jeunes qui traînent sous un abribus en reluquant leurs bécanes. Une dame qui promène son chien. Le parking devant l'église. Le café du village. Un panneau de la mairie annonce un grand loto à venir. Le temps qui glisse au ralenti. La ville de Vieux-Berquin ressemble à mille autres en France.

Gabriel ouvre la fenêtre de sa voiture. De la buée s'est formée dans l'habitacle. Une nouvelle planque, encore. Une piste infime… Mais tout de même. Au moins, cette fois-ci il n'est pas seul. Darya a insisté pour l'accompagner. Il a cédé. La présence de la Syrienne à ses côtés lui permet de ne pas trop penser à Sofia, seule aux mains de la Meute, en ce moment même. Cela fait deux jours qu'ils sont sans nouvelles. La veille, en arrivant à Lille, ils sont passés devant son appartement. Les volets étaient clos. Ça voulait dire qu'elle était toujours là-bas. À Noirval.

Darya et Gabriel ont passé les deux dernières journées à surveiller le cimetière de Vieux-Berquin, où est enterré Jacques Verhaeghe, l'ancien garde du corps de Mirval. Grâce à des coups de fil à de vieux amis de la PJ, Geller a obtenu quelques informations sur l'individu. Il naît en 1976, à Roubaix. Il se rêve boxeur professionnel, mais sa carrière sportive est stoppée net après une mauvaise blessure. Verhaeghe glisse alors vers la délinquance. Dans les années 1990, il est condamné à deux reprises pour braquages à main armée. Il aurait commencé à travailler pour la famille Mirval au début des années 2000. C'est au château de Noirval qu'il rencontre Sandrine Vallers, alors employée de maison. Les deux se marient en 2003. Verhaeghe meurt d'un accident sur un chantier de construction à Noirval, en octobre 2011. Son épouse, elle, se suicide seize mois plus tard, en février 2013. Il reste encore beaucoup de zones floues dans l'histoire des Verhaeghe, mais Geller attend qu'on lui remonte l'adresse de leur ancien domicile. Il faudra qu'ils aillent vérifier.

Ils ont dû se satisfaire de ce qu'ils avaient. Les concessions des tombes des Verhaeghe à Vieux-Berquin. L'épitaphe sur la sépulture du mari a intrigué le policier : « Deus Vult ». Ces deux mots, il les avait déjà entendus lors de son agression. Et Sofia lui avait raconté qu'Hervé Valien les avait scandés dans les locaux de la Meute. *Deus Vult*… Darya s'est renseignée : cette expression latine qui signifie « Dieu le veut » était le cri de ralliement des croisés durant la première croisade. Verhaeghe avait un lien fort avec les

Mirval. Il en connaissait certainement les secrets. A-t-il été assassiné parce qu'il en savait trop ? En observant les deux tombes, le policier a été surpris par leur état. Les stèles sont parfaitement nettoyées. Aucune trace de mousse, de salissure, de poussière... Et au pied de chacune d'elles, un bouquet de lys blancs. Quelqu'un vient ici, fréquemment, les entretenir. Darya et Gabriel ont bien tenté d'interroger le gardien du cimetière. Le type a d'abord botté en touche, n'ayant visiblement aucune envie de les aider. Gabriel a durci le ton. Le gardien a fini par leur lâcher : « Oui, peut-être. Un jeune, qui vient de temps en temps changer les bouquets, nettoyer les tombes. J'en sais pas plus... Je me mêle pas, moi. »

Alors, ils ont décidé d'attendre. Darya a apporté ses livres. Des manuels de français, d'histoire... Gabriel est stupéfait par sa capacité à emmagasiner tant d'informations. Cette femme est brillante. Il lui demande :
— Ça vous manque ? Enseigner ?
— Oui... Bien sûr. Surtout mes élèves. Je pense souvent à eux. J'espère qu'ils ont pu quitter la Syrie. Qu'ils sont sains et saufs. Et qu'ils ont recommencé leur vie, ailleurs...
— Vous êtes faites pour ça, pour enseigner. Ça se voit...
— Je ne sais pas si je redonnerai des cours un jour.
— J'en suis certain. Vous savez, je connaissais une femme, une prostituée de la rue Saint-Denis. Elle s'appelait Patricia. Malgré son quotidien, Patricia gardait une lumière, une force. Chaque fois que je la croisais, que je lui demandais : « Comment ça va, Patricia ? »,

elle me répondait : « Pas trop mal. Le soleil se lève toujours quelque part. » Je crois qu'elle avait raison.

— Le soleil se lève toujours quelque part... Oui, peut-être.

Il glisse une cigarette entre ses lèvres, pose, comme chaque fois, la question à Darya. « Ça vous dérange ? » Elle répond non de la tête, toujours plongée dans sa lecture. Il cherche son briquet, ne le trouve pas. Râle : « Merde, où est-ce que je l'ai fourré ? » La femme passe la main sur le tableau de bord, fouille parmi quelques prospectus et le lui tend. Il lui sourit en réponse.

C'est drôle de se dire que ces deux-là, il y a peu, étaient encore deux parfaits inconnus. Deux mondes, qui, jamais, n'auraient dû se rencontrer. Et pourtant, aujourd'hui, Gabriel a l'impression que Darya fait partie de sa vie. Il a besoin de son regard, de ses sourires. Jour après jour, elle est devenue essentielle. Une amie. Une confidente. Et ça faisait longtemps qu'il n'avait pas ressenti ça. Leur vie ensemble, déjà, commence à être régie par de petites habitudes, des codes qui se mettent en place. Le soir, Gabriel glisse un vinyle dans son tourne-disque. Il fume une cigarette au balcon pendant qu'elle lit dans le fauteuil qu'elle a fait sien. Le matin, alors qu'il somnole encore, Darya ouvre grand les fenêtres, arrose les quelques plantes qu'elle a achetées, puis prépare le petit déjeuner. Elle fait du bruit et s'en moque. Elle lui demande de l'aide. Il grommelle mais finit par s'exécuter. C'est un moment important. Il y aura du houmous, des crudités, du zaatar, du tahiné avec du miel, de la confiture de figue, de la mamouniyé, parfois des œufs brouillés au samneh. Le tout servi avec un thé. Au début, le Grizzli a essayé de défendre son territoire, son café, sa cigarette. Mais il a abandonné le combat. Quand Darya a pris une décision, impossible de l'arrêter. « Il faut manger sainement, le matin. C'est le plus important. Vous en avez bien besoin. Regardez-vous. – C'est quoi, le problème ? Je suis une gravure de mode »... Son rire à elle. Sa façon de toujours placer la main devant la bouche, comme si elle n'osait pas s'esclaffer... Il n'y aura jamais rien entre eux. C'est une évidence. Et c'est peut-être ça qui rend leur relation si forte. Pas d'autres intérêts, d'autres enjeux, que celui de leur amitié. Et c'est déjà beaucoup. Pouvoir parler. Savoir écouter. Un bras pour s'aider à marcher. Tous les deux boitent depuis si longtemps.

Gabriel cherche un CD, en trouve un. Cet artiste... il se souvient. Il le glisse dans l'autoradio. Une voix cristalline s'élève dans l'habitacle, un piano comme nimbé dans les rêves. Le chanteur entonne : « *Do you feel a little broken ?* » « Te sens-tu un peu brisé ? » Douceur et tristesse. Des mots sur leurs maux.

— C'est quoi cette musique ? demande Darya.
— Patrick Watson, un musicien canadien.
— Ce n'est pas votre genre.
— Non. Pas trop. C'est ma fille qui écoutait ça. Elle m'avait offert ce CD pour que je le découvre. Mais, à l'époque, par principe, je refusais de l'écouter. J'avais tort.
— C'est beau...
— Oui... Il m'aura fallu du temps pour m'en rendre compte.
— De quoi il parle ?
— Je ne sais pas trop.

Alors qu'en réalité, il comprend les paroles. Elle aussi, certainement. « *Sometimes you wanna go back. But it doesn't work like that.* » « Parfois tu aimerais revenir en arrière. Mais ça ne marche pas comme ça. » Ça fait trop mal d'entrer dans ces territoires. Son silence à lui. Contre ses paroles à elle. Darya aime parler, lui raconter sa Syrie, son Hassan. Le Grizzli, au contraire, se livre au compte-gouttes. Elle voudrait qu'il lui raconte cette blessure qui ne cicatrisera jamais. Léa. Mais Gabriel n'est pas fait de ce bois. Alors Darya ne le pousse pas, ne le force pas. Il restera toujours une forme de pudeur entre eux deux. Et c'est mieux ainsi.

17 h 40. Le cimetière va bientôt fermer ses portes. Une journée perdue… Darya pointe du doigt l'emplacement des tombes du couple Verhaeghe, visible à travers les grilles. Un type, portant un sweat-shirt à capuche gris, un jean, dépose des bouquets. C'est l'homme qu'ils attendaient. Il a dû entrer par l'un des accès latéraux. Péniblement, Gabriel sort de son véhicule. Les séquelles de l'agression continuent à le handicaper. Darya va pour l'accompagner, mais il lui dit : « Non, vous restez ici. Ça pourrait être dangereux. » Elle répond : « Justement, je viens avec vous. On ne discute pas. » Dans un soupir, il traverse la rue. Le plus discrètement possible, ils s'approchent. Alors qu'ils sont à une vingtaine de mètres, le bruit de leurs pas sur les graviers attire l'attention de l'homme qui prend la fuite vers le fond du cimetière. « Merde », tempête Gabriel, qui, clopin-clopant, tente de le poursuivre. Darya le dépasse en courant. Il lui hurle : « Non ! », mais elle est déjà loin.

L'homme vient de sauter par-dessus un muret. Il a une sacrée foulée. C'est certainement un jeune, en bonne condition physique. Darya elle-même a du mal à suivre. Elle franchit à son tour le parapet et se retrouve face à un immense champ de colza en fleurs, haut d'un mètre cinquante, qui donne sur un sous-bois. Doit-elle le suivre ? Dans son dos, Gabriel lui hurle quelque chose. Mais elle s'est déjà enfoncée au cœur des plantes. Cherche. Là-bas, une silhouette grise dépasse de cet océan vert et or. Puis disparaît aussitôt. Il a dû se jeter au sol. Elle accélère. Après une minute, elle reprend sa respiration, tourne sur elle-même. Ce jaune criard, partout. Et l'odeur des milliers de fleurs, forte et acide, qui lui attaque les narines. Impossible de savoir où celui qu'elle poursuit se trouve. À ses pieds, peut-être, rampant au sol, prêt à fondre sur elle ? Elle comprend alors qu'elle n'a rien à faire ici. Elle n'est pas policière, ni armée, absolument pas préparée. La rage de savoir, de découvrir qui est derrière l'assassinat de son mari, laisse place à un autre sentiment. La terreur. Et si c'était lui ? Le tueur... et qu'il rôdait autour d'elle. Un frémissement sur sa gauche. Il faut qu'elle sorte d'ici. Elle fuit. Du pollen se colle à son jean, son pull. Mètre après mètre, elle a l'impression que le champ l'enserre. Elle est prisonnière. Il va la retrouver... Un craquement au cœur du mur végétal, face à elle. Elle fait un pas en arrière, trébuche sur une motte de terre. Tombe à la renverse. Ça bouge encore, plus près. Des bruits de pas. Se relever. Quelqu'un progresse vers elle. Les tiges ploient sur son passage. Darya va pour repartir. On la saisit par le bras. Elle crie. C'est Gabriel. Elle tombe dans ses bras. Il lui dit : « C'est moi. Tout va bien. Il est parti... » Alors qu'il serre la femme contre lui, Gabriel, sur le qui-vive, observe le champ. Qui que soit ce type, il a quelque chose à cacher... Ils doivent le retrouver.

33

22 avril 2024

Noirval

Dehors, les volets grincent sous les coups de boutoir du vent, la pluie martèle le toit. À l'extérieur du château de Noirval, l'averse ne faiblit pas. Depuis le début de l'après-midi, la région lilloise est traversée par de puissants orages. Pour Sofia, cette tempête, c'est l'occasion qu'elle attendait. La policière écarte son oreille de la porte donnant sur le couloir. Pas un bruit. Plus tôt, par sa fenêtre elle a aperçu des rais de lampes torches s'éloigner dans le parc. Victor et les autres, pour une raison qu'elle ignore, sont sortis malgré la tourmente. Prudemment, elle tourne la poignée, vérifie qu'elle a bien dans ses poches le micro-espion et le kit de crochetage, dissimulé dans un faux étui de carte bleue. Elle se souvient de sa réaction quand Gabriel lui avait sorti ce gadget : « Vous vous croyez dans un James Bond ou quoi ? » Il lui avait répondu : « Vous ne savez pas ce qui vous attend quand vous serez au cœur de la

Meute. Entraînez-vous à crocheter des serrures basiques. Ça doit devenir intuitif, naturel, et ça pourrait bien vous sauver la vie. » Alors, elle s'était exécutée. À l'aide de cadenas et serrures transparentes, elle avait appris à utiliser les crochets pour déverrouiller les goupilles du cylindre. Un jeu de patience, d'équilibriste. Il lui avait aussi fallu s'exercer les yeux bandés, et, enfin, sur de véritables serrures.

La policière progresse dans le corridor silencieux. Elle se trouve dans le territoire de Victor, son antre. Tout le deuxième étage du château est ainsi dévolu à l'héritier des Mirval. Au premier vit son père, Armand. Les convives l'ont à peine croisé. Le propriétaire du domaine est venu les saluer à leur arrivée, mais s'est depuis montré discret, voire distant. Le soir, il n'est venu dîner qu'une seule fois à leurs côtés dans la grande salle tapissée de bois de cerfs. « Mon père a besoin de repos en ce moment », a justifié Victor.

Autour d'elle, la décoration inquiétante du fils Mirval. Boiseries sombres, plafonds peints en bleu nuit. Une association étrange d'époques, de cultures, qui met la jeune femme mal à l'aise. Il y a, d'abord, ces reproductions de peintures de Jérôme Bosch. Des visions délirantes… Des corps qui s'entremêlent sur un décor en flammes. Une gueule énorme qui vomit des cadavres. Et ces armes, partout. Un katana traditionnel japonais côtoie un sabre d'officier hussard. L'autre jour, Victor leur a dévoilé un boudoir rempli d'armes et armures anciennes. Camille s'est saisi d'un os sculpté, gravé d'inscriptions, et a interrogé le fondateur de la Meute sur son origine. « Il s'agit d'une dague de Papouasie. Elle est faite à partir de véritables os humains. » Dégoûtée, la jeune femme l'a reposée sur son présentoir. Lui l'observait, heureux de son effet...

La policière dépasse les chambres où sommeillent les deux autres futures recrues. Attend une seconde. Chacun dort profondément. Elle les envie un peu... Depuis leur arrivée à Noirval, Camille, Aymeric et Sofia n'ont pas été épargnés. Joggings dans les allées du domaine, séries d'exercices dans la salle de musculation aménagée à l'autre bout de l'aile. La veille au soir, alors qu'ils étaient déjà vannés, ils ont passé trois heures dans les caves du château à suivre l'entraînement de Louis Farge, l'homme de main de la famille. Le colosse les a initiés aux rudiments du combat à l'épée. Contrer une attaque avec un bouclier, effectuer différentes frappes... La séance s'est achevée sur une série d'assauts. Ils avaient beau être équipés de protections, face à eux, Mirval, Valien, et même Caron, ne retenaient pas leurs coups. Sofia a écopé d'une énorme ecchymose sur l'épaule. Plus inquiétant encore, ce matin, les ténors de la Meute les ont menés dans un sous-bois du domaine, puis leur ont donné des fusils de chasse et les ont forcés à tirer sur des mannequins en guise de cibles. Alors que les canons faisaient cracher le feu, que les détonations résonnaient, Aymeric a eu cette phrase, qui lui a glacé le sang : « Vous auriez mis une burqa à l'un de ces pantins, j'aurais collé toutes les balles dans le mille ! » Comme toujours, elle a pris sur elle. Ne rien laisser paraître. Sourire, même. Quitte à s'en mordre les joues.

La jeune femme atteint la porte du bureau du chef de la Meute. Par chance, c'est une serrure ancienne, assez simple à manipuler. En un instant, elle est à l'intérieur.

Une silhouette prête à se jeter sur elle. Sofia sursaute. Ce n'est qu'un loup empaillé, dressé sur ses pattes arrière, tous crocs dehors. Malgré les ténèbres, elle remarque une énorme bibliothèque sur le flanc gauche, de l'autre côté, une tapisserie médiévale d'un chevalier terrassant un dragon. Sur le bureau du jeune homme, deux écrans d'ordinateur, des piles de documents. Sofia y jette un coup d'œil rapide. Des factures de sa société Agora, un tas de flyers pour des soirées à la Tanière. Sur le côté, quelques cadres photo. Un cliché interpelle la policière. On y distingue Victor, gamin, devant le château, aux côtés d'une magnifique femme aux cheveux roux. Sa mère ? Un second homme est présent, à la droite de Victor. Il a une carrure impressionnante. Un ancien garde du corps ?

Elle doit rester concentrée. Où placer le micro ? Trouver la cachette la plus discrète possible. Là-haut parmi les ouvrages de la bibliothèque. Elle grimpe sur une chaise. Relève des noms d'auteurs. Oswald Spengler, Renaud Camus, Julius Evola, Dominique Venner... Autant de théoriciens affiliés à l'extrême droite.

Il y a un objet, sur le haut du meuble, qui prend la poussière. Sofia s'en saisit. C'est un tableau, assez sombre, d'une cité en proie aux flammes. En surimpression, le symbole de la croix et des cercles qui les ont menés jusqu'ici. La toile a été lacérée. Comme si l'on s'était acharné à la vandaliser à coups de couteau. Pourquoi ? Une question, une de plus. Pas le temps. La jeune femme replace la peinture, sort le micro miniature de sa poche, l'active, le glisse entre deux livres qu'elle écarte légèrement. L'appareil est quasi invisible... Elle quitte le bureau, en referme la serrure. Un claquement de porte, des voix venant du rez-de-chaussée... Ils sont de retour. À la hâte, elle se rue dans sa chambre, dissimule le kit de crochetage sous la latte de parquet abîmée qu'elle utilise comme cache, se jette dans son lit, ramène les couvertures. Moins d'une minute plus tard, la porte s'ouvre dans un grincement. Sofia retient son souffle. Ont-ils entendu quelque chose ? On allume la lumière. On la remue. Valien.

— Lève-toi.

Elle se redresse, fait semblant d'être endormie...

— Que se passe-t-il ?

— Pas le temps pour les questions, Giordano. Habille-toi. Enfile un tee-shirt, un pantalon, rien de plus. Pas de chaussettes, ni de chaussures.

Aux côtés de Camille et d'Aymeric, Sofia se retrouve dans le hall d'entrée du manoir. Les fondateurs de la Meute les encadrent en cirés dégoulinants, lampes à la main. Dehors, le vent a redoublé d'intensité et fait grincer la lourde porte. Victor prend un ton solennel :

— Ce soir, vous allez affronter le troisième cercle, la Gourmandise. Vous devrez vous dégager de la saleté de votre quotidien pour espérer franchir cette étape. Abandonnez les oripeaux de votre vie, soyez prêts à tous les sacrifices. Pour notre combat, notre cause.

Au moment où le dirigeant du groupuscule achève son exposé, une lumière s'allume au premier étage. Armand Mirval apparaît en robe de chambre. Il demande :

— Que fais-tu, Victor ? Si ce que tu prépares a un lien avec moi, avec nous... tu dois me tenir informé !

— Je ne te dois rien... Les décisions, maintenant, c'est moi qui les prends. Retourne te coucher.

La voix sèche n'appelle aucune réponse. Le père, sans un mot, s'éclipse.

Ils sortent sous un véritable déluge. La pluie drue les trempe instantanément. Sous leurs vêtements imperméables, les quatre de la Meute leur ouvrent le chemin. Sofia a du mal à distinguer quoi que ce soit. Les gouttes d'eau lui fouettent le visage, les bras. Enfin, ils atteignent un étang, d'où s'échappent des volutes de brume. Valien retourne une barque vermoulue et en extrait quatre sacs militaires qu'il leur tend.

— Enfilez ça.

— Il y a quoi là-dedans ? demande Aymeric.

— Des pierres... Le poids de votre passé, de vos erreurs. Tout ce que vous allez laisser derrière vous ce soir.

Sofia ajuste les lanières, manque de tomber à la renverse. Le sac doit au moins peser vingt kilos. Mirval leur indique la surface de l'étang, noire comme du pétrole.

— Vous devez entrer dans cet étang et le traverser.

Sofia ose :

— Mais c'est de la folie ! Il fait un froid abominable. On risque l'hypothermie.

— Je veux que vous me prouviez votre détermination. Vous avez peur et je le comprends... Mais la peur n'a pas sa place dans nos rangs. L'Ange noir qui nous traque pense nous effrayer... Mais il n'est personne. Un parasite. Il veut s'en prendre aux nôtres ? Chaque fois qu'il assassine l'un de nos frères, il nous rend plus forts, plus déterminés.

C'est la première fois que Mirval mentionne l'Ange noir... Il se dévoile, enfin... Le chef de la Meute poursuit :

— Dites-vous que d'autres, avant vous, ont franchi ces épreuves. Moi le premier, comme mes camarades, avons connu les tourments des neuf cercles. Et nous en sommes sortis grandis.

Alors, en file indienne, ils pénètrent dans l'eau fangeuse et progressent le long du rivage, suivant les rais des lampes du quatuor en amont. Sofia, en dernière position, se traîne laborieusement, de l'eau jusqu'à la taille, ses pieds nus s'enfonçant dans la vase. Elle est frigorifiée, doit repousser de hauts joncs qui lui griffent les bras. Les lanières de son sac déchirent sa peau. Elle croit sentir quelque chose de flasque se faufiler le long de sa cheville. Qu'un poisson, certainement...

Devant Sofia depuis dix minutes, Aymeric, courbé en avant, ahane telle une bête de somme. À ses côtés, Camille a de plus en plus de mal à avancer. Elle marque une pause, murmure :
— Je n'y arriverai pas. J'ai... j'ai si froid.
— Il faut continuer, Camille.
— J'arrête. Je n'en peux plus...
— Je vais t'aider.
Alors, elle passe son bras derrière le dos de la jeune fille, la tire avec elle. Chaque pas est encore plus difficile. Une vingtaine de mètres plus haut, les membres de la Meute leur font des signes. Elles y sont presque. Déséquilibrée par le poids de Camille, Sofia trébuche et boit la tasse. Un goût de limon dans la bouche. Elle

recrache et repart. Enfin, elles atteignent le rivage. Camille s'écroule de tout son long. Sofia tombe à genoux. Un point de côté lui broie les côtes. Elle va pour retirer ce sac de malheur, quand, de sa chaussure, Valien l'en empêche.

— Pas encore. Ce n'est pas fini.

Il s'éloigne. Sofia baisse la tête, à bout. Mirval les rejoint. Son visage est invisible, dissimulé par sa capuche. Mais ses mots les transpercent tous trois.

— Vous avez franchi le troisième cercle et traversé l'Achéron, la rivière des enfers, maintenant vous devrez faire face au quatrième cercle et affronter vos peurs. Votre seule issue, le labyrinthe.

Un cliquetis métallique, lourd. Par-delà le voile de bruine, une silhouette approche. Lourde, lente, elle tient quelque chose à bout de bras. Sofia se relève, aide Camille à faire de même. Avant de repartir, elle se retourne. La forme est plus distincte. C'est un homme en armure médiévale noire. Il porte un casque terrifiant, une gueule de dogue aux crocs acérés. Il est énorme. Un géant. Dans sa main gantée, une épée qu'il laisse traîner derrière lui, dans la boue. Aymeric a déjà filé. Il court en direction des torches qui marquent l'entrée du labyrinthe du domaine. Mais Camille, paralysée, fond en larmes.

— Je n'en peux plus...

Sofia est terrifiée. Elle ne réussit plus à penser. Son instinct lui hurle de déguerpir, que la menace est bien réelle. Ce n'est plus un jeu. Le colosse est à moins de deux mètres d'elles. Ses énormes chausses s'enfoncent dans la bourbe. Il soulève son épée au-dessus de sa tête et frappe. Le tranchant frôle la jambe de Camille. Sofia tente de l'entraîner avec elle. Ses pieds ripent sur la terre meuble. Mais Camille, prostrée, ne bougera plus. Sofia hurle :

— Arrêtez ça. Arrêtez cette folie, merde !

Personne ne lui répond. Les quatre membres de la Meute ont disparu dans les ombres. Seule face à elles, la silhouette d'acier. Il arme un nouveau coup. La peur, trop forte. La peur qui domine tout. La jeune femme abandonne Camille et se met à courir vers le labyrinthe. Ce n'est pas possible, se répète-t-elle. Elle s'engouffre entre les hautes haies du dédale. Pourquoi continuer ? Abandonner. Ce monstre ne la tuera pas. Ils ne peuvent pas... En est-elle si sûre ? Victor Mirval est fou...

Alors, elle accélère. Elle ne se soucie plus de son corps frigorifié, ni de son sac à dos rempli de pierres. Simplement avancer. Tourner à droite, à gauche. Un grincement dans son dos. Il est sur ses traces. Elle dépasse des statues macabres. Corps déchirés, faciès d'horreur. Une impasse. Il lui faut faire demi-tour. Elle revient dans la longue allée couverte. Il arrive. Émergeant du rideau de pluie, sa silhouette immense, prête à dévorer le monde. Son arme qui glisse sur les dalles du sol. Elle repart. Ne plus se perdre, par pitié. Est-elle déjà passée ici ? N'est-elle pas en train de tourner en rond ?

Ses larmes se mêlent à la pluie. Une percée de lumière. Ses dernières énergies dans ces quelques mètres qui la séparent de la trouée. Elle rejoint Mirval et les autres, sur une place circulaire. Une maquette d'une étrange cité en son centre. Sofia voudrait continuer, fuir d'ici, mais Roxane la retient, lui passe une couverture sur les épaules, tente de la rassurer. Sofia hoquette quelques mots : « Il… il arrive. » Elle est à deux doigts de leur révéler, à tous, qu'elle est policière, qu'elle va les arrêter pour ce harcèlement horrible. Cette violence. Elle voudrait tant reprendre le contrôle, ne pas avoir l'impression d'être une marionnette aux mains de Mirval. Mais une once de lucidité la retient. Se taire… Le Cerbère émerge du labyrinthe, dans son armure dégoulinante d'eau. Des faciès de chiens sur ses épaulettes. Bientôt, ils sont rejoints par Camille. Elle est indemne. Le visage creusé. L'air, elle aussi, hagarde. Le Cerbère ôte son casque, c'est Louis Farge, le garde du corps des Mirval. Il arbore une étrange expression. Sa lèvre déformée s'étire vers le bas. Comme s'il acceptait mal le rôle qui lui est dévolu. Roxane amène Sofia auprès de la maquette. Victor allume un briquet, le plonge dans la fosse. Malgré la pluie, des flammes se propagent dans les douves. Alors, il prend la parole.

— Je vais vous raconter une histoire. Cette histoire se transmet de père en fils, depuis des générations. Et je vais vous la conter à mon tour. Car désormais, vous faites aussi partie de ma famille. Vous avez dépassé vos peurs, êtes allés au bout de vous-même.

Il marque une pause, puis poursuit :

— Voici Pandémonium. La capitale des enfers. C'est le monde dans lequel nous vivons. Le monde que nous allons détruire. Ensemble.

34

24 avril 2024

Forêt de Nieppe

Gabriel coupe le contact. Entre les mains de Darya, l'application de géolocalisation clignote sur du vide. Ils sont arrivés là où vivait le couple Verhaeghe. Pourtant, il n'y a rien. Un chemin de terre cahoteux qui se termine sur une clairière parsemée de fougères. Une forêt dense, tout autour. C'est la fin de la matinée, mais la tempête des derniers jours a laissé derrière elle un voile de grisaille. Les hauts arbres qui les encerclent créent une voûte empêchant la lumière de filtrer.

— J'ai dû me tromper en tapant l'adresse.

Gabriel s'apprête à faire demi-tour, mais Darya le retient.

— Attendez… regardez.

Le policier plisse les yeux. À l'autre bout de la clairière, un bâtiment rendu quasiment invisible par la végétation. Sa structure en bois est couverte de ronces, de lierre.

Le Grizzli ouvre la portière, son pied s'enfonce dans la boue. Il ronchonne. Avant de le suivre, Darya vérifie le téléphone relié au micro-espion caché par Sofia à Noirval. Si quelqu'un entame une discussion dans le bureau de Victor, l'appareil s'activera. Pour le moment, un seul échange marquant. La veille, Mirval a donné l'autorisation à Caron et Valien de quitter le domaine. Ses mots sibyllins : « Trouvez-en un qui fasse l'affaire. Ne vous faites pas repérer. » Avant qu'ils ne se séparent, Mirval a demandé à Valien : « Hervé, tu sais quand nous aurons des nouvelles pour la livraison ? » L'autre de répondre : « Dans les jours qui viennent. Ça ne devrait plus tarder. » Quelque chose se prépare.

Tous deux avancent jusqu'au cœur de la clairière. Sous le tissu végétal leur apparaît le restaurant abandonné. On y déchiffre encore l'enseigne, sur la devanture : « L'Orée du bois ». Parmi l'imbroglio de branches, de lianes, on distingue un étage, une autre structure à l'arrière. Certainement la partie habitation. Gabriel se faufile dans la bâtisse.

Alors qu'elle s'apprête à le suivre, Darya croit surprendre un mouvement à la lisière du bois… Son imagination doit lui jouer des tours. Cette maison éradiquée par la nature a quelque chose d'angoissant. Une fois à l'intérieur, c'est encore pire. Elle se croirait dans une grotte. La pénombre. Des effluves de moisissure. Geller allume sa lampe torche. Des tags couvrent les rares pans de mur épargnés par les plantes. Derrière un comptoir, des miroirs ébréchés. Des tables retournées, des chaises éclatées. Dans un coin, quelques seaux de peinture bouffés par la rouille. Plus loin, deux matelas moisis encadrent un reste de feu, des cadavres de bouteilles. Des jeunes du coin ont dû venir passer leurs soirées ici. Au centre de la pièce, une partie du toit s'est effondrée, créant une percée de lumière. En son cœur, un arbre a poussé, étirant ses branches tortueuses jusqu'au plafond. Des gouttes d'eau perlent à l'intérieur. Derrière l'odeur d'humus, Gabriel en décèle une autre, plus âpre. Du pétrole. Par une fenêtre donnant sur l'arrière du terrain, le flic aperçoit une ancienne cuve de fuel corrodée. Les vapeurs doivent certainement provenir de là. Ils accèdent aux cuisines de l'ancien restaurant. Rien de notable. Ils doivent se contorsionner pour passer sous une poutre écroulée qui bouche le chemin. Leurs semelles dans les flaques saumâtres. Ils arrivent dans ce qui devait être le salon de la maison des Verhaeghe. La plupart des meubles ont disparu ou été vandalisés. Il reste un vaisselier, un canapé éventré.

Le couple aurait décidé d'emménager ici en 2004, en vue de restaurer le lieu. Mais leur projet ne s'est jamais concrétisé. Jacques est mort fin 2011. Sa femme en 2013. Ils arrivent justement dans leur chambre. Le papier peint gondole, dégueule des murs. Au centre de la pièce, un sommier nu, certainement l'endroit où a été découvert le cadavre de Sandrine Verhaeghe. Elle se serait donné la mort en s'asphyxiant avec un sac plastique. L'enquête a été rapidement bouclée. Suicide. Sans héritier, le restaurant est resté tel quel. Quand il a fallu le vendre, personne n'en a voulu. Le temps a passé et la nature a repris ses droits. Darya glisse un œil dans la petite salle de bains attenante. Sur l'évier, une brosse à cheveux, des tubes de crème jaunis. L'impression que le temps s'est arrêté. Ils rejoignent le couloir d'entrée.

Un pan de mur s'est écroulé sur l'escalier. Arrachant, au passage, la plupart des marches. Pour accéder à l'étage, les deux doivent assurer leurs pas. S'aider des garde-corps. Arrivés en haut, il leur faut redoubler de vigilance. Le bâtiment est vétuste, au bord de l'effondrement. Ils avancent prudemment. Le parquet grince. Des lattes vermoulues s'enfoncent sous leurs pieds. Au bout du couloir, une seconde chambre, plongée dans la pénombre. La torche glisse sur un petit lit, une moquette bleue tachée d'humidité, quelques jouets. Des voiturettes. Un château. Des chevaliers en plastique. Là-bas, contre un mur, une épée et un bouclier en bois. Ils ouvrent un tiroir. Des vêtements de garçon. Pulls, tee-shirts et pantalons, bouffés par les mites. Darya se tourne vers son compère :

— Les Verhaeghe avaient un fils ?
— Il n'en existe de trace nulle part...

Il est temps de quitter ces ruines. En retraversant le couloir de l'étage, Gabriel se fige. Il lève la main, quelques gouttes lui tombent dans la paume. Il éclaire le plafond. Du liquide coule à travers une légère embrasure. Il y a quelque chose là-haut, une trappe. Geller va chercher une chaise dans la chambre d'enfant. Grimpe dessus. Tire sur la poignée qui, en basculant, fait descendre une échelle de meunier. Ils montent. C'est un grenier. Des flaques ici et là. Au fond de la pièce, près d'une fenêtre en lucarne, des meubles, des cartons. « Qu'est-ce que... » parvient à articuler Gabriel en découvrant, sous le rai de sa torche, une impressionnante armure médiévale, au beau milieu de la pièce, posée sur un mannequin en bois. Ils en détaillent les gravures. Sur l'épaulette droite, une tête de buffle, sur celle de gauche, un bélier. Gabriel remarque que la visière du casque est manquante. Elle a été démontée. Aux côtés de l'armure, sur un établi, ils mettent au jour divers types d'armes : épées, haches... Plus loin, des photos de Jacques Verhaeghe jeune, en tenue de boxe, soulevant des coupes sportives. Les clichés sont entourés de bougies consumées. Ce n'est pas une simple collection, c'est un autel.

Darya, restée auprès de l'armure, passe sa main sur le métal du poitrail. « C'est étrange, il n'y a quasiment pas de poussière. » Gabriel, à son tour, y prête plus attention. En effet, contrairement au reste de la maison, la pièce est étonnamment préservée. Pas de trace d'humidité, ni de détérioration. Quelqu'un vient ici, souvent. Le policier passe sa lampe au plafond. Un isolant a été récemment ajouté au bardage de bois. Darya l'appelle, elle vient de trouver des cartons remplis de documents... Des articles sur Armand Mirval, des photos de Victor, jeune... La chaussure de Gabriel glisse sur une flaque. La pièce a été assainie... Comment expliquer la présence de cette eau ? Gabriel s'abaisse, passe un doigt sur le liquide. C'est poisseux, épais. Il sent. « Darya, ces flaques un peu partout dans le bâtiment. Cette odeur... C'est de l'essence. Il faut partir d'ici. »

Un grondement vient les pétrifier. Puis c'est une vague de chaleur qui monte jusqu'à eux. Gabriel dévale l'échelle de meunier, arrive en haut de l'escalier du premier. Les flammes, portées par les flaques d'essence, se répandent à une vitesse sidérante dans la maison décrépie. Les rideaux brûlent, les meubles s'embrasent, dégageant une fumée épaisse qui pique au nez. Gabriel a du mal à respirer. Il tente de se protéger avec la manche de sa chemise. Déjà, certaines cloisons en bois commencent à se consumer. Ils ne descendront pas par là. Le quinquagénaire remonte vers le grenier. Il avance vers la lucarne au fond de la pièce, saisit une dague, de la lame brise le carreau, jette un œil dehors. Sous leurs pieds, le toit du perron. Ils peuvent tenter de se laisser glisser dessus. Ensuite… Gabriel force Darya à le précéder. On n'y voit quasiment plus rien à l'intérieur de la pièce. Le Grizzli a une quinte de toux, mais franchit à son tour la fenêtre. Ils sont dehors, en équilibre fragile au-dessus du vide. Dans un mugissement, le toit du restaurant s'effondre. Les flammes, avivées par l'afflux de bois, s'élèvent à plusieurs mètres de hauteur. Un piège. L'homme qui a fui dans le cimetière les attendait ici, espérant qu'ils trouveraient la maison. Il voulait effacer ses traces et se débarrasser d'eux par la même occasion. « Gabriel ! » Darya pointe du doigt une gouttière qui pourrait leur permettre de descendre. Geller avance à grand-peine sur le toit pentu. Un craquement. Le sol cède sous ses pieds. Il parvient à se retenir, *in extremis*. Ses bras, tendus vers l'avant, tentent de s'arrimer aux tuiles glissantes. En dessous, l'incendie, vorace. Alertée par le bruit, Darya fait volte-face, l'attrape par les bras, le hisse en arrière. Pas le temps pour les remerciements, ils se hâtent jusqu'à la gouttière. Gabriel, à bout de forces, se laisse chuter à terre. Dans un dernier effort, ils s'éloignent du bâtiment. Les deux contemplent le brasier. Ça hurle et ça crépite. Des geysers de flammes s'échappent des fenêtres, du toit. Des ombres rousses, feux follets frénétiques, sont projetées sur les arbres alentour. C'est un sabbat. Geller a sorti son arme et, le canon collé à la torche de son téléphone, la braque vers la forêt environnante. Une empreinte nette dans la boue, qu'il reconnaîtrait entre mille. Le policier l'a tellement étudiée, aux côtés de Sofia. La trace de chaussure de l'Ange noir.

35

25 avril 2024

Noirval

Ça va trop loin. Bien trop loin, pense Sofia... Et cette litanie qui lui détruit les tympans. Cette obscurité partout. Les visages des membres de l'Ordre qui les observent, elle et les autres. Qu'attendent-ils d'eux ?

Ce soir, Camille, Aymeric et elle ont été intronisés auprès des membres du groupe fondé par les ancêtres des Mirval, ce mystérieux Ordre. Victor avait organisé une réception, au rez-de-chaussée du château, dans le salon donnant sur la grande verrière. Une quarantaine de convives. Parmi eux, quelques visages familiers que la policière avait repérés sur les photos prises par Gabriel, des semaines plus tôt. Des notables de la région, des entrepreneurs, femmes et hommes politiques. L'ambiance était étrange, artificielle. Malgré les costumes, les jolies robes, les coupes de champagne, les petits fours, Sofia avait la sensation que tous forçaient leurs sourires, que personne n'avait réellement envie d'être là.

Beaucoup parlaient du climat de tension dans le pays, des émeutes dans les cités. Avec ce petit mépris, cette suffisance de ceux qui croient savoir. D'autres, à voix feutrées, échangeaient autour du meurtre atroce de Crozier, deux mois plus tôt. Sous-entendaient que l'assassin devait les connaître. Toutes les victimes étant des membres passés ou présents de leur petit cercle. Certains suggéraient qu'ils devraient cesser leurs rendez-vous, faire profil bas. Voire mettre fin à l'Ordre. Victor, visiblement irrité par la tournure sinistre de la soirée, avait alors pris la parole. « Mes frères. Si nous sommes réunis ce soir, c'est pour montrer à cet Ange noir que la terreur ne nous atteint pas. Que nous resterons debout. Si l'un d'entre vous s'y oppose, qu'il se manifeste… » Les regards s'étaient plantés dans le parquet, personne n'avait osé lui répondre.

Durant ces quelques heures, Sofia avait observé Armand Mirval. Accompagné de son garde du corps, Louis Farge, le quinquagénaire restait à l'écart. La policière avait même eu l'impression que les convives l'évitaient un peu. Un pestiféré.

Aux alentours de minuit, à la suite de Victor, et encadrés par des vigiles, tous les invités ont pris la direction du mausolée. Sofia allait enfin découvrir ce qui se cachait derrière cette porte rouge dont lui avait parlé Gabriel. Quand ils ont pénétré dans la crypte, qu'ils se sont enfoncés sous terre dans cet impressionnant escalier en spirale, l'atmosphère a changé. Dans la salle voûtée, on sentait une excitation palpable. Une attente qui enflait. Un appétit. Comme si les membres de l'Ordre n'étaient plus véritablement les mêmes. Au centre de la pièce, une arène circulaire. On a forcé les trois jeunes recrues à se rendre dans une salle d'armes pour s'équiper comme pendant les entraînements avec Farge. Un gambison, des jambières, une cotte de mailles, un casque rudimentaire, une épée, un bouclier. Et maintenant ?

Sofia cherche Victor du regard. Il s'est volatilisé. Valien lève les bras pour faire silence et invite Aymeric à le rejoindre au cœur du Cercle. Le gros bras de la Meute explique : « Un nouveau cercle. La Colère. Un nouveau défi. Vous allez faire face à la rage du Cerbère. Vous devrez tenir bon. Ne pas céder. Tenir au moins une minute debout. Pour rejoindre officiellement nos rangs. Faites-nous honneur. » Dans un coin de la salle, deux hommes ont commencé à souffler dans d'énormes cors.

Sous les vivats, une silhouette d'ombre et d'acier s'approche. Un titan engoncé dans son armure noire. Cette démarche lourde. Ces gueules de chiens prêtes à mordre sur ses spalières, son casque. C'est lui le Cerbère, Louis Farge. Les deux combattants se saluent. Habitué aux sports de combat, Aymeric tente d'abord de prendre le dessus. De se montrer offensif. Mais le colosse reste imperturbable. Sous la tempête d'attaques du Cerbère, Aymeric finit par poser genou à terre. Il ôte son casque, crache de la bile, un énorme cocard violet sur la joue.

Camille serre le bras de Sofia, à lui faire mal. « Je n'y arriverai pas. C'est trop. » La policière éprouve la même angoisse, mais tente de se montrer rassurante : « Ils ne nous feront rien, Camille. Ils veulent nous faire peur, nous pousser dans nos retranchements. Mais il faut tenir. » Alors qu'Aymeric est évacué de l'arène, Giordano remarque des gouttes de sang perler de sa cotte de mailles, au niveau du bras.

C'est son tour. On la pousse vers l'entrée du Cercle. Aux premières loges, les membres de la Meute. Valien, la mâchoire serrée, Luc, visiblement anxieux, Roxane, tout sourire, un verre à la main. La compagne de Mirval semble adorer ça. Victor, lui, est toujours invisible.

Sofia entre dans l'arène. Farge se retourne et lui fait face. Une statue de métal. Ils soulèvent leurs épées pour se saluer. Sofia doit garder la tête froide, ne pas céder à la panique. Tenir. Une minute, quoi qu'il lui en coûte. Le combat démarre. Elle tente de garder ses distances. Tandis qu'elle esquive, son cerveau l'accable. Tout cela n'a aucun sens. Elle n'est plus au XXIe siècle. Mais revenue en des temps médiévaux. Le géant la poursuit de ses assauts. Elle soulève son bouclier, pare un coup. Un second glisse jusqu'à son casque. Le choc est épouvantable. Elle est sonnée, le goût du sang dans sa bouche. Tenir. Chaque seconde est une victoire. L'éviter, tant que possible. Elle croise le regard de Farge, derrière son heaume d'obsidienne. Il a cette même expression lasse, qu'elle a déjà surprise. Alors qu'elle encaisse une nouvelle frappe, elle comprend qu'il attaque avec le plat de son arme. Comme s'il ne voulait pas la blesser. Autour d'elle, on se moque. Éclats de rire, insultes… Torrents de fiel. Un déversoir de rage. « Tu ne vaux rien ! Bats-toi, sale chienne ! »

Finalement, Farge fonce sur elle et la fait chuter à terre d'un coup d'épaule. Sofia ne bouge plus, sa cage thoracique comprimée. Le Cerbère se campe au-dessus d'elle, la toise et s'éloigne. On l'aide à se redresser, à quitter l'arène.

C'est au tour de Camille de faire face au monstre de métal. La cadette de la troupe s'en sort mieux que prévu. Elle se déplace vite, esquive les attaques puissantes mais lentes du colosse fatigué. Encore une fois, Sofia a l'impression que Farge retient ses coups. Camille a tenu bon. Son frère, Luc, la rejoint dans l'arène, la serre dans ses bras. Tout aussi fier que rassuré. On les applaudit.

Bam-bam. Bam-bam. Surplombant la liesse, des bruits de métal. Fendant la foule, quelqu'un approche. C'est Victor. Il a revêtu, lui aussi, une armure. Elle est d'un rouge carmin, couverte de plis et de cannelures qui déforment l'acier comme des veines, des rigoles. Le plastron est gravé de décors complexes, scènes de batailles, des chevaliers combattant des démons, des cadavres sur des piques. Ses coudières et ses spalières ont des angles aigus, aussi aiguisés que des lames. Sous son bras, un casque, avec une mâchoire béante. Celle d'un dragon. Il cogne de sa longue épée contre son bouclier. Bam-bam. Bientôt, tous se taisent. Il fixe les combattants, tour à tour, et s'impose au cœur de l'arène. Ses traits sont déformés par les lueurs des torches alentour. Le Cerbère, comme en réponse, recule et disparaît. Mirval parle sans forcer sa voix. Car il sait que toute l'attention est portée sur lui : « Ce soir, nos trois recrues rejoignent nos rangs. Ils seront nos hérauts, nos chevaliers. Ceux qui amèneront le changement. Une nouvelle aube. Mais la nuit n'est pas terminée. Arrive le temps de notre revanche. Au sang, répond le sang. À la mort, répond la mort. Ce soir, l'une des nôtres va traverser le neuvième cercle. Roxane, ma bien-aimée… » La jeune femme vient à ses côtés. De son gantelet, il saisit sa main et y dépose un baiser. « Que l'on fasse entrer le démon. »

Sofia, malgré sa peur, aimerait rester, comprendre ce qui va se jouer. Mais Valien les force, elle et ses deux camarades, à quitter le souterrain.

— Pourquoi doit-on partir ? ose la policière.

— Ce combat ne vous concerne pas. Pas encore.

Elle n'insiste pas, sachant qu'elle ne tirera rien de lui. Ils rejoignent les escaliers. Des vivats montent dans la pièce. On encourage Mirval. En réponse, il dresse son épée en l'air, enfile son casque.

Ils sont dehors, reviennent vers le château, Valien dans leur sillage. Il exige qu'ils se hâtent, semblant pressé de retourner dans le mausolée. Le silence, entrecoupé par le crissement de leurs pas sur les graviers. Puis un hurlement glaçant, désespéré… Sofia se retourne vers ses camarades, demande :

— C'était quoi ?

Valien répond :

— Les loups, juste les loups, et la pousse en avant, brutalement.

Tous repartent. Il se passe quelque chose là-bas, dans les tréfonds. Quelque chose de terrible.

36

9 février 2013

Forêt de Nieppe

Ses yeux écarquillés. Deux billes dans la nuit. À fixer l'ombre des arbres sur le lambris du plafond. L'enfant s'endort chaque soir un peu plus tard. Il ne veut pas retourner là-bas. Au cœur de ses songes. Car il sait qu'il y retrouvera son père. Leurs souvenirs. Leurs éclats de rire. Dans ses rêves, leur vie d'avant continue. Mais il lui faut toujours se réveiller. Ce moment de flottement, cet entre-deux, où on se dit que c'était peut-être vrai, après tout. Jacques va entrer dans sa chambre, et le serrer dans ses bras. Mais la porte reste fermée. La maison, silencieuse. Ouvrir les yeux et comprendre que son cauchemar, c'est sa réalité. Malgré son jeune âge, réaliser que ça ne sert à rien de rêver. Ça fait trop mal. Ça bouffe au-dedans.

Quelques jours plus tôt, sa mère, Sandrine, est revenue des courses avec un journal, *La Voix du Nord*. Il y avait un article dedans avec une photo d'Armand

Mirval et de son fils. Elle s'est énervée, a déchiré la page. L'après-midi, il l'a entendue passer un coup de fil, elle hurlait : « Il me faut plus, beaucoup plus. Allez vous faire foutre avec vos quelques euros envoyés au compte-gouttes. Cette fois, Mirval, je ne blague pas. Je vais tout dire. Vous finirez en prison, vous et tous les autres. Je leur raconterai les combats... Je leur dirai que ce jour-là, quand Mathilde est venue chez moi, je vous ai appelé pour vous prévenir... pour vous protéger, comme le faisait Jacques. Je leur expliquerai qu'ensuite, votre femme a été retrouvée morte, sur la route, à quelques kilomètres d'ici. Je sais que c'est vous, Mirval. Ou l'un de vos hommes. Donnez-moi l'argent ou préparez-vous au pire. » Plus tard, le garçon est parti récupérer les lambeaux d'article dans la poubelle et, sur la moquette de sa chambre, l'a reconstitué. Il n'était pas réellement intéressé par ce qui était écrit. On parlait d'une cérémonie pour fêter la fin de la restauration du château de Noirval. Mais il y avait la photo du fils Mirval. Son beau gilet, sa chemise blanche, son pantalon en velours. Ses cheveux blonds, coiffés en une raie parfaite sur le côté. Son menton haut. Ses bras croisés. Cette fierté. Le bras de son père dans son dos. Et ce château, incroyable, en arrière-plan. Des dizaines de fenêtres. Deux tours. Victor Mirval. Il devait avoir quelques années de plus que lui. Victor qui avait tout, lui qui n'avait rien. Instantanément, il l'a détesté, du plus profond de son être. Il s'est rappelé la visite de Mathilde Mirval, après la mort de son père, la lettre remise à sa mère. Ces mots qu'il avait surpris en les écoutant parler : « Vous la lui remettrez, plus tard, quand tout sera réglé... » La lettre... Il avait compris que la missive avait peut-être été écrite, justement, pour ce Victor. Alors, profitant de ce que sa mère végétait devant sa télévision, il s'était faufilé jusqu'à la chambre de ses parents, avait fouillé dans leurs affaires. Au fond d'un tiroir, il l'avait découverte. Sans trop hésiter, il l'avait décachetée et commencé à lire. Ses phrases qu'il ne comprenait pas bien : « J'aurais aimé t'aimer. Te dire la vérité. Pouvoir te serrer dans mes bras. Te regarder grandir… » Il s'était arrêté après trois lignes. C'était trop dur. Ces mots pétris d'amour. Ces mots que Sandrine n'avait jamais eus pour lui. Il avait passé une main sur le collier que Mathilde Mirval lui avait offert et qu'il portait désormais en permanence. Et il avait encore plus détesté Victor. Il avait gardé la lettre, l'avait placée sous son lit. Comme un trésor. Une revanche.

2 heures du matin. Il y a du bruit au rez-de-chaussée. Une porte qu'on referme, doucement. Des pas étouffés. La nuit, Sandrine dort profondément. Sonnée par tous les médicaments qu'elle s'enfile à longueur de journée. L'enfant sort de sa chambre, passe sa main sur la rambarde de l'escalier, tend l'oreille. D'autres bruits. Il descend. Un pas après l'autre. La porte de sa mère est ouverte. Il avance, encore. Un homme, vêtu de noir, énorme, avec une cagoule sur la tête est recourbé au-dessus du lit. Les draps remuent frénétiquement. L'enfant ne comprend pas ce qu'il se passe. Une minute s'écoule. Un soubresaut, un autre. Puis plus rien ne bouge. L'intrus n'a toujours pas remarqué l'enfant. Il se redresse. C'est alors que le garçon découvre le corps de sa mère, immobile, la bouche grande ouverte. L'homme

en noir sort un sac plastique de sa poche. Il le glisse autour de la tête de Sandrine, lui serre autour du cou avec une corde. L'enfant sent qu'il devrait avoir peur, fuir, mais il demande :

— Qui êtes-vous ? Qu'est-ce que vous faites à ma mère ?

L'homme se retourne, surpris, se relève. Il est immense. Un ogre.

— Que... qu'est-ce que tu fais là, toi ?

— Enlevez-lui ce sac, vous allez lui faire mal. Maman... Réveille-toi.

L'enfant s'approche du lit. L'autre le retient, le repousse violemment. Le géant a l'air perdu, il baragouine des mots : « Jamais parlé d'un môme... pas prévu. » Il sort un couteau de sa ceinture. L'enfant recule. Bute contre la porte. C'est un démon. Un monstre, tel que ceux que combattait son père. Il devrait courir, se réfugier dans la forêt, mais il n'en a pas la force. L'Ogre se campe au-dessus de lui, sa lame à la main. Sa respiration est lourde. Sa silhouette bouche tout l'espace. Puis, soudain, il fait un pas en arrière, range sa lame.

— Écoute, petit... Écoute-moi bien. Tu vas dans ta chambre, tu t'habilles, et tu redescends. Il faut partir d'ici, vite.

— Et ma mère ?

Sa voix plus dure que la pierre.

— Ta mère est morte. Je l'ai tuée. Et si tu ne fais pas ce que je te dis, tu vas la rejoindre. Tu veux vivre, non ? Tu veux vivre ?

— ... Oui.

— Alors, dépêche-toi d'aller chercher tes affaires.

Le garçon fonce dans sa chambre, enfile un jean, un pull, ses vieilles baskets. Avant de partir, il revient en arrière et prend la lettre de Mathilde, cachée sous son lit, la plie et la place entre son ventre et son pantalon. L'Ogre l'attend en bas de l'escalier. L'enfant voudrait retourner dans la chambre de sa mère, mais l'autre l'en empêche. Ils se retrouvent dehors, dans une nuit de ténèbres. Ils passent par la forêt. La main de l'Ogre qui le tire en avant, à lui faire mal. Ils arrivent près d'un chemin. Il y a une voiture. L'homme le force à y entrer.

Ils roulent. L'Ogre n'arrête pas de répéter « putain, putain... qu'est-ce que je vais faire de toi... » Quand il parle, sa bouche se déforme, il a une cicatrice au-dessus des lèvres. Ça le rend encore plus effrayant.

Leurs phares dans la nuit. Les arbres de la forêt qui laissent place à des champs, des villages endormis. L'enfant ne sait pas où ils vont. L'homme, tout en conduisant, tapote sur le GPS. Des directions apparaissent sur l'écran. La route, encore.

Un nouveau jour se lève quand la voiture ralentit, se gare. De grands bâtiments gris, des portes métalliques rouges. Des camions de pompiers. L'Ogre lui parle :

— Tu vois cette porte en verre, la lumière derrière, tu vas y aller et frapper. Quelqu'un finira par t'ouvrir. Cette personne va te poser des questions. Tu lui diras que tu es seul, abandonné. Que tu ne te souviens de rien. Tu ne reparleras jamais de ton père, de ta mère, ni des Mirval. À personne... Tu vas oublier tout ça. Recommencer ta vie. Je te donne une chance, tu comprends, petit ? Mais si tu parles, je reviendrai te chercher, au cœur de la nuit. Je te trouverai où que tu sois. Et je te prendrai la vie. Compris ?

L'enfant hoche la tête. L'instant suivant, il voit la grosse voiture démarrer dans un vrombissement. De son petit pas, le garçon marche jusqu'à la porte vitrée. Appuie sur un interphone. Au bout d'un moment, une femme vient lui ouvrir. Elle porte un uniforme bleu nuit, avec des lignes rouges dessus. Elle se penche vers lui, surprise, lui dit d'une voix douce :

— Que fais-tu-là, mon bonhomme ? Tu es perdu ?

Il répète mot pour mot ce qui lui a dit l'Ogre, deux fois, pour être bien sûr :

— Je suis tout seul. Je ne me souviens de rien…

Elle lui pose d'autres questions. Il ne répond pas. De sa main libre, il serre le collier de Mathilde. La femme le saisit, y lit le prénom inscrit. Elle lui demande si c'est ainsi qu'il s'appelle. Ce nom qu'il a si souvent répété devant son miroir. Il dit oui. Car désormais, ce prénom sera tout ce qu'il est. Tout ce qu'il lui reste. Tout ce qu'il deviendra. L'origine et le cœur battant de son mensonge. Sa vérité.

CINQUIÈME PARTIE

Semer le chaos

37

8 novembre 2018

Duna Ipoly, Hongrie

Les bottes de Louis s'enfoncent dans la neige. À chaque nouvelle expiration, un épais nuage de vapeur s'échappe de sa bouche. Le froid qui lui transperce l'épiderme. Le silence de la forêt. Les arbres partout, squelettes faméliques aux branches dénudées. Les empreintes de pas qu'ils suivent. Quelques mètres devant, Victor se retourne, abaisse le cache-cou qui lui couvrait le bas du visage : « par là, il ne devrait plus être loin. » Il a un grand sourire, s'amuse. Il a changé, grandi… évidemment. 19 ans. C'est passé si vite. Victor ne ressemble plus à l'adolescent rencontré il y a six ans. Pourtant, derrière les barricades qu'il s'est bâties, ce visage taillé à la serpe, ce regard déterminé, Louis discerne encore, parfois, le gosse qu'il était. Lui que le Cerbère a si souvent calmé quand il avait ses crises d'angoisse, au beau milieu de la nuit, à taper les murs de sa chambre, à s'en faire mal. Le serrer contre lui et le laisser frapper ses côtes. Le laisser le haïr, l'insulter. Parce qu'il fallait bien qu'il déteste quelqu'un. Louis n'a jamais pu lui expliquer. Impossible… Alors, il ne pouvait qu'écouter. « Si tu n'étais pas là, Louis… je crois que j'aurais pu… » Et lui de répondre : « Je sais… » Avec, en son cœur, cette douleur, celle de savoir que l'origine de la peine du jeune, de son mal, il en était la cause. Car c'est Louis et personne d'autre qui a laissé mourir Mathilde Mirval. Pour protéger Armand. Pour protéger, aussi, cette vie qui lui tendait les mains. Qu'il avait toujours espérée. Mathilde était folle, Armand le lui avait bien assez répété. Il lui avait demandé de la suivre, de l'arrêter. « Quoi qu'il en coûte. » Il a essayé, vraiment, de la sauver, au départ. Au moins s'en est-il convaincu…

À quoi bon ressasser le passé ? Victor est allé de l'avant. A réussi à dépasser sa colère, sa tristesse. C'est tout ce qui compte. Sa fragilité s'est estompée, derrière cette stature tout en muscles. Comme pour s'en convaincre, le jeune Mirval aime détailler celui qu'il est devenu dans le moindre miroir. Ces derniers temps, son attitude par rapport à son père, à toujours chercher son approbation, sa reconnaissance s'est, elle aussi, transformée. Il tient désormais tête à Armand, le provoque parfois. Et cette envie de dévorer le monde. Ses nouveaux amis. Leurs discussions le soir, dans des bars, ou au salon du deuxième étage du château où le jeune a aménagé ses appartements. L'odeur de cigarettes, l'alcool qui chauffe les âmes, les voix qui montent : « Il faut bien faire quelque chose, non ? », « Oui, mais par la voie traditionnelle, soutenir les politiques, agir avec eux. » Victor de surenchérir : « Et ça a donné quoi ? Vous avez vu l'état du pays ? Ça fait des années que j'écoute ceux qui promettent du changement, mais il ne se passera rien… Alors, nous allons prendre les choses en main. Nous serons une Meute. Des prédateurs. Nous serons craints. Nous reprendrons nos villes, l'une après l'autre. Notre territoire, le bitume. Où aucun des politicards ne fout jamais les pieds. La rue appartient à ceux qui y descendent. » Louis, comme toujours, reste en retrait, n'écoute pas réellement. Il ne comprend pas quelle est cette menace à affronter. Parfois, le jeune prend son compagnon à partie : « Ça ne te fait rien de voir le monde s'écrouler ? » L'entraîneur hausse les épaules. « Ensemble, nous allons faire bouger les choses. Changer tout ça, Louis. » Louis, en vérité, aimerait que rien ne change. Que Victor cesse de grandir. Qu'ils restent tous les trois, avec Armand, à jamais dans ce château. Lui, pour les défendre. Tant qu'il a ses combats, son armure, ses victoires. Ces moments avec Victor, leurs entraînements dans les sous-sols… Les voyages avec Armand, l'impression de frayer avec les grands du monde. Le regard de son maître quand il remporte un assaut dans le Cercle du mausolée. « Tu en as tant fait pour notre famille, Louis. Je ne l'oublierai jamais. » C'est son univers, ses repères. Et ça lui suffit bien.

Le colosse, tant bien que mal, cale ses pas dans ceux du jeune homme. Avec son corps massif, il a du mal à progresser. La vingtaine de centimètres de neige le ralentit, rendant chaque mouvement plus difficile que le précédent. Sous ses vêtements d'hiver, sa parka, ses gants, il est en sueur. Mais il ne veut rien montrer à

Victor, qui en profiterait pour se moquer de lui. Ils accèdent au sommet d'une colline. La forêt blanche à perte de vue. Au loin, le Danube qui serpente entre les champs, les villes. Un bruit de sifflet, des cris. Ils en ont attrapé un. Louis, exténué, boit une gorgée d'eau dans sa gourde. Le jeune s'exclame : « Allez, on repart. » Farge rétorque : « Une minute. Il n'ira pas bien loin de toute façon. Les organisateurs nous ont bien expliqué que c'est un terrain privé. Il y a des barrières infranchissables. Il ne pourra pas s'enfuir. » Le jeune attrape une poignée de neige et mord dedans : « On continue, je te dis. Je ne veux pas qu'il nous échappe. Ou qu'un autre l'attrape avant nous. Dépêche-toi, lourdaud. » Alors, ils repartent sur sa piste.

Louis le ressent, il n'a plus la même force qu'avant. Les blessures, les cicatrices de tous ses combats commencent à laisser des traces. Sa jambe gauche est à la traîne, il a cette douleur permanente dans le bas du dos. Le prix à payer pour être le Cerbère, la terreur des Mirval. L'invincible. Huit combats à son actif et jamais une seule défaite. Des cicatrices contre des victoires. Tant sont tombés sous ses coups. Des gladiateurs aux noms de créatures mythiques : le Griffon, l'Hydre, le Centaure, le Basilic, le Minotaure, la Vouivre… avec leurs belles armures reluisantes… Sentir son opposant, vaincu, sous son arme. La peur et l'admiration des membres de l'Ordre. Leur respect. Oublier ces corps qu'on évacue sur des brancards. Ne plus poser de questions. Les autres combattants ont voulu ces affrontements. C'est la règle. Louis est prêt à tout pour servir les Mirval. Il l'a prouvé à tant d'occasions. Avec Mathilde. Mais pas uniquement… Cet hiver 2013. Armand qui le convoque et lui demande : « Je vais avoir besoin que tu me rendes un important service, Louis. Notre famille est en danger. Menacée. » Cette femme endormie, les deux gants du colosse sur sa bouche, son nez. Ses soubresauts. Puis le regard de ce gamin qui le poursuivra pour toujours. Il a toujours fait ce qu'il avait à faire. Qu'importe le prix à payer. Qu'importe qu'il soit maudit à jamais. Parce que c'est son rôle. Sa mission. Le sceau de l'ange.

Les voilà aujourd'hui en Hongrie. Pour une autre joute, dont, cette fois, il ne maîtrise pas les règles. Une traque… Organisée par leur hôte, László Molnár, conseiller personnel du Premier ministre, Viktor Orbán, et tête pensante de leur parti, le Fidesz. Molnár a convié, en secret, une trentaine de personnalités politiques au palais Gresham, abritant l'un des hôtels les plus luxueux de Budapest. Sont réunis les représentants des partis nationalistes et identitaires des principaux pays d'Europe. Des membres de CasaPound en Italie, de l'English Defence League en Angleterre, du Parti du Progrès en Norvège, du Parti de la Liberté d'Autriche… L'objet de ces échanges : préparer l'avenir. Construire un projet commun autour du nationalisme, du souverainisme et de la préservation de l'identité de chaque pays. Endiguer la marée de migrants, et grignoter des places au Parlement européen. Tous étaient réunis autour d'un invité très spécial, l'Américain Scott Banning, l'un des hommes clés de la campagne présidentielle de Trump aux États-Unis. Lui qui arpente aujourd'hui l'Europe pour unifier les partis populistes, avec son organisation Unity. Dans les oreillettes qui traduisaient son discours,

Louis a pu entendre : « Nous devons retrouver notre souveraineté. Fermer nos frontières. Les journalistes vous traiteront de fascistes, de racistes ou de populistes... Laissez-les faire. Prenez ça comme un compliment. Ils ont peur. Car chaque jour nous rapproche de notre victoire. » Victor, très impressionné par Banning, ne cessait de tarir d'éloges sur lui : « C'est un visionnaire. Un homme qui change la donne... » Le jeune a longuement discuté avec l'Américain après son allocution. Quand Victor a tenté de lui raconter ce qu'ils s'étaient dit, Louis a maugréé : « Ça ne m'intéresse pas. » Peut-être était-il un peu jaloux.

Pour clore le séjour en beauté, László Molnár a organisé une surprise pour ses convives... Une partie de chasse un peu particulière. Ces derniers jours, les agents du Fidesz ont appréhendé six sans-papiers dans les rues de Budapest, à qui ils ont fait une proposition : soit ils acceptaient de participer à une chasse à l'homme et repartaient libres avec quelques centaines d'euros en poche, soit ils écopaient d'un séjour dans l'une des prisons magyares. Aucun, évidemment, n'a opté pour la deuxième option. Ils connaissaient le sort réservé aux étrangers dans ces lieux... Au petit matin, les hommes ont été libérés dans l'immense domaine forestier, propriété de Molnár. Une heure plus tard, Armand, Louis, Victor et les autres invités, tous équipés de vêtements de ski, ont été déposés aux portes du terrain. Là, ils se sont vu remettre des fusils hypodermiques avec deux cartouches de tranquillisants par personne, des jumelles, des talkies-walkies. Le but, trouver le plus rapidement possible les fuyards et les anesthésier. Molnár a eu ce bon mot : « Vous qui rêvez de chasser les migrants...

nous allons passer de la théorie à la pratique. » Pour les vainqueurs, une photo souvenir avec leurs « trophées » endormis, comme dans les safaris africains. Tous ont applaudi, enthousiastes. Dès l'ouverture de la traque, Victor a murmuré à Louis :

— On part tous les deux… j'en veux un pour moi.

« Là ! » Le jeune Mirval pointe du doigt une parka orange sur le manteau neigeux. L'homme qu'ils poursuivent a abandonné sa veste derrière lui, espérant être plus discret. Quitte à s'exposer au froid. Car plus longtemps il tient, plus sa prime sera importante. « Louis, regarde… C'est un futé. Ses traces ont disparu le long de ce ruisseau en partie verglacé. Il est passé par là, pour nous semer. Mais avec ses pieds trempés, il va geler sur place. On n'est plus très loin… »

De longues minutes encore à progresser dans la forêt, en remontant le fragile cours d'eau. Louis et Victor arrivent dans une cuvette. Autour d'eux, des structures rocheuses effilées. En amont, une silhouette se faufile entre deux blocs de pierre. Elle se retourne, les remarque. C'est un homme, un jeune, d'une vingtaine d'années. Il est en sueur, a l'air terrifié. Mirval vérifie son fusil et tire. La fléchette ricoche à côté de la cible. Il recharge sa deuxième cartouche. Trente mètres plus haut, le réfugié, désespéré, se sachant pris au piège, tente d'escalader un énorme rocher. Victor vise et fait feu. À nouveau, il rate. Il étouffe un juron et exige sèchement que Louis lui donne ses munitions. Le Cerbère s'exécute. Le fuyard glisse, se râpe les mains pour se retenir. Il crie. Il a peur, c'est évident. Louis n'aime pas cette traque. Quand il combat, les forces sont toujours équilibrées. Là, c'est déloyal. Leur proie n'a aucune chance. Mais Victor, lui, jubile. Court dans la poudreuse. Une nouvelle fléchette hypodermique dans le canon. Il assure sa visée sur une souche d'arbre. Le projectile fuse et touche l'homme en plein dos, qui, une seconde plus tard, glisse, inconscient, sur la paroi et tombe tête la première dans la neige. Louis s'apprête à utiliser son sifflet, pour prévenir les autres, mais Victor retient sa main :

— Attends.

Ils rejoignent le corps. Victor le retourne. Il a des coupures au visage, les joues creusées. Des traces d'hématomes. Victor retire son gant, extrait un couteau de sa poche, en ouvre la lame. La laisse filer sur la joue du jeune homme.

— Qu'est-ce que tu fabriques ? Range ça, Victor.

— Sa vie ne vaut rien. Tu n'en veux pas plus ? Il est à notre merci.

— Arrête. Ça suffit.

Victor le repousse. Ses yeux sont des abîmes.

— Je vais lui laisser un souvenir. Qu'il se rappelle qu'il ne sera jamais ici chez lui.

Il appuie sa lame sur le front de l'homme. Malgré l'anesthésiant, une grimace de douleur déforme les traits du malheureux. Une entaille, une autre. Mirval vient de lui graver une croix sur le crâne.

— Désormais, dès qu'il se regardera dans un miroir, il saura qu'il n'appartient pas à notre monde. Et qu'il restera toujours une cible.

— Ton père sera furieux quand il apprendra ça.

— Je m'en fous.

Victor essuie la lame sur son pantalon, referme le couteau, puis repart.

Louis fait retentir son sifflet dans la forêt silencieuse. Quelques oiseaux noirs s'envolent, essaim d'ombres dans le ciel gris. L'homme lige observe Victor s'éloigner. Il reconnaît de moins en moins ce gamin... Ce frère qu'il n'a jamais eu. Il lui a pourtant tout donné. Tout ce qu'il était. Appris à se battre, à ne plus avoir peur. À se nourrir de sa tristesse, de sa rage. À enterrer les remords. À rester debout, en toute circonstance. Mais, à tant vouloir qu'il lui ressemble, n'a-t-il pas fait de Victor un monstre pire que lui-même ?

38

27 avril 2024

Vieux-Berquin

Un cinquième réfugié a été retrouvé mort, la veille au soir, en périphérie du parc Saint-John-Perse de Reims... La police vient de confirmer son identité. La victime s'appelait Kamal Hamid, un Soudanais de 22 ans. 22 ans... un môme. Macabre particularité de ce meurtre, le gamin avait, sur le torse, deux lacérations formant une croix. Dans le climat actuel, c'est un nouvel os à ronger pour les médias. Les chaînes en continu se sont hâtées de dépêcher leurs équipes sur place. Ce matin, avant qu'ils ne quittent leur hôtel à Lille, Gabriel est passé chercher Darya dans sa chambre. Quand elle a ouvert la porte, il a vu la TV allumée dans le fond, la journaliste qui meublait : « Quelle est la revendication derrière cette blessure en forme de croix ? » Darya a éteint l'écran, soupiré. Elle était d'humeur sombre. C'était pour elle que la nouvelle était la plus dure à digérer. Elle enrageait que Gabriel,

Sofia et elle ne progressent pas plus vite. Dans la voiture, elle lui a dit :
— On aurait pu éviter ça, Gabriel.
— On fait ce que l'on peut, Darya…
Elle a ajouté, après un long blanc :
— Ce n'est pas assez. En attendant, des gens meurent.

Gabriel comprend que Darya réagisse ainsi. Une nouvelle victime, alors qu'ils font du surplace… Lui aussi n'en a pas dormi de la nuit… Il est sans nouvelles de Sofia depuis des jours. Et leur seule piste mène, pour l'instant, à une impasse. Car le fils des Verhaeghe n'existe pas… Aucune trace de lui, nulle part, dans aucun registre de naissance. Comme si le couple avait tout fait pour cacher son existence. À la mort de Sandrine Verhaeghe, il n'est fait mention de l'enfant nulle part. Il a tout bonnement disparu. Gabriel et Darya ont interrogé les écoles de la région. Avait-il été scolarisé ? Mais rien. Puis Darya a eu, encore, une bonne intuition. Orienter les recherches sous le nom de jeune fille de Sandrine Verhaeghe, Vallers. Là, ils ont trouvé quelque chose, un dénommé Hugo Vallers aurait intégré l'école municipale de Vieux-Berquin entre 2009 et 2013.

Ce matin, Gabriel et Darya ont rendez-vous avec la directrice de l'établissement, Fanny Leclercq, qui était enseignante à l'école dans les années 2010. Gabriel et Darya sont tombés d'accord pour la laisser gérer l'échange. Il se sait trop rentre-dedans… Après leur avoir offert un café, Fanny Leclercq partage ses souvenirs.

— Je me souviens très bien du jeune Hugo. Un garçon timide, brillant, parfois raillé par ses camarades pour ses capacités exceptionnelles... Il ratait fréquemment l'école, ne participait jamais aux cours de sport, ses parents prétextant une santé fragile. Après la mort de son père, ses absences se sont répétées, devenant de plus en plus longues. Il arrivait qu'il passe des semaines entières sans venir en classe. Et quand il était présent, le môme semblait fatigué, avait le visage émacié...

Une gorgée de café, puis elle poursuit :

— Je l'avais même surpris, à plusieurs reprises, s'endormir en plein cours. Avec la directrice de l'école d'alors, nous avions convoqué sa mère pour essayer de la convaincre de mieux soutenir son enfant. On avait même fait remonter le dossier auprès des services sociaux, mais rien n'avait bougé. Puis, du jour au lendemain, Hugo Vallers s'est volatilisé. On ne l'a jamais revu.

— Vous n'avez pas essayé d'en savoir plus ? interroge Darya.

Fanny Leclercq marque une pause, laisse glisser son regard sur des dessins punaisés à un mur.

— Non... Après la mort de sa mère, j'ai pensé qu'Hugo avait été placé chez des membres de sa famille. Vous savez, je m'en veux, aujourd'hui... J'ai souvent repensé à ce garçon. Mais à l'époque, j'étais complètement débordée avec trente et un autres élèves de trois niveaux différents à gérer... et une vie personnelle compliquée.

— Je comprends... J'ai été moi aussi institutrice dans mon pays. Je sais ce que c'est.

Darya et Gabriel, de leur côté, ont fait des recherches, les Verhaeghe n'avaient aucune famille proche. Le policier demande si des documents d'identité avaient été exigés pour la scolarisation de l'enfant. S'il en resterait des traces.

— Non… À l'époque, les parents ont simplement dû remplir quelques formulaires, présenter un justificatif de domicile, rien de plus. C'est une petite école, on n'est pas trop à cheval sur les procédures.

Darya reprend le relais.

— Parlez-nous un peu plus d'Hugo, de son tempérament.

— Hugo reste l'un des grands regrets de ma carrière. Un enfant précoce, potentiellement surdoué. Il terminait toujours ses devoirs en premier, connaissait les réponses à la plupart des questions. Sa main constamment levée pour répondre, à s'en faire des crampes. Les autres écoliers le surnommaient « le fayot ». J'avais essayé d'en parler à ses parents. Hugo avait clairement des aptitudes, aurait pu sauter une classe, changer d'école, intégrer un programme pour les EIP, les élèves intellectuellement précoces. Mais le père Verhaeghe avait été catégorique. C'était hors de question que son fils soit scolarisé ailleurs. Je me souviens encore de sa réponse : « C'est un enfant comme les autres. Vous vous faites des idées. »

— Et physiquement, à quoi ressemblait-il ?

— Un gamin assez maigre, des cheveux toujours coupés à ras, certainement taillés à la tondeuse. J'avais remarqué des traces d'éraflures sur sa nuque, ses tempes.

Gabriel pointe du doigt une photo au-dessus du bureau de la directrice :

— Peut-être avez-vous conservé d'anciennes photos de classe ?

— On va vérifier ça ensemble...

Leclercq cherche un peu dans ses archives avant de réaliser qu'Hugo Vallers n'apparaît sur aucune photo de classe...

Ils s'apprêtent à quitter l'école. Tandis que Gabriel donne son numéro à la directrice, Darya s'écarte et observe les gamins jouer dans la cour. Une balle roule jusqu'à ses pieds, elle s'en saisit et la renvoie vers une petite fille. Le Grizzli imagine que, pour la Syrienne, voir ces salles de classe, se retrouver parmi tous ces mômes, ça remue beaucoup de choses. Sa vie d'avant. Son monde dont il ne reste que des souvenirs en poussière. Il lui sourit. C'est tout ce qu'il peut faire.

Hugo Vallers reste un mystère... Darya et Gabriel ont pensé aller visiter les parents des trois cofondateurs de la Meute, Roxane Delattre, Luc Caron et Hervé Valien, pour tenter de savoir si l'un d'eux avait été adopté. Mais ça pourrait éveiller leurs soupçons et mettre Sofia en danger. Non, ils doivent attendre d'être contactés par la policière infiltrée. Ça sera à elle d'en apprendre plus sur le passé du trio.

Quand ils entrent dans la voiture de Gabriel, le téléphone relié au micro caché à Noirval s'active. Ils décrochent, écoutent. Une voix, celle de Victor Mirval :

— Alors, qu'a-t-il dit ?

C'est Caron qui répond.

— Le rendez-vous est pris. On doit procéder à l'échange le 3 mai. On est convenu de se retrouver dans un train au départ de gare du Nord, sur la ligne H, à 6 heures du matin. On devrait être tranquilles.

— Parfait. Le soulèvement est en marche. Tu le sais mieux que personne, Luc... qui sème le chaos...

La voix de Caron vient terminer sa phrase :

— ... récolte la tempête.

39

28 avril 2024

Paris

Où vont-ils ? Sofia n'en a pas la moindre idée... Voilà dix jours que la policière est enfermée dans le domaine de Noirval. Elle se sent fatiguée, usée. Des bleus aux bras, aux jambes, à cause des entraînements intensifs avec Louis Farge. Des bleus à l'âme, après tout ce qu'ils lui ont fait vivre. Ce qu'elle a dû supporter. L'enfer de cette nuit dans les souterrains du mausolée. Cette violence... et son impuissance. Une phrase surgie de son passé remonte en elle et lui lacère l'esprit : « En venant ici, tu me mets en danger. Tu nous mets tous en danger. Comme toujours, tu ne penses qu'à toi. Tu laisses les autres en payer le prix. »

Deux véhicules ont quitté Noirval ce matin. Dans le premier, la camionnette de l'association Trait d'Union, Valien, Mirval, Delattre et Aymeric. Elle est dans une autre voiture avec Luc Caron et sa sœur Camille. Tous doivent se retrouver à Paris, aux abords de la place de la République, à 14 heures. Pour y faire quoi ?

Ils ont été réveillés aux aurores par Hervé Valien qui leur a balancé à chacun des vêtements. Un bas de survêtement et un sweat-shirt noirs. Une demi-heure plus tard, ils étaient en bas, au garde-à-vous. Mirval, après avoir inspecté ses troupes, leur a expliqué :

— C'est un grand jour pour vous. À nos côtés, vous allez franchir le sixième cercle. Celui de l'Hérésie. Nous allons nous mêler aux démons. Et nous jouer d'eux.

Sofia n'a pas pu en apprendre plus.

Tout en roulant vers Lille, ils écoutent à la radio un journaliste qui parle d'une grande manifestation pour la tolérance, dans toutes les grandes villes de France. À Paris, la marche blanche partira de la place de la République, jusqu'à la place de la Nation. Des dizaines de milliers de Parisiens y seraient attendus. Sofia a la confirmation de ce qu'elle redoutait tant. Le 26 avril, au soir, un jeune réfugié a été retrouvé mort, dans un parc, à Reims. Sur son torse, une blessure en forme de croix. Les journalistes n'ont pas mis longtemps à faire le lien avec les quatre précédentes victimes. Depuis, le pays est en proie à de nombreuses révoltes. Chaque nuit, 45 000 policiers sont mobilisés à travers la France, pour éviter de nouveaux actes de violence. La jeune femme tend l'oreille pour entendre la suite des informations. Une porte-parole d'association est interviewée : « Après le temps de la colère, vient celui du dialogue, de l'apaisement. Nous irons dans la rue, pour honorer les réfugiés assassinés, dénoncer les actes d'agression, les violences racistes. Nous irons dans la rue pour montrer que nous sommes unis. Contre la haine et pour la paix... » Le présentateur reprend : « 2 000 agents des forces de l'ordre sont attendus à Paris pour encadrer la manifestation. La préfecture... » Caron coupe la radio... et murmure :

— Ils veulent la paix... ils peuvent toujours rêver.

Sofia lui demande ce qu'il veut dire.

— Tu le sauras bien assez tôt.

Les minutes passent. Ils arrivent aux abords de Lille. L'infiltrée tente :

— Luc, ça fait dix jours que je ne suis pas rentrée chez moi. Tu veux bien me déposer ? Pour prendre quelques affaires. J'en ai pour cinq minutes.

— On n'a pas le temps, Sofia. Victor a été clair. Aucune pause. On doit être à l'heure au point de rendez-vous.

— Mais on y sera ! Ton GPS t'indique qu'on aura même quarante minutes d'avance. Je t'en prie. C'est sur la route.

Le jeune finit par céder. Arrivée devant son immeuble, la policière avale les escaliers jusqu'à son appartement. Elle enfourne quelques vêtements à la hâte dans un sac, puis file dans la salle de bains où elle avait caché son portable. Plusieurs appels en absence de Djibril. Et une série de messages de Gabriel. Pas le temps de les lire. Elle lui téléphone. Par chance, il répond.

— Sofia, où êtes-vous ? Avec Darya, on s'inquiétait.

— Je n'ai qu'une minute, Gabriel... Je ne sais pas ce qui se prépare, nous partons sur Paris.

— Sur Paris ? Il y a une grosse manifestation aujourd'hui.

— Justement. Je crains que la Meute ne veuille s'en mêler. Gabriel...

Elle marque un temps.

— Le meurtre du réfugié, ce sont eux qui ont fait ça, j'en suis sûre. C'est horrible. Je pense que chaque victime serait une revanche sur les actes de l'Ange noir. C'est une spirale sans fin...

— Restez enfermée chez vous. Ne redescendez pas. C'est terminé. J'arrive. On arrête tout. On a de quoi les faire plonger.

— Non, justement, nous n'avons rien. Je n'ai rien vu. Aucune preuve tangible. Il vaut mieux que je reste. De l'intérieur, je pourrai peut-être empêcher que ça dégénère. Je crois qu'ils préparent quelque chose de pire encore, Gabriel...

— Bon sang...

— Je m'en veux tellement, Gabriel. J'aurais dû essayer de secourir la victime, de retourner là-bas. Mais je n'étais pas sûre... Et ils étaient si nombreux.

— Vous vous mettez déjà assez en danger, Sofia. On va finir par les avoir. De notre côté, on a une piste sérieuse pour l'Ange noir.

Il lui raconte alors, de la manière la plus concise possible, leur enquête sur le fils disparu des Verhaeghe.

— Sofia, écoutez-moi bien. Il faudrait que vous tentiez d'en apprendre plus sur les familles des trois cofondateurs de la Meute. Savoir s'il l'un d'eux a été adopté.

— Je vais voir ce que je peux faire. Et le micro, ça a donné quelque chose ?

— Oui. Un rendez-vous est prévu le 3 mai, à gare du Nord. Je vais m'y rendre. Voir ce qui se trame.

— Faites attention à vous.

— C'est moi qui me fais du souci pour vous... Vous tenez le coup, Sofia ?

— C'est dur...

Les mots surpris dans les propos des membres de la Meute. Surtout dans ceux de Valien : « les wesh, les melons, les gnouls... » Avilissants. Dégradants. Ces phrases comme des coups de poignard. Et elle qui doit rester muette. Par son silence, cautionner leur haine.

— C'est dur... Mais il faut continuer. Je ne suis pas certaine de pouvoir vous rappeler de sitôt. Ils nous gardent enfermés à Noirval. Aucun contact avec l'extérieur. Mais ce qui est certain, c'est que c'est loin d'être terminé.

Elle raccroche. Dissimule l'appareil. Quitte son appartement, retourne dans le véhicule de Caron. Il l'observe, suspicieux.

— Tu en as pris du temps.

— J'ai fait au plus vite. Allons-y.

Il est 13 h 45 quand ils retrouvent Mirval et les autres dans la camionnette garée à quelques encablures de la place de la République. Tous embarquent à l'arrière. Par-delà les immeubles, on entend les échos de la manifestation qui démarre. Slogans scandés par la foule. Brouhaha des mégaphones. En arrivant, ils ont noté des dizaines de bus de CRS et les barrages policiers pour fouiller les nouveaux arrivants.

L'attente. Les sept membres de la Meute laissent passer le gros de la manifestation, puis Valien leur tend à chacun une cagoule. « Vous l'enfilerez quand on vous en donnera le signal. » Sofia détaille le capuchon. Une énorme mâchoire blanche, aux dents aiguisées, a été peinte autour de la bouche. « C'est quoi ? » demande-t-elle. « Pour qu'on se reconnaisse entre nous... » Camille échange un regard inquiet avec la policière.

Jour après jour, Giordano a pu discuter avec chaque membre de la Meute. Elle ne peut s'empêcher de ressentir de l'empathie pour Camille Caron. Sofia en est persuadée, cette gamine n'a pas sa place ici, avec ces brutes. La raison de la présence de la jeune femme parmi eux, c'est son frère aîné, Luc, qu'elle idolâtre. Le discours de la Meute, sa posture politique, elle ne s'en soucie guère. Elle, ce qu'elle souhaite, c'est rendre Luc fier. Appartenir à quelque chose. Sofia a compris que cette gamine avait dû être solitaire, plus jeune. Que Luc, toujours, s'était montré protecteur. Sait-elle seulement les risques qu'elle prend en s'associant à leurs actions ? Sofia aimerait la sortir de ce traquenard avant qu'il ne soit trop tard.

15 h 30... Après être parti en repérage, Caron est de retour dans le véhicule. Il chuchote à l'oreille de Mirval. Le chef de la Meute exige le silence :

— Voilà ce qui va se passer. Vous nous suivez. On forme un pack. On reste collés les uns aux autres. On va aller se mêler à la queue du cortège, où c'est en train de dégénérer. On va souffler sur les braises, se glisser parmi les casseurs, les racailles et les black blocs venus foutre le bordel. On va les chauffer à blanc, et les inciter à aller plus loin. Vous suivrez nos consignes. Vous restez dans nos pas. Vous ferez ce qu'on vous dit de faire. Dès que ça part en vrille, on disparaît. Et on se retrouve ici, dans la camionnette. Compris ?

Aymeric ose une question.

— Attends, Victor. Je ne comprends pas. Tu veux qu'on aille prêter main-forte à ces bâtards d'ultra-gauche ? On n'est pas censés se battre contre eux ?

Valien grogne en réponse, comme s'il partageait le point de vue de son protégé. Mirval s'en rend compte, mais enchaîne :

— Tous les yeux sont braqués sur cette manifestation... Les médias sont aux aguets. On fera plus de mal à leur mouvement pacifique en agissant de l'intérieur. En le pourrissant à la racine. On va leur montrer que l'apaisement n'est pas une solution. C'est Luc qui a eu l'idée de ce plan. Je reprends tes mots, mon ami : « Il suffit d'une étincelle pour allumer un brasier. » Nous serons cette étincelle. Ce soir, la France va comprendre qu'il faut désormais choisir son camp. Soit eux, soit nous. Le temps des compromis et des poignées de main est terminé. Nous allons reprendre notre pays. Par la force.

Camille, visiblement inquiète, demande :

— Et comment comptez-vous passer les barrages ? Les policiers contrôlent toutes les entrées.

— Nous avons tout prévu, ne t'en fais pas, sœurette, lui répond Luc.

Ils quittent le véhicule. En approchant de la place de la République, ils croisent des centaines de personnes qui quittent le rassemblement au pas de course. La tension monte. Un panache de fumée dépasse des immeubles haussmanniens. Échos de cris, de sirènes. Mirval en tête, ils obliquent sur la rue de Malte, s'arrêtent devant un immeuble. Leur chef en tape le code. Le groupe traverse au pas de course une longue cour pavée. Une dernière pause face à une autre porte, Mirval se retourne, demande « Prêts ? », puis l'ouvre. Scène de guérilla. Les compagnies de CRS progressent en ligne vers les manifestants. Un kiosque a été saccagé. Là-bas, des poubelles sont en feu. Sur la place, dans des fumerolles, des grenades lacrymogènes rebondissent. Certains manifestants, vêtus de noir, font des balayettes pour les renvoyer vers la police. Doigts d'honneur. Insultes. Mirval place son masque FFP2, enfile sa cagoule, et sa capuche par-dessus. Les autres l'imitent. Sofia remarque que la mâchoire du chef de la Meute est peinte d'une couleur différente, en rouge. L'infiltrée a les yeux qui brûlent. Elle surprend Valien qui ouvre un sac à dos et en sort des pavés. La seconde suivante, il harangue les émeutiers et distribue les projectiles. Il en tend un à Sofia. Elle attend qu'il se détourne et l'abandonne par terre. C'est de la folie... De la folie pure. Ils continuent, serrés les uns contre les autres. Sofia, suit, difficilement. Ça crie de partout, côté policiers, comme côté manifestants. Des individus masqués taguent « ACAB » sur un abribus. Trois des loups se regroupent. Sofia essaie d'y voir quelque chose. Une flamme. Caron vient d'allumer la mèche d'un cocktail Molotov. Il arme son bras et le jette vers un fourgon de police. La bouteille explose sur le pare-brise et embrase instantanément le véhicule. En réponse, les CRS accélèrent le pas. Le groupe s'éloigne du cœur des affrontements. À un croisement, un camion surmonté d'un canon à eau asperge la foule. Des manifestants, fauchés par la puissance du jet, ne se relèvent pas. D'autres font face à une escouade de flics en train de charger. Des tirs de mortier filent à l'horizontale. Tirs de LBD. Parmi la frénésie, une médecin tente de soigner un manifestant blessé à la tête. Une banderole a été suspendue entre deux arbres « Le feu, c'est nous ». La troupe remonte encore le cortège pour se placer à l'abri. Victor ouvre la marche. Il joue des coudes, n'hésite pas à repousser les personnes paniquées sur les côtés. Il se positionne devant un magasin de sport et ordonne aux membres les plus costauds de la Meute, Valien et Aymeric, d'arracher les plaques de bois protégeant la vitrine. Les deux se saisissent d'une barrière en métal et s'en servent comme d'un bélier. Le verre se fendille. Il leur faut plusieurs assauts pour qu'il vole en éclats. Hurlements d'alarme. Attirées par l'agitation, des personnes s'engouffrent dans le magasin. Sofia est poussée vers l'intérieur. On se bouscule, on s'invective. Certains détruisent les présentoirs, les caisses enregistreuses. Dans leur esprit, il doit s'agir d'une action politique. S'attaquer à ce que représente cette grande enseigne. Le symbole. D'autres enfournent des paires de chaussures au hasard dans des sacs, des vêtements sous leurs manteaux. Pour eux, les plus jeunes, qu'elle entend s'exclamer et filmer avec leurs téléphones, c'est une revanche. Prendre ce qui leur est dû. Ce qu'on leur a toujours refusé. La rage, chevillée au corps, dans les deux cas. Des silhouettes disparaissent vers l'étage. Sofia voudrait sortir, mais déjà une brigade de CRS bloque l'accès. La police balance une volée de grenades lacrymo dans l'espace confiné. La douleur dans ses yeux, sa gorge, est intense. Malgré le masque, chaque respiration est une déchirure. Les CRS entrent. Sofia évolue dans un nuage de fumée opaque. Quintes de toux. Elle se faufile entre les allées de vêtements. Un voile gris, partout autour d'elle. Une affiche d'une mannequin tout sourire apparaît. Des silhouettes floues se découpent. Elle arrive au fond du magasin, y voit un peu mieux. Accablé contre un mur, un CRS a été isolé de son unité. Un groupe l'assaille de coups de pied. Tassé derrière son bouclier, le policier répond avec sa matraque, frappe dans le vide. Il est en danger… Que faire ? Quelqu'un la dépasse. Une mâchoire rouge sur sa cagoule. C'est Mirval. Il fouille sous son pull, en sort un pistolet, un Sig Sauer, qu'il dépose sur le lino et fait glisser jusqu'aux émeutiers. Il s'avance vers eux, montre le flingue du doigt. Un type, assez maigre, s'en saisit. Le brandit comme un trophée. Un autre le filme. Ils font les fiers. Des gamins, certainement. Enhardi, celui qui tient le Sig Sauer le tourne vers le flic. Mirval revient vers Sofia, lui tape sur l'épaule, « on dégage », et disparaît dans le tumulte. La policière a du mal à garder les yeux ouverts. Ça fait si mal. Mais elle n'a pas le choix. Elle avance vers le type. Il braque toujours le flic qui, désemparé, lâche son bouclier et lève les mains. « Je vais te fumer ! Je vais te fumer ! » En quelques gestes précis, Sofia désarme le jeune et lui pointe le Sig Sauer dessus. Elle aide le CRS à se relever. Il est en état de choc. Un attroupement. Ils sont désormais plus d'une dizaine face à elle, à lui hurler dessus. Les deux reculent. Il faut qu'ils sortent d'ici. Qu'ils trouvent une issue. Elle croise le regard du CRS. C'est une jeune recrue, d'une vingtaine d'années, à peine. Les autres continuent à chercher le contact. Un extincteur vient cogner le mur, juste à côté d'elle. Giordano soulève l'arme et fait feu en l'air. Tout le monde se disperse. Elle aide le jeune flic à franchir un comptoir, trouve une porte qui cède après un coup de pied. Une remise.

Tout au fond, un rideau métallique. Elle l'active. Il se soulève lentement, si lentement. Déjà, des silhouettes apparaissent de l'autre côté de la porte. On leur jette des projectiles dessus. Elle force le CRS à se glisser sous l'embrasure et disparaît à son tour. Ils sont dans une rue calme, en retrait de l'agitation. Elle arrache le chargeur de l'arme, le jette sous une voiture et tend le pistolet au flic. « Fuyez, vite. » Il bégaie un merci et file vers le bout de la rue. Sofia retire sa capuche, sa cagoule, son sweat-shirt. Ficher le camp. Accourant vers elle, une dizaine de CRS. Demi-tour. Elle s'engouffre dans une ruelle étroite, abandonne ses affaires derrière une poubelle. Elle arrive à un croisement. Des policiers d'une unité mobile déboulent en scooter et freinent à son niveau. On la plaque violemment à terre. « C'est l'une des leurs. Elle vient de sortir du magasin. Je l'ai vue balancer sa cagoule dans l'allée. » Elle tente de parler, mais a les poumons si comprimés que sa voix n'est qu'un filet inaudible : « Je… je suis policière… » Quelqu'un s'interpose. La tête plaquée contre le bitume, elle entend mal les échanges. Après de longues minutes, on la relâche, on l'aide à se relever. La brigade mobile repart aussitôt. Une main sur son épaule. Elle se retourne, prête à en découdre. Chargée à l'adrénaline. Face à elle, Djibril lève les mains en apaisement.

— Mais… qu'est-ce que tu fais là, Djib' ?

— Je t'ai suivie depuis Lille. Ça fait des jours que je surveille ton immeuble. J'ai pu tracer ton adresse, après notre coup de fil. En te voyant passer ce matin, j'ai pris votre véhicule en filature. Ça m'a mené jusqu'ici. C'est quoi, ces conneries, Sofia ? Putain, à quoi tu joues ? Qu'est-ce que tu foutais dans cette manifestation ? Je t'ai vue balancer des caillasses, vandaliser ce magasin.

— C'est compliqué... Je n'ai pas le temps, Djib'. Écoute-moi. Je me suis infiltrée dans un groupuscule, la Meute. Ils sont liés aux meurtres de l'Ange noir, aux disparitions de réfugiés. Ils sont la clé. Je voulais te laisser en dehors de tout ça. Mais c'est trop tard. Il faut que tu appelles le lieutenant Geller de ma part. Voilà son numéro. Il te racontera tout...

Avant de le quitter, elle le serre dans ses bras.

— Merci. Merci de m'avoir aidée.

— Je ne te lâcherai pas, Sofia. Je te l'ai déjà dit.

Elle s'enfuit. À bout de souffle, rejoint la camionnette. Martèle à la porte, on lui ouvre. Tous l'observent. Savent-ils qu'elle a secouru le policier ? Victor Mirval, enfin, part d'un grand rire.

— Une étincelle ! Je vous avais dit qu'il suffisait d'une étincelle ! Maintenant, regardons le monde brûler.

40

17 juin 2022

Noirval

C'est ce soir. Ce soir qu'enfin Victor va connaître les ultimes secrets de l'Ordre. Une semaine plus tôt, le jeune homme de 23 ans a franchi le septième cercle. Armand lui a alors annoncé : « Tu es prêt à savoir. »

À la lueur de leurs lampes torches, le père et le fils progressent dans les allées du domaine de Noirval. Ce soir, Louis ne les accompagne pas. Même le Cerbère n'a pas ce privilège. Bientôt, ils arrivent aux abords du mausolée. Une lune énorme les surplombe, transformant le sous-bois en un théâtre d'ombres chinoises. Victor est impatient... Il oublie un peu ses récentes dissensions avec son père. Cette frustration qui monte en lui lorsqu'il doit écouter les conférences que donne Armand, partout en France, ou durant ses voyages à la rencontre des autres partis qui prétendent vouloir reconquérir l'Europe. Cette usure qui s'installe, à force d'entendre les mêmes mots, les mêmes paroles calibrées.

Alors que rien ne change. Dans l'esprit du jeune, une certitude enfle. Le temps des beaux discours est révolu. La France est en danger. Désormais est venue l'heure de la riposte. C'est en repensant à ses échanges avec Scott Banning, un visionnaire, qu'il a décidé de créer son propre groupe, la Meute, avec quelques camarades. Pour monter des actions coups de poing, toucher les jeunes, ceux qui sont perdus. Reprendre les villes aux démons, rue après rue, quartier après quartier. Retrouver leur place. Son père a bien tenté de l'en dissuader : « Depuis des générations, nous agissons dans les ombres, en coulisses. Ceux de l'Ordre ne doivent jamais s'exposer. » Victor, en réponse, lui a expliqué qu'il était trop tard pour se cacher, pour avoir peur, mais son père ne veut rien entendre.

Ils pénètrent dans le mausolée, traversent la crypte où reposent leurs ancêtres. Octave, Auguste, Virgile... Après avoir fait jouer son trousseau de clés, Armand pousse la porte rouge et descend quelques marches de l'escalier en spirale, menant vers les profondeurs, et le Cercle. Des gouttes d'humidité perlent sur les pierres. Armand s'arrête devant la porte la plus haute. Cette même porte que le jeune a dépassée tant de fois en se demandant ce qu'elle renfermait.

Avec les années, Victor a visité les deux autres salles réservées aux plus éminents membres de l'Ordre. Le cénacle, au troisième palier, tout en bas, lieu de réunion et de débat, abritant les portraits de tous ceux qui ont franchi les cercles. Puis, au niveau supérieur, la source, où son père avait procédé à cet étrange baptême. Victor se souvient bien de cette nuit. Dans cette petite pièce, son père avait enflammé des candélabres en argent et s'était approché d'un bénitier dans lequel ruisselait un filet d'eau. Armand y avait plongé sa main, puis tracé un entrelacs de cercles sur le visage de son fils. Les yeux fermés, habité, il avait professé : « *Je m'en revins de l'onde sainte, régénéré comme une jeune plante renouvelée de feuillage nouveau, pur et tout prêt à monter aux étoiles.* » Puis, il avait soulevé sa torche vers le plafond peint d'un bleu foncé, incrusté de minuscules brillants renvoyant la lueur des flammes, et formant des dizaines de constellations, autant d'étoiles reliées par des liserés de peinture blanche. Victor, qui n'était plus un enfant, mais pas encore un adulte, avait été émerveillé. Pour lui, l'Ordre revêtait encore cet aspect magique, mystique qui le transcendait. C'était il y a longtemps.

Un tour de serrure. Une odeur de cire fondue, de renfermé. Le jeune homme doit se baisser pour franchir le porche. Une pièce voûtée qui s'ouvre sur une sculpture de démon arborant trois têtes : une de buffle, une autre d'homme, une dernière de bélier. Le faciès humain a des traits grimaçants. Il porte une couronne. Armand glisse sa main sur son crâne, comme pour le caresser : « C'est Asmodée. Le dernier des démons. Gardien de notre secret. Un démon, pour nous protéger de tous les autres. » En silence, son père allume des bougies. L'espace exigu lui apparaît. La pièce est structurée autour de neuf colonnes, peintes en rouge. En leur centre, un autel en pierre couvert d'un voilage blanc. Armand explique : « Voici le tombeau. La pièce la plus secrète de notre Ordre. Seuls tes ancêtres, quelques rares initiés et moi-même y avons eu accès. Viens ici, mon fils. » Il le rejoint auprès de l'autel. À la lueur vacillante des bougies, Victor y discerne des gravures. Précautionneusement, Armand retire le tissu, le plie sur le côté et révèle un coffret en métal oblong. À l'aide d'une clé dorée, il l'ouvre et, du bout des doigts, extrait un objet qu'il présente à son fils. On dirait une pointe de lance brisée. La lame est fendue et maintenue en place par des filaments d'or. La relique a l'air antédiluvienne.

— C'est le cœur de notre Ordre. La Sainte Lance.

Armand saisit une bougie et éclaire un bas-relief de l'autel. Il s'agit d'une reproduction de la Passion du Christ. Jésus sur la croix. Le bon et le mauvais larron, crucifiés à ses côtés. Victor a souvent vu cette scène, chaque dimanche, à l'église, quand, durant les interminables homélies, son esprit vagabondait et se perdait dans les enluminures des stations de la Croix. Mais cette représentation de la crucifixion est différente de toutes celles vues jusqu'alors. Ici, un homme en armure enfonce la pointe de sa lance dans le flanc droit du messie. Armand explique :

— Tu as sous les yeux la lance que le soldat romain Longinus a plantée dans le cœur du Christ. Cette lance est le secret le mieux gardé de la chrétienté. Sa relique la plus mystérieuse et la plus recherchée. Un seul Évangile en fait mention, celui de saint Jean : « S'étant approchés de Jésus, et le voyant déjà mort, ils ne lui rompirent pas les jambes ; mais un des soldats lui perça le côté avec une lance, et aussitôt il en sortit du sang et de l'eau. »

Doucement, Armand dépose la relique entre les mains de son fils.

— Cette lance est le cœur de notre Ordre. Source de notre pouvoir. Clé de notre héritage. On pensait cette relique perdue, détruite. Tant de rois et empereurs se sont affrontés pour l'obtenir. Depuis la première croisade en 1096, des guerres ont été menées, des cités assiégées, des villages rasés, les cadavres des combattants couvrant les champs jusqu'à l'horizon. On trouve la trace de la lance à Jérusalem, à Antioche, Constantinople. On a longtemps pensé qu'il s'agissait d'une légende. Mais pas Octave, ton trisaïeul. Lui était convaincu de son existence. Il n'a jamais cessé d'y croire et a traversé le monde pour la découvrir. Il l'a retrouvée en 1876, dans un sanctuaire oublié du mont Erciyes, en Cappadoce. Elle l'attendait. Liant à jamais son destin à celui de notre famille. Nous offrant la grandeur, le pouvoir. Cette lance est notre raison d'être. Noirval, son sanctuaire, où elle restera cachée à jamais. Donne-moi ta main.

Victor, un peu incrédule, s'exécute. Armand fait glisser la lame érodée sur la paume du jeune. Une fine écorchure laisse échapper quelques gouttes carmin. Son père reprend :

— Dans ton sang coule désormais celui du Christ. En toi, la grandeur de notre famille. Ta responsabilité. Depuis Octave, chaque héritier des Mirval est devenu le Porteur, le protecteur de la lance.

— Je ne comprends pas...

— De Charlemagne à l'empereur Henri IV, les plus grands ont mis le monde à leurs pieds grâce à cette lance. Napoléon comme Hitler l'ont longtemps recherchée. Tu ne comprends pas, eh bien, je vais t'expliquer. Cette lance est la source du plus grand des pouvoirs. Tous se prosternent devant son possesseur, le Porteur. Il irradie, impose aux autres son autorité. Notre famille a prospéré grâce à cet artefact, notre combat a trouvé un écho nouveau. Un jour, bientôt, tu prendras ma place. Tu deviendras le Porteur à ton tour. Tu auras la responsabilité de poursuivre le combat. Pour que nos sociétés ne cèdent pas aux démons.

Victor reste silencieux. L'étrange objet entre ses mains. Puis, il lève un regard glacial vers son père.

— C'est tout ?
— Comment ça ? Je...
— C'est tout ? Le grand secret de l'Ordre ? La source de notre prétendue puissance ? Tout ce que j'ai fait, enduré... Les épreuves, les sacrifices, les humiliations. Mes entraînements sans fin avec Louis. Ces bleus, ces blessures. Ces cauchemars qui me réveillent encore au beau milieu de la nuit. Notre vie isolée du monde... C'est pour ça ? Protéger une lame bouffée par la rouille. Un vulgaire morceau de métal ?
— Mais... Victor. Ce n'est pas qu'un simple bout de métal. C'est une relique sacrée !

Victor lui arrache la lance des doigts. Une larme coule sur sa joue. Il vocifère :

— Je m'en fous ! Ce n'est rien. Tout ça, ton Ordre, tes cercles, c'est du vent... Je t'ai toujours obéi, toujours... Mais je réalise combien tout cela est vain, ridicule. De la poudre aux yeux.
— Comment oses-tu ? L'Ordre est la raison d'exister de notre famille. La lance, son plus grand héritage.
— C'est une mascarade. Une putain de mascarade.
— « *Lorsque ta vue veut pénétrer trop loin dans les ténèbres, il advient qu'en imaginant, tu t'égares.* » Dante l'avait prévu. C'était écrit. Le chemin à emprunter

est long, difficile. Tu en attendais peut-être trop. Il te faudra du temps. Je le comprends.

— Mais assez ! De tout ça. Tes citations, tes cérémoniels ridicules... Le monde est à l'agonie et, toi, tu organises tes jeux du cirque, tes combats avec tes gladiateurs... Tu te prosternes devant ta relique ridicule. Depuis cent cinquante ans, notre famille est dévorée par cet Ordre. Tu m'as volé ma jeunesse... Et pour quoi ?

— Je t'en prie, Victor, écoute-moi.

— Non... Je t'ai écouté trop longtemps. C'est terminé. Ta vie est comme ce mausolée. Tu te caches au fond de ta crypte pour ne pas avoir à faire face. Tu t'imagines un destin qui te dépasse, parce que tu n'es capable de rien. Vos petits rendez-vous secrets avec les autres groupes en Europe, tes conférences, tes dîners... En vérité, tu n'es qu'un lâche... Et il m'aura fallu vingt-trois ans pour m'en rendre compte.

— Victor, je ne te permets pas de me parler sur ce ton...

Armand bombe le torse, tente d'élever la voix. Victor s'approche, menaçant. Sa stature imposante devant le corps fragile de son aîné.

— Et qu'est-ce que tu vas faire ? Me frapper ? Tu es ridicule...

Victor jette la relique sur l'autel.

— Reprends ta foutue lance et continue à t'enterrer ici. Moi, j'ai d'autres projets...

Il quitte le tombeau. Alors qu'il remonte les marches vers la surface, la voix de son père résonne dans le large escalier.

— Attends, Victor ! Attends, je t'en prie. J'ai besoin de toi.

Le jeune homme se retourne une dernière fois. Et découvre Armand pour ce qu'il est réellement. De ses mains tremblantes, il tend son morceau de relique. Son regard suppliant. Il est petit, faible. Pathétique. Un vieil homme, déjà. Qu'est devenu ce père qui le terrifiait, le fascinait et dont il a si longtemps cherché le regard, enfant. A-t-il seulement existé ?

Sans un mot de plus, l'héritier des Mirval fait demi-tour et quitte le mausolée.

Il n'y a rien derrière cet Ordre. Aucun projet, aucune ambition sinon celle de servir les intérêts égoïstes de son paternel. Des cocktails, des poignées de main... de la palabre. Un réseautage. Ses membres s'amusent à se faire peur, s'émoustillent avec leurs combats et leurs hérauts. Ils se croient puissants, mais sont les seigneurs d'un royaume de papier mâché. Victor, lui, voit plus loin. Il leur montrera. Cet Ordre, il va en prendre la tête. Le refaçonner et en faire quelque chose de grand. Tenir la promesse que son père lui avait faite, autrefois. Lancer la révolte, la révolution. La Dixième Croisade. Il détournera leurs codes, leurs croyances... les cercles, la lance, les hommes liges... pour créer autre chose. Une armée. Puisque son père et ses ancêtres n'ont pas été capables de façonner un Ordre assez puissant, il le dirigera, lui, par la terreur. Il sera le Dragon. Celui devant qui tous se soumettent.

41

19 septembre 2022

Noirval

Le combat va bientôt débuter. Louis finit de se préparer. Il a un horrible mal de crâne. Depuis quelque temps, il a ces migraines à répétition qui l'obligent à passer des journées entières prostré dans sa chambre, dans le noir. Depuis la porte fermée, il entend les murmures des membres de l'Ordre. Déjà, la mélopée sépulcrale des cors s'élève dans les souterrains. Il lui faudra bientôt enfiler son casque et descendre les marches. Devenir le Cerbère. Une dernière fois, peut-être.

Farge observe son reflet dans le miroir ébréché de la salle d'armes. Son visage déchiré. Cette cicatrice… Cette grimace qui le définit… Voilà dix ans qu'il est entré au service des Mirval. Durant tout ce temps, il a essayé de bien faire les choses. Protéger Armand, entraîner Victor. Tous deux sont devenus sa seule famille. Noirval, son monde. Son tout. Il pose son fauchon sur la table en bois, devant lui. Il aimerait avoir le courage de s'enfoncer cette lame en plein cœur pour en finir. Plutôt que d'avoir à descendre. Et faire face à ce qui l'attend.

Le sceau de l'ange... Louis se souvient de ce que disait sa mère. Quand il rentrait de l'école en pleurs, parce qu'on l'avait trop moqué, elle lui racontait souvent une histoire, une comptine qui prétendait que les bébés, quand ils étaient encore dans le ventre de leur maman, connaissaient tout du monde, avaient réponse à n'importe quelle question. Avant chaque naissance, pour que l'enfant ne révèle pas ce qu'il savait, un ange venait lui poser son doigt sur les lèvres. Et lui susurrait « chut ». Alors, le bébé oubliait tout. Instantanément. Il fallait réapprendre de zéro. Manger, marcher, parler. Vivre. La mère de Louis lui disait que, dans son cas, l'ange avait dû appuyer trop longtemps sur ses lèvres. Certainement parce qu'il en savait tant. Tellement. Plus que les autres encore. Et ça avait laissé cette marque indélébile. Ça expliquait qu'il ait tant de mal à retenir les choses à l'école, que tout soit toujours plus difficile pour lui. C'était un sceau. Le sceau de l'ange. Il devait en être fier. Cette histoire datait du temps d'avant qu'elle ne tombe malade, qu'elle ne rapetisse au fond de son lit. Et que le bruit des sirènes d'ambulance l'emporte, loin. Un souvenir délavé, un sourire flou, comme dans ces rares photos conservées d'elle. Un soupir. Mais le sceau, lui, est toujours là.

L'homme lige y a longtemps repensé. S'est accroché à ça. Quand Armand lui demandait de lui rendre tous ces services : Mathilde, Sandrine Verhaeghe, l'enfant... Il tentait de se convaincre que c'était son rôle, sa mission. Son destin... Et puis il y a eu cette journaliste,

Lucie Masset… Pour la première fois, Victor l'avait accompagné cette nuit-là. Armand avait insisté. Louis avait tenté de convaincre le jeune de ne pas saboter cette voiture. Peut-être laisserait-elle tomber ? Peut-être y avait-il un autre moyen ? « Alors la Brute, on a des scrupules ? » Il ne voulait pas que son protégé emprunte le même chemin que lui… Mais il s'y était engouffré. Dévoré par les ténèbres.

Les cors s'intensifient. Trois coups sourds. C'est le signal. Louis se sent fatigué. Si fatigué. Il en a assez de montrer les dents, de frapper. Son corps n'est que douleur. Chaque matin, il a besoin de plusieurs minutes avant de pouvoir émerger de son lit, tant son genou, son épaule, ses articulations le font souffrir. Dans le Cercle, la clameur gagne en intensité. Il va devoir entrer dans l'arène. Il ne veut pas mener ce combat, ne l'a jamais voulu. Mais c'est irrémédiable. Écrit, peut-être.

Il y a quelques jours, Louis est allé voir Eddie. Guillaume, le capitaine des Ultimus Stans, lui avait appris par téléphone que son ancien entraîneur avait été victime d'un grave infarctus. Il a eu l'autorisation d'Armand de quitter le domaine pour se rendre à l'hôpital. Ça faisait des années que les deux ne s'étaient plus parlé. Eddie était méconnaissable. Une enveloppe frêle. Il avait du mal à articuler. Il a d'abord été un peu froid, puis lui a expliqué s'être mis en retrait des entraînements des Ultimus depuis longtemps. Il n'avait plus l'énergie, la force, perdu la flamme. Louis a compris qu'il avait certainement sa part de responsabilité là-dedans.

— Je suis désolé pour ce qui est arrivé à Malbork. Si je le pouvais, je ferais les choses différemment.

— Ce qui est fait est fait. On ne peut pas revenir en arrière. C'est trop tard… Et toi, petit, tu tiens le coup chez les Mirval ? J'ai entendu des choses, des rumeurs. Il y aurait eu des disparitions, des accidents étranges…

— Je tiens le coup…

— Ma porte te sera toujours ouverte, Louis. Si tu en as assez de frayer avec ces types. Et leurs sales idées.

— C'est trop tard pour ça, Eddie. Trop tard pour changer.

Celui qui avait tant fait pour lui s'est redressé sur son coussin.

— Tu as donc oublié ce que je t'ai appris ? La plus importance des leçons ?

— Je ne sais plus…

— En réalité, si je ne t'ai jamais pardonné, ce n'est pas pour ce que tu as fait durant ce combat en Pologne, c'est plutôt parce que tu n'as jamais cherché à te racheter. À apprendre de cette foutue histoire.

— Je suis fait comme ça, Eddie. Toute ma vie, j'ai pris les mauvaises décisions. Gâché mes chances. J'ai beau voir le mur devant moi qui approche, approche encore… je continue à foncer dedans. C'est ma malédiction.

— Arrête… Tu sais, petit… parfois, c'est lorsqu'on perd que l'on gagne. Il faut juste trouver le courage de ne pas rester à terre. Il est toujours temps, Louis. De se relever. Les derniers debout.

— Les derniers debout, Eddie.

Louis entre dans le Cercle. Son opposant est déjà là, immobile, dans son impressionnante armure rouge. Son épée tendue vers lui. Lucifer. Le Dragon de sang.

Le prince des démons. Victor. Une semaine plus tôt, le jeune a défié son père pour prendre la tête de l'Ordre. Comme le veut la règle, il doit affronter son homme lige. Les deux se saluent en criant *Deus Vult*. Le combat débute. Louis, instinctivement, recule.

Il ne veut pas attaquer. Ne peut pas. Mais Victor, en face, n'hésite pas et fond sur son maître d'armes. Frappe de son écu, avant de lui asséner une violente série de coups d'épée. Le Cerbère tente d'encaisser en se tassant derrière son bouclier. L'autre lui hurle dessus : « Défends-toi, la Brute ! » Ses yeux bleus fous qui le fixent, encerclés d'acier. Fracas du métal. Douleur qui, déjà, pénètre sa cuirasse de cuir et d'acier. Louis ne rendra pas les coups. Pas ce soir. Tout en cognant, Victor s'époumone : « Tu es un lâche, comme mon père. Je vais en finir avec vous. » Louis se retrouve piégé contre la rambarde. Ses avant-bras soulevés pour se protéger le haut du corps. Tant bien que mal, de son fauchon, il tente de dévier certaines attaques. Dans la foule, on le hue. Les membres de l'Ordre sont déçus. Ils espéraient le plus beau des combats. On leur avait promis un carnage et des rigoles de sang. Ils n'écopent que d'un spectacle pathétique. « Bats-toi, merde ! » Le tranchant de la lame du Dragon entaille le coude de Louis. De l'autre côté de l'arène, Armand, en retrait, les observe. Lui a compris. Il sait que c'est déjà joué. Son monde est en train de se disloquer sous ses yeux. Telle l'armure du Cerbère, sous les coups de Victor. À force de s'acharner sur le corps de son entraîneur, une des épaulières de Louis est arrachée et rebondit sur le sol en pierre, loin.

« Bats-toi ! » À travers la visière de son ennemi, Farge croit voir une larme glisser sur la joue de Victor. Las, d'une prise de lutte, le jeune saisit son ancien mentor par la tête, et le fait basculer à terre, sur le dos. Son arme pointée sur sa gorge, il lui ordonne de retirer son casque. Ça sera bientôt fini. Louis s'exécute. Il est en sueur. Si mal, partout. Les cors ont cessé leur chant. Le surplombant, Victor se retourne et apostrophe son père.

— Va me chercher ta maudite lance. Tout de suite !
Le quinquagénaire tente une réponse :
— C'est fini, Victor. Tu as gagné. Épargne-le.
— Ça sera fini quand je l'aurai décidé.

Autour du Cercle, les membres de l'Ordre insultent Louis. L'un d'eux lui crache même au visage. Le Cerbère, vaincu, ne réagit pas. Mais Victor saisit l'homme par le col et lui plaque la pointe de son épée sur la joue.

— Comment oses-tu ?
— C'est un lâche, vous l'avez dit vous-même ! Il ne s'est pas battu. Il n'a pas honoré le Cercle.
— Tu ne sais rien. Cet homme a plus de courage, de valeur, que vous tous réunis. C'est un combattant, un guerrier. Vous n'êtes que des vautours, des cafards. Des rampants.

De son gantelet, il le repousse. Dans la salle voûtée, plus personne ne parle, à peine respire-t-on. Armand redescend enfin du tombeau. Entre ses mains, la Sainte Lance. Victor abandonne son épée, se saisit de la relique et l'amène vers le visage du Cerbère. L'homme lige ferme les yeux. Le repos, enfin. Une douleur indicible sur son front. Victor vient de lui faire une entaille, profonde, sur toute la largeur du crâne.

— Louis, tu continueras à me servir et tu seras désormais mon homme lige. Cette cicatrice sera une marque indélébile. Qui te rendra encore plus monstrueux. Je veux que tu n'oublies jamais quelle est ta place. À mes pieds.

Il hausse la voix, pour que toutes et tous l'entendent.

— Je suis votre maître, désormais. Cet Ordre est le mien. Vous m'obéirez… ou vous en paierez le prix.

42

3 mai 2024

Paris

5 h 45. Adossé contre la baie vitrée extérieure de la gare du Nord, Djibril feuillette *Le Parisien* de la veille. En une, un article revenant sur la conférence de presse du préfet de police confirmant que, durant la manifestation du 28 avril, un CRS a été mis en joue par un manifestant... Depuis, la répression policière s'est encore renforcée. Et en écho, comme dans une spirale sans fin, les révoltes ont redoublé d'intensité. En troisième page, un dossier détaille les émeutes qui se propagent à travers la France. Une carte du pays, avec des flammes pour chaque foyer de violence. L'Hexagone couvert de rouge.

À ses côtés, Gabriel Geller écrase un mégot de cigarette. Depuis deux jours, Djibril a eu le temps de discuter avec le flic et sa partenaire, une femme syrienne, Darya, veuve de l'une des victimes. Certes, Sofia et eux ont du solide. Mais comment faire confiance à ce bonhomme ? Il sait que Geller, mis à pied depuis des semaines, est dans le collimateur de l'IGPN. Il s'agirait d'un type violent, instable. Il est pourtant son seul lien avec Sofia, infiltrée au sein de la Meute. Un flic incontrôlable, une ancienne institutrice, une agent de la SDAT en roue libre... Et lui au milieu de ce bazar.

Ce matin, aux aurores, alors qu'il se préparait, Djibril a observé sa femme, Mélanie, endormie. Elle reposait sur le côté, ses deux mains ramenées autour de son ventre arrondi. Pourquoi risquer tout ça ? Djibril a bien failli passer un coup de fil à Papé et tout lui révéler. Rester dans les clous, comme il l'a toujours fait. Mais il a laissé tomber. Geller a malheureusement raison. Ramener cette enquête dans un cadre légal, officiel, risquerait de leur faire perdre un temps précieux et de freiner leur marge de manœuvre. De plus, certains membres de l'Ordre auraient des fonctions importantes dans l'appareil d'État. Révéler leurs découvertes anéantirait les mois de boulot et d'investissement de Sofia... et la mettrait en danger. Djibril n'a d'autre choix que de rester en marge. Et il déteste ça. Avant de partir, il a embrassé Mélanie sur le front, doucement, pour ne pas la réveiller. Sa grossesse arrive bientôt à son terme. Et lui n'a jamais été aussi absent. A-t-il peur de ce qui l'attend ? Peur d'être père ? Provoque-t-il cette fuite en avant ? En posant ses lèvres sur le front chaud de sa femme, le jeune policier a pensé : « Je suis désolé de te faire vivre ça, Mélanie. »

Plus que quelques minutes avant l'échange prévu par Victor Mirval. Comme ils l'ont planifié, ils progressent dans la gare vers les quais de banlieue, à bonne distance l'un de l'autre. Gabriel marche péniblement. Un train de la ligne H quitte la gare à 6 h 02 du matin. En espérant que ça soit le bon. La gare est encore calme. Dans moins d'une heure, elle se transformera en une véritable fourmilière. Djibril a enfilé sa casquette. Il déambule, mains dans les poches. Geller et lui portent des oreillettes pour communiquer discrètement. Ils valident leurs tickets, franchissent les portiques. Le train est au départ, à la voie 34. Une centaine de Franciliens embarquent à bord. Mines moroses, démarches usées. Le jeune homme s'assied sur un banc pour guetter les allées et venues. Avec Geller, ne sachant où l'échange aura lieu, ils ont prévu de se poster chacun à une extrémité du train, pour remonter ensuite vers son centre.

5 h 58. La voix de l'OPJ, dans son oreille : « Rien de mon côté. Et du vôtre ? » Djibril répond par la négative. La lourde silhouette de Gabriel s'éloigne en boitillant vers la tête du Transilien. Ils doivent embarquer. Djibril s'installe dans une voiture. Détaille les passagers qui entrent. Et si ce n'était pas le bon train ? Et si les membres de la Meute avaient changé leur plan ?

6 h 02. Après une alerte sonore, les portes coulissent dans un souffle, le train démarre. Le policier avance entre les banquettes de couleur violette, jaune, framboise. Des visages fatigués se lèvent sur son passage. Des femmes, des hommes. Pour la plupart noirs et maghrébins... Les invisibles. Celles et ceux qui se réveillent au cœur de la nuit pour faire les boulots les plus ingrats. Nettoyer les immeubles de bureaux jusqu'à l'aurore, avant que les costards-cravates ne débarquent. Deux mondes qui se croisent sans jamais se voir. Djibril connaît cette vie. C'était celle de ses parents...

Alors que Gabriel remonte vers l'avant du train, un homme aux épaules voûtées le bouscule et le dépasse. Des cheveux longs, une veste en cuir élimée. Il porte à l'épaule un gros sac noir dont le poids le fait pencher sur le côté. Le flic décide de le suivre. L'homme s'installe en tête de rame, hors du champ des caméras de contrôle placées dans chaque wagon. Un autre individu, capuche sur la tête, est déjà assis sur la banquette. Gabriel trouve une place lui permettant de garder en vue ses cibles. Là-bas, les deux types parlent à voix basse, semblent vérifier le contenu du sac. Gabriel chuchote. « Djibril, je pense les avoir localisés. L'échange est en cours. Voiture de tête. »

« Voiture de tête ». C'est à l'autre bout du train… Djibril enrage intérieurement et se hâte pour traverser son wagon. L'accès est fermé. Impossible de passer. Il doit attendre le prochain arrêt, à Saint-Denis, pour changer de rame. Un message dans son oreillette. « Djibril… Est-ce que j'interviens ? » En réponse : « Non, Gabriel. Vous m'attendez. Ne courez aucun risque. Je suis au bout de ma voiture. À l'arrêt de Saint-Denis, je vous rejoins. Vous ne bougez pas, je répète… »

Gabriel tente de mieux y voir. Il avance d'une rangée de sièges. À un moment, l'un des deux redresse la tête, aux aguets. Le policier se tasse et prie pour ne pas avoir été repéré. Le train ralentit. Bientôt le premier arrêt. D'un pas pressé, l'homme à la capuche repasse devant lui. Gabriel l'observe qui s'éloigne. Cette fois, c'est lui qui porte le sac. L'échange est terminé. L'autre, aux

cheveux longs, n'a pas bougé. « Djibril. Ça bouge de mon côté. Ils se sont séparés. Qu'est-ce que je fais ?
– Suivez le sac… » Geller se lève. Il faut qu'il chope l'individu à capuche au moment où il mettra pied à quai. La gare de Saint-Denis se profile dans la lumière matinale. Cette gare que le flic a si souvent hantée. Ces soirées passées ici, à rejouer cette même fichue journée. Une image de Léa s'imprime dans sa tête. La pire, celle de son cadavre gris sur le lit du légiste, lors de l'identification… Ses ecchymoses violettes sur son visage. Ses cheveux emmêlés. Son regard, vide de tout… Gabriel ferme les yeux, arrime sa main à une barre métallique. Rester concentré. Ici, dans le présent. Ne pas laisser son esprit prendre la fuite. Un homme tapote sur l'épaule du quinquagénaire pour qu'il le laisse passer. Gabriel ne s'en était pas rendu compte. « Monsieur, ho, je vous parle ! Poussez-vous ! » Le bonhomme vient d'élever la voix, attirant l'attention des autres usagers. Parmi lesquels l'homme à la capuche campé devant la porte à vantaux. Leurs regards se croisent une fraction de seconde. Ces yeux noirs. Cette barbe fournie. Hervé Valien ? Le train arrive en gare. Les battants s'ouvrent dans un souffle. Le gars à la capuche disparaît à l'extérieur. « Merde, Djibril, je me suis fait repérer. Le type avec le sac vient de sortir. Je crois que c'est un membre de la Meute. Valien, peut-être. Il porte un sweat-shirt à capuche noir. » En réponse : « Je m'en charge. Ne perdez pas l'autre de vue. »

Son doigt qui appuie frénétiquement sur le bouton d'ouverture cerclé de vert. Enfin, Djibril se retrouve dehors et remonte la rame. Des dizaines de personnes émergent du train. Le policier joue des coudes. Il doit trouver sa cible. Sweat-shirt noir... Mais il y a trop de monde. Déjà, les voyageurs s'engouffrent dans les souterrains menant vers la gare. Djibril ne court pas, pour ne pas se faire repérer. Une capuche, parmi la foule, descend les escaliers et tourne à droite. Prudemment, Djibril sort son arme. Il ne faut pas que ça dégénère. Pas ici, avec tout ce monde. L'homme a l'air de téléphoner.

Gabriel guette toujours le Chevelu. Il répond à son portable. De brèves paroles échangées. Subitement, il se lève, la main placée sous sa veste en cuir, et sort du train. Sonnerie aiguë. La rame va repartir. Gabriel doit le suivre. Il se faufile dehors au moment où les portes se referment. Dans un souffle, le train quitte la gare. Là-bas, l'homme aux cheveux longs, arrivé en bout de quai, saute sur les voies.

Le parvis de la gare. Des vendeurs à la sauvette de cigarettes, leurs paquets rouges alignés sur le bitume. Le membre de la Meute traverse la route. Un bus passe entre eux. Le policier n'est plus très loin, quand un SUV noir arrive, et que sa cible embarque à l'intérieur. La seconde suivante, le véhicule a filé. Même pas le temps de relever la plaque. Djibril lâche un « merde ! » en frappant le sol. « Gabriel, je l'ai perdu. » Aucune réponse en retour.

Geller descend sur les quais. Hors de question de perdre le type. Il doit penser pouvoir disparaître dans l'un des ateliers de maintenance, à l'autre bout des voies. Dans son oreillette, la voix de Djibril. Le Grizzli retire l'appareil. Il veut rester concentré. Le Chevelu court sur les traverses, au milieu d'une voie. Malgré sa douleur à la jambe, Gabriel avance le plus vite possible. Mais l'homme le distance. Gabriel sort son arme, hurle : « Police, ne bougez plus. » L'homme se retourne et, sans hésiter, lui tire dessus. Deux détonations emplissent l'air. Douleur dans la main. Une balle l'a éraflée. Il lâche son arme. Un nouveau tir. À découvert, le policier se jette derrière un poste électrique. Son Glock est à moins d'un mètre, sur le ballast. Il tend la main. Une balle ricoche contre le métal. Dans une seconde, le tireur l'aura en ligne de mire. Mais impossible de bouger. Vibrations dans l'acier. Un train arrive sur leur gauche. Klaxon strident. La rame est presque sur lui. Au dernier moment, il se projette en avant, passe de l'autre côté des voies et se plaque contre un mur couvert de tags. L'engin frôle Gabriel dans un hurlement métallique. Il est hors de danger. Pour quelques secondes.

Djibril revient vers les quais, sans cesser de contacter Geller. Il avale les marches quatre à quatre. Leur train a disparu. De rares passagers attendent le prochain. Sur sa droite, des personnes pointent les voies. L'agent de la SDAT demande ce qu'il se passe : « Il y a deux types en plein milieu des voies ! »

Wagons déformés par la vitesse. Un flou de gris, de rouge. Grondement de machines. Roues qui filent. Toujours dos contre le mur, Gabriel se décale vers la droite, tentant de s'éloigner tant que possible du tireur. Dans un appel d'air, le dernier wagon le dépasse.

Le Chevelu lui apparaît. De dos, il le cherche, arme au poing. Gabriel se jette sur lui. Il tente de lui arracher son flingue. Mais le type est costaud. Un pas de côté. Ils basculent tous deux sur des traverses. L'autre veut ramener le canon vers son visage. Gabriel résiste de toutes ses forces. Le Chevelu fait feu. La détonation explose les oreilles du flic. Il n'entend plus qu'un énorme bourdonnement. Geller, enragé, assène un coup de tête à son opposant. Parvient à se saisir de son arme, la jette au loin. Il a du sang qui goutte de son front. Ce quai. Cette gare… « Léa. Cette fois, je suis là. Cette fois, je ne le laisserai pas s'en sortir. » Ses mains qui glissent jusqu'au cou du type. Les yeux de l'autre. La peur. Le grondement dans sa tête.

Djibril court sur les pierres concassées. Un homme en maintient un autre, entre deux rails. Un train apparaît dans un virage. Sur leur voie. Djibril n'est plus très loin. Son arme dans sa main moite. C'est Gabriel qui s'en prend au fuyard. Il est en train de l'étrangler. Djibril hurle : « Gabriel, lâchez-le ! Un train arrive. » Mais le policier n'a pas l'air d'entendre. Le train est à une centaine de mètres. Le conducteur a repéré les hommes, enclenche les freins. Giclée d'étincelles. La bête d'acier, d'une centaine de tonnes, ne s'arrêtera jamais à temps.

Gabriel ne sait plus où il est. Quand. Tout ce qui compte, ce sont ses mains qui serrent ce cou. Ce visage qui rougit, ces yeux exorbités. Cette colère. Toujours tapie en lui. Serrer et faire payer à ce chien. Lui pour tous les autres. Une déflagration le ramène. Gabriel tourne la tête. Djibril, le bras levé, vient de faire feu en l'air. L'air terrifié, il pointe quelque chose. L'OPJ tourne la tête. Les phares qui l'aveuglent. Le flic se relève. L'autre a compris la menace, ne résiste plus. Gabriel l'attrape par le col et le tire avec lui en arrière. Ils roulent sur le côté alors que le météore de métal les dépasse. Djibril les rejoint, immobilise le fuyard, lui passe une paire de menottes, puis saisit Geller, encore groggy, par les épaules : « Je m'occupe de ce type. Vous, vous dégagez d'ici. Dès que j'en apprends plus sur lui, je vous tiens au courant. Dans l'attente, veillez sur Sofia. Que rien ne lui arrive. Sinon, je vous en tiendrai responsable. »

L'agent de la SDAT retourne vers la gare et appelle des renforts. Du coin de l'œil, il voit Geller disparaître dans un escalier. Ce type est fou… Et pourtant, il va devoir lui faire confiance.

43

4 mai 2024

Noirval

Une nuit de plus prisonnière de Noirval. Une de trop. Sofia triture la bague de loup que Victor lui a offerte… Cette bague qui a scellé sa descente aux enfers. Les questions se bousculent dans l'esprit de la policière…

Que s'est-il passé avec Gabriel et les membres de la Meute ? La jeune femme, la veille, a surpris une discussion entre Mirval, Valien et Caron, dans le petit salon. Il y aurait eu un problème, lors d'une livraison. La police les attendait. Valien, qui était sur place, aurait reconnu Gabriel. Il en était convaincu, quelqu'un avait parlé, les avait trahis. Luc avait tenté de nuancer. Selon lui, Geller, toujours sur leurs traces, n'avait peut-être jamais cessé de les surveiller, et suivi Valien jusqu'à Paris. « Il faut garder la tête froide, Hervé. Tous ceux qui sont dans ce château, nous pouvons leur faire confiance. Ils ont fait leurs preuves. » Mirval avait abondé dans ce sens. Valien avait répondu, lapidaire :

« Vous vous trompez tous les deux. » De surcroît, il craignait que leur contact, un dénommé Ceulemans, ne se soit fait interpeller. Encore une fois, Luc s'était voulu rassurant : « Ceulemans ne parlera pas. Ce n'est pas le genre. Et il ne sait rien de nous. J'ai brouillé les pistes. Faites-moi confiance. » Sur l'insistance de Valien, le chef de la Meute avait fini par céder. Le gros bras serait chargé de s'assurer qu'ils n'étaient pas surveillés. Tout l'après-midi, Valien a ainsi arraché les lignes des téléphones fixes du château. Puis a congédié le personnel de maison. La gouvernante, le cuisinier, les femmes de ménage... Personne ne viendra plus désormais à Noirval. Sofia n'a plus aucun contact possible avec l'extérieur. Piégée. La discussion entre les trois hommes s'est achevée sur cette phrase de Victor : « L'étau se resserre. Si la police est sur nos traces, on doit passer à la prochaine étape. »

Une autre question la travaille. L'Ange noir serait donc Hugo Vallers, le fils de Sandrine et Jacques Verhaeghe, ancien homme de main de Mirval, mort dans des circonstances troublantes ? Chercherait-il à se venger ? Traquer les membres de l'Ordre pour leur faire payer ? Pour avancer, pas d'autre choix que d'en apprendre plus sur la jeunesse des membres fondateurs de la Meute. Des trois, Sofia pouvait déjà éliminer Roxane Delattre. D'abord, parce que celui qu'ils cherchent est un homme. Ensuite, car au gré des semaines, elle avait eu l'occasion de parler avec la compagne de Mirval. Roxane vient d'une famille bourgeoise de Lille. Sa mère et son père sont deux brillants avocats pénalistes, connus dans la région. Elle est fille unique, choyée et surprotégée par ses géniteurs. Lors d'une soirée à la Tanière, la jeune femme avait montré à Sofia plusieurs photos. Elle, bébé, dans les bras de ses parents. Un autre cliché de sa mère, plus jeune. La ressemblance était frappante. Une copie conforme. Si elle n'a certainement rien à voir avec l'Ange noir, Roxane reste un mystère pour Sofia. Que fait cette jeune femme parmi les membres de la Meute ? Dans ce groupuscule violent et viriliste ? Roxane semble aimer ça, ces jeux de pouvoir, l'influence de Victor, l'aura de peur et de respect qu'il dégage. Jouer avec le feu. Elle, plus encore que les autres, accompagnerait Victor jusqu'au bout. Restaient donc Luc Caron et Hervé Valien. Au détour d'une promenade dans le parc du domaine, la policière a questionné Camille sur leur enfance, à Luc et elle. La jeune femme s'est un peu dévoilée. Ils ont grandi, entourés de leurs quatre frères et sœurs, dans une famille de pharmaciens, à Mons, en Belgique. Une éducation rigoriste, tournée vers la foi catholique, et millimétrée en raison du grand nombre d'enfants à domicile. Une fratrie soudée, et des parents stricts mais aimants. Pas une seconde, Camille n'avait insinué que Luc puisse être adopté. Elle avait laissé entendre que le jeune avait souffert de ses nombreux allers-retours à l'hôpital pour ses opérations du crâne, mais rien de plus. En définitive, des trois membres fondateurs de la Meute, un seul, sans surprise, s'était montré évasif... Valien. Quand Sofia lui avait posé des questions sur ses origines, il avait botté en touche, agacé : « Qu'est-ce que ça peut te faire, Sofia ? Ma jeunesse, je n'en parle pas. » Se pourrait-il que ça soit lui l'assassin ? Il coche toutes les cases. Il est agressif, incontrôlable, paranoïaque. Capable du pire. Il aime soumettre les autres... Les avoir sous son contrôle. Et il semble remettre en question les décisions de Victor, son autorité.

Il est 23 heures. Sofia observe le domaine par la fenêtre de sa chambre. Une camionnette, un peu usée, vient de se garer devant l'entrée du château. Elle ne l'a jamais vue jusqu'à ce soir. La porte latérale s'ouvre. Caron en émerge, bientôt rejoint par Mirval et Valien. Chacun porte un sac noir. Ils en déposent un dans la camionnette, échangent quelques mots. Puis, Valien s'éloigne vers le parc en emportant le second. Mirval et Caron retournent dans le château. Du bruit dans les escaliers, ils montent. Sofia s'allonge dans son lit, fait mine de lire. Bientôt, sa porte s'ouvre. C'est Luc. Il s'assied à ses côtés.

— Sofia, nous avons besoin de toi.
— Un nouveau cercle ?
— Oui... En quelque sorte. Nous poursuivons ce que nous avons commencé lors de la manifestation. Cette fois, on passe aux choses sérieuses. Prépare-toi. Des vêtements discrets, sombres. On part demain, aux aurores. À 4 h 30 du matin.
— On va où ?
— Je ne peux rien te dire pour le moment.

Elle sent un trouble dans la voix du jeune.

— Ça va, Luc ?
— Oui, ça va... C'est juste que l'on a dû revoir nos plans. Ça fait des mois que nous travaillons sur tout ça. Je ne voudrais pas que l'on fasse d'erreur... Sois prête à l'heure.

Il va pour quitter la pièce, s'arrête.

— Sofia... on a peut-être un traître dans nos rangs. J'ai besoin de te demander... On peut te faire confiance ?

— Tu en doutes encore ? Après tout ce que j'ai fait ?
— Non… Moi, non.

4 heures du matin. Le réveil est difficile. Cotonneuse, Sofia prend une douche, enfile un tee-shirt, un sweat-shirt noir, un jean. Ils se retrouvent dans le fourgon repéré la veille. Luc conduit, à l'arrière aux côtés de la jeune femme, Valien, Mirval et Aymeric. Pas de trace de Camille, ni de Roxane. Entre eux, posé à même le plancher en métal, le sac noir. Personne ne parle. L'atmosphère est lourde.

Les phares du véhicule dans la nuit. La campagne laisse place à des immeubles. Ils arrivent en périphérie de Lille. Les rues sont désertes à cette heure. Peu de circulation. Au bout d'une trentaine de minutes, l'engin ralentit, s'arrête. Luc se retourne.

— On est en position. Aucun mouvement. Comme prévu, nous sommes en dehors du champ des caméras.
— OK, on se prépare. Je te dirai quand redémarrer, répond Mirval.

Sofia tend le cou pour y voir à travers les vitres fumées. À l'extérieur, un énorme bâtiment. Bunker de béton et de baies vitrées. Où sont-ils ? La phrase de Luc, dans sa tête : « On passe aux choses sérieuses. » Sofia sent son pouls accélérer, pose ses deux mains sur ses genoux pour freiner la vague de stress qui monte. Ne rien laisser filtrer. Valien distribue à chacun une paire de gants et une cagoule.

Victor s'abaisse, ouvre la fermeture Éclair du sac noir. Giordano repère un AK-47, trois armes de poing. Des cartouches. Valien tend un Sig Sauer à Sofia, un Glock à Aymeric et prend un flingue à son tour. Mirval leur explique, en vérifiant le chargeur du fusil d'assaut, dont il vient de se saisir :

— Aymeric et Sofia, vous êtes à nos côtés car vous avez prouvé votre aptitude à vous servir d'une arme. Vous avez l'occasion, aujourd'hui, de devenir les premiers chevaliers de notre Ordre. Cette arme sera votre glaive. Cette opération, notre première bataille.

Valien prend le relais :

— Vous restez bien à vos places. Je ne veux pas de balle perdue. À mon signal, une fois que j'ai ouvert la porte latérale, vous arrosez le bâtiment. On doit faire un maximum de dégâts.

Aymeric interroge :

— Mais tirer sur qui ? Sur quoi ?

— Qu'est-ce que ça change ? Tu crois en notre combat ? Si ça peut te rassurer, on ne souhaite faire que des dégâts matériels. Il n'y a personne dans les rues à cette heure-là.

Le contact glacial de la crosse dans la paume de la jeune femme. La sensation d'être totalement débordée par ce qui se prépare. Victor enfile sa cagoule et tape sur l'épaule du conducteur.

— Vas-y, Luc. Roule lentement.

Le fourgon démarre. Le bâtiment gris file sous leurs yeux. Ils le longent en tournant à droite. Quelques arbres faméliques. Un drapeau français. Une volée d'escaliers. Une entrée, de hautes baies vitrées. Une inscription gravée dans la façade de béton : « Hôtel de Police ». L'engin ralentit, quasiment à l'arrêt devant l'entrée du commissariat. Valien tonne : « Maintenant ! » et fait coulisser la porte. Immédiatement, Mirval arme son fusil et tire trois rafales. Éclats de béton. Impacts dans les fenêtres. Odeur de poudre. Vacarme assourdissant dans l'habitacle. À leur tour, Valien et Aymeric font feu. Ils vident leur chargeur. Plusieurs balles s'encastrent dans les baies vitrées de l'accueil. Craquelures et fissures du verre. Sofia est paralysée, incapable de bouger. Si quelqu'un sortait ? Si un flic tentait de jouer les héros ? Valien lui hurle dessus : « Sofia, à toi ! »

Elle soulève son pistolet et fait feu à trois reprises, tentant de viser les zones les moins à risque. La porte coulissante de la camionnette se referme aussi vite. Victor tape dans le dos de Caron et lui crie de redémarrer. Sofia garde son bras tendu devant elle. Victor le lui abaisse doucement, lui sourit : « C'est bien, Sofia. C'est très bien. » Elle voudrait effacer ce sourire, ces mots de sa tête. Aymeric et Valien se congratulent, imitent des hurlements de loups, dopés à l'adrénaline. En quelques secondes, ils sont déjà loin. Valien récupère les quatre armes et les range dans le sac noir. Sofia soulève sa cagoule. Besoin de respirer. Valien lui rabaisse aussitôt, sans ménagement : « Non, ce n'est pas fini. »

Ils roulent. Dix minutes passent. La policière ne réussit pas à se calmer. À nouveau, l'utilitaire décélère. S'arrête. Valien se tourne vers ses camarades : « Vous ne bougez pas. » Il ouvre la portière, se saisit du sac noir. Des immeubles en briques. Un parking. Une boutique fermée. Tags sur les murs. Une aire de jeux aux portiques rouillés. Sofia est déjà venue ici, avec la Meute, lors de l'épreuve du premier cercle. C'est le quartier Concorde. Une des cités de Lille. Que fait Valien ? Il dépose le sac entre un banc et un buisson, sans chercher à réellement le dissimuler. Aussi vite, il remonte à bord.

Le véhicule file à travers les artères désertes de la périphérie de Lille. Un soleil vaporeux se lève. À un moment, ils croisent une flopée de voitures de police, dans l'autre sens. Gyrophares. Sirènes hurlantes. Tout le monde se tasse. Regards braqués sur les rétroviseurs. Personne ne les poursuit. Au commissariat central, ça doit être le branle-bas de combat. Sofia pense aux agents en poste là-bas, qui ont dû connaître la peur de leur vie, et espère qu'aucun ne soit blessé.

Une nouvelle halte. Un terrain en friche. Un entrepôt désaffecté. Il y a un autre engin, la fourgonnette de Trait d'Union, avec Roxane à son bord. Le moteur ronronne. Valien intime à toute l'équipe de sortir. Leur montre des bidons d'essence, disposés à l'écart. « Allez-y, aspergez la camionnette. » Ils s'exécutent. Enfin, Luc allume un zippo, le jette à l'intérieur, les flammes prennent instantanément. Le jeune se retourne, un sourire enfantin aux lèvres.

À bord du véhicule de l'association, ils reviennent vers Noirval. À peine deux heures se sont écoulées depuis leur départ, mais Sofia se sent épuisée, vidée de tout. À leur arrivée au château, avant de les laisser sortir, Victor leur assène :

— Nous voulions semer le chaos. C'est désormais chose faite. Entre la manifestation et la fusillade de ce matin… la France va basculer.

Aymeric, l'air un peu benêt, demande :

— Je ne comprends pas, Victor… Pourquoi avoir laissé nos armes dans cette cité ? Pourquoi armer ces racailles ?

— Justement... C'est la clé de tout. Qu'importe qui trouvera les armes en premier. La police ou l'un de ces mécréants... Le résultat sera le même. On leur fera porter la faute. Le message sera clair. Ces démons sont prêts à tout. Et il faut les arrêter. Ce n'est pas pour rien que le cercle que vous venez de franchir, le septième, est celui de la Violence.

Sofia a participé à ça, à plonger un peu plus le pays dans la tourmente. Prise dans un engrenage qui la dépasse. Et qui est loin d'être terminé. Mirval et les autres se sont séparés du sac rempli d'armes, mais que comptent-ils faire du second ?

La jeune femme émerge de son lit vers 11 heures, nauséeuse. Elle n'a, évidemment, pas pu fermer l'œil. Elle a besoin d'un café. En descendant au rez-de-chaussée, elle croise Louis Farge. Le garde du corps remonte vers le premier, avec sa jambe raide. La main arrimée sur la rambarde. Leurs regards se croisent. Il baisse les yeux et continue.

De l'agitation dans le hall d'entrée. Valien montre à Victor, Roxane et les autres un étrange appareil. C'est une sorte de talkie-walkie muni d'un câble noir, comme une antenne souple. Il jubile : « Avec ça, si quelqu'un a planqué des micros ou des caméras dans le château... on les trouvera... » Sofia tente de donner le change, mais remonte le plus vite possible dans sa chambre. Elle prend une douche, tourne le mitigeur sur le froid. L'eau est glacée mais elle ne bouge pas. Ne pas céder à la panique... Ne pas céder.

44

5 mai 2024

Noirval

Ce soir, c'est décidé, Sofia s'échappe du château de Noirval. Rester plus longtemps serait de la folie. Durant la journée, Valien a passé le rez-de-chaussée et le premier étage au peigne fin avec son appareil de détection. À la première heure demain, il compte s'attaquer au deuxième. Il ne lui faudra pas longtemps pour tomber sur le micro dissimulé dans le bureau de Victor. Sofia a pensé aller le récupérer, mais le risque d'être démasquée était trop grand. Non, mieux vaut s'enfuir, retrouver Gabriel et Darya et réfléchir à la marche à suivre. Ont-ils assez d'éléments pour prévenir Papé et la SDAT de la menace que représente l'Ordre ? Elle le pense. Elle pourra témoigner des actions perpétrées durant la manifestation et de la fusillade sur le commissariat. En espérant que les fouilles et prélèvements dans le manoir et le mausolée permettront de prouver l'implication du groupe dans les meurtres des réfugiés.

Pour l'Ange noir, ils verront dans un second temps... Elle travaillera au corps les membres de la Meute, les fera parler. Inversera les rôles, enfin. Sa revanche sur eux.

Sofia prend le minimum. Pas de veste. Juste sa paire de chaussures. Éviter d'attirer l'attention si elle se fait surprendre. L'OPJ va soulever la latte de plancher vermoulue pour récupérer le kit de crochetage qu'elle y avait dissimulé. Elle laisse dans la planque le second micro inutilisé, repositionne bien le tout. Une fois dehors, elle foncera à travers le parc jusqu'à se mettre à l'abri, dans les bois. Gabriel lui a parlé d'une portion du mur d'enceinte détruite, au sud du labyrinthe. Elle se lance, arrive en haut des marches, respire un peu. Le tapis d'escalier en tissu épais étouffera les sons. Giordano descend jusqu'au premier, s'apprête à continuer quand un bruit, sur sa droite, la fige. Une porte s'ouvre. Se cacher. La jeune femme se glisse derrière une armoire. Les pas feutrés s'éloignent, empruntent l'escalier. Sofia attend une minute. Ressort. Hormis Armand Mirval et Louis Farge, personne ne dort au premier. Qui était là ? Pourquoi ? Au bout du couloir, une porte est entrouverte. Sofia devrait mettre le plus de distance entre ce lieu maudit et elle, mais elle n'y résiste pas. Elle traverse le corridor, pousse la porte. Sous la pâle lueur nocturne, elle discerne une cheminée, un miroir, un paravent, une salle de bains ouverte, un lit à baldaquin. C'est la chambre de Mathilde Mirval. Armand n'a, semble-t-il, pas touché à la pièce depuis la mort de sa femme, douze ans plus tôt. Un sanctuaire, un temple. Ça lui rappelle la chambre de son frère, Bilal.

L'impossibilité de faire le deuil, de tourner la page. Dans la salle de bains, Sofia remarque une coiffeuse sur laquelle sont toujours disposés des brosses, des produits de beauté parfaitement alignés. Par-delà l'odeur de renfermé, un effluve musqué flotte dans l'air. Comme si quelqu'un avait récemment vaporisé du parfum dans la pièce. Une armoire est ouverte, à l'intérieur, des robes, des manteaux... Il y a un renfoncement sur le lit. La personne qui la précédait s'y serait allongée ? Sofia observe les cadres poussiéreux sur la tablette de la cheminée. On y voit Mathilde Mirval, au gré des années. Deux jeunes amants en tenue de bal. Armand, méconnaissable. Un voyage, peut-être en Inde. Plus tard, dans le château. Avec un bébé dans ses bras, Victor. Puis, le même garçon plus âgé, collé à ses basques. Elle et lui, en équilibre, accrochés aux grilles d'une fenêtre. Photo après photo, Mathilde s'étiole. D'abord rayonnante, elle apparaît de plus en plus cernée, amaigrie. Son sourire s'efface. Même aux côtés de son fils. Que lui est-il arrivé ?

Partir... pas le temps pour ça. En retournant vers l'escalier, une lumière s'allume. En robe de chambre, Armand Mirval surgit dans le couloir. D'une voix endormie, il demande à Sofia :

— Que... que faites-vous ici ?

— Rien. Je descends à la cuisine, boire un peu d'eau.

— Vous les avez entendus, vous aussi ?

Le patriarche a des yeux vitreux, son haleine empeste l'alcool.

— Pardon ?

— Ses bruits de pas... de plus en plus souvent. Je l'entends, au beau milieu de la nuit, se faufiler jusqu'à sa chambre. Mais quand je sors, il n'y a plus rien. Que l'odeur de son parfum, parfois. Vous savez... je crois qu'elle est toujours là, entre ces murs...

— De qui parlez-vous ?

— Mathilde... Ma femme. Elle est revenue. Pour me hanter.

Il se frotte le front, hoche la tête, puis semble se reprendre.

— Non... Oubliez ce que je vous ai dit. Surtout, je vous en prie, n'en parlez pas à Victor.

— Je ne lui dirai rien, Armand. Vous devriez retourner vous coucher, il est tard.

— Oui...

Sofia attend que le père Mirval reparte vers sa chambre, et file vers le rez-de-chaussée. Elle est en bas, enfin. Personne. Pour être plus discrète, elle aurait aimé pouvoir emprunter la sortie dans la remise, ou celle dans la cuisine. Mais la veille, Valien et Victor les ont condamnées avec des planches de bois cloutées sur les chambranles. Une seule issue possible, celle de l'entrée principale. Elle ose un pas dans le vestibule circulaire, quand une lumière l'aveugle. On braque une lampe sur son visage.

— Tu comptes aller où comme ça, Giordano ?

La voix de Valien. Évidemment... Il se cachait, attendait. Un prédateur tapi dans les ombres. Malgré l'aveuglement, elle remarque une banquette, une couverture, quelques coussins. Trouver une réponse crédible, vite.

— J'ai encore le droit d'aller boire un verre d'eau ?

— Tu as une salle de bains dans ta chambre, non ?

Il arrive à son niveau, lui tourne autour. S'il la fouille... ne pas y penser.

— Tu as mis tes chaussures ? Tu t'es habillée ? Tout ça pour un verre d'eau ?

— Bon... je vais te dire la vérité. Je n'arrivais pas à dormir. Voilà... Les cercles, les épreuves, c'est dur pour moi. Ça me travaille. J'en fais des cauchemars. Ça réveille des choses de mon passé. L'histoire de mon frère, la Syrie...

Le barbu ne répond rien. Continue à louvoyer autour d'elle. C'est insupportable... Meubler. Le convaincre.

— Bref, j'en avais marre de tourner dans mon lit, je comptais me poser dans le petit salon, lire un bouquin en attendant que tout le monde se réveille.

— Mouais... J'y crois pas trop...

— Combien d'épreuves faudra-t-il pour que tu me fasses confiance, Hervé ?

— Je ne te sens pas, Sofia. Je ne t'ai jamais sentie. Pour être franc, j'espère que c'est toi, la traître... Si ça se confirme, je me ferai une joie de m'occuper de toi.

— Charmant... Bien, vu ton accueil, je préfère remonter...

Elle fait volte-face, grimpe les marches. Valien la poursuit de son faisceau lumineux, mais la laisse partir. La torche, enfin, s'éteint. Il retourne à ses ténèbres.

Dans sa chambre, Sofia s'empresse de replacer son matériel de crochetage dans sa cachette. Elle s'allonge sur son lit, compte les minutes, les heures. Dehors, un grand soleil se lève. Une journée de plus dans cet enfer.

Aymeric, Camille et Sofia ont reçu l'interdiction de quitter leur chambre. Vers 10 heures, Valien vient fouiller celle de la policière avec son détecteur. Un sourire mauvais au visage, il plonge ses grosses mains dans les vêtements de la jeune femme. Il déplie ses sous-vêtements, les soulève du bout des doigts, puis les balance. Il la cherche, la provoque. Sofia, assise sur le lit, feint l'indifférence. Mais le suit du coin de l'œil, quand il approche de la cheminée, et de la latte de parquet qui abrite ses secrets. Son pied, juste à côté de la planche usée. Le micro risque-t-il d'émettre un quelconque signal, même éteint ? Il glisse son détecteur autour de l'âtre, de l'encadrement des tapis. Mais ne trouve rien. Sans un mot, le gros bras quitte la pièce.

Une heure plus tard, la policière comprend qu'on s'agite dans le couloir. On murmure. Des voix à peine perceptibles : « On l'a trouvé dans le bureau. Planqué en hauteur, derrière des livres. » L'angoisse lui bouffe les tripes. Son oreille tendue. L'enfermement... l'isolement. Tout ça la ramène là-bas. Raqqa. Dix ans plus tôt. Bilal. Ne pas craquer...

La fin de matinée laisse place au début d'après-midi. Toujours collée à la porte, Sofia demande qu'on lui amène quelque chose à manger. Caron lui répond. « Pas pour le moment. C'est grave ce qui se passe, Sofia. Très grave. » Un peu plus tard, des bruits de pas, et Camille qui s'inquiète : « Où allons-nous ? Lâchez-moi, vous me faites mal. » Puis, c'est le silence. Si lourd qu'il en devient assourdissant.

Il est près de 19 heures quand la porte s'ouvre. Dehors, le soleil se couche. Les nuages se teintent d'ambre. C'est Luc. Son visage est fermé. Elle ne l'a jamais vu ainsi. Il lui dit de la suivre, la saisit vigoureusement par le bras. Ils se retrouvent dehors. Où vont-ils ? Au mausolée ? Dans les souterrains ? Le jeune la pousse dans une autre direction, vers l'est, cette zone du domaine qu'elle connaît le moins. Ils traversent un tunnel végétal. Autrefois, une roseraie, c'est aujourd'hui un imbroglio de ronces, de lierre. Elle doit baisser la tête pour en franchir certains passages. Ils se retrouvent dans un sentier qui file à travers un bois. Autour d'eux, des chênes aux branches tortueuses, ifs à l'écorce boursouflée... Ils arrivent enfin face à une structure dantesque, qu'elle avait déjà repérée. L'endroit qu'ils appellent la grotte. Une cavité artificielle haute de cinq à six mètres. C'est son entrée qui impressionne le plus, qui terrifie, même. Une porte en bronze monumentale, reproduction de la *Porte de l'Enfer* de Rodin. Des centaines de corps entremêlés s'y contorsionnent de douleur, s'échappent de leurs tombes, rampent, dans des effets de draperie, de flammes. Sur les pilastres, le tympan, des squelettes, des anges aux poses torturées. Sur le fronton, *Le Penseur*. Puis, au sommet, trois statues pointent leurs doigts vers le visiteur imprudent. Une inscription sur un panneau en marbre a été ajoutée sur le fronton : « *Vous qui entrez, laissez toute espérance.* » Sofia réprime un frisson. Luc pousse l'un des vantaux dans un grincement métallique. Un courant d'air glacé. Une exhalaison de soufre. Le cadet de la Meute se saisit d'un objet posé sur une table en fer. Sofia sait de quoi il s'agit. Un casque de vision nocturne. Elle en a déjà utilisé de similaires lors de ses surveillances. Que compte-t-il faire avec ça ?

Il la pousse vers l'intérieur. Seul un rai de lumière lui permet d'y voir quelque chose. Luc lui tend un cordage qui s'enfonce vers les abîmes : « Accroche-toi à ça. Quoi qu'il se passe, ne lâche pas. Le huitième cercle t'attend, Sofia. Celui de la Tromperie. Il te faut confronter tes démons. Et nous assurer que tu es digne de confiance. » Puis, à son oreille : « Je suis désolé qu'on en arrive là. Je n'ai pas le choix. » Il éteint sa lampe, referme la porte. C'est le noir total. Absolu. Un cliquetis électronique. Luc vient d'activer son casque. L'instant suivant, une musique lugubre s'élève dans la caverne. Des chœurs entremêlés qui montent dans les aigus et redescendent dans les graves. Vagues de voix qui vont et viennent. Un requiem désespéré. Le son est fort, trop fort. Un pas après l'autre, la corde serrée entre ses deux mains, Sofia avance. Un fracas puissant la fait sursauter, un éclat de tonnerre. On doit remuer des plaques de tôle, tout contre elle. L'instant suivant, quelqu'un la pousse violemment. Elle manque de perdre l'équilibre. Continue. Une voix contre elle, un murmure : « Parle, c'est toi ? Dis-le ! » Elle a du mal à respirer. L'impression que cette noirceur pénètre ses poumons, ses viscères. Qu'elle l'étouffe. Comme quand on lui plongeait la tête dans un seau, là-bas. Ça recommence. « Arrêtez. » Les chœurs deviennent un bourdon frémissant. Insupportable. Un pas encore. Ses mains entrent en contact avec quelque chose de froid, une statue. Au moment où, à l'aveugle, elle tente de comprendre ce qu'elle touche, un spot éclaire la zone un instant. Le temps de distinguer un plafond composé d'un enchevêtrement de coquillages, galets et stalactites. Et devant elle, dans une niche, une statue terrifiante. Une sorte de démon, avec une tête de lion entourée de cinq pattes de boucs, qui forment un soleil autour de lui. La lumière s'éteint. Elle reçoit un coup dans le dos, entre les omoplates. « C'est toi ? Dis-le ! » Ne pas s'arrêter. C'est une mise à l'épreuve. Une de plus. Des voix de femmes qui hurlent. Désespoir, douleur. Qui lui rappellent les cris qu'elle entendait dans les cellules voisines, à Raqqa. Ne pas céder. De l'eau glacée qu'on lui jette dessus. Elle est trempée. Une douleur sur son bras. Quelqu'un vient de lui lacérer la peau. Avec une lame, un cutter. Elle saigne. Elle lâche le cordage. Tâtonne pour le retrouver. On la plaque au sol. Humiliation. Chuchotements dans son oreille. « Tu vas mourir ici. Mourir… » La voix de Valien, peut-être. La corde, râpeuse, qu'elle récupère enfin. Se relever, continuer. Ses doigts, à nouveau, qui touchent une pierre glacée, humide. Lueur aveuglante. Une autre sculpture, un amalgame impossible, un visage d'homme aux traits hystériques, entremêlé à une tête de chat et une autre de crapaud, des pattes d'araignées. Une inscription en dessous, « Roi Baël ». Obscurité. Une nouvelle lacération sur sa main gauche. Elle essaie d'accélérer. Peut-être que c'est la clé, après tout, il lui suffit d'aller au bout de ce parcours d'effroi et ils la libéreront. « C'est toi ? Le micro dans le bureau. Tu vas payer. Ta trahison. » Sa respiration… Au bord de l'asphyxie. Ne pas penser à ça. Le sac noir sur sa tête. Le tissu qui lui colle à la bouche. Avancer. Les mêmes phrases. « Tu vas payer. C'est toi ? – Je ne sais pas de quoi vous parlez. » On lui balance quelque chose dessus. Ça empeste, c'est visqueux, ça colle à la peau, aux vêtements. Lumière. Une nouvelle vision, « Marquis Amon ». Une tête de hibou aux yeux exorbités, un bec avec des canines aiguisées, une queue de serpent terminant son corps. Et son corps à elle, couvert de viscères. Envie de vomir. C'en est trop. Nuit. Ses yeux, ouverts sur le néant, brûlent. De la bombe lacrymo. « Dis-nous la vérité et tout s'arrêtera. On te libérera. Sinon, meurs ici, erre à jamais. » Les voix des chœurs qui frappent comme un cœur palpitant. Imagine-t-elle tout ça ? Où est-elle ? Elle ne sait plus. Une voix, tout près. « C'est ta faute, Sofia. Ce qui m'est arrivé. » Bilal ? C'est toi ? Elle craque. Pleure, peut-être. « Abandonne. Dis la vérité. C'est toi ? » La voix de Victor. Non. Elle ne cédera pas. Elle a déjà connu ça. Et elle a tenu. Raqqa. La peur. La douleur. Elle se redresse.

Son pas est plus assuré. « C'est toi ? Dis-le ou meurs. » Une lame se pose soudain sur sa gorge. Elle s'arrête. Crie : « Je n'ai rien fait ! » et saisit l'acier acéré, le repousse, se coupe la paume des mains. Une dernière lumière. Une dernière sculpture, « Asmodée ». Trois têtes. Buffle, bélier, démon. Ce faciès, ces cornes enroulées autour du crâne, cette étrange couronne, c'est exactement la description que lui avait faite Djibril du masque de l'Ange noir.

Au loin, un grincement. Éblouissement. La lumière. Quelqu'un la prend par le bras, l'aide à marcher vers l'extérieur. Elle n'y voit rien. Un pas dehors. Elle s'écroule, s'évanouit. « Bilal, tu es là ? Je suis venue pour toi. »

45

6 mai 2024

Noirval

Sofia délire. Fièvre. Sueurs. Tout se mêle. Passé. Présent. Quelqu'un à ses côtés, peut-être. « C'est toi ? Tu me pardonneras ? »

Tall Abyad. Le soleil. Terres d'ocre. La voiture file sur la route sinueuse. La poussière dans leur sillage. Le compteur bloqué à 80 km/h. Des champs desséchés. Dans le rétroviseur, le pick-up qui les poursuit. Ils vont les rattraper. Yacine conduit. Une rafale de fusil d'assaut. Le pare-brise vole en éclats. L'ancien poste-frontière est juste devant eux. Ne pas s'arrêter. « Il y a une barrière, Sofia. – Fonce ! », répond-elle.

Raqqa, des mois plus tôt. Octobre 2014.

— Je ne le trouve pas, Sofia. Je suis désolé. J'ai tout essayé. Si je pose trop de questions, je risque d'avoir des problèmes. Les services de renseignement, l'*Emni*, nous surveillent, tout le temps.

— C'était notre deal, Yacine. Tu m'aides à retrouver mon frère, j'achète ta liberté et t'aide à revenir en France. Je ne partirai pas sans lui. Ce n'est pas négociable.

Les coupures d'électricité le jour. Les bombardements la nuit. Les sirènes d'alarme. Les camions remplis de cadavres. La terreur partout, tout le temps.

Une fenêtre. Son monde s'arrête là. Ce qu'elle voit, derrière ses rideaux gris. Hier, un sexagénaire a été arrêté parce que les jihadistes avaient décrété que son pantalon était trop court. On ne le reverra jamais. Il y a quelques semaines, un môme de 17 ans a été emporté parce qu'il avait juré. Son corps a été renvoyé à ses parents. Sans tête, ni sexe. Pour un simple gros mot.

Immeubles effondrés. Impacts de balles sur les façades. Fenêtres explosées. Vies recourbées.

Sortir. Parce qu'elle n'en peut plus. De rester enfermée toute la journée. À attendre que Yacine rentre. Il lui est interdit de quitter l'appartement seule. C'est la loi. Les femmes ont besoin d'être accompagnées d'un *mahram*, un tuteur. Un mari, un père, un frère, qu'importe, tant qu'il s'agit d'un homme. Sortir, mais pas trop souvent non plus. Ça ne se fait pas. Il ne faudrait pas qu'elle y prenne goût. Croire qu'elle y a droit. À la liberté. Enfiler le *sitar*, voile intégral entre elle et le monde, ces couches et ces couches de vêtements, effacer ses formes. Surtout ne pas provoquer. Chuchoter quand elle a quelque chose à lui dire. On ne doit pas entendre sa voix. Les voilages qui l'encombrent. L'empêchent de savoir où elle met les pieds. Qui lui tiennent chaud. Penser, évidemment, à enfiler aussi ses gants noirs. Pas un bout de peau ne doit dépasser. Sinon… Il se raconte qu'une jeune Syrienne qui nettoyait sa cour sans avoir mis de chaussettes dans ses sandales aurait été envoyée en prison. Les autres femmes croisées dans les rues. Des spectres comme elle. Effacées. Annihilées. Elles sont le nulle part. Le néant. Non, pire que le rien. Elles sont le mal.

La petite épicerie. Sa seule destination quand elle se retrouve dans les rues de Raqqa avec Yacine. Acheter du shampoing. Découvrir des emballages où les visages des mannequins, leurs cheveux sont rendus invisibles à coups de marqueur noir. Des centaines de boîtes couvrant une étagère, ainsi gribouillées. C'est tellement fou que ça en devient absurde. Tellement fou qu'elle aurait, parfois, envie d'en rire. Ces gamines, couvertes de noir, qui tiennent entre leurs mains gantées des cornets de glace dégoulinants et qui cherchent un endroit, à l'écart, où se cacher pour manger leur sorbet. Sans choquer personne. L'enfance et l'horreur. L'innocence bafouée, déchirée.

L'humanité est morte. Mais Sofia ne veut pas baisser les bras. Elle doit le trouver.

Les mots de Yacine. Son histoire. Ses espoirs brisés. Ses rêves de grandeur. De justice. Devenir un *muhajir*. Faire sa *hijra*. Ramener la paix dans un pays dévasté. Les soixante-douze *houris*, ces vierges qui l'attendent s'il meurt. Puis son arrivée à Raqqa. La désillusion, rapide, sèche. Le camp d'entraînement, à peine deux semaines pour apprendre à tenir une arme. Puis le front.

Les balles qu'on tire à l'aveugle. Les corps qui tombent à ses côtés. Le sang sur son visage. La peur qui vous réveille chaque nuit. Ne pas y retourner. Ce n'est pas ce que montraient les vidéos. Ce n'est pas ce qu'on lui avait promis. Ses parents, ses potes lui manquent. Son addiction au Tramadol, pour s'échapper, un peu. Ce n'est qu'un gamin. 18 ans. Et il va mourir pour une cause qu'il ne comprend pas.

Leur mise en contact. Le coup de fil du consulat de France, en Turquie. Yves Dalembert, l'homme de l'ombre qui l'a tant soutenue, alors qu'il ne lui devait rien. Les risques qu'il a pris malgré la folie du plan de Sofia. Partir en Syrie, pour ramener Bilal, son frère. Coûte que coûte. « J'ai peut-être quelque chose. On a été contacté par un jeune, un Français. Il aimerait quitter la Syrie. Mais il est bloqué à Raqqa sans argent. »

Leur faux mariage, un simple échange vidéo. Des hommes autour de Yacine, qui l'applaudissent, l'étreignent.

Le trajet jusqu'en Turquie, les bus. La frontière, franchie la nuit, avec un passeur. Les familles autour d'elle. Convaincues qu'il leur faut rejoindre le califat. Mener cette guerre.

Les quatre jours passés dans une *madafa*, un bâtiment de transit réservé aux femmes. L'énorme drapeau noir accroché au mur qui claque contre la paroi toute la journée. Les matelas à même le sol. Les premiers interrogatoires par une femme, une Belge. La chaleur.

Puis, enfin, un bus arrive. Yacine en émerge. Il lui prend les mains. Faire croire aux autres qu'ils s'aiment.

Leur appartement quasiment vide. Un canapé, deux chaises, une TV. Un tapis. Un frigo qui ronfle en permanence. Le carrelage bleu. Les murs lézardés. Les invités qui, parfois, viennent. Les autres combattants, des mômes, pas plus âgés que lui. Ils fanfaronnent, fument des cigarettes en cachette. Ils pourraient être fouettés pour ça. Ils jouent les durs mais sont terrifiés. Et elle qui doit attendre dans la chambre. Cachée.

Sa voisine, Zeina, une jeune Anglaise avec qui elle a sympathisé. Mais malgré les semaines passées à discuter ensemble, jamais ni l'une ni l'autre ne se livrent vraiment. On ne sait pas qui parle, qui se tait. Qui espionne. Zeina va bientôt accoucher. Impossible d'aller dans un hôpital. Les hommes médecins n'ont pas le droit de toucher les femmes. Et la plupart des sages-femmes ont fui la région. Alors, avec d'autres épouses, elles veillent la gamine. Lui prennent la main, épongent son front. Ensemble malgré tout. Un bébé naît dans la nuit. Un premier cri. Noyé par les tirs de mortiers.

Son frère, enfin. Bilal. Il se tient, raide, devant elle. Yacine l'a trouvé, l'a fait venir chez eux. Il exige de rester seul avec sa sœur. Ce visage qu'elle a vu toute sa vie et qu'elle ne reconnaît plus. Un inconnu. Ses yeux marron, si durs. Sa barbe en collier, son gilet kaki, son kamis. Un combattant. La distance entre eux. Ses bras croisés.

— Tu n'as rien à faire ici, Sofia.
— Je suis venue pour toi, pour te ramener. Ça fait des mois que je te cherche.
— Mais tu crois quoi ? Que j'ai besoin de toi ? Besoin d'être sauvé ? Ma vie est ici. Je suis important. Un des cadres de l'EI. Un émir. Je suis Abou Bilal. Quelqu'un, tu comprends. Toi, les parents… Vous n'êtes plus rien, pour moi. Vous n'existez plus.

— Mais tu as vu ce qui se passe dehors ? Cette violence. C'est un cauchemar. Tu ne peux pas croire que c'est la solution.

— Il faut un temps de troubles pour rétablir l'ordre, faire renaître notre califat. Ensuite viendra la paix. Je ne quitterai jamais la Syrie, Sofia. Mais toi, tu dois partir ou je te ferai arrêter. Je ne veux pas avoir de problèmes par ta faute.

Elle est restée. Voulait encore tenter de le convaincre. Être certaine qu'il ne demeurait plus rien de son frère en lui, avant de prendre la fuite. Un matin. Les chocs à leur porte. Ces hommes qui entrent et les emmènent, Yacine et elle.

Une pièce sans fenêtre. Murs de briques. Taches au sol. Des mots en arabe. Qu'elle ne comprend pas. Ses lèvres et sa gorge si sèches. *Ma… ma min fadlik…* De l'eau, de l'eau s'il vous plaît. Leurs rires.

Plus tard, bien plus tard. Quand les jours ne voulaient plus rien dire. Des mots en français : « Tu vas parler ? Tu es une espionne française ? Que fais-tu à Raqqa ? » Le néon qui crépite au-dessus d'elle. Nuée de mouches. *Jassousa qadira.* Sale espionne.

Les cris dans les cellules d'à côté. Un monde de douleur. Un sac en tissu noir sur sa tête. On lui balance de l'eau dessus. Elle étouffe. *Ehrki ! Enntoqi bilhaqiqa !*

Privation. Pas de nourriture pendant des jours. « Tu vas parler ? »

Son frère, enfin. « Tu vas sortir de cette prison. Mais je ne veux plus jamais te voir. » On la traîne dans un long couloir. Elle se retourne, le distingue pour la dernière fois, son visage, à jamais dans les ténèbres. Cette question en elle, qui germe comme une graine d'obscur et qui la hantera ensuite. Bilal a-t-il permis sa libération ou, au contraire, l'a-t-il fait incarcérer pour la punir ?

Yacine aussi a été libéré. Partir. Leurs dernières économies. L'argent, les liasses de billets qu'elle avait cachées. Une voiture qui roule à peine, un maigre plein d'essence. C'est tout ce qu'ils auront. Yacine a récupéré des laissez-passer. Et son passeport à elle. Qu'on lui avait pris le jour de son arrivée. Car, après tout, elle n'existe pas.

Dalembert, le fonctionnaire du consul, qui a promis de les attendre du côté turc depuis un poste-frontière abandonné, vers Tall Abyad.

Rouler. Y croire. Heure après heure. Un premier contrôle. « Où allez-vous comme ça ? Il est interdit d'approcher de la frontière. Personne ne quitte le califat. » Les mots en arabe qui sortent de la bouche de Yacine. Ceux qu'ils ont répétés ensemble : « Je vais chercher ma sœur, dans une *madafa*. Vers la frontière. Elle arrive de France pour nous rejoindre. » Ça passe.

Un nouveau barrage avant Tall Abyad. L'homme les fixe. Tellement peur que, malgré son voile, elle baisse les yeux. Le jihadiste garde leurs passeports. « Besoin de faire une vérification. » Il s'éloigne vers une guérite, kalachnikov en bandoulière. Il décroche un téléphone, les observe en parlant. Elle dit à Yacine : « Démarre. Il se doute de quelque chose. »

La piste devant eux. La frontière, juste là. Rafales de tirs. Elle ferme les yeux. La voiture percute la barrière.

Part en tonneaux. Tourne, tourne encore. Elle reprend connaissance. Douleur au genou. Bouge la tête, Yacine la fixe. Il est mort. Odeur de brûlé. S'extirper du véhicule. Se dire que c'est fini, qu'ils vont l'abattre. Des bruits de moteur. Un véhicule de la police turque arrive. Les jihadistes de l'autre côté de la barrière explosée l'observent. Et disparaissent dans leur 4 × 4.

Dalembert la prend dans ses bras. « C'est fini, Sofia, vous êtes en sécurité. »

Les jours passés en France, interrogée par la DGSE. Son histoire est trop grosse, difficile à croire. Et pourtant, ils finissent par la relâcher. Elle se sent suivie, observée pendant des mois. Le clic quand elle passe un coup de fil. On l'écoute. Puis, un matin, plus rien.

Reprendre le cours de sa vie. Essayer. Poursuivre sa formation de policière. Essayer. Revoir ses parents. Leur dire qu'elle est désolée. Soutenir leur regard. Sécher leurs larmes. Essayer.

Un coup de fil, deux mois plus tard. Sa mère, Samia. Ses parents ont reçu un courrier de Syrie. À l'intérieur, 100 euros et une lettre, écrite dans un français approximatif. Bilal est décédé. Pour la cause. Lors d'une attaque suicide. En bon martyr. 100 euros… Le prix d'une vie.

Plus tard, la vérité, enfin. Quand elle a intégré la SDAT et qu'elle a eu accès aux dossiers confidentiels sur les Français partis faire le jihad en Syrie. En réalité, Bilal Giordano est mort dans les geôles de Raqqa, les mêmes où elle avait croupi. Enfermé pour trahison. Une certitude s'imprime en elle. Il est mort parce qu'elle a réussi à s'enfuir. Mort par sa faute. Vivre avec ça. Cette culpabilité.

SIXIÈME PARTIE

Pandémonium

46

3 février 2024

Noirval

Elle est là, devant lui.
Elle l'appelle.
La mort.

Hassan Mansour vit ses derniers instants et il le sait. *Hada Nasibna.* C'est comme ça... Le Syrien pense à sa femme, Darya. À leurs années ensemble. Garder quelque chose d'elle, tout serré contre lui. Son sourire. Son courage. Son cœur à elle qui continuera à battre pour deux.

Il pense à Tilalyan, son village. Sa famille. Sa terre. Son enfance. Ses lumières. L'or et l'azur. Le visage de son grand-père, Jeddi, ses rides qui formaient des montagnes et des vallées. Les histoires qu'il lui racontait. Ses proverbes. Garder ça. Oublier les ruines, les bombes et les cadavres.

La mort le toise. Elle qui le poursuit. Qui le traque depuis toutes ces années. Hassan pense si fort qu'il crie peut-être, dans sa langue natale, derrière son casque en métal. « C'est ce que tu veux ? Vraiment ? Je ne jouerai pas ton jeu. Je l'ai trop joué. »

« *Yalli ma bissmaa' byshuf* », lui disait Jeddi. Celui qui ne veut pas entendre finira par voir. Alors que le démon avance vers lui, Hassan amène ses mains entravées vers son heaume. Difficilement, il le retire et le laisse rouler à terre. Stupeur dans l'assistance. Les applaudissements, les hurlements cessent. Le silence. Ils ne s'attendaient pas à ça. À le voir.

Le diable rouge s'immobilise lui aussi. Hassan ne bouge pas, fixe la Mort. Des yeux bleus à travers le casque. Il y a donc un homme là-dessous. Il y a toujours des hommes, en vérité. Qui tiennent en joue. Qui brandissent leurs couteaux. Et la Faucheuse, elle, n'a qu'à attendre qu'on fasse le travail à sa place.

Hassan scrute les spectateurs. Il cherche un regard auquel s'accrocher. Un reste d'humanité, quelque part. Ce colosse au visage déchiré, peut-être…

Le Syrien ne se battra pas parce qu'il a assez combattu. Il ne fuira pas parce qu'il a trop souvent fui. Une larme glisse sur sa joue.

Face à lui, le monstre soulève son épée en arrière et frappe en plein dans son torse. Douleur. Il tombe à genoux. Mais il ne faut pas faiblir. Regarder la mort droit dans les yeux. Comme un dernier acte de résistance. Une ultime pensée pour Darya, pour ce qu'ils étaient.

Quelques mots sortent de la bouche d'Hassan avant qu'il ne sombre. Des mots qu'il est le seul à comprendre : « *Enté ma ra'h takhod minni shi* »…

« Tu ne me prends rien… »

47

7 mai 2024

Lille

Djibril, fou furieux, roule à tombeau ouvert sur l'A1 en direction de Lille. Geller est encore en train de tout faire foirer… Vers 9 heures du matin, il a été contacté par le flic parisien. Darya et lui venaient de surprendre une nouvelle conversation entre le chef de la Meute et Luc Caron, *via* le micro-espion caché à Noirval. Mirval avait commencé : « Les flics nous tournent autour. Il faut qu'on soit plus discrets. On ne peut pas garder le sac ici, à Noirval. Il faut le planquer ailleurs. » Caron avait répondu : « Je connais l'endroit parfait. La filature abandonnée de Lomme. Personne n'y fout jamais les pieds. Je vais le planquer dans la salle des machines. Il y a des tas de containers. Je collerai un autocollant de la Meute à côté de la cache. » Pour Geller, c'était leur chance. Récupérer des preuves concrètes. Et pouvoir, enfin, incriminer le groupuscule. Mais Djibril, lui, voulait faire ça dans les règles, en discuter au préalable avec Papé. Il ne demandait pas grand-chose à Geller, attendre quelques heures, une journée tout au plus, pour pouvoir monter une opération solide avec les équipes de la SDAT et le soutien du RAID. Geller, comme à son habitude, s'est emporté : « Nous n'avons pas le temps, Djibril. Sofia est peut-être en danger. On n'a plus aucune nouvelle d'elle depuis des jours. Et la vidéo de Mirval est claire. Ils vont passer à l'action. Il faut intervenir. Avant qu'il ne soit trop tard. J'y serai tout à l'heure, à 11 heures. Avec ou sans vous. » Depuis, impossible de joindre l'OPJ.

Avant l'appel de Gabriel, Djibril s'apprêtait à tout révéler à Papé. Il savait pertinemment que leur dossier était encore fragile, mais il leur fallait rentrer dans les clous. Le Grizzli était trop incontrôlable. Mais en raccrochant, pas d'autre choix que de retourner jusqu'à sa voiture et filer vers Lille. Il ne pouvait laisser Darya et Gabriel gérer seuls leur descente. Djibril avait tapoté un message pour s'excuser auprès de Papé : « Urgence à gérer. File sur Lille. Peut-être trouvé de quoi choper la Meute. Te rappelle dans l'après-midi. »

La Volkswagen Tiguan du policier avale les kilomètres, à 150 km/h. Après la galère de l'interpellation de Willy Ceulemans, sur les quais de Saint-Denis, dans quel merdier Geller va-t-il l'entraîner ?

Une fois placé en garde à vue, Ceulemans avait été aisément identifié. Un marchand d'armes belge condamné dans son pays, en Suisse et en France. Il avait déjà écopé de deux séjours en cabane. Djibril l'avait travaillé au corps, le menaçant d'une inculpation pour tentative d'homicide sur le lieutenant Geller. Que transportait-il dans ce sac noir ? Qui était son interlocuteur ? Mais le Chevelu s'était muré dans le silence et avait laissé son avocat, Gilbert Maillard, un ténor du barreau, faire la conversation. Le baveux avait brandi la menace de poursuites judiciaires pour violences policières et pointé les traces rouges autour du cou du marchand d'armes. Djibril avait évidemment dû rendre des comptes à Papé. Le jeune flic avait tenté de s'expliquer auprès de son supérieur : « Je suis sur une piste, Patrick. Sofia avait peut-être raison. Je pense qu'on fait fausse route depuis le début avec l'Ange noir. On cherche à nous embrouiller. La véritable menace pourrait venir d'un réseau identitaire, la Meute, basé à Lille. Laisse-moi encore deux jours, trois maximum… » Papé avait frappé des poings sur son bureau. Jamais Djibril ne l'avait vu ainsi. Le capitaine semblait harassé, des cernes gonflés sous les yeux : « Mais qu'est-ce que vous avez tous, en ce moment ? Vous voulez ma peau ? Que je craque, c'est ça ? Sofia, soi-disant en repos, qui est injoignable, et toi qui fais n'importe quoi avec ce marchand d'armes… Je n'ai pas besoin de ça, Djib'. Les pontes me mettent déjà une pression dingue. » Il aurait aimé lui en dire plus, mais le risque de compromettre la couverture de Sofia était trop grand.

Bloqué à un feu rouge aux abords de Lille, Djibril lance la vidéo postée par Victor Mirval le matin même sur les réseaux sociaux de la Meute. En quelques heures seulement, l'allocution affiche déjà plusieurs dizaines de milliers de vues. On y voit Mirval, avec en arrière-plan une banderole aux couleurs du groupuscule, présenter un manifeste glaçant. Le policier écoute les paroles du chef de la Meute, en conduisant : « Jusqu'où ce cycle de violence va-t-il nous mener ? Quand les autorités se décideront-elles à reprendre ces villes, ces quartiers aux mains de ceux qui les dirigent ? Les médias les appellent des "jeunes de cités", mais ne vous méprenez pas, il s'agit de dangereux criminels et d'islamistes radicalisés. Des démons... Combien de policiers devront encore être menacés, combien de commissariats canardés avant que l'on se réveille ? Puisque ceux qui nous dirigent n'en sont pas capables, c'est à nous de faire entendre notre rage. À nous de défendre nos proches. Protéger notre France... Ils sont à nos portes... Ils sont... » C'en est trop. Djibril coupe la vidéo. Son GPS lui indique qu'il arrive dans une dizaine de minutes.

Il est 11 h 15 quand le policier se gare aux abords de la friche industrielle. Avant de quitter son véhicule, Djibril vérifie son arme, saisit une lampe torche. Cinquante mètres plus loin, il repère la voiture de Geller. Darya est à l'intérieur. Elle sursaute quand il tapote au carreau, lui ouvre la portière.

— Djibril... j'ai essayé de le convaincre de vous attendre. Mais vous savez comment il est. Il n'écoute rien.

— Ça fait combien de temps qu'il est parti ?

— Une dizaine de minutes. Je m'inquiète. Il ne répond pas à son téléphone. J'ai hésité à y aller moi-même.

— Vous avez bien fait de rester là. Ne bougez surtout pas. Je le ramène. Et on décampe.

L'agent de la SDAT emprunte un chemin boueux étouffé par des ronces. Entre les branches tortueuses lui apparaissent une série de bâtiments. Briques rouges, tags superposés les uns aux autres, carreaux brisés. Sur le qui-vive, le policier franchit un mur effondré et pénètre dans le premier immeuble. Le voilà, seul, dans ces ruines. Djibril a un mauvais pressentiment. C'est trop facile... Comme une invitation...

Il évolue dans un long couloir. Autour de lui, un réseau complexe de tuyauteries bouffées par la corrosion. Ça sent l'humidité, la pourriture. Il accède à une grande salle. Des machines partout. Une flaque énorme au centre. Une partie du toit s'est écroulée. Djibril appelle « Gabriel », deux fois. Aucune réponse. Puis un bruit, dans une pièce adjacente. Une silhouette derrière des vitres brisées. Le flic se trouve au milieu d'un ancien bureau, entouré d'écrans de contrôle fracassés, d'armoires ouvertes, vidées de leurs dossiers. Le quinquagénaire a l'air totalement désorienté. Il observe autour de lui, remarque Djibril, semble ne pas le reconnaître. Ce même regard qu'il avait sur les quais quand il s'en était pris à Ceulemans. Geller a son arme au poing. Ses mains tremblent. Djibril lève les bras en apaisement.

— Gabriel. C'est moi, Djibril. Tout va bien.

— Qu'est-ce... qu'est-ce que je fais ici ? Je cherchais quelque chose. Mais je ne me souviens plus... C'est trop grand.

Djibril saisit une chaise, aide le quinquagénaire à s'asseoir, lui rafraîchit la mémoire. La discussion entre Mirval et Caron, la planque...

— Ça y est, ça me revient. Le sac, avec le matériel de la Meute. Merci de ne pas m'avoir laissé seul.

Après un moment, ils se mettent à fouiller le vaste entrepôt rempli de machines. Autour d'eux, des échelles grimpent vers on ne sait où, des passerelles métalliques, des couloirs s'enfoncent vers des zones sombres. Tout est cachette.

Enfin, ils tombent sur un container rouillé arborant l'autocollant de la Meute, un loup de profil. Djibril bascule à l'intérieur, soulève un tas de tissus bouffés par la moisissure et révèle un gros sac noir. Le même que celui aperçu dans le train. Le flic fait glisser la fermeture Éclair. Merde... À l'intérieur, des gravats. Au même instant, une série de cris s'élève dans l'immense halle. Des hurlements de loups.

48

7 mai 2024

Noirval

Cet objet dans sa main. Cet objet qui pourrait tout changer. Que faire ? Rester fidèle, comme toujours, à Victor et Armand ? Ou bien...

Louis referme sa pogne sur le petit boîtier noir. Sa tête, compressée dans un étau, va exploser. Si mal, tout le temps. L'envie de se fracasser le crâne contre un mur, pour que ça cesse. Ne serait-ce qu'un jour, une heure. Sofia, allongée dans son lit, ne devrait plus tarder à se réveiller. L'homme lige est à son chevet depuis la veille. Plus tôt, il a soigné les blessures de la jeune femme, désinfecté ses coupures, appliqué une pommade cicatrisante, fait quelques points de suture sur son bras, où elle était le plus amochée. À plusieurs reprises, elle a ouvert des yeux fiévreux, pas réellement consciente. Elle marmonnait des paroles incompréhensibles, semblait terrifiée, en proie à des visions cauchemardesques.

Toute sa vie, Louis a eu l'impression d'avoir fait les mauvais choix. Alors, aujourd'hui, que fera-t-il ? Il se sent tiraillé, déchiré. D'un côté, son attachement à cette famille, les Mirval, eux qui l'ont accepté. Armand qui lui a donné sa chance, l'a pris sous son aile. En lui ouvrant les portes d'un monde qu'il n'aurait jamais connu. Et Victor qu'il a vu grandir. Qu'il aime comme un frère. C'était il y a douze ans. Il leur doit tant. Mais les événements de ces derniers mois le travaillent. Et ce visage le hante.

Avant, quand il se battait contre les autres hommes liges, il y avait toujours cette armure entre eux. Des surnoms, pas d'identités. Des casques, pas de visages. Et puis, cette nuit-là, cet homme a retiré son heaume et l'a sondé jusqu'au plus profond de son âme. Le regard de cet étranger a tout changé. En cet instant, au cœur de la nuit, au fond du mausolée, une part de Louis a commencé à murmurer, encore et encore, la même chose. « Il faudra bien que ça s'arrête. » Mais à quel prix ? Farge fait partie de ce monde. En a été l'acteur, le témoin. Il est impliqué… Un rouage… Il se souvient, quand il était gamin, de son père qui passait son temps à pester contre cette France qui ne lui laissait aucune chance, contre ces années à l'usine qui l'avaient brisé, ce chômage qu'on lui refusait. Le paternel répétait qu'il n'était qu'un rouage d'une machine qui broie tout. Louis a beau avoir tout fait pour ne pas lui ressembler, il est devenu pire que lui. Un rouage d'une machinerie devenue folle.

Se poser tant de questions, le Cerbère n'en a pas l'habitude. Il a gardé les portes bien fermées, pendant si longtemps. Ses yeux bien clos. Car, après tout, il n'est qu'un imbécile, un monstre. Une brute. Avant, Louis se battait pour quelque chose. Ses combats avec Armand avaient un sens. Défendre l'honneur des Mirval, protéger la place de son maître au sein de l'Ordre. Même s'il ne comprenait pas bien les finalités du groupe, cette histoire de cercles et de démons, il se sentait porté par sa mission. L'impression de participer à quelque chose de fort, d'unique. D'avoir été choisi, élu. Louis réussissait à oublier ce qui se passait à côté. Ces hommes liges vaincus, à l'agonie, qu'on emmenait on ne sait où. Les « services » que lui demandait Armand. Ne pas réfléchir. Exécuter. Penser à autre chose. Abattre son épée, toujours plus fort. Mais le trentenaire n'y arrive plus. Il se sent usé au-dedans.

Depuis que Victor a pris le contrôle du groupe, il n'y a que la haine et la violence. Des combats qui n'en sont plus. Qui ressemblent à des sacrifices. Des hommes traînés au fond du mausolée, qui ne savent même pas tenir une épée et qu'on achève sans leur laisser la moindre chance. Après que Victor, dans son armure carmin, s'est amusé à les faire souffrir, comme un chat jouerait avec une souris, on assène aux victimes impuissantes un ultime coup, dans la poitrine, donné par celui qui doit franchir le neuvième cercle. Victor a décrété qu'il s'agissait de leur dernière épreuve. Un coup fatal exécuté à l'aide de cette relique, cette pointe de lance qu'ils révèrent tant. Faire couler le sang. Cinq victimes. Cinq rites de passage. Victor, d'abord, puis Caron, Valien, Louis lui-même et, enfin, Roxane. Son dégoût, quand il a dû enfoncer la lance rouillée dans le corps de cet homme, celui qui avait tenu face à Victor. L'excitation de la compagne de Victor, il y a quelques jours, quand elle a eu le même geste sur une autre victime. Comment ont-ils pu en arriver là ? « Un mort pour un mort. » C'étaient les mots de Victor. Louis ne sait plus réellement quand ça a commencé. Qui a débuté le premier ? L'Ange noir avec ses meurtres des membres de l'Ordre, ou eux avec les massacres de ces réfugiés ? Qui répond aux provocations de l'autre ? Où commence la haine ?

Sofia ouvre un œil, se redresse avec difficulté sur son oreiller. Elle lui parle, froidement.

— Qu'est-ce que tu fais là ?

— Victor m'a demandé de veiller sur toi.

Il lui indique son pansement sur le bras.

— Tu es médecin, maintenant ?

Louis soulève sa manche et révèle quelques-unes de ses balafres, héritages des combats passés.

— Non, mais je m'y connais en cicatrices... J'ai essayé de ne pas trop te charcuter.

— Ça fait combien de temps que je suis allongée ?

— Vingt-quatre heures.

Les yeux de la femme glissent vers la cheminée.

— Tu es resté là tout ce temps ?

— Oui. C'est ce qu'on m'a demandé.

— Tu es ici pour me soigner ou me surveiller ?

— Un peu des deux...

Il marque une pause. C'est maintenant. Maintenant que tout se joue.

De son regard tombant, le colosse fixe Sofia. La policière sent qu'il hésite, qu'il a envie de lui dire quelque chose.

— Tu es qui, en vérité, Sofia, une flic ? Une journaliste ?

Une vague d'effroi la traverse. Il sait... Cacher son malaise.

— De... de quoi tu parles ?

— Ne perdons pas de temps, Sofia.

Le garde du corps des Mirval ouvre sa main et révèle le second micro-espion qu'elle avait dissimulé dans sa chambre, sous une latte du parquet.

— Tu... tu n'as rien dit à Victor et aux autres ?

— Non, pas encore. J'attendais de te parler.

S'il n'a rien signalé, c'est qu'il attend quelque chose d'elle. Tout n'est pas perdu. La vérité. Elle n'a plus le choix.

— Écoute, Louis... Je suis policière, au sein de l'antiterrorisme. Ça fait des mois que je suis sur la piste de l'Ange noir. J'ai infiltré la Meute car je suis convaincue que l'un de ses fondateurs est l'assassin. Mais ce que j'ai découvert depuis que je suis ici, les neuf cercles, les actions de la Meute, l'Ordre... ça dépasse ce que j'imaginais. Victor est dangereux, incontrôlable, il faut l'arrêter.

— Je sais...

Farge baisse la tête, se masse les tempes, puis la questionne.

— L'Ange noir... tu sais qui c'est ?

— Je ne suis pas encore certaine. Peut-être Valien.

— Valien... Pourquoi ferait-il ça ?

Elle lui explique l'histoire de Jacques Verhaeghe, qui a précédé Louis au service des Mirval. Sa veuve, son enfant disparu...

Le garçon... il l'avait quasiment oublié. En réalité, plus il réfléchit, plus il comprend... Ça fait longtemps que ça le travaille. Le doute en lui. Depuis cette nuit-là. Les mots s'échappent de sa bouche, sans qu'il puisse les retenir.

— Ce gamin. C'est moi... Moi qui l'ai sauvé. Je l'ai déposé dans une caserne. Il y a des années.

— Tu... te souviens où exactement ?

— Oui, en Belgique. Dans le coin de Mons. Ce n'était pas prévu qu'il soit dans la baraque. Armand ne connaissait pas son existence. J'ai hésité... j'aurais dû le tuer, mais je n'ai pas pu.

— Tu veux dire que la veuve Verhaeghe a été assassinée ?

Il détourne les yeux. Son silence vaut un aveu.

— Et c'était toi ?

Trop tard pour faire marche arrière. Tout laisser sortir, enfin.

— Oui... sur ordre d'Armand. Elle l'avait menacé de révéler des choses, de faire chuter les Mirval. Elle les faisait chanter, demandait de l'argent. Il m'a dit qu'elle était dangereuse. Je n'ai fait qu'obéir...

Il n'y a pas eu que la veuve. Il y a aussi eu Mathilde et la journaliste... Mais la policière n'a pas besoin de savoir. Elle semble réfléchir un instant, puis ses yeux s'écarquillent.

— Tu as laissé cet enfant à Mons, tu dis ? Les Caron sont originaires de là-bas. Luc a grandi dans une famille de pharmaciens de la ville...

Pour Sofia, soudain, tout prend sens. Luc Caron. C'est lui, l'orphelin des Verhaeghe... La douleur de cet enfant dont le père et la mère sont morts par la faute des Mirval. Qui se retrouve seul, abandonné. Cette rage qui enfle en lui. Son côté manipulateur, son intelligence aiguisée. Sa connaissance des diverses religions, dont l'islam. Sa capacité à puiser dans les hadiths et les versets du Coran pour donner naissance à l'Ange noir. La facilité qu'il aurait eue à se faire passer pour ce Nakîr auprès du jeune Giniel... Ses parents, pharmaciens... l'accès aisé à des médicaments pour préparer les injections de scopolamine et de kétamine faites aux victimes, avant de les enterrer. Caron, enfin, qui semble à l'origine du plan de la Meute pour semer la discorde dans le pays. Ses paroles qui sonnent désormais comme une déclaration. « Contrôler le chaos, c'est la clé. » Détruire l'Ordre de l'intérieur et plonger le pays dans la tourmente.

— C'est lui. C'est Luc Caron, l'Ange noir. Tu ne l'as jamais reconnu ?

— Non. J'ai oublié son visage. C'était il y a si longtemps. Il faisait nuit. Et... je ne voulais pas le regarder en face.

— Il faut que je sorte d'ici, Louis. Il faut que tu m'aides.

— Non. Je ne peux pas...

Bam-bam... dans son crâne. Le sang qui pulse derrière ses yeux. Des décharges de douleur. La femme continue à tenter de le convaincre. Il aimerait quitter cette chambre, mais il est incapable de bouger.

— Si tu m'aides à prévenir la police, ça jouera en ta faveur. On le prendra en compte durant l'instruction. J'expliquerai à mes collègues que tu as agi sous l'emprise des Mirval. Que tu ne faisais qu'exécuter des ordres. Que tu n'es pas responsable.

Elle essaie de le manipuler, comme ils l'ont tous fait avant elle. Une marionnette aux mains de gens plus intelligents que lui. Débile, demeuré... tu te fais encore avoir, pense-t-il.

— Je ne peux pas t'aider... Je vais prévenir Victor que c'est toi la traître. Il sera fier de moi, de ce que j'ai découvert. Il me laissera à nouveau une place à ses côtés.

Au gré des jours, Sofia a pu noter le mépris avec lequel Victor traitait Louis. Cette manière de lui parler comme à un imbécile... ses ordres lancés et ses surnoms, « la Brute », « le Monstre ». Farge va pour se lever. Elle pose sa main sur son genou.

— Attends... Tu penses vraiment que tu fais partie de leur famille ? Je crois plutôt que les Mirval te traitent comme leur larbin, leur esclave bien obéissant.

— Ne dis pas ça, tu ne sais rien de moi !

Sa voix qui a tonné, malgré lui. Louis amène ses doigts sur la cicatrice de son front, celle que lui a faite Victor quand il l'a vaincu, deux ans plus tôt. « Je veux que tu n'oublies jamais quelle est ta place. À mes pieds. »

— Je ne retournerai pas en prison.

— On pourra trouver un arrangement. Te donner le statut de repenti. T'offrir une nouvelle vie, un peu d'argent tous les mois.

Elle sait bien que c'est impossible. Qu'avec l'implication de Farge dans les affaires des Mirval, jamais la justice ne le laissera en liberté. Mais elle n'a pas d'autre choix. Mentir pour s'en sortir.

— Non... Je prends déjà trop de risques à te parler.
— Victor et les autres préparent une action d'ampleur. Ça va mal se terminer. Très mal. Si tu ne fais rien, tu seras responsable de ça. Aide-moi, Louis. Tu n'es pas comme eux. Je t'ai observé, depuis mon arrivée. Tu doutes, je le sens.
— Ils sont ma famille. Ils sont tout. Je dois les protéger...
— Les quatre de la Meute veulent plonger le pays dans la terreur. Déclencher une guerre civile. On peut empêcher ça. Arrêter l'Ange noir, arrêter l'Ordre. Je t'en prie. Aide-moi.

Louis regarde par la fenêtre. Dehors, un volet frappe contre le mur du château. Le choc des lames contre le métal des armures. Les coups de massue dans son cerveau. Louis n'a jamais pris parti. Pour lui, pas de bien ni de mal. Pas de grand combat ni de cause à défendre. Son pays, qui lui a toujours écrasé la gueule dans la boue, il s'en moque pas mal. Sa vie n'a été guidée que par un seul mantra : rendre les coups. Toujours plus fort. Mais ce que vient de lui révéler la policière change tout. L'assassin serait ce gamin qu'il a laissé vivre, des années plus tôt ? Ça voudrait dire que tout était écrit, depuis si longtemps ? Louis repense à sa mère, au sceau de l'ange. Peut-être avait-elle raison, après tout. Peut-être qu'il a été marqué. Qu'il a un rôle à jouer. Et que c'est aujourd'hui qu'il faut agir. Ça ne changera rien à ce qu'il a fait. Mais ça le soulagera, peut-être, de cette douleur qui le ronge. Le Cerbère repense aux dernières paroles échangées avec Eddie, quelques mois avant que son entraîneur de béhourd ne soit emporté par un nouvel infarctus. Sur son lit d'hôpital, le fondateur des Ultimus Stans lui avait dit : « Il est toujours temps, Louis. De se relever. Les derniers debout. » Toujours temps... Il faut que ça sorte. Aujourd'hui ou jamais.

— J'ai dû faire des choses pour Armand. Il y avait les combats, contre les autres hommes liges, les services que je rendais... Mais c'est de pire en pire. Surtout depuis que Victor a pris le contrôle de l'Ordre. J'ai si mal à la tête, tout le temps. Si mal... Je... je vais t'aider, Sofia.

— Merci... Merci, Louis. Il faut d'abord que tu contactes un policier pour moi. Il s'appelle Gabriel Geller. Il m'a aidée dans mon enquête. Je vais te donner son numéro.

— Je sais qui est Geller... Mais impossible de passer un coup de fil. Après avoir trouvé le micro, Valien et Victor ont réquisitionné tous les téléphones portables. Noirval est coupé du monde. Et on ne peut pas sortir. Les issues sont gardées. Il y a autre chose... Ton micro... S'ils ne l'ont pas détruit, c'est pour s'en servir, tendre un piège à ce flic, Geller.

Un frisson parcourt l'échine de la jeune femme.

— Quand ça ?
— En ce moment même.
— Attends... attends... Le micro, il est toujours dans le bureau ? C'est peut-être notre chance. Tu vas contacter Geller et le prévenir, lui dire qu'il est en danger.
— Non. C'est trop risqué. Et certainement déjà trop tard.

49

7 mai 2024

Lomme

Darya s'inquiète. Djibril devrait déjà être de retour avec Gabriel. Elle ne sait pas quoi faire… Une sonnerie de téléphone. Elle en reconnaît immédiatement la mélodie. Il s'agit du portable connecté au micro-espion du bureau de Victor. Une discussion a lieu à Noirval, en ce moment même. Elle cherche dans son sac, active l'appareil. Une voix d'homme qui lui est inconnue : « … sais pas si vous m'entendez… Vous êtes en danger. Mon nom est Louis Farge, je suis à Noirval. J'ai été envoyé par Sofia. N'allez pas à la filature de Lomme. C'est un piège. Ils vous attendent. »

Elle doit les prévenir, il est peut-être encore temps. Darya attrape le Sig Sauer que Geller laisse en permanence dans la boîte à gants, l'enfourne dans sa veste. Ses baskets usées dans les flaques de boue. Les bâtiments de l'usine désaffectée qui apparaissent. Elle pénètre dans la friche. Les salles s'enchaînent. Carreaux blancs aux murs. Porte-rouleaux usés. Presses en acier aux teintes verdâtres. Des voix, plus loin, provenant de cette grande salle. Elle se tapit contre une machine, jette un œil. Gabriel et Djibril sont à genoux. Deux hommes postés au-dessus d'eux les tiennent en joue. Ils portent des cagoules noires, avec des mâchoires blanches dessinées dessus. La Meute.

Le plus discrètement possible, elle extrait le pistolet de sa poche. Un son de verre écrasé dans son dos. Un homme cagoulé la surplombe et lui braque son arme sur le visage. « Lâche ce flingue. Ou je t'explose le crâne. » Ils l'attendaient, elle aussi. On lui passe les mains dans le dos, un serre-câbles autour des poignets. Ça fait mal. L'un d'eux lui murmure : « Cette fois, tu ne nous échapperas pas, la Syrienne. »

Darya n'y voit rien. Les Loups lui ont bandé les yeux. Elle a tenté d'appeler au secours, mais ils lui ont enfoncé un tissu dans la bouche, attaché derrière sa nuque. Elle a la gueule ouverte, à s'en faire mal à la mâchoire. Un mors. Bridée telle une bête de somme. Où les transportent-ils ? Se concentrer sur ce qu'elle sait. Cela fait une trentaine de minutes qu'ils roulent. Depuis peu, le véhicule fait des embardées, tressaute. Ils ont dû quitter la route. Maigre consolation, Darya n'est pas seule. Cette respiration lourde, à ses côtés. Ce parfum, auquel elle s'est tant habituée. C'est Gabriel.

L'engin s'arrête. On la pousse, ainsi que Geller et Djibril, sans ménagement vers la sortie. De la bruine sur son front, ses cheveux. Du gravier sous ses pieds. Une porte qui grince, puis une odeur de terre, d'humidité, mêlée à quelque chose d'autre, plus acide, qui attaque ses narines. Et une cacophonie de sons suraigus. Croassements, piaillements, claquements, qui agressent ses oreilles. Des oiseaux… Darya en est convaincue, les membres de la Meute les ont amenés à Noirval. On la force à s'asseoir. On lui attache les jambes, on tire et harnache ses bras en arrière. Et ces trilles suraigus, entêtants.

Le temps s'étire. Des plaintes à ses côtés. Des bruits de coups. Des voix qui demandent : « C'est qui ton contact ? Tu vas parler ? Avec qui vous bossez ? Sofia ? Aymeric ? Camille ? Quelqu'un d'autre ? » Mais pour seule réponse, la voix faible de Djibril : « Allez vous faire foutre. » Les frappes qui recommencent, les cris du policier. Une vingtaine de minutes à devoir supporter ça. Et ne pouvoir rien faire.

Une porte qui claque. Le silence. Qui sera le prochain ? Gabriel ? Elle ? Darya doit sortir d'ici, aider ses camarades. Elle tire sur ses liens, mais ils sont bien serrés. Ça ne la décourage pas. Ça fait si longtemps qu'elle ne vit plus vraiment, qu'elle survit à peine. Et pourtant, elle trouve encore en elle la force de combattre. Garder espoir. Elle remue la mâchoire, sent qu'il y a un peu de jeu au niveau de sa bouche. Alors, avec ses lèvres, sa langue, elle repousse le tissu qui l'entrave. Après d'interminables efforts, elle parvient à le faire glisser sur son menton. Parler, c'est déjà ça. Lui dire qu'elle est à ses côtés.

— Gabriel. Vous m'entendez ?

Un murmure en réponse.

— Il faut qu'on sorte de là, mais je ne peux pas bouger. J'espère que…

Avant qu'elle ne puisse continuer, Gabriel couvre sa voix d'une longue plainte. Il veut l'intimer à se taire. Au même moment, un murmure dans son dos :

— Tu espères quoi, la Syrienne ?

Des bruits de pas autour d'elle. Quelque chose de froid, de tranchant le long de sa gorge. Un coup net, une griffure. Elle a mal. Mais ne montre rien.

— Qu'est-ce que tu crois ? Que nous allions vous laisser seuls ? Allez, parle.

Cette voix, c'est Victor Mirval. Il est resté. Immobile. Espérant que l'un d'eux agisse. Peut-être même avait-il prévu de mal nouer son bâillon.

— Je ne dirai rien.

— Nous verrons ça...

La lame glisse sur sa joue. La voix si froide, si détachée qui l'encercle, l'étouffe.

— Tu voulais des informations sur ton mari, n'est-ce pas ? Sur sa mort ? Eh bien, je vais t'en donner. Il est parti comme un lâche, un misérable. En pleurant et suppliant. Je n'ai jamais rien vu d'aussi pathétique. J'espère que toi, quand viendra ton heure, tu seras plus digne que lui. Car, je peux te le garantir, tu ne sortiras pas d'ici vivante.

50

7 mai 2024

Noirval

Les derniers rayons d'un soleil blanc glissent sur la cime des arbres quand Caron vient chercher Sofia dans sa chambre. La jeune femme a passé la journée enfermée. Louis n'est pas revenu la voir. Il est parti en embarquant avec lui le second micro-espion et le matériel de crochetage. A-t-il tout raconté à Victor ? Giordano n'en sait rien, et ça la rend folle.

Ils retrouvent Valien, Aymeric, Roxane et Camille. Dans une semi-obscurité, le groupe longe le château et arrive devant l'impressionnante volière. Ses armatures en fonte aux teintes bleu vert, la coupole de verre, la végétation tropicale qu'on devine à l'intérieur. Cadeau de mariage d'Armand pour sa femme disparue, Mathilde, le lieu a été laissé à l'abandon après son décès. La cinquantaine d'oiseaux à l'intérieur à peine nourris par le personnel du domaine. À la suite de Camille, elle avance sous le dôme. Des ombres noires volettent autour d'elle, la frôlent. Un imbroglio de végétation. Palmiers, figuiers, bananiers aux feuilles énormes. Certains sont morts depuis longtemps. Leurs branches desséchées. Leurs feuilles énormes, racornies sur elles-mêmes. Du lierre a recouvert les bancs, des pans entiers de la structure. Serpentant entre les troncs, une rivière artificielle à l'eau noire. Ça sent la fiente et la charogne. À même la terre, des cadavres d'oiseaux, ailes étirées. Cette volière est à l'image de Noirval et de ses habitants. Il y a quelque chose de pourri entre ces murs. Un mal ronge ceux qui vivent là.

Sofia se fige. Au centre de la verrière, aux côtés de Victor, trois personnes sont attachées à des chaises, les yeux bandés, un bâillon sur la bouche. Darya, Gabriel, Djibril. Ils sont éclairés par un spot braqué sur leurs visages fatigués. Plus que les autres, son partenaire semble affaibli, à peine conscient, la tête penchée en avant. Giordano devine des ecchymoses. A-t-il essayé de résister ? Son cœur se met à marteler sa poitrine. D'un geste, Victor appelle le groupe à le rejoindre. Pour Giordano, devoir ainsi faire face à ses camarades est insupportable. Le chef de la Meute prend la parole. Il a une voix frémissante. Dans sa main, un pistolet.

— Mes amis. Le temps est venu de passer votre ultime épreuve. Le neuvième cercle. Celui de la Trahison. Car c'est cela dont nous parlons, ce soir. Un serpent s'est immiscé au cœur de notre Ordre. Un rat qui nous a espionnés, manipulés. Qui a voulu nous détruire de l'intérieur. Et ce soir, nous allons le démasquer. Ces trois démons sont ses alliés… Ceux qui l'ont aidé.

Il oriente le canon, successivement, sur les trois prisonniers.

— Pour franchir ce cercle et devenir, enfin, un chevalier de notre Ordre, il faut faire couler le sang. Vous êtes trois. Et, cette nuit, il y aura trois victimes. N'ayez aucun remords. Car ces êtres ne valent rien. Ils sont des démons de la pire espèce. Étrangers, mécréants, corrompus. La Dixième Croisade commence ici. Devenez les apôtres du renouveau de notre pays.

Il les sonde de son regard bleu, puis ouvre un coffret en bois posé sur un guéridon et en extrait une lame usée. Il tend l'arme à Sofia.

— Voici la Sainte Lance. Relique sacrée de l'Ordre. Elle scellera notre pacte. Sofia, tu passes la première.

Il pointe Djibril du doigt.

— Achève cet homme et gagne notre confiance.

Machinalement, la policière attrape la lame érodée. La serre dans sa main moite. L'arme de Mirval dans ses côtes.

— Il est temps, Sofia.

Un pas. Djibril devant elle. Le visage tuméfié de son partenaire se soulève doucement. A-t-il senti sa présence ? Elle n'y arrivera pas. Plutôt mourir, ici, avec lui. Victor enclenche le chien de son pistolet, derrière elle.

— Tue. Ou meurs.

Sofia ferme les yeux. Elle va se retourner. Poignarder ce monstre. Une voix résonne dans la volière. Bruissements d'oiseaux effrayés.

— Arrêtez ! Arrêtez cette folie !

À l'entrée se tient Armand Mirval. Dans son sillage, Louis qui porte un fusil en bandoulière.

— Sortez tous d'ici…

Ils se retrouvent à l'extérieur. Sofia a toujours la lance dans la main. Armand lui arrache.

— Louis m'a tout raconté... Ces prisonniers... ce sont des policiers ? C'est vrai, Victor ?

— Ils enquêtaient sur nous. Depuis trop longtemps.

— Ils vous ont vus ? Entendu vos noms ?

— Non. Nous avons fait attention.

— Il faut réfléchir. Convoquer l'Ordre. Prendre la meilleure décision.

— Le temps presse, Papa. La police est en train de remonter notre piste. Il y a un traître parmi nous et je dois savoir qui c'est. Ce soir.

Armand fait un signe à Louis qui ouvre son énorme paume et présente le micro-espion, récupéré dans la chambre de Sofia.

— J'ai trouvé ça... dit le colosse.

Sofia retient sa respiration...

— ... Caché au fond d'un tiroir de la cuisine. Il n'y a pas de traître parmi les tiens, Victor. C'est Séguier, le cuisinier, qui avait planqué le micro. Geller a dû le convaincre de l'aider. Ce salaud aurait été prêt à tout pour de l'argent. Je m'occuperai de lui plus tard.

Armand reprend :

— Il ne faut pas sombrer dans la paranoïa, mon fils. Je vais me renseigner sur ce que la police a sur nous, et qui est au courant de cette enquête. Ce Geller avait l'air d'opérer en dehors des clous. Nous nous débarrasserons de tes prisonniers, puisque nous n'avons aucun autre choix. Je m'arrangerai pour les faire disparaître, maquiller leur mort. Je te demande quelques heures. Jusqu'à demain matin. Ensuite...

Victor hausse le ton.

— Ensuite, quoi ? On recommencera à déblatérer au fond du mausolée ? Réfléchir, réfléchir encore. C'est fini, tout ça ! Je sais ce que je fais. L'Ordre m'appartient. C'est moi qui décide. Il faut agir, maintenant. Lancer notre croisade. Notre soulèvement.

Armand a une moue de colère.

— Tu ne comprends pas, Victor ? Alors je vais t'expliquer. Ce n'est pas une requête. C'est un ordre. C'est fini… ton règne sur Noirval. Je reprends le contrôle.

— Toi ? Mais tu n'es plus rien. L'ombre de toi-même. Tu critiquais Maman, tu es devenu pire qu'elle. Pathétique.

Les paroles d'Armand tonnent dans la nuit naissante.

— Tais-toi ! Trop longtemps, je t'ai regardé faire. T'accaparer mon Ordre. J'avais peur de toi, peut-être. Mais je ne permettrai pas que tu détruises tout ce que j'ai bâti, ce que nos ancêtres ont érigé. Tu es fou, Victor.

— Fou ? Tu as déjà dit ça à une autre… J'ai juste plus de courage et d'ambition que tu n'en auras jamais.

— Victor… je te préviens. Si tu ne me laisses pas faire, j'irai moi-même prévenir la police. Je préfère vous voir tous emprisonnés, toi et ta maudite Meute, plutôt que vous salissiez ma réputation. Cet Ordre, c'était ton héritage, et tu l'as piétiné. Ces meurtres de migrants, déjà, ça allait trop loin. Là, on parle de deux policiers. Tu te rends compte ? Il faut que ça cesse !

— Personne, pas même toi, ne se placera en travers de mon chemin.

— Tu me céderas ta place, Victor. Que tu le veuilles ou non. Je redeviendrai le Porteur. Si tu refuses, alors il faudra te battre contre Louis.

— La Brute ? Je l'ai déjà vaincue.

— Sauf que cette fois, il rendra les coups. Tu es si imbu, si fier de toi, que tu ne t'es même pas rendu compte qu'il t'avait laissé gagner. Par amitié, par affection pour toi. Mais il te tuera si je le lui ordonne. Car je suis son seul maître.

Sur ces mots, le Cerbère arme son fusil et le braque sur le jeune Mirval. Victor, incrédule, se tourne vers l'homme lige.

— Louis ? Le vieux raconte n'importe quoi, n'est-ce pas ? C'est moi que tu sers...

— J'agis pour le bien de cette famille. Pour ton père. Pour toi. Tu as toujours été un frère pour moi, Victor. Je fais ça aussi pour te protéger.

À son tour, le fils Mirval lève son pistolet et le dirige vers son père et l'homme lige.

— Ça suffit ! Vous allez m'écouter, maintenant, m'obéir.

Armand ose un pas en avant.

— Range cette arme. Écoute-moi. Je ne t'abandonnerai pas. Je vais t'aider. C'est aussi ma faute. Tu as raison. Je n'ai pas été assez courageux, peut-être. Ensemble, nous y arriverons. Je t'aiderai à lancer ta croisade, ta guerre. Mais pas comme ça. Je t'en supplie, mon fils.

— Vous ne m'arrêterez pas... Personne ne m'arrêtera.

— Et que penses-tu faire, Victor ? Me tirer dessus, moi, ton père ? Nous tuer, tous ? Que ça se termine en bain de sang ?

Roxane, terrorisée, serre le bras de son compagnon. Caron intervient.

— Ton père a raison, Victor. On ne doit pas commettre d'erreur. Pas aussi près du but. Il faut revoir notre plan. Tu dois te calmer. On doit tous se calmer. Un loup n'est rien sans les siens. Ne l'oublie pas.

La main de Victor tremble. C'est la première fois que Sofia le voit ainsi vaciller.

— Je connais tes promesses, tes paroles, Papa... Mais il n'y a que toi qui comptes. Toi, et personne d'autre. Ni Maman ni moi n'existions à tes yeux. Jamais à la hauteur.

— Tu te trompes...

— Tout ça... tout ça, Papa, c'était pour toi. Te rendre fier.

— Je sais. Et je suis fier de toi. Mais je ne veux pas tout perdre. Ni te perdre, toi. Rentrons, Victor. J'ai des personnes à contacter, puis nous dînerons ensemble. Comme autrefois. Nous trouverons un moyen de nous en sortir.

Le jeune homme, sonné, abaisse son arme et se laisse guider par son père vers le château. Les autres suivent. Sofia ose un œil vers la volière. Ses amis sont à quelques mètres. Est-ce le moment de tenter quelque chose ? En la foudroyant du regard, Valien referme la porte métallique.

51

7 mai 2024

Noirval

Dans le silence de la salle à manger, le carillon de l'horloge retentit onze fois. Le pendule oscille d'un côté à l'autre, inaltérable. Tic-tac. Tic-tac. Le temps presse. Et Sofia est prisonnière de cet interminable dîner. En bout de table, encadrant Armand, Victor et Louis. Autour d'eux, les autres membres de la Meute. Bruits des couteaux qui crissent sur les assiettes en porcelaine. Bouches qui malaxent. Gorgées de vin. Personne n'ose parler. Tous sont paralysés par la peur. D'énerver Victor, Armand ou les deux. Un mot de trop, mal compris. Ils savent que Victor a toujours son pistolet à la ceinture, qu'il est à fleur de peau. Et qu'Armand pourrait lâcher son garde du corps sur n'importe lequel d'entre eux. Seuls le père et le fils Mirval échangent de rares paroles. Sofia cherche à attraper le regard fuyant de Louis. Il lui a sauvé la mise plus tôt. Mais acceptera-t-il de l'aider à libérer ses amis ? C'est sa seule chance. Cette nuit… Sinon…

Une heure a passé depuis qu'ils ont quitté la volière. Plus tôt, Sofia a pu entendre Armand discuter au téléphone, dans le fumoir. Des échanges à mi-voix. Une phrase plus distincte : « Vous me confirmez qu'aucune enquête n'est en cours ? »

En l'absence du cuisinier, congédié depuis plusieurs jours, Luc et Camille se sont chargés du repas. Dans la réserve, ils ont trouvé des conserves de cassoulet, ont fait bouillir des pommes de terre, revenir des carottes. On a sorti des bouteilles de vin. Sofia fait glisser trois fayots vers sa fourchette. Elle a du mal à manger quoi que ce soit. Le plat est écœurant, trop poivré. Pourtant, il lui faudrait reprendre des forces. Un peu dégoûtée, elle se force à avaler une bouchée.

Enfin, Armand se lève.

— Je vais aller m'allonger un peu. Je me sens fatigué. J'attends encore des nouvelles de certains de mes contacts. Demain, aux aurores, nous déciderons du sort des prisonniers.

Le quinquagénaire pose sa main sur le bras de son fils, lui sourit, puis s'éloigne en longeant la table. À mi-parcours, il ralentit, titube. A-t-il encore trop bu ce soir ? Mirval se tient à la traverse d'une chaise. Puis, comme si ses forces l'abandonnaient, s'effondre, retenu *in extremis* par Valien. Regards d'incompréhension. Victor se redresse, crie : « Papa ! »

Quasiment au même instant, Sofia se sent étrange. Ses membres s'engourdissent. Malgré elle, la jeune femme s'affaisse sur son fauteuil, a du mal à maintenir son cou, ses épaules. Autour d'elle, les autres convives semblent, seconde après seconde, subir la même affliction. Aymeric glisse de sa chaise. Victor, qui avait voulu rejoindre son père, s'écroule. Valien bascule en avant, son visage s'écrase dans son assiette. Camille, telle une poupée désarticulée, a la tête penchée sur le côté, la bouche entrouverte, les yeux vitreux. Même si son corps l'abandonne, Sofia reste consciente.

L'Ange noir. Évidemment. Caron a empoisonné leur repas. Elle aurait dû y penser. S'en douter. Mais elle était si obnubilée par le sort de ses camarades. Si perdue... Avant qu'elle soit totalement pétrifiée, son regard glisse jusqu'à Luc. Le jeune homme est le seul à ne pas être saisi de paralysie. Il a retiré sa casquette et les observe tour à tour, en terminant son verre de vin. À ses côtés, sa sœur a des paroles inintelligibles. Elle le supplie. Il lui saisit la main, lui susurre quelques mots. « Ça va aller, Camille. Ne t'en fais pas. Je sais ce que je fais. »

Louis assiste, impuissant, à l'hécatombe. Il comprend trop tard. Dans la nourriture. Ils ont été drogués. Comme les autres, il sent ses forces l'abandonner. C'est si subit. Il tente de se soulever. Le Cerbère doit fournir un effort phénoménal pour faire glisser son pied vers l'avant. Sa jambe est plus lourde qu'une enclume. Un pas vers Armand. Le protéger. Prenant appui où il peut, sur la table, sur le dos de ses camarades statufiés, il rampe plus qu'il n'avance. Il dépasse le corps inanimé de Victor. Seconde après seconde, la paralysie se répand à l'ensemble de ses muscles. Une coulée de ciment dans ses veines. Il tombe. Le visage tourné vers celui d'Armand. L'homme qui l'a sauvé. L'homme qui l'a maudit. Dans ses yeux exorbités, il lit une terreur pure. Primitive. Alors il comprend pourquoi Armand a si peur. Ils vont mourir. Cette nuit.

L'homme lige a une longue absence. Il s'est évanoui. Essaie d'ouvrir les yeux. Ses paupières sont soudées l'une à l'autre. Un effort. Sa volonté, c'est tout ce qui l'a toujours guidé, porté. Cette rage, cette hargne en lui. Il parvient à entrouvrir les paupières. La pièce est plongée dans la pénombre. Un silence palpable. Les bois des cerfs au-dessus d'eux. Des chaussures noires passent devant lui. Puis le corps d'Armand est traîné vers la sortie. Louis, indistinctement, croit entendre un bruit de grincement sinistre. Se soulever, aller l'aider. Mais il est incapable d'exécuter le moindre mouvement. Envie de hurler. Seul un son rauque, ridicule, sort de sa bouche entrouverte. L'assassin est là. L'Ange noir. Parmi eux. Et il a emmené Armand.

La désagréable sensation de l'humidité qui imbibe ses vêtements réveille Armand Mirval. De la terre autour de lui. Un ciel nocturne, des nuages portés par le vent. Une lune énorme. La cime des arbres. L'Ange noir l'a trouvé. Lui, Armand Mirval, qui se croyait intouchable dans son château, protégé par ses hautes grilles, ses verrous, protégé par Louis. Lui qui se pensait immortel. Sous l'effet de la drogue, il a l'impression que la cavité dont il est prisonnier s'enfonce, que les parois l'enserrent. Que tout palpite, bruisse. Il va être avalé, dévoré puis lentement digéré par cet amas d'humus et de racines. Bientôt, des vers grouilleront dans sa chair. Charogne. Ossements. Puanteur.

Loin, très loin, comme sur un promontoire, l'Ange noir apparaît. Il porte un masque infernal. Que Mirval reconnaît. Celui d'Asmodée. Celui que portait son ancien homme lige, Jacques Verhaeghe, en visière de son heaume. Pourquoi ?

L'individu s'accroupit et toise Armand. De l'un de ses gants noirs, il laisse couler un filet de terre jusqu'au torse du châtelain. Une voix étrange, presque un murmure, se fait entendre. Elle provient de son masque. Et d'ailleurs. De partout. « Tu me reconnais, Armand ? Sais-tu au moins qui je suis ? Je suis ton ange damné. Celui que tu as rejeté, effacé, oublié. J'ai détruit ton Ordre de l'intérieur. Dans tes ombres sans que tu me voies. Et je suis venu, cette nuit, pour te prendre, toi. »

Une citation de *La Divine Comédie* résonne en lui : « *À présent commencent les notes douloureuses à se faire entendre, à présent, je suis venu là où les pleurs me frappent.* » Songe-t-il à cet extrait ou est-ce le meurtrier qui vient de le prononcer ?

Armand délire, en proie à des hallucinations, ne sait plus distinguer le vrai du faux. Au-dessus de lui... ou est-ce en dessous ? Un spectacle vertigineux et terrifiant. Les nuages forment des tourbillons, des spirales. La lune, éblouissante, renvoie des rayons iridescents. Un soleil de ténèbres. Deux ailes noires, gigantesques, entourent son assassin. De la terre sur son corps. Son ventre, ses jambes, son visage. De la terre partout. Dans ses cheveux. Il a peur. Froid. Se sent seul. Si seul.

De la terre dans sa bouche. Il tente de recracher. Mais manque de s'étouffer. Une pelletée. Une autre. « Louis, viens m'aider. Je te l'ordonne ! » Sables mouvants. Un dernier souffle. Avant que ses yeux ne soient totalement couverts de fange sombre, Armand croit distinguer une seconde silhouette appuyée contre l'épaule de l'Ange noir. Ces cheveux. Ce visage. Ce regard. Mathilde. Elle est là. L'observe en souriant. Alors il comprend. Elle est revenue. Pour le punir. Pour ce qu'il a fait. Ce qu'il lui a volé. Une nouvelle brassée. Son tombeau se referme sur lui. Un souvenir traverse les ténèbres. Une nuit de larmes et de cris. Les corridors du château. Une chambre. Verhaeghe, devant lui, qui se saisit, doucement, de ce que son maître lui tend. Qui écoute ce qu'il a à lui dire. « Vous en êtes certain ? » La réponse sèche, définitive, d'Armand. « Oui. » Les hurlements de Mathilde derrière eux, retenue sur son lit. De retour dans sa fosse. Son larynx, ses poumons supplient pour un peu d'air. Sa bouche qui a le goût de la pourriture. Le maître de Noirval s'étouffe dans sa propre terre. Sa propre terreur. Il était le maître, le seigneur de ces lieux. Il avait tout. Le pouvoir. Son nom, son héritage. Son Ordre. Il suscitait la peur, le respect. Et il ne restera rien de lui. Qu'un monticule de terre oublié dans l'immensité de son domaine. Sa terre qui était sa vie. Sa terre qui le tue.

52

8 mai 2024

Noirval

Depuis combien de temps sont-ils harnachés à ces chaises en métal ? Une journée entière, peut-être plus. Au début, Gabriel a essayé de garder le contrôle, compter les minutes. S'accrocher au réel. Car il savait ce qui le guettait. Que son cerveau fléchisse. Qu'il oublie, perde le fil. Alors il s'est concentré sur les sons, les discussions entendues. La respiration de Darya à ses côtés. Le piaillement des oiseaux. Mais malgré tout, ça lui a repris. La peur, le bandeau sur ses yeux, la privation de ses sens ont dû déclencher une nouvelle crise. Pendant un long moment, il a été totalement perdu. Impossible de se souvenir, de reconstituer les pièces du puzzle. Que faisait-il ici ? Pourquoi n'y voyait-il rien ? Son esprit, plus sombre que le voile qu'il portait sur ses yeux. Le noir. Le néant. Son prénom ? Abel ? Non… Gabriel, oui… Puis, petit à petit, son cerveau rouillé a redémarré. Depuis, Gabriel cherche un subterfuge pour forcer son esprit à ne plus l'abandonner. Ses ongles enfoncés dans la paume de ses mains. La douleur pour le maintenir. Les prochaines minutes seront peut-être décisives. Il faut tenter quelque chose. Sauver Darya, Djibril. Sa gorge si sèche. Il a si soif. Sortir d'ici. Profiter du temps qu'il lui reste. Reparler à sa femme, s'excuser de celui qu'il a été, ses excès de colère, ses silences. Aller voir Léa, sa fille, au cimetière. Oser lui faire face, enfin. Lui dire que la colère s'estompe, mais que c'est difficile. Et que, quoi qu'il arrive, il restera ça à la fin, l'amour qu'il avait pour elle. Qu'il aura toujours. Sortir de ce guêpier et faire tout ça. Vivre.

De l'agitation autour d'eux. Geller tend l'oreille. Ça recommence. Ces bruits étranges, comme si on poussait quelque chose de lourd. Des murmures, des plaintes inaudibles. Une odeur vient attaquer les narines du policier. Forte, âcre. De l'essence. Il sent qu'on fait couler du liquide sur ses jambes, son torse.

Le carillon de l'horloge retentit deux fois. Sec, définitif. 2 heures du matin. Voilà près de trois heures que Sofia est là, paralysée. Témoin, malgré elle, de ce qui s'est déroulé dans la salle à manger. Elle a tout vu. La mort passer parmi eux. Se glisser d'un corps à l'autre. Les observer avec une froideur absolue. Les choisir. Les emmener. Lui, l'Ange noir. Caron, avec son masque infernal. Ce faciès de démon, ce menton proéminent, ces cornes enroulées sur le crâne. Ces fissures noires irradiant des yeux. Un à un, il a emporté les autres. Il a fallu supporter ça. Cette vision. Ces corps inanimés, soulevés et déposés dans une brouette rouillée. Déplacés tels des rebuts. Le grincement de l'essieu qui s'éloigne. Ses gestes à lui, si précis, si sereins. Seule sa sœur, Camille, a eu droit à quelques égards. Une heure plus tôt, il l'a soulevée, l'a portée dans ses bras. Elle a semblé vouloir se débattre, protester. Mais n'a exhalé qu'un marmonnement incompréhensible. Puis l'Ange noir est revenu pour Victor et Louis. Où les emmène-t-il ? Dans la pièce silencieuse, il ne reste qu'elle. Elle sera la prochaine. Ne pas se laisser déborder par la peur. Sofia poursuit ses efforts. Depuis de longs instants déjà, elle tente de combattre l'apathie. Se concentrer sur ses deux mains. Insuffler un mouvement, aussi infime soit-il. Muscle après muscle. Y parvenir. Après tout, elle n'a quasiment rien avalé du repas empoisonné. La drogue devrait avoir moins d'effet sur elle. S'en convaincre, pour se motiver. C'est d'abord un frémissement au bout de l'index. Puis un tremblement dans sa main. Son corps commence à lui obéir. Lentement. Elle peut y arriver. Elle va y arriver.

Louis est plongé dans les ténèbres, allongé sur des dalles de pierre glacées. Il a froid. Sa migraine a repris. Certainement à cause de la drogue, à cause de cette folie. Plus tôt, Caron, affublé de son horrible masque, l'a placé dans une brouette et l'a poussé jusqu'au mausolée. La main inerte du Cerbère rebondissait sur les graviers des allées du parc. Ils ont traversé la crypte, puis sont entrés dans le gouffre. L'assassin l'a transporté par les épaules dans l'escalier circulaire. Ils se sont enfoncés, tout en bas. L'Ange noir l'a lâché, figé, au cœur du Cercle. Il lui a ensuite enserré le cou dans un carcan, un collier rouillé fermé par un cadenas, et l'a relié à une chaîne qui filait vers un anneau scellé dans une colonne. Prisonnier. Le Cerbère est resté ainsi, longtemps, dans la pénombre. Il entendait Caron, dans la salle d'armes adjacente. Louis s'est d'abord cru seul, dans le noir le plus total. Puis il a surpris une respiration, à l'autre bout de l'arène. Il a compris de qui il s'agissait. Victor.

Caron revient vers eux, allume deux torches qui éclairent faiblement l'arène. L'homme lige a la confirmation de ce qu'il craignait. À quelques mètres, recroquevillé sur lui-même, Victor gît, relié à l'autre extrémité de la chaîne. Tous deux attachés ensemble. L'assassin soulève Louis, lui enfile un gambison, une cotte de mailles sur le torse. Le manipule telle une poupée. Enfin, il dépose une épée à un mètre de lui. Il en fait de même avec Victor. Puis il se place entre eux deux. Malgré la pénombre, Louis distingue son protégé qui parvient à légèrement se lever.

— Vous voilà réunis. Le maître et l'élève. L'homme lige et l'enfant prodige. Le Cerbère et le Dragon. Un monstre pour un autre... Je vais vous expliquer ce qu'il va se passer. Vous allez saisir ces épées et vous battre. L'un de vous deux mourra cette nuit. Peut-être que celui qui survivra aura la vie sauve. Je n'ai pas encore décidé.

Farge parvient à dire :

— Je... je ne me battrai pas...

— Toi ? Non. Tu es trop fidèle, trop stupide. Mais Victor, lui, va combattre... je te le garantis.

Il tourne le dos au Cerbère et s'accroupit près du jeune.

— Mon ami. Nous en avons tant fait ensemble. Et pourtant, tu n'as jamais rien vu, rien senti. Tu n'étais rien pour moi, Victor. Rien qu'un pion. Tu avais la haine, la colère qu'il fallait pour porter mon projet. Le charisme et l'aura aussi, que je n'ai jamais eus, il faut le reconnaître. Quelque part, et c'est drôle, tu auras été mon homme lige. Mon héraut. Il te fallait une cause, un combat, je t'ai soufflé les mots que tu voulais entendre. « Nous mènerons une croisade contre les démons. Nous reprendrons notre pays. » Tu rêvais d'un grand destin, de bravoure et de chevalerie. D'impressionner ton père, de l'écraser aussi. Je t'ai offert tout ça. Tu as porté mes idées, mon plan, en te persuadant qu'ils étaient les tiens. La mission de la Meute. Créer le chaos. Les meurtres de migrants, nos actions durant la manifestation, puis le commissariat... Ça et tout le reste. Tu n'as rien vu venir. Trop égoïste, trop centré sur toi-même. Tu m'as bien servi. Alors je te dois la pareille. Tu t'es toujours demandé, je le sais, ce qui était réellement arrivé à ta mère, Mathilde, sur cette route. Je vais te le dire. Tu mérites cette vérité. Il y a eu trop de mensonges chez les Mirval, depuis si longtemps. Un silence qui a nécrosé ce château. Elle a été assassinée, Victor. Par cet homme...

Il pointe son doigt vers Louis.

— Cet homme que tu pensais être ton protecteur. Le jour de sa mort, le 30 octobre 2012, Mathilde a rendu visite à Sandrine Verhaeghe, la veuve de Jacques Verhaeghe, l'ancien homme lige de ton père, dont tu te souviens certainement. Elle lui a annoncé qu'elle allait voir la police, tout raconter des agissements des Mirval. Leurs pires secrets révélés au grand jour. Sandrine a paniqué, pris peur et prévenu Armand. Elle savait que Mathilde était fragile, instable. Elle a certainement pensé lui venir en aide. Un peu plus tard, un véhicule a rattrapé celui de ta mère et provoqué son accident. Et tu sais qui conduisait cette voiture ? Ce bon Louis… Si serviable… si obéissant. C'est lui. Lui, le coupable. Lui que tu dois punir. Lui qui, plus tard, a tué froidement Sandrine Verhaeghe parce qu'elle menaçait de tout révéler. Étouffée dans son lit.

À la lisière de la lueur des flambeaux, Louis voit Victor se redresser, se mettre à genoux et tendre la main vers son épée. Les reflets rouges des flammes dans ses yeux bleus. Louis, tant bien que mal, articule :

— Non, Victor… Non.

Caron poursuit :

— Je vous laisse débuter sans moi. La nuit est encore longue. J'ai à faire. Je reviendrai vous voir plus tard. *Deus Vult*, comme vous dites. Que le sang coule une dernière fois dans cette arène maudite.

53

8 mai 2024

Noirval

L'horloge sonne. Une nouvelle demi-heure écoulée. C'est trop long. Il va revenir pour elle, d'un instant à l'autre. Sofia réussit à se redresser. Garder l'équilibre. Un pas, un autre. Dans sa main serrée, un couteau récupéré sur la table. Une arme ridicule. Mais une arme tout de même. Lentement, trop lentement, son corps raide se meut à travers la salle à manger. Elle vacille. S'accroche à un rideau pour reprendre sa respiration. Son poids fait craquer l'étoffe. Elle tombe. Trouve la force de se lever à nouveau. Arrive dans le hall d'entrée. Prie pour qu'il ne surgisse pas…

Elle est dehors. Un soulagement. L'air frais dans ses poumons lui fait du bien. La policière écoute. Pas un bruit. Elle longe la façade du château, son épaule glisse contre la pierre. Chaque mètre gagné dure une éternité. La volière n'est pourtant plus très loin. Il y a de la lumière à l'intérieur. Faites qu'il soit encore temps, pense-t-elle. Elle est si épuisée. Son corps lui hurle d'abandonner, de se laisser choir. Ça serait si facile.

Elle pousse la lourde porte métallique du bâtiment de fer et de verre. Une nuée d'oiseaux volette sous le dôme. Des ombres noires, indistinctes. Une odeur d'essence la saisit. Sur le sol, poisseux, des flaques aux reflets violacés. Des jerricans vides abandonnés. Le tueur a changé la disposition des prisonniers. En plus de Djibril, Gabriel et Darya, Valien, Aymeric, Camille et Roxane sont eux aussi attachés sur des chaises, formant un demi-cercle. Ils sont bâillonnés, leurs mains nouées par les poignets. Sofia remarque que Darya a été déplacée derrière Gabriel. Pourquoi ? On a retiré les bandeaux sur les yeux de ses amis, ils la voient. Leurs regards s'éclairent. Un téléphone portable installé sur un trépied est orienté vers les prisonniers. Il reste deux fauteuils libres. Un certainement pour elle, mais l'autre ? Ne pas s'embrouiller l'esprit. Le téléphone… Sofia vérifie. Il est éteint. Merde. Alors, aider Djibril. Elle s'écroule à genoux devant lui. Les vêtements de son partenaire sont trempés. Il empeste le fioul. Elle tente de lui parler, de le rassurer. Des mots désarticulés sortent de ses lèvres ankylosées : « Je… venue… libérer… » Son partenaire hoche la tête en assentiment. Il n'a pas l'air apathique. Il n'aurait pas été drogué ? Une fois libéré, il pourrait désentraver les autres. De ses doigts ankylosés, l'agent de la SDAT s'efforce de couper le serflex qui retient les mains de Djibril. Mais elle n'a aucune force. La lame entame à peine le plastique. Ses doigts sont si lâches, si mous. Face à elle, les membres de la Meute ont compris ce qu'elle entreprenait. Ils veulent, eux aussi, qu'elle les détache. Ils paniquent.

Camille pousse un hurlement aigu, terrifiant. Il faut qu'elle se taise, sinon elle va attirer le tueur. Sofia essaie de lui faire comprendre, tout en continuant à faire des va-et-vient avec la lame. Ça y est, elle entaille enfin le collier de serrage. Encore un effort. Une main gantée interrompt son mouvement et lui arrache, sans difficulté, son couteau. C'est lui. L'Ange noir. Il vient d'entrer dans la volière. Elle ne l'avait pas entendu, trop concentrée sur sa tâche. Le tueur ne lâche pas le poignet de la jeune femme et la fixe derrière son masque :

— Tu croyais quoi, Sofia, que tu pourrais m'échapper ? Tu voulais libérer ton camarade, c'est ça ?

Elle réussit juste à articuler :

— Caron...

Il continue :

— C'est toi, n'est-ce pas, la traîtresse ? Je l'ai compris quand on a mis la main sur ton partenaire, Djibril. Je l'ai reconnu tout de suite... après notre face-à-face chez Crozier. Il y avait une femme avec lui, là-bas, à Saint-Dié. Toi, Sofia. Tu t'es infiltrée parmi nous... Toi aussi, tu fais partie de l'antiterrorisme ? Ça arrange mes affaires. J'avais prévu, depuis longtemps, que tout s'achèverait ainsi. Mais votre présence à vous quatre, trois flics et une migrante... Ça va rendre ce dernier acte encore plus crédible. Nous y sommes presque. Tout sera bientôt prêt.

Il attache les mains de Sofia dans son dos, la force à s'asseoir, en retrait des prisonniers.

— Il a dû t'en falloir du courage pour tenir tout ce temps, franchir les cercles. Je t'admire un peu. J'ai toujours senti quelque chose en toi. Quelque chose de **plus. Je ne me trompais pas. Regarde-toi, ce soir, cette** nuit. Tu es la seule à avoir repris aussi vite le contrôle de ton corps...

Il laisse glisser ses doigts gantés sur sa joue. La caresse est intolérable pour la policière.

— Si tu t'es traînée jusqu'ici, c'est que l'effet de la drogue est en train de se dissiper. Je te propose quelque chose, Sofia. Un traitement spécial, juste pour toi. À chacun son châtiment. Tu voulais faire partie de la Meute, vivre parmi les loups ? Ça tombe bien... Mais avant cela, nous devons tout régler. Que tout soit parfait. Ensuite, je m'occuperai de toi, d'accord ? Nous avons encore le temps.

Djibril a du mal à maîtriser sa respiration. Il est au bord de la suffocation. Ça recommence. Son pire cauchemar. L'Ange noir qui lui tourne autour. L'assassin s'approche du policier, fouille dans un sac et en sort un téléphone portable. Djibril le reconnaît, c'est le sien. L'homme qu'ils ont traqué depuis de si longs mois retire le bandeau de la bouche du flic, place le portable devant son visage, activant la reconnaissance faciale. Il cherche dans les menus. Et lui demande sans même daigner le regarder :

— Le nom de ton supérieur ? C'est lui, Patrick Pelletier ? Il a essayé de te joindre plusieurs fois.

— Va te faire foutre. Je ne te dirai rien.

— Tu ne veux pas répondre ? Bien...

Le tueur fait défiler les photos du téléphone de Djibril. Des clichés de sa femme, Mélanie. Son ventre arrondi.

— C'est ta femme ? Elle est enceinte ? Tu sais que j'ai ton adresse, à Paris... Si tu ne m'aides pas, j'irai **chez toi et je m'occuperai d'elle. Alors, ton supérieur ?**

— C'est lui. Pelletier...
Le tueur navigue dans le répertoire.
— C'est son numéro ?
Djibril répond oui de la tête.
— Merci de ton aide.
L'instant suivant, l'Ange noir repositionne son bâillon et enfonce l'aiguille d'une seringue dans son cou. Djibril sombre.

Darya observe, impuissante, le ballet macabre du tueur. Il passe d'un captif à l'autre. Chaque fois, le même cérémonial. Une injection dans le cou, puis il arrache le serflex qui entrave leurs mains, les positionne sur leurs cuisses et dispose une longue chandelle entre leurs doigts joints. Il ne reste plus qu'elle, placée en retrait de Gabriel. L'Ange noir arrive à ses côtés et lui assène : « Je ne t'ai pas oubliée. Au contraire... » Une piqûre dans son cou et une sensation de torpeur. Une vague de chaleur en elle. La Syrienne sent ses forces l'abandonner, son regard se troubler, mais distingue l'assassin, dans un geste incompréhensible, retirer son masque d'effroi et le positionner sur son visage à elle. L'homme qui lui fait face, ce visage effilé, ces cicatrices sur le crâne, c'est Caron. Lui, l'enfant maudit des Verhaeghe. Il n'en a pas fini. Elle voudrait résister, mais c'est impossible. Tel un marionnettiste, il saisit la main gauche de la femme, l'accroche avec un collier de serrage au dossier de la chaise de Gabriel, juste devant elle. Une dernière action, enfin, vient épouvanter Darya. Caron lui place un pistolet entre ses doigts gourds, qu'il maintient serré par plusieurs couches de ruban adhésif transparent. L'arme est pointée sur le crâne du policier.

Qu'a-t-il prévu ? Pourquoi ? Caron recule. Son visage s'éclaire d'un sourire, presque enfantin. « Te voilà. Mon Ange noir... Mieux que tout ce que j'aurais pu imaginer. Tu vois, la Syrienne, tu vas m'offrir ma liberté, ma rédemption. Cette nuit marquera le dernier forfait de l'Ange noir. Un ultime crime, le plus effroyable de tous. Un massacre. Quand la police arrivera, elle te découvrira, toi. Morte ou vivante, qu'importe. Avec ce masque, cette arme braquée sur ce policier. Tu feras une coupable idéale, parfaite. Une Nakîr plus vraie que nature. »

Caron se désintéresse de Darya et rejoint sa sœur, Camille. Il pose ses mains sur ses genoux et lui parle d'une voix douce :

— Je suis désolé, ma Camille. Mais il fallait que ça se passe ainsi. C'est la seule solution. Je sais que tu comprendras.

Il fait le tour des prisonniers, replace leurs mains inertes autour des bougies et les allume.

— Vous ne maîtrisez plus votre corps. Pourtant, il vous faudra tenir. Le plus longtemps possible. Si vous faiblissez, que vous relâchez votre emprise sur cette bougie, vous brûlerez. En réalité, je dois être honnête... ce n'est qu'une question de temps. Mais le spectacle a son importance. Nous vivons dans un monde où tout est mis en scène. Le feu, la géhenne, vos corps calcinés. Ça sera filmé et diffusé en direct. Un dernier crime pour l'Ange noir. Le pire de tous. Pandémonium, partout. Et le chaos qui en résultera...

Son regard passe de Darya, à Gabriel, puis Sofia.

— Tous trois, vous m'avez traqué pendant ces longs mois… Vous vouliez des explications, alors laissez-moi vous raconter une histoire. Une comptine sombre et cruelle. Une fable de larmes, de sang et de solitude. Ce château renferme tant de secrets, tant de blessures…

Il fait crépiter son briquet, laisse glisser la flamme sur sa main gantée, avant de poursuivre :

— Un bébé est né entre ces murs. Un enfant que l'on a arraché à sa mère. Parce qu'il était différent. Pas assez digne, fort, parfait. Il faisait honte. Il ne méritait pas de vivre. Et encore moins d'être un Mirval. Son père, Armand, a exigé qu'il disparaisse. Sa lignée ne pouvait être souillée. Mais un homme, Jacques Verhaeghe, a refusé d'achever le nouveau-né et l'a dissimulé, au cœur d'une forêt, dans sa propre maison. L'enfant a vécu caché, terré. On lui avait tout pris, tout volé. Son nom, son identité, son destin. Et pourtant… il existait, malgré tout. Il a grandi aux côtés de ce couple. La femme n'a jamais voulu de lui et lui faisait bien comprendre. Heureusement, l'homme, Jacques, était bon. Il le traitait comme son fils. Mais le destin de l'enfant n'était pas de vivre parmi les vivants, plutôt de veiller les morts. Tous sont partis, les uns après les autres. Jacques, d'abord, au fond de ce souterrain maudit, dans le Cercle. Pour défendre l'honneur de son maître, Armand Mirval, et protéger sa place dans l'Ordre. Puis ça a été au tour de la véritable mère de l'enfant, Mathilde. Et, enfin, de la seule qu'il restait, Sandrine Verhaeghe… Tous assassinés par les Mirval. L'enfant a trouvé une nouvelle famille, à Mons, en Belgique. Les Caron. Un mal pour un autre. Vous ne pouvez imaginer ce qu'il a dû endurer là-bas. La violence de ce couple. Cette vie sans joie, sans rire. Ces murs nus. Le silence et la prière. À genoux sur le carrelage glacé. À genoux, pendant des heures. Les coups de ceinture sur les jambes, dans le dos. Là où à l'école on ne remarquerait pas les traces. Sa peau plus rêche que le cuir. Une vie à pas feutrés. Heureusement, Camille et Luc se sont trouvés. Ils sont devenus frères et sœurs. Se sont serrés fort, l'un contre l'autre, pour ne plus avoir mal.

Il revient vers sa sœur et, du bout des doigts, éteint la bougie entre ses mains.

— Luc a bien tenté de prévenir les autorités. Expliquer à cet homme des services sociaux qui venait, parfois, leur rendre visite. Dire ce qu'il se passait chez les Caron. Que ce n'était pas une maison, mais un bagne. Il en a même parlé à la police. Mais personne n'a voulu l'écouter. Ni les professeurs, ni le curé, ni les autorités. Les Caron étaient des gens respectables, irréprochables. C'était donc lui, Luc, qui avait un problème. Un gamin trop sombre, étrange, trop intelligent aussi, certainement... Dans sa tête, cette haine est devenue un flot, un océan. On leur avait tout volé à sa sœur et à lui. Alors, il se vengerait pour elle, pour eux deux. Quand il en a eu l'occasion, il s'est rapproché du fils Mirval, Victor. Il est devenu l'un de ses proches. C'était facile, Victor avait besoin de quelqu'un pour le conseiller, l'écouter, l'admirer.

Il avance jusqu'à Darya, repositionne le masque qui a légèrement glissé sur son visage.

— L'Ange noir est né. L'un après l'autre, il a exécuté les maîtres des hommes liges qui avaient combattu Jacques Verhaeghe. Le Minotaure, le Griffon... Eux qui l'avaient affaibli, année après année. Eux qui se pensaient intouchables. Les Chassagne, les Crozier... ils s'étaient si longtemps amusés à regarder les autres mourir. Les rôles étaient inversés. Enterrés vivants, ils se sont vus partir. Mais il n'y avait pas que ça. L'Ange noir avait un projet... Instaurer le chaos. Frapper dans un camp, puis dans l'autre. Faire monter la peur. Faire payer cette société qui ne les avait jamais aidés, jamais écoutés, sa sœur et lui. Créer les conditions d'une croisade, d'une nouvelle guerre sainte. Que les flammes dévorent ce pays. Et qu'il n'en reste rien.

Caron fait un dernier tour de la volière, passe derrière chacun des sept prisonniers. Il s'arrête devant Roxane, essuie une larme qui coule sur sa joue.

— Ne pleure pas, Roxane. Ça sera vite terminé... Ton cher Victor te manque ? Il te rejoindra bientôt. Victor... Le beau Victor. Le grand Victor... Qu'une marionnette entre mes mains. Il rêvait d'un combat héroïque. Je lui ai offert de quoi épancher sa haine. Les théories de la Meute, nos idéaux... Tout vient de moi. Attiser les flammes. Souffler sur les braises. Je suis l'agent du chaos. Asmodée, l'ange de la colère. L'exterminateur. Celui qui regardera le monde brûler et dansera sur ses cendres. Ce soir, vous offrez un finale à la démesure de l'Ange noir. Un terrible drame dont ne sortiront indemnes que deux jeunes innocents. Des miraculés, des survivants. Camille et moi. On trouvera ma sœur, vivante, parmi les cadavres. Moi, dans le parc, paralysé...

Il sort sa seringue, la remue devant eux. Il y reste un fond de liquide jaune.

— Il reste une dernière dose que je m'injecterai juste avant que la police n'arrive... Ma sœur et moi, nous deviendrons des icônes, des idoles. Tout sera possible alors pour nous deux. Vous nous offrez notre revanche.

Il revient vers Camille, une dernière fois.

— C'est à moi de le faire. À moi de te protéger, comme je l'ai toujours fait. Je t'aime, ma sœurette.

Il susurre encore quelques mots à son oreille, l'embrasse sur le front, puis se penche devant le portable sur le trépied, l'active.

— Mon histoire est terminée. Maintenant, il est temps de mourir.

Il lance la vidéo en direct, sort un pistolet et le pointe vers Sofia.

— Toi, tu viens avec moi… Une autre fin t'attend.

54

8 mai 2024

Noirval

Les cris de Camille qui appelle désespérément son frère, malgré son bâillon. Les regards d'épouvante qui se croisent. Leur impuissance à tous. Darya a du mal à respirer avec ce masque sur son visage. À travers les fentes, elle scrute les mains tremblantes de Gabriel. Sa bougie qui chancelle entre ses doigts ankylosés.

Il faut moins de cinq minutes pour qu'un premier prisonnier faiblisse. Il s'agit d'Aymeric. L'ancienne institutrice est témoin de tout. Le jeune retient désespérément la chandelle qui glisse entre ses doigts. Puis la mèche incandescente entre en contact avec son jean imbibé d'essence. Les flammes s'élèvent instantanément, dans un grondement. Voraces, elles se répandent sur ses jambes, remontent jusqu'à son torse. Quand le visage du jeune s'embrase, que sa bouche s'ouvre en une plainte désespérée, Darya ferme les yeux. C'est trop dur. Dans ses narines, cette odeur de brûlé, qu'elle ne pourra jamais plus oublier. Enfin, le silence revient, entrecoupé par les hurlements des oiseaux, rendus fous par le feu. Aymeric n'est plus qu'un corps carbonisé, pétrifié dans la douleur, dont s'échappent encore quelques flammèches. Et l'écran du téléphone portable qui a tout enregistré. « Diffusion live / Nakîr. » Le nombre de vues augmente sans cesse. 500, 700... 900. Les charognards sont au rendez-vous. Ils se donnent le mot. Darya sent son pouls accélérer. Elle ne tiendra pas.

De sa démarche déséquilibrée, Sofia progresse laborieusement dans les allées du parc, poussée en avant par Caron. Le tueur a retiré les liens qui retenaient ses mains. Mais elle ne peut rien tenter. Dès qu'elle ralentit, elle sent le canon du Sig Sauer de l'Ange noir s'enfoncer entre ses omoplates. « Avance. Le temps presse. » Ils longent un haut grillage, s'arrêtent devant un portail. Caron sort un épais trousseau de clés, en essaie plusieurs avant que le verrou ne cède. Le portail s'ouvre et, aussitôt, le tueur pousse la jeune femme à l'intérieur. Elle s'effondre sur un tapis de feuilles. Devant elle, un sous-bois étouffant. L'enclos.

— Les loups t'attendent, Sofia. Ça fait des jours qu'Armand ne les a pas nourris. Ils doivent être affamés.

L'Ange noir referme le portail. Sofia se soulève, agrippe ses doigts à la grille, et parvient à articuler : « Hugo ! Hugo, je t'en prie ! » Après un tour de clé dans la serrure, il répond :

— Je ne suis pas Hugo... Hugo Vallers n'existe pas. Il n'a jamais existé.

Louis revient à lui, il s'était évanoui. Combien de temps ? Une torche s'est éteinte dans le Cercle. Le Cerbère sent qu'il contrôle un peu mieux son corps. De l'autre côté de l'arène, dans la pénombre, Victor, porté par sa hargne, a lui aussi retrouvé un peu de vigueur. Il se lève, et, se servant de son arme comme d'une canne, avance en boitant vers l'homme lige. La chaîne derrière lui émet un cliquetis sinistre. Louis se traîne en arrière, saisit son fauchon au passage. Son protégé est bientôt sur lui, et lui assène des frappes manquant de précision. Une fois sur deux, l'épée tape les dalles autour du Cerbère et projette des étincelles. Louis pare à grand-peine. Il a les tempes en feu, du mal à fixer son regard. Il se sent si faible. Les deux lames s'entrechoquent. Victor appuie de tout son poids en avant. Il a la gueule entrouverte. Un filet de bave aux lèvres. La pointe si près du front de Louis. Pour reprendre le dessus, Farge n'a d'autre choix que d'amener sa main libre contre sa lame, et de serrer. Le tranchant lui entaille la paume, mais ça n'a aucune importance. La douleur le ramène. Leurs deux visages à quelques centimètres. De toutes ses forces, le Cerbère repousse son opposant, lequel se redresse dans un cri. Il ne s'arrêtera pas, pense Louis. Le Dragon ahane. On sent qu'il peine à articuler.

— Tu vas payer… Brute.

Louis continue de ramper. Un dernier mètre puis son cou le tire. La chaîne est tendue, le carcan l'empêche de respirer. Il est piégé. Victor se dresse au-dessus de lui, soulève son épée.

— Si tu meurs, il me laissera vivre.

Les mots du Cerbère en réponse, faibles.

— Il... nous tuera. Nous sommes... condamnés, Victor. On peut se libérer, ensemble... Briser les chaînes. Avec nos épées.

— Non. Tu vas mourir ici. Tu as tué ma mère. Je te hais. Je te hais tellement.

L'épée de Victor, dans un souffle lourd, s'abat sur Louis. La douleur est instantanée. La lame a traversé sa cotte de mailles, son gambison, et lui a déchiré les côtes. Le jeune, comme possédé, arme une nouvelle frappe. Louis détourne l'attaque violente, mais il perd son fauchon, loin dans les ténèbres.

— C'est fini, Louis.

Gabriel fait son possible pour garder la chandelle serrée entre ses mains. L'injection le rend totalement amorphe. Assise face à lui, Roxane Delattre tente, elle aussi, de conserver sa bougie entre ses doigts. Mais le cierge penche sur le côté. Des larmes coulent sur les joues de la jeune femme. Geller aimerait faire quelque chose. Ce n'est qu'une gamine qui réalise, trop tard, la folie de tout ça. La Meute, l'Ordre, les cercles... Ils lui permettaient de frayer avec l'interdit. Trouver un sens, peut-être. Se sentir importante, élue. Mais elle comprend, seulement maintenant, que ça n'a jamais été un jeu... Gabriel se force à ne pas détourner le regard. Leurs yeux se croisent. La bougie sur les genoux de la jeune fille vacille un peu plus. Roxane avance sa tête et essaie de souffler sur la flamme, malgré son bâillon. Mais elle se déséquilibre. Une coulée de cire glisse sur son pantalon. La bougie chancelle, puis tombe. C'est la fin. Une lame de feu embrase ses vêtements. Un cri emplit la volière. En se débattant, la jeune femme bascule sur le côté. Les flammes se répandent jusqu'aux pieds de Valien. À son tour, le cofondateur de la Meute s'embrase. Gabriel est horrifié. C'est un enfer. Un spectacle intolérable.

Sofia avance en s'appuyant aux troncs des arbres. Il lui faut trouver une cache, un abri. Grimper à un de ces chênes ? Impossible dans son état. Un bruissement de feuilles dans son dos, puis c'est un buisson qui frémit. Les loups sont déjà sur sa piste. Ils se préparent. Plus elle s'enfoncera dans le sous-bois, plus elle sera exposée. Il vaut mieux rester en retrait, là où elle peut les voir approcher. L'enquêtrice se saisit d'une branche et recule vers le grillage. Une tache de pelage gris glisse entre les ombres. En gardant son attention rivée vers le sous-bois, elle entend, dans son dos, Caron qui parle au téléphone. L'Ange noir prend un timbre apeuré : « Monsieur Pelletier ? Dieu soit loué, vous me répondez... Je m'appelle Luc Caron. J'ai récupéré votre numéro grâce à Djibril... Je suis au château de Noirval... nous sommes prisonniers, en danger. Sofia, Djibril et d'autres... L'Ange noir, il est là. Il les tue, les uns après les autres. J'ai réussi à m'enfuir, mais il me cherche. Venez vite. Je vous en prie. Il y a des morts partout... Il veut les faire brûler... Dans la volière. L'assassin, c'est une femme. Une migrante. Totalement folle. Venez nous aider... Vous n'êtes pas loin ? Déjà sur Lille ? Dans quinze minutes ? Oui... Je reste caché. Faites vite. J'ai peur... »

Sofia crie pour prévenir Papé, mais Caron a déjà raccroché. Avant de s'éloigner, l'Ange noir imite un hurlement de loup. En réponse, un grognement, juste à côté d'elle.

Louis perd du sang, beaucoup trop. Une flaque noire se répand sur les lacis de cercles gravés dans le sol.

Profitant de la fatigue de son adversaire, il a rampé jusqu'à l'extrême limite de ce que lui permettait le lien qui l'entrave. Ça tire sur son cou, à lui entailler la chair. Louis ne sait pas s'il délire, s'il s'imagine des choses, mais il a l'impression qu'autour du Cercle, dans les ombres, on l'observe. Les spectres de son passé. Les anciens hommes liges qu'il a vaincus, mais aussi Mathilde, Sandrine Verhaeghe... Tous ceux morts par sa main, cette nuit réunis. Ils attendent. De le voir périr à son tour. Ça doit être un des effets du poison. Rester focalisé sur le réel. Au centre de l'arène, Victor, les mains sur les genoux, reprend son souffle. Il sait qu'il a gagné, que c'est terminé... Enfin, dans un soupir, le Dragon éructe :

— Toutes ces années de mensonges... tu m'as trahi. Je pensais que tu étais mon ami, Louis.

— Je le suis...

Les mots d'Eddie, dans le crâne prêt à exploser de Louis. « Trouver juste le courage de ne pas rester à terre. » Alors, dans un geste désespéré, il se saisit de la chaîne et, de ses deux mains, tire puissamment vers lui. Dans un raclement, les maillons métalliques se tendent et tirent sur le cou de Victor qui est projeté en arrière. Il tente de se retenir. Mais Louis est trop puissant. Le Cerbère se cabre, pesant de tout son poids sur la chaîne raide. Le chef de la Meute se retrouve bientôt plaqué contre la colonne en pierre, sa nuque contre l'anneau qui l'étrangle. Il tousse, fait des moulinets avec son épée. Louis serre encore.

Des larmes coulent sur les joues du Cerbère, glissent jusqu'à son bec-de-lièvre. Il se rappelle ce gamin qu'il a découvert dans les couloirs du château, douze ans plus tôt. Leurs entraînements, leur amitié. Leurs solitudes partagées. Tout ce qu'ils ont vécu ensemble. Son cœur frappe sa poitrine. Il repense à ce que le jeune est devenu. Par sa faute, peut-être. Le pire des diables. Cette soif de sang. Son âme nécrosée de haine. Alors Louis tire, car il sait qu'il n'a pas d'autre choix. Parce que Victor ne changera jamais. Parce qu'il faut que ça s'arrête. L'horreur partout. La douleur dans sa tête. Ce qu'il a dû faire. L'héritier des Mirval crache des paroles désordonnées.

— Tu étais… mon frère. Tu ne peux pas… Arrête… Louis, arrête…

Dans un ultime effort, Louis donne un coup sec. Un craquement. Le corps de Victor se relâche, et s'affaisse dans un fracas d'acier. C'est terminé. Péniblement, la main sur le flanc, Louis vient auprès du Dragon, le prend dans ses bras. « Je serai toujours ton frère, Victor. » Sa respiration sifflante, ses larmes. Envie de partir maintenant avec son protégé, serré contre lui. Attendre que la dernière torche s'éteigne et que les ténèbres les emportent. Ensemble.

« Les derniers debout »… Ce n'est pas encore terminé. Louis repose la dépouille du jeune homme au milieu de l'arène, se traîne jusqu'à l'épée de Victor, s'en saisit et, du pommeau, martèle la torque qui enserre son cou. Se libérer. Les aider, s'il le peut encore.

55

8 mai 2024

Noirval

Des oiseaux hystériques frôlent Djibril, virevoltent autour de lui. Les cadavres fumants des membres de la Meute, à quelques mètres. Les vapeurs d'essence. Le policier réussit encore à maintenir la chandelle entre ses doigts. Mais ce n'est pas ce qui l'inquiète. À ses pieds, une langue de flammes se répand, émanant de la dépouille de Valien. Le policier se refuse à mourir ici. Pour Mélanie. Pour le bébé qui arrive, qu'il veut connaître, aimer. Pour Sofia. Mobilisant toutes ses forces, Djibril essaie de décaler sa lourde chaise métallique en arrière. Prenant appui sur ses pieds, il donne une poussée. La chaise recule à peine, dans un crissement. La bougie vacille. Garder l'équilibre. Il essaie à nouveau. Cette fois, son assise fait une embardée franche mais manque de basculer. Le jeune flic retient de justesse la bougie. Il a gagné un peu de répit, mais a

bien failli y rester. Le feu ne progresse plus vers lui…
Pour combien de temps ?

Les loups sont là, tout près. Un premier sort de l'orée du bois et avance vers Sofia, ses bajoues retroussées, ses griffes fauchant la terre. De son bras perclus, l'agent de la SDAT agite la branche pour l'effrayer. La bête s'immobilise, grogne. Ses yeux orangés qui la fixent. Pourquoi n'attaque-t-il pas ? La réponse, comme une détonation en elle. Parce qu'il sert de diversion. Un craquement sur sa droite. Un éclair gris. Un deuxième canidé jaillit vers elle. La policière l'évite et parvient à le frapper sur le dos. L'animal disparaît dans les fourrés en couinant. Bientôt, il est de retour auprès du chef de la meute, accompagné d'un troisième au pelage jauni. Les trois bêtes restent à distance, hors de portée de ses coups. Ils ont compris. Ils apprennent.

Gabriel rouvre les yeux. Le Grizzli a envie d'une cigarette. Tellement envie d'une cigarette. Que fait-il assis dans cette volière ? Il y a des chaises renversées, des formes indéterminées par terre, une odeur de brûlé, des flammes qui déclinent là-bas. D'autres personnes à ses côtés. Quelqu'un derrière lui. Il sent un souffle dans sa nuque. Une arme… Une arme, bon sang, pointée sur lui ! Et cette bougie dans ses mains ? Pourquoi ? Ça n'a aucun sens. C'est un cauchemar. Ce n'est pas réel. Gabriel aimerait bouger, mais son corps ne lui obéit pas. Alors, il se concentre sur ses mains. Déplacer son bras gauche pour s'aider à se relever et sortir d'ici. Sa main glisse sur le côté et pend dans le vide. La bougie tient à peine entre son pouce et son index, dans sa main droite. Quelle importance, si elle tombe ?

Darya voit Gabriel qui s'agite, sa tête qui oscille, sa main qui bascule. Elle comprend instantanément. Il a une crise. Il va lâcher la chandelle. Elle doit l'aider. Le ramener. La main gauche de la Syrienne est piégée par le lien de serrage, qui la force à braquer l'arme sur la tempe du policier. Son bras droit, alors. Rassemblant ses forces, elle l'amène en avant. Jusqu'à lui. Un léger mouvement de balancier. Ses muscles qui lui obéissent à peine. Toute son énergie concentrée sur ce mouvement. D'avant en arrière. Sa paume qui atterrit sur le pantalon de Geller. Encore quelques centimètres. Leurs peaux qui entrent en contact. Les phalanges du policier contre ses doigts à elle. Alors, Darya referme sa main sur celle de son ami. La chaleur de ce contact, si anodin, mais qui lui fait tant de bien. Elle va l'aider à maintenir son emprise sur la bougie. Elle lui tiendra la main, jusqu'au bout. Pour qu'il sache. Qu'elle est là.

La main de Darya vient d'enserrer la sienne. Gabriel revient, se rappelle. La main de Darya dans la sienne. Et la bougie qui se consume, toujours plus vite. Elle a déjà fondu de moitié. La main de Darya... Et leurs derniers instants, peut-être. Le Grizzli tourne la tête sur le côté et tente de lui sourire, malgré le bandeau de tissu dans sa bouche, le poison dans ses veines. Ce n'est pas grand-chose, un sourire. Mais c'est déjà ça. Un sourire pour lui faire comprendre qu'il est heureux d'avoir croisé sa route. Que c'est leur amitié, et rien d'autre, qui l'a sauvé du néant. Sa présence à ses côtés, ses histoires, sa lumière, qui ont érodé une partie de sa colère, soufflé sur ses ombres. Darya l'a ramené parmi les vivants. Qu'elle sache ça. Avant la fin. Un sourire.

Résister. Sofia brandit son bout de bois devant elle. Les trois loups continuent de faire des allées et venues, sans jamais la perdre du regard. Résister… C'est ce qu'elle a toujours fait. Face à la terreur en Syrie. Face au fanatisme, ici, en France, avec la SDAT. En réalité, ça fait longtemps que Sofia fraie avec les loups. Trop longtemps. Elle crie : « Je n'ai pas peur. Vous entendez ? Vous ne me faites pas peur ! » Un des prédateurs, celui au pelage jaune, le plus affamé peut-être, tente une nouvelle attaque et lui saisit le mollet. La morsure est violente. Sofia frappe son museau, encore et encore. La bête lâche prise. Mais maintenant qu'il a goûté son sang, il ne s'arrêtera plus. Des yeux d'ambre brillent entre les arbres. D'autres approchent.

Louis est dehors. Il tient toujours son fauchon dans sa main gauche, la droite plaquée contre son flanc ensanglanté pour faire compresse. Où chercher ? Où l'Ange noir a-t-il pu emmener les autres ? Vers le labyrinthe, la grotte, le manoir ? Alors qu'il part vers la bâtisse, un cri l'arrête, provenant du fond du domaine, vers l'enclos. Une voix de femme. Sofia ? Il s'efforce de courir dans cette direction. Au milieu d'une allée, une silhouette se précise. L'un des prisonniers se serait-il enfui ? Une détonation retentit. Une balle explose le bras d'une statue à ses côtés. Louis comprend. C'est Caron. À une vingtaine de mètres, le tueur braque son arme sur le Cerbère. Louis ne ralentit pas. Un impact dans le gravier, à sa droite. Un nouveau projectile frôle son épaule, ricoche sur sa cotte de mailles. Il est tout près. Il voit le regard de l'Ange noir qui change. Qui comprend que le Cerbère ne s'arrêtera pas. Quoi qu'il arrive. Qu'il vient pour lui. Pour en finir. Mains rouges... Caron vide son chargeur. Les balles fusent autour de Farge. Une première lui touche l'avant-bras, envoyant valdinguer son épée en arrière. Mais il continue. Une autre, bientôt, perfore ses protections et s'enfonce dans son épaule. Souffrance, comme si sa chair passait au broyeur. Mais pas assez pour le ralentir. Caron se rend compte qu'il est à court de munitions et jette son Sig Sauer. Louis le percute et le pousse en arrière. Leurs pieds fauchent des joncs, glissent dans de la boue, ils pénètrent une eau verdâtre, jusqu'à la taille. L'Ange noir veut freiner la charge du colosse, mais c'est impossible. Ils sont dans le grand étang.

Porté par sa hargne dévastatrice, Farge continue jusqu'à ce qu'il n'ait quasiment plus pied. Les deux hommes chutent dans l'eau glacée. Caron, rapidement, parvient à se dégager. Mais Louis, non. Son armure, trop lourde, le tire vers le fond. Son dos s'enfonce dans la vase épaisse. Au-dessus de lui, Caron plaque un pied sur sa cotte de mailles pour le maintenir sous la surface. Louis suffoque, se débat... Ses mains griffent le pantalon du tueur, tentent d'attraper quelque chose. Mais il est si affaibli. Ses doigts trouvent une poche, s'y ariment. Sa bouche s'emplit d'une eau au goût de pourriture. Quelque chose dans la poche de l'Ange noir. Louis attrape l'objet, le serre dans sa main faible. Il n'y voit quasiment rien dans l'eau trouble. Une seringue. Sans hésiter, il enfonce l'aiguille dans la cuisse de Caron et appuie sur le piston. Aucun effet. Un hoquet, un autre. Son cœur supplie pour une brassée d'air. Puis la pression de Caron se relâche, et, à son tour, il bascule dans l'eau. Louis parvient à remonter. L'oxygène dans ses poumons. La lumière de l'aube. Le corps de Caron, paralysé, flotte, sur le dos. Avant que le poison ne fasse totalement effet, le tueur articule encore quelques paroles : « Laisse-moi vivre, Louis. Ce n'est pas moi qui dois mourir. Mais eux. Eux tous. Qu'ont fait les Mirval pour toi ? Ils t'ont utilisé. Tu n'étais… rien. Leur chien. Leur… leur esclave. Rien. Ils… ils méritaient ma vengeance. Notre vengeance. » Assez. Louis appuie de ses deux mains sur le torse de l'Ange noir et le plonge sous l'eau. L'assassin se contorsionne, mais Farge ne faiblit pas. Une minute. Peut-être plus. Deux-trois bulles remontent encore. Puis la surface devient lisse. Sous l'eau, le visage de Caron s'est figé, sa bouche grande ouverte. Ses cheveux châtains ondulent autour des cicatrices qui strient son crâne. C'est terminé. Louis abandonne le corps de l'Ange noir qui dérive. Il s'extrait de l'eau, rampe dans la vase. C'est à ce moment, seulement, que la douleur enflamme son corps. Plus de force, plus rien.

Les loups se sont écartés. Une série de détonations provenant du parc les a fait fuir. Sofia a tout vu. Le face-à-face entre Farge et Caron. Leur combat dans l'étang. Louis qui s'est écroulé dans les joncs, si proche. Sans même prêter attention aux bêtes qui rôdent toujours, elle l'appelle : « Louis, je t'en prie. Je suis là ! Aide-moi ! »

Une voix. Ses yeux qui s'ouvrent. Se relever, une dernière fois. Il se redresse. Un éclat de métal. Il saisit son fauchon plein de boue parmi les joncs desséchés. Sa respiration est écorchée. Un pas, un autre. Une quinte de toux. Son corps dégouline d'eau et de sang mêlés. La grille, pas loin. Il tombe. « Louis ! » Une autre voix se superpose à celle de Sofia, qu'il pensait avoir oubliée. Celle de sa mère, « Louis ! » Alors il franchit les derniers mètres qui le séparent de l'entrée de l'enclos. Abat son épée sur le cadenas qui vole en éclats. La grille s'entrouvre. Sofia en surgit, lui dit :

— Les loups... il faut les empêcher de sortir.

Il lui tend son arme. Elle glisse la lame en travers du portillon, pour le bloquer. Ça fera l'affaire. Sofia murmure au colosse, à l'agonie :

— Je dois aller les aider... Je reviendrai pour toi. La police arrive. Tiens bon.

— Vas-y. Ça ira...

La policière s'éloigne en boitant. Louis est seul. Il fait volte-face, parvient à se diriger jusqu'à l'étang, puis tombe à genoux.

Le dernier debout...

Courir... Ne pas réfléchir, ne pas penser à sa cheville blessée. Courir. Au loin, Sofia entend des bruits de sirènes. Puis aperçoit quatre véhicules de police, trois voitures et un fourgon, déferler vers le château, leurs gyrophares éclaboussant la façade. À peine ont-ils freiné que des hommes en noir surgissent de la camionnette et filent vers la volière. Le RAID. Giordano crie, mais elle est trop loin pour qu'on l'entende. Elle pense au subterfuge de Caron. Darya, le masque de l'Ange noir sur son visage...

Dans l'oreillette de Papé, les retours de l'escouade du RAID. « Suspect en visu. On l'a en joue. Il est armé, retient un otage. Il ne réagit pas à nos injonctions. Plusieurs cadavres calcinés. Forte odeur d'essence. Trois civils en vie. Quels sont les ordres ? » Le capitaine répond, en émergeant à son tour du fourgon : « Ne bougez pas. J'arrive. » Papé court jusqu'à la volière. Il prie pour que ses partenaires soient encore vivants. Il ne se pardonnerait pas qu'il leur soit arrivé quelque chose. Il en a trop vu, trop... Sofia, Djibril. Il était censé les protéger, veiller sur eux. C'était son rôle, sa mission. Ils avaient raison depuis le début. Papé aurait dû leur faire confiance.

Une fumée noire et âcre s'échappe de la porte ouverte. Papé entre et, en une microseconde, saisit la scène. À l'intérieur, des chaises renversées... L'Ange noir tient en joue un homme bâillonné. L'assassin est parfaitement immobile, malgré les dix canons braqués sur lui. Les mires laser des fusils d'assaut HK416 du RAID dansent sur son masque effrayant. À la droite du meurtrier, Djibril, toujours en vie, est attaché, une bougie entre ses mains. Son jeune collègue vocifère derrière sa muselière. Sur les dalles, des corps calcinés. Sofia fait-elle partie des cadavres ? Posé sur un trépied, un téléphone portable filme tout. 3 700 personnes suivent la diffusion en direct. Garder son sang-froid, malgré tout. Malgré l'horreur. Papé, campé derrière l'équipe d'intervention, négocie : « Baisse ton arme, c'est fini ! » Mais l'autre ne bouge pas. Impassible.

Il les toise. « Dernière sommation. Ou on fait feu. » Mais Papé a déjà pris sa décision. Il va donner l'ordre de tirer. Il ne peut courir aucun risque. Le regard de Djibril. Ses yeux exorbités. Sa tête qui, légèrement, oscille de gauche à droite.

On a cherché à la retenir. Deux flics se sont placés sur son chemin, mais elle les a repoussés. Sa cheville en sang, ses vêtements couverts de boue, Sofia arrive dans la volière. Un mot sort de sa bouche : « Non ! » Papé se retourne. Elle s'abandonne dans ses bras. « Ne tirez pas. Ce n'est pas le tueur. C'est une innocente. Une mise en scène. Le feu… éteignez les bougies. Vite. » Sur un signal de Papé, les policiers baissent leurs armes et arrachent les chandelles des mains de Gabriel, Djibril et Camille. Ils libèrent les prisonniers, les font sortir. Darya, elle, est évacuée sous la menace des armes du RAID. Giordano explique à son capitaine qu'il faut aller secourir Louis, blessé, vers le grand étang.

Dans un chaos de cris, de mouvements, on installe Sofia et Djibril sur les marches du château. Les minutes passent sans que les deux agents de la SDAT soient réellement présents au monde. Silencieux, ils observent l'arrivée des renforts, puis des pompiers et des ambulances. Camille vient d'être évacuée vers un hôpital. Un hélicoptère les survole. Papé les rejoint et leur met une couverture de survie sur les épaules. Après les avoir succinctement débriefés, il leur dit : « C'est terminé. » Mais les deux policiers ont encore du mal à y croire. Chacun, toujours captif. Elle, dans l'enclos, lui dans la volière. Réalisant que ses équipiers ont connu l'horreur, qu'ils n'en reviendront jamais complètement, le capitaine, les mains sur leurs épaules, au plus près d'eux, leur répète encore et encore la même phrase. « C'est terminé. C'est terminé. » Sofia fond en larmes.

On a aidé Gabriel à marcher jusqu'à une ambulance. Deux secouristes s'occupent de lui, contrôlent son rythme cardiaque, le forcent à se réhydrater. Ils l'assaillent de questions. Mais le flic ne les écoute pas : « Darya, où est Darya ? » On lui répond que la Syrienne a été embarquée dans un fourgon de police. C'est une telle panique, dehors, qu'on la soupçonne encore. Gabriel se dresse sur son brancard, ouvre les portes du véhicule, malgré les protestations des soignants : « Vous n'êtes pas en état ! » D'un pas hésitant, si faible, il marche jusqu'aux voitures de police. Darya est seule, à l'arrière d'un panier à salade, derrière les fenêtres renforcées. Il s'acharne sur la poignée, c'est fermé. Il hurle : « Ouvrez-moi cet engin ! » Bientôt, un agent le laisse la rejoindre. Le Grizzli s'installe à ses côtés, lui prend les mains, lui sourit. Il ne l'abandonnera pas. Ni aujourd'hui, ni jamais.

Louis rouvre les yeux. Des bruits de sirènes au loin. La police est arrivée. C'est bien… Des voix qui appellent, le cherchent peut-être. Il a du mal à respirer, étouffe. Alors, avec des gestes lents, usés, il dégrafe sa cotte de mailles, détache son gambison. Arrache tout. Il se retrouve torse nu. Il n'a pas froid. Respirer. Enfin. Ce n'est pas grave d'être à genoux. Ça ne fait pas si mal, en fin de compte. Plus de chaîne. Plus de cotte de mailles ni de heaume pour cacher son visage déchiré.

Plus d'armure. Plus rien. Libre. Il observe l'étang devant lui. Le jour se lève. Une respiration, une autre. Il n'a plus mal à la tête. Plus mal nulle part. Ses cicatrices qui parcourent son corps. Qui le racontent. Ses mains rouges. Il a affronté des diables et des chimères. Mais ce monde n'est pas fait pour lui. Il y a déjà assez de haine, de colère, partout. Il n'a pas sa place ici. Dans un geste étrange, la Brute, le Cerbère, l'homme lige, amène son index sur sa lèvre supérieure. « Chut. » Il était un chevalier, un héraut. Il a vécu tant de batailles, tant… Et on oubliera tout de lui. Ce n'est peut-être pas plus mal. Qu'il ne reste rien. Un murmure, peut-être, entre les murs de ce château. « Chut… » La cime des arbres danse au vent, des volutes de brume s'élèvent de l'étang. Au bout de l'étendue d'eau, quelques canards s'envolent. Plus rien. Il faut dormir, maintenant. Dormir, mon ange.

Épilogue

26 juin 2024

Paris

Cet après-midi, Papé et Sofia vont rendre visite à Mélanie et Djibril, chez eux, à Oberkampf. Quelques semaines plus tôt, la compagne de leur équipier a accouché d'un garçon, Ismaël. Ce bébé a été comme une bénédiction pour eux tous... Il les a aidés, un peu, à tourner la page.
Ils s'installent dans le salon du petit trois-pièces. Un rai de lumière filtre à travers les rideaux. On entend le murmure de la ville en bas. On blague. Le couple raconte les galères des premières couches, des premières nuits. Ce bébé qui hurle et que l'on ne comprend pas encore. Ce rendez-vous chez le pédiatre où le médecin les observe, paniqués, déblatérer leurs questions, avant de conclure : « J'ai une seule réponse pour vous. Vous êtes de jeunes parents, vous allez apprendre. Tout se passera bien. » La fatigue et le bonheur. La détresse et la plénitude... Ces instants qui passent trop vite et

qu'on oublie de saisir. La vie qui file et qui fugue. Djibril pose sa main sur le bras de Mélanie. Sofia est heureuse pour eux.

Mélanie tend l'enfant à la policière. Sofia refuse d'abord, puis se saisit du nourrisson, mal à l'aise.

— Je ne sais pas m'y prendre.
— Tu t'en sors très bien, lui répond-elle.

De sa minuscule main, le bébé lui attrape le doigt et le serre. Sofia a envie de rire et de pleurer en même temps.

En arrivant chez leur coéquipier, les deux agents de l'antiterrorisme sont passés devant un kiosque à journaux. La presse, tout comme le reste des médias, fait encore ses choux gras de l'affaire du massacre de Noirval. Il reste, évidemment, des points d'interrogation : qui était réellement Luc Caron ? Un bébé rejeté par son père en raison d'une difformité ? L'enfant illégitime de Mathilde Mirval et Jacques Verhaeghe ? La police a rencontré les parents de Caron. Un couple glaçant qui a reconnu avoir adopté plusieurs enfants, dont Luc, et qui parlait d'eux sans aucune espèce d'empathie. Une phrase a marqué la policière : « Luc était le pire de tous. Il n'obéissait jamais. Une forte tête. Il a bien fallu le mater. Et ses cicatrices… ce gamin ne nous a apporté que des malheurs. Regardez, aujourd'hui, la honte sur notre famille. » Malgré tout ce qu'il a fait, Sofia éprouve de la pitié pour Luc. Avant de devenir un monstre, il a été un enfant. Peut-être aurait-il pu prendre un chemin différent, s'il avait eu une autre vie, d'autres parents ? Les policiers ont parlé aussi avec Camille. La jeune femme était complètement dévastée, bouleversée. Elle n'était au courant de rien, à mille lieues de s'imaginer que son frère était l'Ange noir. Rapidement innocentée, Camille a été libérée. Sofia a pris de ses nouvelles. La gamine est abîmée, mais veut aller de l'avant. Sofia respecte ça. Une dernière question demeure. Que préparait Victor pour son ultime action avec la Meute ? En fouillant le domaine, on a retrouvé un sac rempli d'armes, des fusils d'assaut, des pistolets... Qu'importe, finalement... ce qui compte, c'est qu'ils aient été là pour empêcher ça. S'accrocher à cette petite victoire, plutôt que de penser aux sept victimes de la nuit du 8 mai. Les quatre membres de la Meute morts brûlés dans la volière, le cadavre d'Armand Mirval découvert dans le parc. Celui de Victor, retrouvé au fond du mausolée. La dépouille de Louis, enfin, auprès de l'étang où l'avait laissé Sofia. Le château de Noirval restera à jamais un lieu maudit.

Les loups, l'Ange noir, les corps carbonisés... Ses cauchemars la poursuivront encore. Papé lui a expliqué qu'il faudra du temps. Il a raison. La policière dépose un baiser sur le front du bébé. Sa peau a un goût de caramel.

Depuis cette nuit tragique, Sofia s'en veut moins pour ce qui est arrivé à son frère, Bilal, en Syrie. Elle s'est assez sentie coupable. Elle a fait ce qu'elle a pu, et c'est déjà ça. Bilal s'est condamné seul. Les souvenirs de Raqqa s'estompent et d'autres réapparaissent. Celui qu'était Bilal avant. Avant les ombres.

Le massacre de Noirval a marqué le point culminant de la montée de violence qui frappait le pays. Une fois les stratagèmes de la Meute révélés : les meurtres de réfugiés, l'agression du CRS, l'assaut du commissariat... qui visaient à diviser la France, et l'identité de l'Ange noir officialisée, ses véritables motivations connues, la tension est progressivement retombée.

Sur les plateaux TV, les réseaux sociaux, des politiques de tous bords tentent encore d'exploiter le drame pour en faire leur cheval de bataille. « Souffler sur les braises », toujours. Face à l'horreur, la colère est là, évidemment. Mais il faut la dépasser. Ne pas la laisser tout emporter. Sofia regarde Ismaël s'endormir entre ses bras, n'écoute plus les discussions alentour. Quel monde t'attend, petit bout ?

On ne pourra pas dire que l'on ne savait pas, que l'on ne l'a pas vue venir. L'indifférence, le pire de tous les maux. On oublie, on efface de nos mémoires ce qui nous arrange. Ces harangueurs de haine qui hurlent devant des drapeaux. Ces pays qui, mois après mois, tombent sous le joug de tyrans en costume-cravate. La haine attend, rampante. Dans les cités comme dans les beaux quartiers. L'histoire se répète. C'est déjà arrivé, et ça arrivera encore. Pourtant, on se convainc du contraire…

Nous vivons au temps des loups. Chacun replié dans sa meute, son clan. On montre les crocs, on hurle face à cet autre qui incarne, croyons-nous, les pires maux. C'est eux contre nous. On s'aboie dessus, prêts à se dévorer la gueule. Dans cette société folle, qui va trop vite, qui court à sa perte, peut-être, on aimerait que nos problèmes aient une origine. Un mal commun. On rêve d'un coupable. Alors on fait confiance à ceux qui prétendent connaître, ceux qui pointent du doigt. Pourtant, c'est d'eux qu'il faut se méfier, toujours. Les hurleurs, les aboyeurs… Les semeurs de haine.

C'est pour ça que Sofia doit continuer, auprès de Djibril et Papé. Ils se dresseront contre ces hordes de loups. Pour le petit Ismaël, et pour tous les autres. Parce qu'il faut protéger ça, l'innocence, la candeur.

L'autre soir, Giordano a accompagné Gabriel et Darya à un concert. Geller avait insisté, expliquant que ça leur ferait du bien. Il s'agissait d'un artiste canadien que la fille du flic aimait beaucoup, Patrick Watson. Il s'est passé quelque chose cette nuit-là. Sur un morceau en particulier, *Here Comes the River*. Il y avait cette mélodie, un peu éthérée, au piano, la voix du chanteur, si sensible. Durant cet instant suspendu, une émotion à fleur de peau a glissé sur le public, voletant de l'un à l'autre comme un papillon fragile. Larmes et sourires échangés. La musique, l'art ont cette force... Rassembler. Effacer les frontières, les différences. Un même cœur à l'unisson. Ça n'a duré qu'une poignée d'heures. Et pourtant... Sofia a besoin de s'y raccrocher. D'y croire. Un peu d'espoir. C'est ce dont nous avons tous, finalement, besoin. Après tout, un vieux flic acariâtre, un policier musulman, une enseignante syrienne, un chevalier défiguré et une Franco-Marocaine en vrac ont bien réussi, ensemble, à mettre à terre un groupe de fanatiques. Ça doit bien vouloir dire quelque chose ?

Sofia caresse la joue de l'enfant et lui glisse quelques mots à l'oreille : « N'aie pas peur. »

N'ayons pas peur.

8 septembre 2024

Paris

C'est le début de la soirée. Darya s'apprête à quitter Gabriel, avec qui elle avait rendez-vous, comme tous les jeudis, au parc de Belleville. Elle se lève, attrape son sac. Lui, les yeux rivés sur la vue, lui dit :
— Il va bientôt faire nuit…
Elle lui répond :
— Oui… Mais le soleil se lève toujours quelque part.
Elle laisse son ami seul. Au gré des semaines, c'est devenu une habitude. Se retrouver, sur leur banc, et papoter de tout, de rien. Rester silencieux, aussi, et savoir profiter du panorama sur la capitale. Gabriel, parfois, demande : « Qu'est-ce que je fais là ? » Et elle, patiente, lui explique. Encore.

Darya s'éloigne un peu, gravit une volée de marches, observe le Grizzli. Il tire sur sa cigarette en rêvassant. Malgré son insistance, Geller refuse de faire des examens, voir des spécialistes, mettre un nom sur sa maladie. Ses crises d'amnésie ne s'arrangent pas, mais Darya respecte son choix. Il veut se battre à sa manière. Elle lui a promis qu'elle l'aiderait. Une promesse pour une autre. Lui a tenu la sienne. Il l'a aidée à retrouver les assassins de son mari. Sofia lui a raconté ce que Louis Farge lui avait révélé au sujet d'Hassan. Ce qu'avait fait son époux quand il se savait condamné. Refuser de se battre et regarder ses bourreaux droit dans les yeux. Les affronter, à sa manière. Chercher leur humanité. Et ça a marché, au moins pour Louis. Ça l'a réveillé. Finalement, Hassan est celui qui les a tous réunis. Qui a permis de révéler au grand jour ce qui se passait à Noirval.

Darya doit se hâter, ce soir elle a un cours à donner. Son métier à exercer. Elle est devenue bénévole auprès de l'association Revivre, qui accompagne et soutient des réfugiés de Syrie et d'autres nationalités. Désormais, c'est elle qui enseigne le français aux exilés. Transmettre. C'est ce qu'elle sait faire de mieux.

De son point de vue dominant, la Syrienne regarde les lumières des appartements qui s'allument. Par les fenêtres, elle distingue un couple qui discute dans sa cuisine en préparant le dîner. Là-bas, deux gamins jouent dans leur chambre. Sous les combles, une étudiante, sur un minuscule balcon, se marre au téléphone. Ça lui rappelle ce que disait son mari en détaillant les façades des immeubles parisiens. « Un jour, ça sera chez nous. »

Elle referme sa veste, accélère le pas. Une vibration dans sa poche, un texto. Elle regarde. Il provient de Gabriel. Un seul mot : « Merci. » Elle se retourne une dernière fois, juste avant de quitter le parc. Malgré la nuit qui monte, elle distingue la silhouette de son ami, minuscule, noyée devant la vue incroyable sur la ville. Paris qui s'étend, immense, majestueuse. La tour Eiffel qui brille tel un phare. Tous ces immeubles, ces lumières. Autant de vies qui pulsent. Paris, cette ville qui est, enfin, un peu la sienne. Chez elle. Elle est chez elle.

Gabriel vient d'envoyer son court message à Darya. Il reporte son attention sur le groupe de retraités qui fait ses exercices de tai-chi près du belvédère. Il s'allume une nouvelle cigarette. Il y a quelques semaines, le Grizzli a négocié son départ en retraite anticipée. Il ne se sent plus capable de faire son métier. Sa mémoire qui flanche est un trop grand obstacle. Combien de temps ça durera encore ? Avant qu'il oublie tout, qu'il ne reste rien de lui ? Assez, il l'espère, pour être prêt. Alors, tant qu'il le peut, il emmagasine. Ses journées, il les passe dehors, à arpenter ces quartiers, ces rues. Il remplit son réservoir de souvenirs, pour ce qui approche.

Il érige ces images, en lui, comme autant de remparts. Paris sera sa forteresse. Cette ville qu'il a tant sillonnée. Qui fait partie de lui. Paris… Ces voyages immobiles. Les coiffeurs afro de Château d'Eau et ces groupes qui palabrent sans fin. Le marché Dejean, et ces épices qui remuent les naseaux. Les explosions de couleurs des tissus wax de la rue Polonceau. Les échos de la musique de Bollywood qui s'échappent des boutiques indiennes de la rue de la Chapelle. Le thiéboudienne du Petit Dakar. Le pho que l'on avale, à la hâte, dans la cuisine du Grain de Riz. L'agitation. Le brouhaha. Le monde. C'est ça, Paris. Le tout et le rien. Les sourires et les larmes. Les drames et les joies. La frénésie et le calme. L'autre et soi-même. La vie, et le chaos qui va avec. Les règlements de comptes, les coups de couteau qui partent trop vite. Les bandes et les clans. Les deals qui dégénèrent. Les fantômes qui errent sur le béton. Crackeux, alcoolos… Piégés dans un entre-deux-mondes qui n'appartient qu'à eux.

Ces souvenirs, ces visages seront sa citadelle. Contre l'oubli. Et quand il aura sacrifié tout ce qu'il était, il lui restera encore Djibril, Sofia, Darya… Un donjon qu'il défendra férocement. Puis, enfin, au-delà, au cœur de la plus haute tour de son cerveau, derrière la dernière des herses, il la gardera, elle. Léa. Son dernier souvenir, ça sera ça. Sa main dans la sienne.

Gabriel s'est rendu, enfin, après tout ce temps, sur la tombe de sa fille. La colère était passée, il ne restait que la tristesse. Il a pleuré. Il a souri, aussi. Peut-on vaincre l'oubli ? Cette marée qui chaque jour érode les falaises de sa mémoire. Il doit s'en persuader. Il créera des digues, des murailles plus hautes. Il se battra. Pour se souvenir encore, encore un peu… de son cœur qui frappait toujours trop vite, trop fort. Des images désordonnées qu'il gardera, cachées. Quand, petite, elle s'amusait à faire voler sa main par la fenêtre de la voiture. Ses hurlements quand elle refusait d'entrer dans la mer, trop froide, à Dinard. Ses yeux qui se fermaient quand elle se laissait flotter à la surface du bain, bébé. Ce grain de beauté sur son bras. Ses larmes, qu'il avait surprises, durant un concert où il l'avait accompagnée et qu'elle avait aussitôt essuyées de sa manche. Chez les Geller, on ne montrait pas trop ses émotions… on aurait dû. Tout ça. Ce qu'elle était, ça sera son trésor. Léa, c'est ce qu'il protégera, jusqu'au bout. Il y arrivera… Car, après tout, le soleil se lève toujours quelque part.

4 juin 2025

Lille

Cela fait un an aujourd'hui... Un an que le massacre de Noirval a eu lieu. Camille a accepté une interview pour une grande émission de TV hebdomadaire. L'œil noir de la caméra est braqué sur elle. Le journaliste, un type d'une quarantaine d'années, dégoulinant de fausse compassion, lui propose de reparler des événements de Noirval. Des larmes commencent à couler sur les joues de la jeune femme. Camille demande une pause. « Ça va ? » la questionne Axelle, son attachée de presse. Elle lui explique qu'elle a juste besoin d'une minute. Elle s'écarte un peu, sort un mouchoir, s'essuie les joues.

L'équipe de production a choisi de filmer dans un hôtel particulier à l'architecture néogothique, dans la rue Jean-Sans-Peur, à Lille. Les vitraux des fenêtres, les boiseries, les tapisseries aux murs... tout rappelle Noirval. Ils l'ont fait exprès, évidemment.

Cette nuit terrible... Le sacrifice de Luc. Ce que lui a dit son frère avant la fin : « C'est à moi de le faire. À moi de te protéger, comme je l'ai toujours fait. Je t'aime, ma sœurette. » Et ses ultimes mots, murmurés tout contre son oreille : « C'est ce que je te dois, Camille. Le destin que tu méritais… » Ça ne devait pas se terminer ainsi. Ses cris pour le retenir. Personne ne sait ce qui s'est passé, réellement, à Noirval. Personne à part elle.

La jeune femme songe à la lettre de Mathilde Mirval, qu'elle a tant lue, des centaines de fois. Ces nuits à la lampe torche sous la couette de son lit déglingué chez les Caron. Ses mots. Ses mots encore. Comme un pansement. Contre sa détresse, sa solitude. Ses mots, ses mots toujours contre elle. Ses mots qu'elle connaît par cœur. À essayer d'imaginer sa voix. La missive est aujourd'hui quasiment illisible. Un papyrus usé, jauni. Elle a été trop pliée et dépliée, trop cachée. Trop de larmes, aussi, ont coulé sur l'encre noire. « J'aurais aimé t'aimer… » Ses mots à elle. Pour elle.

« J'aurais aimé t'aimer. Te dire la vérité. Pouvoir te serrer dans mes bras. Te regarder grandir. Mais je suis restée prisonnière de ce château, de tous ces mensonges, de cette folie qui m'a dévorée. Des drogues qu'ils m'ont données, pensant que ça me ferait oublier… Mais je me souviens de tout. Les Mirval sont maudits… Je l'ai découvert trop tard. Cet Ordre, leurs neuf cercles… Depuis des générations, depuis toujours, dans cette famille tout est codé, et obéit à une logique implacable, immuable. Et il est une règle qui prévaut sur toutes les autres. Pour être un Mirval, pour faire perdurer leur sang, il faut être un homme. Être assez fort, assez digne pour un jour espérer devenir le Porteur. Ils se sont convaincus que c'était important, essentiel pour que leur dynastie de "rois" ne s'affaiblisse pas. Garder leur sang pur, entier. Ne pas le souiller. Il a donc été décrété, on ne sait quand ni par qui, qu'il n'y aurait que des mâles parmi les descendants. Du premier jusqu'au dernier-né. Car si l'héritier principal devait disparaître, au moins son successeur pourrait protéger la lignée. Est-ce que ça date d'Octave, leur ancêtre qui a façonné ce château fou, il y a cent cinquante ans ? Ou depuis plus longtemps encore ? Quoi qu'il en soit, la règle n'a jamais changé, évolué. Jamais une femme n'est née entre les murs de Noirval. Il y a eu d'autres épouses avant moi. D'autres souffrances, d'autres silences. Je ne suis que la dernière d'une longue lignée à qui on a tout volé. La vie en elles. L'espoir. La liberté. Avant moi, et l'épouse du père d'Armand, c'était encore un temps de sauvages. Si, à la naissance, on découvrait que le nouveau-né était une fille, on faisait disparaître le nourrisson. Parfois, la nuit, j'ai l'impression d'encore entendre les hurlements des bébés, là-bas, au cœur des bois…

« Je pensais que ces temps étaient révolus. Mais, à Noirval, les choses ne changent jamais. On vit ici à une autre ère, tyrannique. Où seuls règnent les hommes. Les braves, les chevaliers, les hérauts… Un monde fait par eux, pour eux. Nous autres devions sourire quand on nous le demandait, ne jamais parler trop fort, rester à notre place. Notre corps ne nous appartenait pas. Notre vie non plus. Elles s'appelaient Bérénice, Constance et Jeanne. Les épouses des Mirval. Mes sœurs de douleurs.

« Mon premier enfant était un garçon, Victor. Armand était ravi. Son sang était sauf. Puis, un an plus tard, je suis à nouveau tombée enceinte. Mon mari avait mis en place un protocole clair, comme toujours, il aimait avoir le contrôle sur tout. Chaque fois que j'allais chez mon gynécologue, je devais lui présenter ensuite les échographies, jusqu'à ce que le sexe de l'enfant soit déterminé. S'il s'agissait d'une fille, il me fallait avorter. Ça m'est arrivé deux fois. Je voulais garder ces enfants, mais Armand, lui, ne voulait rien entendre. C'était la loi des Mirval. Cinq ans après la naissance de Victor, je suis à nouveau tombée enceinte. Une fille, encore. Je ne sais pas ce qui m'a pris... alors que le médecin s'était absenté de son cabinet un instant, j'ai fouillé dans ses dossiers, trouvé une autre échographie, l'ai échangée avec la mienne. Elle montrait clairement un sexe de garçon. Armand était aux anges. Enfin, je lui offrais son second fils. Il avait toujours trouvé Victor trop fragile, trop maigre... Il rêvait d'un héritier à sa hauteur... J'ai menti, durant ces longs mois de grossesse. Caché la vérité à tous. Je m'étais convaincue que, lorsqu'il découvrirait ce bébé, Armand le garderait. Qu'il avait peut-être une âme, qu'il saurait l'aimer. Moi-même, j'avais été séduite par cet homme, plus jeune. Il devait rester quelque chose de lui ? Comme je me suis trompée... La nuit de l'accouchement, qui devait impérativement se dérouler entre les murs de Noirval, alors que j'étais assistée par un médecin membre de l'Ordre, Thévenoux, l'enfant est né. On a présenté ma fille à Armand. Sa réaction a été immonde. Il a exigé de son homme de main, Jacques, qu'il fasse disparaître ce "monstre". Je l'ai supplié, j'ai hurlé, mais sa décision était prise. Alors, j'ai demandé un dernier moment, seule, avec mon enfant. Armand a accepté mais m'a imposé que Jacques demeure à mes côtés. J'ai imploré Verhaeghe de protéger ma fille, de la sauver. Et il l'a fait. Il a maquillé sa mort et l'a cachée, dissimulée. Chez lui. On l'a habillée comme un garçon, on lui a fait croire qu'elle en était un. On l'a appelée Hugo, mais ça n'a jamais été son vrai prénom. Son prénom, il est là, sur le collier que je t'ai offert. Ton prénom à toi, Camille. Mon enfant. Ma fille. C'est toi. Ça a toujours été toi...

« Je suis si désolée. On t'a volé ta vie. Celle que tu étais. Et je n'ai jamais rien fait pour empêcher ça. J'étais détruite, déchirée. J'avais peur, j'étais trop faible. Mais ça va changer. Maudits les Octave, les Armand et toute leur lignée malade. Maudit ce château. Bientôt, nous serons réunies. Tout va changer.

« Je te rendrai ton nom, ta place, ton identité.

« Je te donnerai tout l'amour dont nous avons été privées.

« Ta mère,
« Mathilde Mirval. »

Toutes ces années chez le couple Verhaeghe. L'enfant... Hugo. On l'a forcée à endosser ce rôle... « Tes cheveux sont trop longs, il faut les couper... Qu'est-ce que tu fabriques avec cette robe ?... Tu n'iras pas au sport. On ne veut pas que les gens te voient... » Pourquoi ? Qu'est-ce qui n'allait pas chez elle ? Pourquoi tout lui était refusé ? Elle n'avait rien fait de mal. Son genre, pourtant, marquait sa condamnation...

Comment se construit-on quand on vous a menti toute votre enfance, qu'on vous a étouffée ? L'enfant qu'elle était a toujours su, au fond, qu'elle était différente.

La mort de Jacques, puis de Sandrine. Le face-à-face avec Louis. Cette nuit, devant la caserne. La question de la femme pompier. « C'est ton prénom sur ce collier ? – Oui. Camille... Je m'appelle Camille. » Puis la famille Caron. La haine qui monte, qui grandit. Luc l'a protégée, toutes ces années. Deux orphelins, brisés, qui ont tenté de réparer leurs fêlures ensemble. Luc qui apprend tout de son histoire, qui fait sienne sa haine. Se venger. Pour Jacques. Mais surtout pour elle, pour Mathilde. Et pour toutes ces épouses mortes en silence. À qui on a arraché leurs enfants, leur amour, leur vie.

Camille les a tous manipulés. Elle a toujours été douée pour ça. Jouer la jeune femme fragile, effacée... Endosser des rôles, elle sait faire. Pour survivre, elle n'a jamais eu le choix. Il n'y a jamais eu un seul Ange noir. Ils ont toujours été deux. Nakîr et Munkar. Lui, l'ange du châtiment, elle, celui de la miséricorde. Tout ce plan, cette vengeance, c'était le sien. Luc l'a aidée, accompagnée. Son frère avait ce besoin de violence en lui... elle a su s'en servir, l'exploiter.

Ça a toujours été son histoire à elle. Luc lui a volé sa conclusion. Camille lui en veut pour cela. Il n'a pas fait ce qui était prévu. Son frère a décidé de la droguer, elle aussi, de mettre en place leur grand finale, seul, pour la protéger. Au moins lui a-t-il offert un dernier cadeau. Ce soir-là, il l'a emmenée sur le tombeau d'Armand Mirval. Il l'a portée au-dessus de la fosse. Elle a pu lui faire face, le regarder. Ce père qu'elle avait tant haï. Elle l'a regardé agoniser. Lui à l'origine de sa vie brisée. Mais elle aurait aussi souhaité voir le reste.

Pouvoir affronter Victor, ce frère qui avait tout, quand elle n'était rien. Ce frère qu'elle avait tant envié. Tant.

Oui, Luc avait raison. Tout ce qu'ils avaient prévu s'est réalisé. Camille, depuis les événements de Noirval, est devenue célèbre, populaire. Une survivante. Une miraculée. On l'a invitée sur les plateaux TV. Ses abonnés sur les réseaux sociaux ont explosé. Elle s'est constitué une communauté… Elle a signé un contrat juteux pour un livre : *Survivre*, qui s'est écoulé à 250 000 exemplaires, et sera sans doute adapté au cinéma. Rien n'arrêtera son ascension. Trois mois plus tôt, elle a créé son propre parti politique, « Demain ». Elle a joué la carte de la rédemption. En réalité, c'est un masque, un de plus. Elle a toujours le même projet, la même vocation. Depuis toujours… Asmodée. L'agent du chaos. Voir brûler le monde et rire, rire… Puis, une fois qu'il ne restera que des cendres, quand les habitants de ce pays chercheront quelqu'un pour les aider, les guider, elle sera leur reine. Une impératrice rouge. Elle veut tout. Et elle y arrivera. Personne ne verra la tempête approcher. Elle a un trop beau sourire. Un si beau visage.

Un jour, quand elle pourra se le permettre, elle rachètera Noirval. Et elle détruira tout. Elle rasera les jardins, le mausolée, le labyrinthe, tout disparaîtra sous les lames et les chenilles des bulldozers. Et elle fera sauter ce putain de château. Il n'en restera rien.

Mais chaque chose en son temps. Reprendre, d'abord, ce que les Mirval lui ont volé. Sa place. La jeune femme se force à laisser glisser encore quelques larmes sur ses joues. Elle sait faire, c'est si facile. Elle sourit au présentateur. C'est un jeu d'enfant de les manipuler. Tous. Les journalistes, les policiers, les politiques…

— C'est bon. Je suis prête.

— Merci, c'est très courageux de votre part… Bien… Pourriez-vous nous reparler de cette nuit à Noirval, Camille ? Qu'est-ce que ça a changé en vous ?

— Vous savez, lorsqu'on traverse une épreuve comme celle-là, que l'on fait face à la mort, impuissante, on n'en sort pas indemne. On ne vit plus jamais de la même manière. Ce n'est pas tous les jours facile, je dois l'avouer. Mais cette nuit d'horreur m'a ouvert les yeux. Sur beaucoup de choses. Sur la violence de notre monde et le désespoir de notre jeunesse. Étonnamment, plus que jamais, cette nuit m'a donné envie de me lever et de faire entendre ma voix.

Elle a bien répondu, comme toujours. Un discours parfaitement calibré qu'elle affine depuis des mois. Tout cela fait partie de sa partition. Tout est spectacle. L'ère du réel a disparu. Luc avait raison. À chacun sa réalité. Et, pour la plus habile des menteuses, c'est une bénédiction.

— Camille… Vous êtes devenue une personnalité très en vue, très aimée des Français. Votre passé chez les identitaires, vous l'assumez. Vos idées radicales, aussi. Mais vous semblez avoir évolué, mûri. Être plus nuancée. Aujourd'hui, on parle énormément de vous. Vous venez de créer votre propre parti. Certains experts politiques vous imaginent aller très loin. Voilà ma question : vous verriez-vous présidente un jour ?

— Ce n'est pas à moi de répondre… Mais aux Français de décider.

Remerciements

Nous voilà arrivés au bout du chemin pour Sofia, Gabriel, Darya et Louis. J'espère que ce nouveau roman vous aura emportés. *La Meute* a certainement été l'un des livres les plus complexes qu'il m'ait été donné d'écrire. Voilà des années que cette idée me trottait en tête. Il était temps que je m'y attelle...

Un grand merci à vous, chers lectrices et lecteurs, qui m'accompagnez maintenant depuis quelques années. Vos mots, votre gentillesse, vos encouragements lors de nos rencontres me poussent en avant. Au plaisir de vous retrouver bientôt pour de futures dédicaces.

Je tiens à remercier celles et ceux qui m'ont aidé durant la préparation de *La Meute*, notamment pendant la phase de documentation autour des diverses thématiques du livre.

Erwan Lecœur, sociologue et politologue spécialisé dans l'extrême droite. Nos échanges passionnants m'ont permis de mieux cerner les problématiques de la montée de l'ultradroite en France et en Europe.

Adrien Le Braz, consultant de police. Sa connaissance des arcanes des différents services et notamment de la SDAT m'a été précieuse.

Agnès Guillet de la Brosse, psychologue, qui a accepté de partager avec moi son expérience sur la thématique de la radicalisation violente.

Émilie Glasman, de l'association Revivre, pour m'avoir permis de mieux comprendre le parcours des exilés jusqu'en France. Je vous invite, à ce titre, à découvrir le travail du collectif Revivre qui aide les réfugiés syriens à s'insérer dans notre pays. Ils ont besoin de votre soutien. L'adresse de leur site : https://association-revivre.fr.

Abdularazak Aljumaa, pour m'avoir aiguillé dans la traduction des mots, expressions et proverbes en arabe syrien qui égrènent le roman et s'être assuré que l'histoire de Darya ne soit pas trop éloignée de la réalité.

Antoine Bernal, de la Salle d'Armes. Vous me connaissez, j'aime pousser au bout ma documentation. Antoine, champion du monde épée bouclier 2023 de béhourd, m'a ainsi initié durant une longue session d'entraînement à ce sport dont je parle dans le livre. C'était très instructif... et surtout épuisant ! Un grand merci à lui pour sa disponibilité. Je vous invite à découvrir les activités de la Salle d'Armes ici : https://la-salle-darmes-ancienne.fr.

J'aimerais également remercier toute l'équipe de XO Éditions qui défend mes livres depuis maintenant près de cinq ans. Un immense merci à Edith Leblond et Renaud Leblond pour leur soutien et leur confiance. Ce roman ne serait pas le même sans le formidable travail de Camille Le Doze, mon éditrice qui comprend, parfois mieux que moi-même, mes personnages. Je salue toute la géniale équipe de XO qui fait rayonner mes livres : Stéphanie Le Foll, ma star d'attachée de presse, Grégoire Arseguel, Marine Papillon, Catherine de Larouzière, Anissa Naama, Bruno Barbette, Roxana Zaharia...

Un mot aussi pour l'équipe de Pocket, qui donne une nouvelle vie à mes ouvrages : Carine Fannius, Bénédicte Gimenez, Perrine Brehon, Angélique Joyaux, Emmanuelle Vonthron, une équipe d'enfer !

Quelques remerciements, évidemment, pour ma famille. Julia, Antoine et Elisa, mes chéris. Merci d'être là, simplement. À mes parents, Jacqueline et Christian, mes sœurs Caroline et Sophie, mes beaux-parents Gérard et Michelle, et toute la famille : Géraldine, William, Sam, Manon, Romane, Quentin, Tristan, Gabriel, Arthur... j'ai beaucoup de chance de pouvoir compter sur vous.

Je salue, en passant, mes différentes « meutes » d'amis. Les copains d'enfance qui m'ont tant soutenu et celles et ceux croisés au gré de la vie...

Une bande a pris pas mal de place dans mon existence ces dernières années. Un petit clin d'œil ici à la Ligue de l'Imaginaire, aux Writers Cthulhu et à tous les potes autrices et auteurs. Hâte de vous retrouver en salon pour refaire le monde et rire jusqu'aux étoiles.

Enfin, un dernier message, évidemment, pour celles et ceux sans qui nos livres ne seraient que des bouteilles jetées à la mer, nos amis libraires. Mille mercis d'être là et de continuer à défendre la littérature, dans un monde en pleine tempête. Les librairies sont des phares dans le chaos qui nous entoure.

Allez, je vous laisse… un nouveau roman m'appelle.

Composition et mise en pages
Nord Compo à Villeneuve-d'Ascq

Imprimé en France par MAURY IMPRIMEUR
en juin 2025
N° d'impression : 285385

POCKET – 92, avenue de France, 75013 Paris

S34853/02